D0319297

SPHÈRE

DU MÊME AUTEUR
CHEZ POCKET

MICHAEL CRICHTON

SPHÈRE

ROBERT LAFFONT

Titre original :

SPHERE

Traduit de l'Américain par Jacques Polanis

*Au cours de la préparation de ce manuscrit, j'ai reçu
l'aide et les encouragements de Caroline Conley, Kurt
Villadsen, Lisa Plonsker, Valery Pine, Anne-Marie Mar-
tin, John Deubert, Lynn Nesbit, et Bob Gottlieb.
Je leur en suis à tous extrêmement reconnaissant.*

Traduction française : Éditions Robert Laffont, S.A., Paris, 1988
ISBN 2-221-08752-6
(édition originale)
ISBN 0-394-56110-4 Alfred A. Knopf, New York)

ISBN : 2-266-08495-X

Pour Lynn Nesbit

Quand un scientifique envisage quelque chose, il ne considère en aucune façon l'incroyable.

Louis I. KAHN

On ne peut pas duper la nature.
Richard FEYNMAN

LA SURFACE

LA SURFACE

À L'OUEST DE TONGA

Depuis un long moment, l'horizon n'était qu'une ligne bleue monotone et sans relief qui séparait le ciel de l'océan Pacifique. Dans l'hélicoptère de la Marine qui filait au ras des vagues, Norman Johnson s'endormit malgré le bruit et la vibration saccadée des pales du rotor. Il était fatigué. Plus de quatorze heures de voyage à bord de divers appareils militaires n'était pas le genre d'activité que pratiquait habituellement un professeur de psychologie âgé de cinquante-trois ans.

Quand il s'éveilla, sans aucune idée du temps qui avait passé, l'horizon était toujours aussi plat ; devant eux se dessinaient en demi-cercles des atolls de corail.

– Qu'est-ce que c'est ? demanda-t-il dans l'intercom.

– Les îles de Ninihina et Tafahi, répondit le pilote. Elles font techniquement partie de Tonga, mais elles sont inhabitées. Bien dormi ?

– Pas trop mal.

Norman regarda les îles qui défilaient au-dessous d'eux ; une courbe de sable blanc, quelques palmiers, puis plus rien... de nouveau l'uniformité de l'océan.

– D'où vous ont-ils amené ? demanda le pilote.

– De San Diego. Je suis parti hier.

– Alors vous êtes venu ici par Honolulu, Guam et Pago ?

– C'est ça.

– Ça fait une trotte. Dans quelle branche travaillez-vous, sir ?

– Je suis psychologue, répondit Norman.

– Un réducteur de têtes, hein ? fit le pilote avec un sourire. Pourquoi pas ? Ils ont fait venir à peu près tout le reste.

– Que voulez-vous dire ?

– Voilà deux jours que nous transportons des gens depuis Guam. Des physiciens, des biologistes, des mathématiciens, de tout. Et on emmène tout ce monde en hélicoptère au milieu de nulle part dans l'océan Pacifique.

– Que se passe-t-il exactement ?

Le pilote lui jeta un regard, indéchiffrable derrière les verres teintés des lunettes de vol.

– On ne nous dit rien, sir. Et vous ? Que vous ont-ils dit ?

– Ils m'ont dit qu'il y avait eu un accident d'avion.

– Hmm-hm. On vous appelle sur les lieux des accidents ?

– Ça m'arrive, oui.

Depuis dix ans, Norman Johnson faisait partie des équipes d'experts que la Federal Aviation Administration appelait d'urgence sur les lieux des catastrophes aériennes civiles. Sa première mission avait été l'accident de la United Airlines à San Diego en 1976 ; puis il avait été appelé à Chicago et à Dallas. Le scénario était toujours le même : un appel téléphonique urgent, les valises faites à la hâte, et une absence d'une semaine ou plus. Cette fois, sa femme Ellen avait été contrariée parce qu'on l'avait appelé le 1er juillet, ce qui signifiait qu'il allait manquer leur barbecue du 4 Juillet sur la plage. Et puis Tim rentrait de sa deuxième année d'études à Chicago, avant d'aller travailler pendant l'été dans les Cascades. Et Amy, qui avait maintenant seize ans, revenait tout juste d'Andover ; elle et Ellen ne s'entendaient pas très bien quand Norman n'était pas là pour servir de médiateur. La Volvo se remettait à faire des bruits bizarres. Et Norman risquait même de manquer l'anniversaire de sa mère la semaine suivante.

– De quoi s'agit-il ? avait demandé Ellen. Je n'ai entendu parler d'aucun accident.

Elle avait allumé la radio pendant qu'il faisait ses bagages. Les informations ne faisaient aucune allusion à une quelconque catastrophe aérienne.

Quand la voiture s'était arrêtée devant la maison, Norman avait constaté avec surprise que c'était une conduite intérieure de la Marine, avec un chauffeur portant un uniforme militaire.

– Les autres fois, ils n'ont jamais envoyé une voiture de la Marine, dit Ellen en le suivant au bas de l'escalier jusqu'à la porte d'entrée. C'est un accident militaire ?

– Je ne sais pas.

– Quand seras-tu de retour ?

Il l'embrassa.

– Je t'appellerai. Promis.

Mais il n'avait pas appelé. Tout le monde s'était montré courtois et aimable, mais on l'avait maintenu à l'écart des téléphones. D'abord à Hickam Field, à Honolulu, puis à la station aéronavale de Guam où il était arrivé à deux heures du matin et avait passé une demi-heure dans une pièce qui sentait le kérosène, à feuilleter en silence le numéro de l'*American Journal of Psychology* qu'il avait apporté avec lui en attendant de poursuivre son vol. Il était arrivé à Pago Pago à l'aube. On l'avait embarqué en hâte dans le gros hélicoptère Sea Knight, qui avait immédiatement décollé de la piste glacée et avait mis le cap sur l'ouest, survolant des palmiers et des toits de tôle ondulée avant de s'élancer au-dessus du Pacifique.

Il y avait deux heures qu'il était à bord, et il avait dormi une partie du temps. Ellen, Tim, Amy, l'anniversaire de sa mère, tout cela semblait maintenant bien loin.

– Où sommes-nous exactement ?

– Entre Samoa et Fidji, dans le Pacifique Sud, répondit le pilote.

– Pouvez-vous me le montrer sur la carte ?

– Je ne suis pas censé le faire, sir. De toute façon, ça ne vous dirait pas grand-chose. Pour l'instant, vous êtes à trois cents kilomètres de nulle part, sir.

Norman contemplait l'horizon plat, toujours d'un bleu uniforme. *Je n'ai pas de mal à le croire*, songea-t-il en bâillant.

– Vous ne vous ennuyez pas, d'avoir ça sous les yeux ?

– À dire vrai, non, sir. Je suis bien content de voir l'horizon aussi uni. Au moins, nous avons bon temps. Mais ça ne tiendra pas. Un cyclone est en train de se former dans l'archipel de l'Amirauté ; il devrait arriver par ici dans quelques jours.

– Et que se passe-t-il, quand il arrive ?

– Tout le monde fiche le camp. Dans cette partie du monde, le temps peut devenir vraiment mauvais, sir. Je suis de Floride, et j'ai vu des ouragans quand j'étais gamin, mais vous n'avez jamais rien vu qui ressemble à un cyclone du Pacifique, sir.

Norman hocha la tête.

– Dans combien de temps arriverons-nous ?

– D'un instant à l'autre, sir.

Après deux heures de monotonie, le groupe de navires parut exceptionnellement intéressant. Il y avait là plus d'une douzaine de bâtiments divers, grossièrement disposés en cercles concentriques. Sur le périmètre extérieur, Norman compta huit destroyers grisâtres de l'US Navy. Plus près du centre se trouvaient de gros bateaux que leurs doubles coques largement espacées faisaient ressembler à des docks flottants ; puis des navires indéfinissables aux formes massives, avec des ponts plats pour hélicoptères ; et au centre, parmi tout ce gris, deux vaisseaux blancs, dotés chacun d'une plate-forme d'appontage ornée d'une cible.

Le pilote les lui énuméra

– À l'extérieur, vous avez les destroyers, pour la protection. Immédiatement à l'intérieur, les UAVT, unités d'accompagnement des véhicules téléguidés ; et puis les AAM, appui et approvisionnement de mission ; et les NRH au centre.

– Les NRH ?

– Les navires de recherche hydrographique, précisa le pilote en pointant un doigt vers les vaisseaux blancs. Le *John Hawes* à bâbord, et le *William Arthur* à tribord. Nous nous poserons sur le *Hawes*.

Le pilote contourna la formation, et Norman vit des vedettes qui allaient et venaient entre les navires, laissant de petits sillages blancs sur le bleu foncé de l'océan.

– Tout ça pour un accident d'avion ? demanda Norman.

– Eh, fit le pilote en souriant, je n'ai jamais parlé d'accident. Vérifiez votre ceinture si vous le voulez bien, sir. Nous allons nous poser.

14

BARNES

Le centre rouge de la cible grandit, puis disparut au-dessous d'eux quand l'hélicoptère apponta. Alors que Norman essayait maladroitement de dégrafer sa ceinture de sécurité, un marin en uniforme s'approcha en courant et ouvrit la porte.

– Docteur Johnson ? Norman Johnson ?

– C'est moi.

– Vous avez des bagages, sir ?

– Juste ça.

Norman se pencha en arrière pour prendre son sac de voyage, dont l'officier s'empara.

– Des instruments scientifiques, ou autre chose du même genre ?

– Non. C'est tout.

– Par ici, sir. Baissez la tête, suivez-moi, et n'allez pas vers la poupe, sir.

Norman sortit en se courbant sous les pales du rotor, et suivit l'officier jusqu'à un escalier étroit qui descendait à l'extrémité de la plate-forme. La rampe métallique était brûlante. Derrière lui, dans l'appareil qui décollait, le pilote lui adressa un dernier salut de la main. Une fois l'hélicoptère parti, l'air du Pacifique lui parut immobile et d'une chaleur agressive.

– Bon voyage, sir ?

– Parfait.

– Vous avez besoin d'aller quelque part, sir ?

– Je viens d'arriver, répondit Norman.

– Non, je veux dire : avez-vous besoin d'aller aux toilettes, sir ?

– Non.

– Bon. N'utilisez pas les toilettes, elles sont toutes engorgées.

– Très bien.

– Les sanitaires sont en panne depuis hier soir. On s'en occupe, et nous espérons que ce sera bientôt réparé.

L'officier se retourna vers Norman.

– Nous avons pas mal de femmes à bord en ce moment, sir.

– Je vois.

– Si vous en avez besoin, il y a un W.-C. chimique, sir.

– Ça va, merci.

– Dans ce cas, le capitaine Barnes voudrait vous voir immédiatement, sir.

– J'aimerais téléphoner à ma famille.

– Vous pourrez en parler au capitaine Barnes, sir.

Ils se baissèrent pour franchir une porte, passant de la chaleur du soleil à une coursive éclairée de tubes fluorescents. Il y faisait nettement plus frais.

– Il y a un moment que la climatisation n'est pas tombée en panne. C'est toujours ça.

– Elle tombe souvent en panne ?

– Seulement quand il fait très chaud.

Ils franchirent une autre porte et entrèrent dans un grand atelier : parois métalliques, râteliers à outils, chalumeaux à acétylène projetant des gerbes d'étincelles, ouvriers penchés sur des pontons métalliques et des machines complexes, câbles serpentant sur le sol.

– C'est ici qu'on répare les VT, dit l'officier, criant pour couvrir le vacarme. La plupart des gros travaux se font à bord des navires annexes. Ici, nous ne faisons qu'une partie des réparations d'électronique. Par ici, sir.

Une autre porte encore, une autre coursive, puis une salle basse de plafond encombrée de moniteurs vidéo. Une demi-douzaine de techniciens étaient assis dans la pénombre devant les écrans couleurs. Norman s'arrêta pour regarder.

– C'est d'ici qu'on commande les VT. Nous avons trois ou quatre robots au fond en permanence. Plus les minisubs et les FD, évidemment.

Norman entendait le crépitement et le sifflement des communications radio, les fragments plus doux de mots qu'il ne parvenait pas à distinguer. Sur l'un des écrans, il vit un plongeur qui marchait sur le fond. Le plongeur, qui se tenait dans une lumière artificielle à l'éclat dur, portait une tenue comme Norman n'en avait jamais vu : tissu bleu robuste et casque jaune vif d'une forme bizarre.

– À quelle profondeur est-il ? demanda Norman en montrant l'écran.

– Je ne sais pas. Trois cents, trois cent cinquante mètres, quelque chose comme ça.

– Et qu'ont-ils trouvé ?

– Jusqu'à présent, seulement le grand aileron de

titane, répondit l'officier en regardant autour de lui. On ne le voit sur aucun des moniteurs pour l'instant. Bill, pourriez-vous montrer l'aileron au docteur Johnson ?

– Désolé, sir, répondit le technicien. En ce moment, le poste principal de transmission travaille plus au nord, dans le quadrant 7.

– Ah. Le quadrant 7 est à près d'un kilomètre de l'aileron, expliqua l'officier à Norman. Dommage, c'est un sacré spectacle. Mais vous le verrez plus tard, j'en suis sûr. Par ici pour aller voir le capitaine Barnes.

Ils suivirent un moment la coursive, puis l'officier lui demanda :

– Connaissez-vous le capitaine, sir ?

– Non, pourquoi ?

– Je me posais la question, c'est tout. Il est impatient de vous voir. Il a appelé les techniciens des communications toutes les heures pour savoir quand vous arriveriez.

– Non, répondit Norman, je ne l'ai jamais rencontré.

– Un type très bien.

– J'en suis sûr.

L'officier lança un regard par-dessus son épaule.

– Vous savez ce qu'on dit du capitaine ?

– Non, que dit-on ?

– On dit qu'il mord pis qu'il n'aboie.

Ils franchirent une dernière porte, portant l'indication « Commandant d'opérations » au-dessous de laquelle une plaque à glissière disait « Capt. Harold C. Barnes, USN ». Son guide s'étant effacé, Norman entra dans une cabine lambrissée. Un homme en bras de chemise, puissamment charpenté, se leva derrière une pile de dossiers.

Le capitaine Barnes était de ces militaires soignés face auxquels Norman se sentait gros et inapte. La quarantaine bien avancée, Hal Barnes avait un maintien d'une rectitude toute militaire, une expression vive, des cheveux courts, un estomac plat, et la poignée de main ferme d'un politicien.

– Bienvenue à bord du *Hawes*, docteur Johnson. Comment vous sentez-vous ?

– Fatigué, répondit Norman.

– Certainement, certainement. Vous venez de San Diego ?

– Oui.

– Alors ça fait quinze heures de voyage, plus ou moins. Vous voulez vous reposer ?

– J'aimerais savoir ce qui se passe.

– Tout à fait compréhensible, acquiesça Barnes avec un hochement de tête. Que vous a-t-on dit ?

– Qui ?

– Ceux qui vous ont pris en charge à San Diego, ceux qui vous ont piloté jusqu'ici, les gens de Guam. Tout le monde.

– Personne ne m'a rien dit.

– Vous avez vu des reporters, des journalistes ?

– Non, rien de ce genre.

Barnes sourit.

– Bien. Je suis content de l'entendre.

Il indiqua un siège à Norman, qui s'assit avec soulagement.

– Que diriez-vous d'un café ?

Comme Barnes s'approchait d'une cafetière électrique, derrière son bureau, les lumières s'éteignirent. La pièce ne fut plus éclairée que par la lueur qui se déversait d'un hublot.

– Nom de Dieu ! Ça recommence. Emerson ! *Emerson !*

Un enseigne entra par une porte latérale.

– Sir ! On s'en occupe, capitaine.

– Qu'est-ce que c'est, cette fois ?

– Ça a sauté dans la soute 2 des VT, sir.

– Je croyais qu'on avait ajouté des lignes supplémentaires à la soute 2.

– Apparemment, il y a quand même eu une surcharge, sir.

– Je veux qu'on m'arrange ça immédiatement, Emerson !

– On espère que tout sera réglé rapidement, sir.

La porte se referma, et Barnes se laissa aller contre son dossier. Norman entendit sa voix dans l'ombre.

– Ce n'est pas vraiment leur faute. Ces bateaux n'ont pas été prévus pour la quantité d'énergie que nous leur demandons en ce moment, et... ah, voilà.

L'éclairage revint. Barnes sourit.

– Vous m'avez dit que vous vouliez du café, docteur Johnson ?

– Noir pour moi, merci, répondit Norman.

Barnes lui en versa une tasse.

– Quoi qu'il en soit, je suis soulagé que vous n'ayez parlé à personne. Dans mon travail, docteur Johnson, la sécurité est un souci primordial. Surtout dans un cas comme celui-ci. S'il venait à s'ébruiter, nous aurions toutes sortes de problèmes. Et il s'y trouve mêlé tant de monde, maintenant... Bon sang, le commandement du Pacifique ne voulait même pas me donner de destroyers, jusqu'au moment où j'ai commencé à parler de sous-marins de reconnaissance soviétiques. Aussitôt, j'en ai eu quatre, et puis huit.

– Des sous-marins de reconnaissance russes ? fit Norman.

– C'est ce que je leur ai dit à Honolulu, expliqua Barnes en grimaçant un sourire. Ça fait partie du jeu, quand on veut avoir ce qui est indispensable à une opération comme celle-ci. Dans la marine moderne, il faut savoir comment se procurer les équipements. Mais les Russes ne viendront pas par ici, évidemment.

– Ils ne viendront pas ? répéta Norman, s'efforçant de saisir le fil d'une conversation dont les prémisses implicites lui avaient apparemment échappé.

– C'est peu probable. Oh, ils savent que nous sommes ici. Ils nous auront repérés avec leurs satellites depuis au moins deux jours, mais nous envoyons un flot régulier de messages décodables à propos de nos exercices de recherche et de sauvetage dans le Pacifique Sud. Pour eux, un exercice de R&S n'est pas prioritaire, même s'ils pensent sans aucun doute qu'un avion s'est véritablement abattu et que nous le récupérons pour de bon. Ils nous soupçonnent peut-être même d'essayer de récupérer des ogives nucléaires, comme nous l'avons fait au large de l'Espagne en 1968. Mais ils nous laisseront tranquilles – parce qu'ils ne veulent pas être politiquement impliqués dans nos problèmes nucléaires. Ils savent que nous avons des ennuis avec la Nouvelle-Zélande, en ce moment.

– C'est de ça qu'il s'agit ? demanda Barnes. D'ogives nucléaires ?

– Non, Dieu merci. Dès que ça touche le nucléaire, quelqu'un de la Maison-Blanche se sent toujours le devoir moral de l'annoncer. Mais nous avons maintenu ceci à l'écart du personnel de la Maison-Blanche. En fait. nous feintons l'état-major interarmes en ce qui concerne cette opération. Tous les comptes rendus vont directement du ministre de la Défense au Président, personnellement.

Barnes tambourina de la jointure de ses doigts sur le bureau.

— Jusqu'à présent, tout va bien, et vous êtes le dernier que nous attendions. Maintenant que vous êtes ici, nous allons fermer soigneusement toutes les voies de communication. Rien ne doit entrer ni sortir.

Norman ne parvenait toujours pas à se faire une idée précise de la situation.

— S'il n'y avait pas d'ogives nucléaires dans cet accident, dit-il, pourquoi tout ce mystère ?

— Eh bien, nous ne connaissons pas encore tous les faits.

— L'accident s'est produit dans l'océan ?

— Oui. Plus ou moins exactement au-dessous de l'endroit où nous nous trouvons actuellement.

— Alors il ne peut pas y avoir de survivants.

— Des survivants ? fit Barnes d'un air surpris. Non, ça m'étonnerait.

— Alors pourquoi m'a-t-on fait venir ici ?

Barnes parut déconcerté.

— Voyez-vous, expliqua Norman, on m'appelle habituellement sur les lieux des accidents où il y a des survivants. C'est la raison pour laquelle on inclut un psychologue dans l'équipe, pour traiter les traumas aigus des passagers survivants, ou parfois des parents de ces passagers. Leurs sentiments, leurs peurs, leurs cauchemars récurrents. Les gens qui survivent à une catastrophe éprouvent souvent toutes sortes de sentiments de culpabilité, d'angoisses à propos des raisons pour lesquelles eux ont survécu et d'autres pas. Une femme assise avec son mari et ses enfants, par exemple – d'un seul coup, ils sont tous morts et elle seule est vivante. Ce genre de chose.

Norman se radossa.

— Mais dans le cas présent – un avion qui s'est abattu par plusieurs centaines de mètres de profondeur – il n'existe aucun de ces problèmes. Alors pourquoi suis-je ici ?

Barnes le dévisageait fixement, l'air gêné. Il déplaça des dossiers sur son bureau.

— En fait, il ne s'agit pas d'un accident d'avion, docteur Johnson.

20

– De quoi s'agit-il ?

– D'un *vaisseau spatial*.

Il y eut un court silence, puis Norman hocha la tête.

– Je vois.

– Ça ne vous surprend pas ?

– Non. En fait, ça explique beaucoup de choses. Si un vaisseau spatial militaire s'est abattu dans l'océan, ça explique pourquoi je n'en ai pas entendu parler à la radio, pourquoi les faits ont été tenus secrets, pourquoi on m'a amené ici de cette façon... Quand s'est-il abattu ?

Barnes hésita une fraction de seconde avant de répondre.

– Autant que nous pouvons en juger, ce vaisseau spatial s'est abattu là il y a trois cents ans.

FVI

Il y eut un silence. Norman écoutait le bourdonnement de l'air conditionné. Il entendait faiblement les communications radio dans la pièce voisine. Il regarda la tasse de café qu'il tenait à la main, remarquant une ébréchure sur le bord supérieur. Il s'efforçait d'absorber ce qu'on lui disait, mais son esprit se mouvait paresseusement, tournait en rond.

Il y a trois cents ans, songea-t-il. *Un vaisseau spatial vieux de trois cents ans*. Mais le programme spatial ne remontait pas à trois cents ans. Il avait à peine trente ans. Alors comment un vaisseau spatial pouvait-il être vieux de trois cents ans ? C'était impossible. Barnes devait se tromper. Mais comment Barnes pourrait-il se tromper ? La Marine n'enverrait pas tous ces navires, tous ces gens, si on n'était pas sûr de ce qu'il y avait au fond de l'océan. Un vaisseau spatial vieux de trois cents ans.

Mais comment était-ce possible ? Il devait s'agir d'autre chose. Il ressassait l'idée encore et encore sans arriver nulle part, l'esprit hébété et commotionné.

– ...solument aucun doute, disait Barnes. Nous pouvons évaluer la date avec une grande précision en nous fondant sur la croissance du corail. Le corail du Pacifique croît de deux centimètres et demi par an, et cet objet – quoi qu'il soit – en est recouvert d'une couche d'environ cinq mètres d'épaisseur. Ça fait beaucoup de corail. Évidemment, le corail ne pousse pas à une profondeur de trois cents mètres, ce qui signifie que la plate-forme a dû s'effondrer pour atteindre sa profondeur actuelle à un certain moment du passé. Les géologues affirment que cela s'est produit il y a à peu près un siècle, ce qui nous fait évaluer l'âge global de l'appareil à environ trois cents ans. Mais nous pouvons nous tromper. En fait, il pourrait être beaucoup plus vieux. Il pourrait avoir mille ans.

Barnes déplaça de nouveau des papiers sur son bureau, les arrangeant en piles bien nettes dont il alignait soigneusement les bords.

— Je peux vous dire, docteur Johnson, que ce truc me flanque une frousse de tous les diables. *Voilà* pourquoi vous êtes ici.

Norman secoua la tête.

— Je ne comprends toujours pas.

— Nous vous avons fait venir en raison de votre participation au projet FVI.

— Le FVI ? s'exclama Norman, qui faillit ajouter : *Mais le FVI était une plaisanterie !*

Devant le sérieux de Barnes, il se félicita de s'être repris à temps.

Et pourtant, le projet FVI était une plaisanterie. Tout ce qui s'y rapportait avait été une plaisanterie depuis le début.

En 1979, au déclin de l'administration Carter, Norman Johnson avait été maître assistant de psychologie à l'université de San Diego en Californie ; son sujet de recherche particulier était alors la dynamique de groupe et la peur collective, et il lui arrivait de faire partie des équipes d'intervention de la FAA sur les lieux des catastrophes aériennes. À cette époque, ses plus gros problèmes avaient été de trouver une maison pour Ellen et les enfants, de maintenir ses publications, et de se demander si l'UCSD lui donnerait un poste fixe. Ses travaux de recherche étaient considérés comme brillants, mais la psychologie était notoirement sujette aux modes intellectuelles. L'intérêt pour l'étude de l'anxiété déclinait à mesure que de nombreux chercheurs en venaient à la considérer comme un trouble purement biochimique susceptible d'être traité par la seule thérapie des médicaments; un scientifique avait même été jusqu'à dire « L'anxiété n'est plus un problème de psychologie. Il ne reste rien à étudier. » De même, la dynamique de groupe était considérée comme passée de mode, comme une discipline qui avait connu son âge d'or dans les groupes de rencontres gestaltiques et les méthodes corporatives de brainstorming du début des années 70, mais était maintenant arriérée et vieux jeu.

Norman, quant à lui, ne parvenait pas à comprendre cette attitude. Il lui semblait que la société américaine était une société où les gens travaillaient en groupe; l'individualisme fruste avait fait place à d'innombrables réunions et décisions collectives. Dans cette nouvelle société, le comportement de groupe lui semblait avoir gagné de l'importance, et non en avoir perdu. Et il ne pensait pas que le problème clinique de l'anxiété serait résolu par des pilules. Il lui semblait qu'une société dans laquelle le médicament le plus couramment prescrit était le Valium constituait, par définition, une société qui n'avait pas résolu ses problèmes.

Ce ne fut qu'avec la préoccupation suscitée dans les années 80 par les techniques de gestion japonaises que la discipline de Norman regagna l'attention universitaire. A peu près à la même époque, la dépendance au Valium fut reconnue comme un problème majeur, et tout le sujet du traitement de l'anxiété par les médicaments fut reconsidéré. Mais entre-temps, Johnson avait eu l'impression de stagner pendant plusieurs années. (Il y avait près de trois ans qu'on ne lui avait accordé aucune subvention de recherche.) La stabilité de l'emploi et la recherche d'une maison étaient des problèmes bien réels.

C'était au plus noir de cette période qu'il fut contacté par un jeune juriste à l'air grave du National Security Council de Washington, qui s'assit avec une cheville posée sur son genou opposé tout en tirant nerveusement sur sa chaussette. Le juriste dit à Norman qu'il était venu lui demander son aide.

Norman répondit qu'il l'aiderait s'il le pouvait.

Toujours tirant sur sa chaussette, le juriste dit à Norman qu'il voulait lui parler d'un « grave problème de sécurité nationale auquel notre pays se trouvait actuellement confronté ».

Norman demanda en quoi consistait le problème.

– Simplement que ce pays n'est absolument pas préparé pour l'éventualité d'une invasion extraterrestre.

Parce que le juriste était jeune, et parce qu'il gardait les yeux baissés sur sa chaussette tout en parlant, Norman crut d'abord qu'il était embarrassé qu'on l'eût envoyé faire une démarche ridicule. Mais quand il leva les yeux, Norman constata à son grand étonnement qu'il était tout à fait sérieux.

— Nous pourrions vraiment être pris au dépourvu dans une situation comme celle-là, dit le juriste. Une invasion extraterrestre.

Norman dut se mordre la lèvre.

— C'est sans doute vrai, dit-il.

— Il y a des gens du gouvernement qui s'inquiètent.

— Vraiment ?

— On pense *en haut lieu* qu'il conviendrait d'établir des plans d'urgence.

— Vous voulez dire des plans d'urgence en cas d'invasion extraterrestre ?... dit Norman, qui avait peine à garder son sérieux.

— Peut-être... peut-être *invasion* est-il un mot un peu fort. On peut l'atténuer en parlant de « contact » : contact avec des extraterrestres.

— Je vois.

— Vous faites déjà partie des équipes d'intervention sur les lieux des catastrophes aériennes, docteur Johnson. Vous savez comment fonctionnent ces groupes de secours d'urgence. Nous aimerions avoir votre opinion concernant la composition optimale d'une équipe d'intervention destinée à entrer en contact avec un envahisseur extraterrestre.

— Je vois, dit Norman, se demandant comment il pourrait se sortir de cette situation.

L'idée était manifestement ridicule. Il ne pouvait y voir autre chose qu'une diversion : le gouvernement, confronté à d'immenses problèmes qu'il ne parvenait pas à résoudre, avait décidé de penser à autre chose.

Puis le juriste toussa, proposa de faire une étude, et fixa un chiffre substantiel pour une subvention de recherche de deux ans.

Norman y vit une chance de pouvoir acheter sa maison. Il dit oui.

— Je suis heureux que vous reconnaissiez que c'est un réel problème.

— Oh, oui, acquiesça Norman.

Il se demandait quel âge pouvait avoir son interlocuteur. Environ vingt-cinq ans, à son avis.

— Il ne nous reste qu'à obtenir votre habilitation de sécurité dit le juriste.

— J'ai besoin d'une habilitation de sécurité ?

— Docteur Johnson, dit le juriste en refermant son attaché-case d'un geste sec, ce projet est ultra-, ultra-secret.

— Ça ne me dérange pas, répondit Norman.

Il ne mentait pas. Il n'avait aucun mal à imaginer les réactions de ses collègues si jamais ils avaient vent de la chose.

Ce qui avait commencé comme une plaisanterie devint bientôt simplement bizarre. Au cours de l'année suivante, Norman prit cinq fois l'avion pour Washington afin de rencontrer des hauts fonctionnaires du National Security Council pour discuter du danger pressant et imminent d'une invasion extraterrestre. Son travail était des plus secrets, et l'une des premières questions fut de savoir si son projet devait être transféré à la DARPA, la Defence Advanced Research Project Agency du Pentagone. Ils décidèrent de n'en rien faire. On se demanda s'il devait être confié à la NASA, et là encore il fut décidé que non. Un haut fonctionnaire du gouvernement lui dit : « Ce n'est pas un problème scientifique, docteur Johnson, c'est un problème de sécurité nationale. Il ne faut pas que le sujet s'ébruite. »

Norman fut continuellement surpris du niveau des fonctionnaires qu'on lui demandait de rencontrer. Un sous-secrétaire d'État principal repoussa sur un coin de son bureau les papiers concernant la dernière crise du Moyen-Orient pour lui demander :

— Que pensez-vous de l'éventualité où ces extra-terrestres seraient capables de lire nos pensées ?

— Je ne sais pas, répondit Norman.

— Eh bien je me pose la question. Comment pourrons-nous établir une position de négociation s'ils sont capables de lire nos pensées ?

— Ça pourrait être un problème, acquiesça Norman en glissant un regard à sa montre.

— Bon sang, il suffit déjà que nos dépêches codées soient interceptées par les Russes. Nous savons que les Japonais et les Israéliens ont percé tous nos codes. Nous prions le ciel que les Russes ne puissent pas encore le faire. Mais vous voyez ce que je veux dire. Vous voyez le problème, pour ce qui est de lire nos pensées.

– Oh, oui.

– Il faudra que votre rapport prenne cela en considération.

Norman promit qu'il en serait ainsi.

Un fonctionnaire de la Maison-Blanche lui dit :

– Vous comprenez que le Président voudra parler personnellement à ces extraterrestres. Il est ce genre d'homme.

– Hmm-hm, répondit Norman.

– Et je veux dire, la valeur publicitaire, le retentissement, seraient incalculables. « Le Président rencontre les extraterrestres à Camp David. » Quel moment pour les médias !

– Un grand moment, acquiesça Norman.

– Il faudra donc que les extraterrestres soient informés par un émissaire de ce que représente le Président, et du protocole à observer pour lui parler. On ne peut faire parler le Président des États-Unis avec des gens d'une autre galaxie ou d'où que ce soit devant la télévision sans préparation. Pensez-vous que les extraterrestres parleront anglais ?

– J'en doute, répondit Norman.

– Alors il faudra peut-être que quelqu'un apprenne leur langue, n'est-ce pas ?

– C'est difficile à dire.

– Peut-être les extraterrestres seraient-ils plus à l'aise s'ils rencontraient un émissaire choisi dans l'une de nos minorités ethniques, dit l'homme de la Maison-Blanche. De toute façon, c'est une possibilité. Réfléchissez-y.

Norman promit qu'il y réfléchirait.

L'officier de liaison du Pentagone, un général de division, l'invita à déjeuner et lui demanda d'un ton détaché au moment du café :

– Quel genre d'armement, à votre avis, pourraient avoir ces extraterrestres ?

– Je ne sais pas trop, répondit Norman.

– Bien, c'est le point crucial, n'est-ce pas ? Et leurs points vulnérables ? Je veux dire... ces extraterrestres pourraient n'avoir absolument rien d'humain.

– En effet, c'est possible.

– Ils pourraient être des sortes d'insectes géants. Vos insectes peuvent résister à une sacrée dose de radiations.

– Oui, dit Norman.

– Nous pourrions nous trouver dans l'incapacité de les toucher, dit l'homme du Pentagone.

Il avait parlé d'un air sombre, mais son visage s'éclaira de nouveau.

– Je doute quand même qu'ils puissent résister à un coup direct d'une ogive nucléaire de plusieurs mégas, vous ne pensez pas ?

– Non, dit Norman. Je ne pense pas qu'ils résisteraient.

– Ça les vaporiserait.

– Certainement.

– Ce sont les lois de la physique.

– Exactement.

– Votre rapport doit faire état de ce point très clairement. Ce qui concerne la vulnérabilité de ces extraterrestres aux armes nucléaires.

– Oui, dit Norman.

– Il ne faut pas que nous semions la panique, dit l'homme du Pentagone. Il n'y a aucun sens à bouleverser les gens, n'est-ce pas ? Je sais que le comité interarmes des chefs d'état-major sera rassuré d'apprendre que les extraterrestres sont vulnérables à nos armes nucléaires.

– Je garderai cela à l'esprit, dit Norman.

Les entretiens avaient finalement cessé, et on l'avait laissé écrire son rapport. Tout en passant en revue les spéculations publiées à propos de la vie extraterrestre, il se dit que le général de division du Pentagone n'avait après tout pas tellement tort. La question réelle soulevée par un contact avec des extraterrestres – s'il existait une question réelle – concernait la panique. La panique psychologique. La seule expérience humaine importante en ce domaine avait été la diffusion par Orson Welles en 1938 de *La Guerre des mondes*. Et la réaction humaine avait été sans équivoque.

Les gens avaient été terrifiés.

Norman soumit son rapport, intitulé « Contact avec une forme éventuelle de vie extraterrestre ». Il lui fut retourné par le NSC, avec une note suggérant que le titre fût révisé pour « paraître plus technique » et supprimer « toute allusion laissant entendre qu'un contact avec des extraterrestres n'était qu'une possibilité, ce contact étant considéré comme virtuellement assuré dans certaines sphères du gouvernement ».

Révisé, son rapport avait été dûment classé Ultra-secret sous le titre « Recommandations pour l'équipe humaine chargée d'entrer en contact avec des Formes de

Vie Inconnues (FVI) ». De l'avis de Norman, l'équipe de contact FVI exigeait des individus particulièrement stables. Dans son rapport, il avait écrit...

— Je me demande, dit Barnes en ouvrant une chemise, si vous reconnaissez cette citation :

« Les équipes de contact rencontrant une Forme de Vie Inconnue (FVI) doivent être préparées à un sévère impact psychologique. Il se produira certainement des réactions d'anxiété extrême. Il convient de déterminer les traits de personnalité des individus capables de supporter une anxiété extrême, et de sélectionner ces individus pour la constitution de l'équipe.

« L'anxiété provoquée par une confrontation avec une forme de vie inconnue n'a pas été suffisamment évaluée. Les peurs engendrées par un contact avec une forme de vie nouvelle ne sont pas connues et ne peuvent être totalement prévues. Mais la conséquence la plus vraisemblable d'un tel contact serait une terreur absolue. »

— Vous vous rappelez qui a dit cela ? demanda Barnes en refermant la chemise d'un geste sec.

— Oui, dit Norman, je m'en souviens.

Et il se rappelait pourquoi il l'avait dit.

Dans le cadre de la subvention du NSC, Norman avait mené des études de dynamique de groupe se rapportant à l'anxiété psychologique. Suivant les méthodes d'Asch et Milgram, il avait créé plusieurs environnements dans lesquels les sujets ne savaient pas qu'ils étaient testés. Dans un cas particulier, un groupe devait prendre un ascenseur pour se rendre à un autre étage afin de participer à un test. L'ascenseur se bloquait entre deux étages, et les sujets étaient alors observés au moyen d'une caméra vidéo dissimulée.

Ce scénario comportait plusieurs variantes. Parfois, il y avait sur l'ascenseur une pancarte disant « En réparation » ; il y avait quelquefois une conversation téléphonique avec le « réparateur », mais pas toujours ; d'autres fois le plafond s'effondrait, et les lumières s'éteignaient ; parfois aussi, le plancher de l'ascenseur était construit en Lucite transparent.

Dans un autre scénario, les sujets étaient embarqués à

bord d'une fourgonnette et conduits dans le désert par un « guide expérimenté » qui faisait le coup de la panne d'essence, puis souffrait d'une « crise cardiaque » et les laissait livrés à eux-mêmes.

Dans la version la plus sévère, les sujets étaient emmenés à bord d'un avion particulier, dont le pilote avait une « crise cardiaque » en plein ciel.

Malgré les récriminations habituelles que suscitait ce genre de tests – qu'ils étaient sadiques, qu'ils étaient artificiels ; que les sujets sentaient d'une certaine façon que les situations étaient fabriquées –, Johnson en avait tiré de nombreuses informations concernant les groupes soumis à la tension de l'anxiété.

Il s'aperçut que les réactions de peur étaient ramenées au minimum quand le groupe était réduit (cinq personnes au plus), quand les membres du groupe se connaissaient bien entre eux, quand ils pouvaient se voir et n'étaient pas isolés, quand ils partageaient des objectifs de groupe précis et des limites de temps fixées, quand il y avait une variété d'âge et de sexe, et quand les membres du groupe avaient une tolérance phobique élevée selon les critères des tests d'anxiété LAS, ce qui correspondait à une bonne forme physique.

Les résultats de cette étude furent formulés dans des tableaux statistiques touffus, bien que, essentiellement, Norman sût qu'il n'avait fait que confirmer le sens commun : si on était bloqué dans un ascenseur, il valait mieux se trouver en compagnie de quelques individus athlétiques de connaissance, maintenir les lumières allumées, et savoir que quelqu'un s'occupait de résoudre le problème.

Mais il savait aussi que certains de ses résultats, tels que l'importance de la composition du groupe, allaient contre l'intuition. Les groupes composés exclusivement d'hommes ou de femmes résistaient beaucoup moins bien à l'épreuve que les groupes mixtes ; les groupes composés d'individus approximativement du même âge avaient de moins bons résultats que ceux où les âges différaient. Et les groupes préexistants formés pour un objectif différent étaient les pires. À un certain point de ses expériences, il avait mis dans une situation critique une équipe championne de basket-ball, qui avait craqué presque aussitôt.

Bien que ce type de recherche fût intéressant, Norman

avait gardé un certain malaise quant à l'objet réel de son mémoire – une invasion extraterrestre – qu'il considérait à part lui conjectural au point d'en être absurde. Il se sentit embarrassé de soumettre son rapport, surtout après l'avoir modifié pour donner l'impression qu'il avait une portée plus grande que celle qu'il lui connaissait.

Il fut soulagé d'apprendre que le gouvernement n'avait pas aimé son rapport. Aucune de ses recommandations ne fut approuvée. Le gouvernement ne pensait pas, comme le docteur Norman Johnson, que la peur fût un problème ; on estimait que l'émotion humaine dominante serait l'émerveillement et la crainte respectueuse. En outre, le gouvernement préférait une équipe de contact plus nombreuse, d'une trentaine de personnes, parmi lesquelles figureraient trois théologiens, un juriste, un médecin, un représentant du ministère des Affaires étrangères, un représentant du comité interarmes, un groupe sélectionné du corps législatif, un ingénieur aérospatial, un exobiologiste, un physicien nucléaire, un anthropologue culturel, et un présentateur d'émission télévisée.

De toute façon, le Président ne fut pas réélu, et Norman n'eut plus de nouvelles de sa proposition FVI. Il n'en avait pas entendu parler depuis six ans.

Jusqu'à cet instant.

– Vous vous rappelez l'équipe FVI que vous aviez proposée ? dit Barnes.

– Bien sûr.

Norman avait recommandé une équipe de quatre personnes – un astrophysicien, un zoologiste, un mathématicien, un linguiste – et un cinquième membre, un psychologue, dont la tâche serait d'observer le comportement et l'attitude des autres membres.

– Donnez-moi votre opinion là-dessus, dit Barnes en tendant à Norman une feuille de papier :

ÉQUIPE D'ENQUÊTE SUR LES ANOMALIES

PERSONNEL DE L'USN/MEMBRES D'ASSISTANCE

1. Harold C. Barnes, capitaine commandant de sion, USN

2. Jane Edmunds, tech. informatique PO

3. Tina Chan, tech. électronique PO

4. Alice Fletcher, chef d'assistance PO d'habitat sous-marin saturé, USN

5. Rose C. Levy, assistante 2C d'habitat sous-marin saturé, USN

1. Theodore Fielding, astrophysicien/géologue planétaire

2. Elizabeth Halpern, zoologiste/biochimiste

3. Harold J. Adams, mathématicien/logicien

4. Arthur Levine, biologiste marin/biochimiste

5. Norman Johnson, psychologue

Norman regarda la liste.

— À part Levine, c'est l'équipe FVI civile que j'avais proposée initialement. J'avais même rencontré chacun des membres et les avais soumis à des tests, à l'époque.

— Exact.

— Mais vous avez dit vous-même qu'il n'y avait probablement pas de survivants. Il n'y a sans doute rien de vivant à l'intérieur de ce vaisseau spatial.

— Oui, dit Barnes. Mais si je me trompe ?

Il consulta sa montre.

— Je dois faire un briefing pour les membres de l'équipe à onze heures. J'aimerais que vous y veniez, voir ce que vous pensez d'eux. Après tout, nous avons suivi les recommandations de votre rapport FVI.

Vous suivez mes recommandations, songea Norman avec une sensation de vide au creux de l'estomac. *Bon Dieu, je ne voulais que me faire un peu d'argent pour acheter une maison.*

— Je savais que vous sauteriez sur l'occasion de voir vos idées mises en pratique, poursuivit Barnes. C'est pourquoi je vous ai engagé comme psychologue de l'équipe, bien qu'un homme plus jeune eût mieux convenu.

— J'apprécie votre geste.

— Je le savais, dit Barnes avec un sourire jovial en lui tendant une main musclée. Bienvenue dans l'équipe FVI, docteur Johnson.

BETH

Un enseigne conduisit Norman à sa cabine, grise et
minuscule, qui ressemblait plus à une cellule de prison
qu'à n'importe quoi d'autre. Son sac de voyage était posé
sur la couchette. Dans un angle se trouvait un pupitre
d'ordinateur avec un clavier, à côté duquel était posé un
épais manuel à couverture bleue.

Il s'assit sur le lit, dur et peu accueillant, et s'adossa à
un tuyau qui courait le long du mur.

– Salut Norman, dit une voix douce. Je suis contente
de voir qu'ils vous ont embarqué là-dedans. Tout cela est
votre faute, n'est-ce pas ?

Une femme se tenait sur le seuil de la cabine.

Beth Halpern, zoologiste de l'équipe, était un modèle
de contrastes, grande femme de trente-six ans qu'on
pouvait qualifier de jolie malgré ses traits anguleux et
l'apparence presque masculine de son corps. Ce côté
masculin semblait s'être accentué depuis la dernière fois
que Norman l'avait vue, des années plus tôt. Elle pratiquait sérieusement les haltères et la course à pied ; les
veines et les muscles saillaient à son cou et sur ses avant-
bras, et son short laissait paraître ses jambes puissantes.
Ses cheveux étaient coupés court, à peine plus long que
ceux d'un homme.

Cela ne l'empêchait pas de porter des bijoux et du
maquillage, et elle se mouvait avec une grâce séduisante.
Sa voix était douce et ses yeux grands et limpides, surtout
quand elle parlait des choses vivantes qu'elle étudiait. À
ces moments-là, elle devenait presque maternelle. L'un
de ses collègues de l'université de Chicago l'avait qualifiée de « Mère Nature avec des muscles ».

Norman se leva, et elle lui donna un petit baiser sur la
joue.

– Ma cabine est à côté de la vôtre, je vous ai entendu
arriver. Depuis combien de temps êtes-vous à bord ?

– Une heure. Je crois que je suis encore sous le choc.
Vous ajoutez foi à toute cette histoire ? Vous pensez que
ça a quelque chose de réel ?

– Je pense que ceci est réel, répondit-elle en montrant le manuel bleu posé à côté de l'ordinateur.

Norman le prit : *Règlements concernant la conduite personnelle à observer au cours d'opérations militaires secrètes*. Il feuilleta quelques pages de texte juridique touffu.

– Ça dit essentiellement que vous devez garder bouche cousue sous peine de passer un long moment dans une prison militaire. Et il n'est pas question de téléphoner ni de recevoir d'appels de l'extérieur. Oui, Norman, je pense que ça doit être réel.

– Il y a un vaisseau spatial au fond de l'eau ?

– Il y a quelque chose, et c'est bigrement passionnant, dit-elle en se mettant à parler plus vite. Ne serait-ce qu'en ce qui concerne la biologie, les possibilités sont effarantes – tout ce que nous connaissons de la vie tient à l'étude de la vie sur notre planète. Mais, en un sens, toute vie sur notre planète est la même. Toute créature vivante, de l'algue à l'être humain, est fondamentalement bâtie sur le même plan, à partir du même ADN. Maintenant, nous avons peut-être une chance de contacter une forme de vie entièrement différente, différente dans tous les sens. C'est vraiment passionnant.

Norman hocha la tête. Il pensait à autre chose.

– Qu'avez-vous dit à propos des communications téléphoniques avec l'extérieur ? J'ai promis à Ellen de l'appeler.

– J'ai essayé d'appeler ma fille, et on m'a dit que la liaison avec le continent était coupée. Si vous pouvez avaler ça ! La Marine a plus de satellites que d'amiraux, mais on me jure qu'il n'y a pas de ligne disponible pour appeler l'extérieur. Barnes a dit qu'il autoriserait un télégramme. C'est tout.

– Quel âge a Jennifer, maintenant ?

Norman était content d'avoir réussi à retrouver le nom dans ses souvenirs. Et comment s'appelait le mari de Beth ? Il se rappelait qu'il était physicien, ou quelque chose d'approchant. Un homme aux cheveux blond-roux. Avec une barbe. Et qui portait des nœuds papillons.

– Neuf ans. Elle est lanceuse de base-ball pour le championnat des minimes d'Evanston. Pas brillante pour les études, mais sacrée bonne lanceuse, ajouta Beth avec fierté. Comment va votre famille ? Ellen ?

– Ça va. Les enfants aussi. Tim est en deuxième année d'université à Chicago. Amy est à Andover. Comment va...

– George ? Nous avons divorcé il y a trois ans. Il a passé un an au CERN, à Genève, à la recherche de particules exotiques, et je crois qu'il a trouvé ce qu'il cherchait. Elle est française. Il dit que c'est une cuisinière fabuleuse.

Beth haussa les épaules.

– Quoi qu'il en soit, mon travail va bien. Depuis un an, je m'occupe des céphalopodes – calmars et pieuvres.

– Ça consiste en quoi ?

– C'est intéressant. Ça donne une impression étrange, de se rendre compte de la douceur et de l'intelligence de ces animaux, surtout le poulpe. Vous savez qu'un poulpe est plus intelligent qu'un chien, et qu'il ferait un animal de compagnie sans doute beaucoup plus intéressant. C'est une créature merveilleuse, ingénieuse, très émotionnelle. Mais nous n'y pensons jamais sous cet aspect.

– Vous en mangez toujours ? demanda Norman.

– Oh, Norman, dit-elle en souriant. Vous continuez à tout ramener à la nourriture ?

– Chaque fois que c'est possible, dit-il en se tapotant l'estomac.

– Alors vous n'allez pas aimer ce qu'on sert ici. Abominable. Mais la réponse est non, dit-elle en faisant craquer les jointures de ses doigts. Je ne pourrai jamais plus manger du poulpe maintenant, en sachant ce que je sais d'eux. Ce qui me rappelle : que savez-vous de Hal Barnes ?

– Rien, pourquoi ?

– J'ai demandé autour de moi. Il se trouve que Barnes n'appartient pas du tout à la Marine. C'est un ex-officier de la Marine.

– Vous voulez dire qu'il est à la retraite ?

– Effectivement. Il avait reçu une formation d'ingénieur aéronautique à CalTech, et depuis sa retraite il a travaillé en certain temps pour Grumman. Il est devenu ensuite membre du comité scientifique de la Marine à la National Academy ; puis sous-secrétaire assistant à la Défense et membre du DSARC, le conseil d'étude des acquisitions de systèmes défensifs ; et membre du comité scientifique de la Défense, qui conseille le comité interarmes des chefs d'état-major et le ministre de la Défense.

– Qui les conseille à propos de quoi ?

– Acquisition d'armes, répondit Beth. C'est un homme du Pentagone qui conseille le gouvernement pour l'achat des armes. Alors comment en est-il venu à diriger cette mission ?

– Ça me dépasse.

Assis sur sa couchette, Norman se débarrassa de ses chaussures d'un coup de pied. Il se sentait soudain fatigué. Beth s'appuya contre le chambranle de la porte.

– Vous avez l'air en pleine forme, dit Norman.

Même ses mains paraissent fortes, songea-t-il.

– Et c'est une bonne chose, apparemment. Je me sens pleine de confiance pour ce qui nous attend. Et vous ? Vous pensez que vous tiendrez le coup ?

– Moi ? Pourquoi pas ?

Il abaissa les yeux sur sa bedaine familière. Ellen le tarabustait continuellement pour l'inciter à y remédier et il lui arrivait de temps à autre, quand il se sentait inspiré, de fréquenter un gymnase pendant quelques jours ; mais il ne semblait jamais parvenir à la perdre. Et, à dire vrai, cela lui importait peu. Il avait cinquante-trois ans et il était professeur d'université. Au diable tout cela.

Il lui vint une idée.

– Que voulez-vous dire ? Qu'est-ce qui nous attend ?

– Eh bien, pour l'instant, ce ne sont que des rumeurs. Mais votre arrivée semble les confirmer.

– Quelles rumeurs ?

– Ils vont nous envoyer en bas.

– En bas ?

– Au fond. Dans le vaisseau spatial.

– Mais c'est à trois cents mètres de fond. Ils sont en train de l'étudier à l'aide de robots sous-marins.

– De nos jours, trois cents mètres ne sont pas une profondeur extraordinaire, dit Beth. Notre technologie nous le permet. En ce moment même, il y a des plongeurs de la Marine en bas. Et d'après ce qu'on dit, ils ont installé des logements pour que notre équipe puisse descendre vivre au fond pendant une semaine ou plus et explorer ce vaisseau spatial.

Norman se sentit soudain glacé. Sa collaboration avec la FAA l'exposait à toutes sortes d'horreurs. Un jour, à Chicago, sur les lieux d'une catastrophe qui s'étendait sur toute la longueur d'un immense champ de culture, il avait posé le pied sur quelque chose de mou. Il avait d'abord pensé que c'était un crapaud, mais c'était la main sectionnée d'un enfant, paume tournée vers le haut. Une autre fois, il avait trouvé le corps d'un homme carbonisé encore attaché sur son siège, au seul détail près que le siège avait atterri dans la cour d'un pavillon de banlieue, où il se tenait posé tout droit à côté d'une piscine d'enfant portative en plastique. Et à Dallas, il avait observé l'équipe au travail, ramassant les fragments de corps et les mettant dans des sacs en plastique...

Travailler sur les lieux d'une catastrophe aérienne exigeait une vigilance psychologique des plus extraordinaires pour éviter de se trouver submergé par ce qu'on voyait. Mais c'était un travail qui ne comportait aucun danger personnel, aucun risque physique. Le seul risque était celui des cauchemars.

Alors que maintenant, la perspective de descendre à trois cents mètres sous la surface de l'océan pour explorer une épave...

– Ça va ? demanda Beth. Vous êtes tout pâle.

– Je ne savais pas qu'il était question de descendre en bas.

– Ce ne sont que des rumeurs, dit Beth. Reposez-vous, Norman. Vous en avez besoin.

LE BRIEFING

L'équipe FVI se réunit dans la salle de briefing juste avant onze heures. Norman était curieux de voir le groupe qu'il avait sélectionné six ans plus tôt, maintenant rassemblé pour la première fois.

À l'aise dans son short et sa chemise polo, Ted Fielding était tout d'une pièce et séduisant, avec quelque chose de puéril malgré sa quarantaine. Astrophysicien au Jet Propulsion Laboratory de Pasadena, il avait fait d'importants travaux sur la stratigraphie de Mercure et de la Lune, bien qu'il fût mieux connu pour ses études des canaux *Mangala Vallis* et *Valles Marineris* de Mars. Situés à l'équateur martien, ces grands canyons atteignaient quatre mille kilomètres de long et quatre mille mètres de profondeur – dix fois la longueur et deux fois la profondeur du Grand Canyon. Et Fielding avait été parmi les premiers à conclure que la planète qui ressemblait le plus à la Terre par sa composition n'était pas Mars, comme on l'avait supposé jusque-là, mais la minuscule Mercure, avec son champ magnétique tout à fait comparable à celui de notre planète.

L'attitude de Fielding était ouverte, enjouée, et pontifiante. Au JPL, il était apparu à la télévision chaque fois qu'un vaisseau spatial était allé frôler une planète, ce qui lui valait une certaine célébrité. Il s'était récemment remarié avec une journaliste météo de la télévision de Los Angeles, et ils avaient un jeune fils.

Ted était depuis longtemps un défenseur des possibilités de vie sur d'autres mondes, et un partisan de SETI, la recherche d'intelligences extraterrestres, que d'autres scientifiques considéraient comme un gaspillage de temps et d'argent. Il adressa un sourire joyeux à Norman.

— J'ai toujours su que ça arriverait, que tôt ou tard nous découvririons une preuve qu'il existe une vie intelligente sur d'autres mondes. Maintenant enfin, nous l'avons. C'est un grand moment. Et je suis particulièrement content de la forme.

— La forme ?

— De l'objet qui est en bas.

— Qu'est-ce qu'elle a ?

Norman n'avait entendu aucun commentaire à ce sujet.

— Je suis allé dans la salle de contrôle regarder les transmissions vidéo des robots. Ils commencent à déterminer la forme qui se trouve sous le corail. Et elle n'est pas ronde. Ce n'est pas une soucoupe volante. Dieu merci, voilà qui va peut-être réduire au silence les extravagances des marginaux. Tout vient à point à qui sait attendre, hein ? ajouta-t-il avec un sourire.

— Je suppose, dit Norman.

Il ne savait pas trop ce qu'entendait Fielding par là, mais ce dernier était enclin aux citations littéraires. Il se considérait comme un homme de la Renaissance, et ses citations aléatoires de Rousseau et de Lao-Tseu étaient une manière de le rappeler à ses interlocuteurs. Il n'y avait cependant rien de malintentionné en lui ; quelqu'un avait dit un jour de Ted qu'il était un « féru de griffes », et cela transparaissait jusque dans son langage. Il y avait chez lui une innocence sincère, presque naïve, qui inspirait l'affection. Norman l'aimait bien.

Il était plus réservé à propos de Harry Adams, le mathématicien de Princeton au caractère renfermé qu'il n'avait pas vu depuis six ans. Harry était un grand Noir très mince qui portait des lunettes à monture métallique et fronçait perpétuellement les sourcils. Il portait un T-shirt qui disait « Les mathématiciens ont la manière ». C'était le genre de chose que porterait un étudiant et, de fait, Adams paraissait plus jeune que ses trente ans ; il était manifestement le membre le plus jeune du groupe – et peut-être le plus important.

De nombreux théoriciens affirmaient que la communication avec des extraterrestres se révélerait impossible, parce que les humains n'auraient rien de commun avec eux. Ces penseurs faisaient observer que, tout comme le corps humain représentait l'issue de nombreux événements évolutifs, il en allait de même de la pensée humaine. Comme nos corps, nos manières de penser pourraient aisément avoir suivi des voies toutes différentes ; il n'y avait rien d'inéluctable dans la façon dont nous considérions l'univers.

L'homme avait déjà du mal à communiquer avec des êtres terrestres intelligents tels que les dauphins, simplement parce que ces derniers vivaient dans un environnement différent et possédaient un appareil sensoriel différent.

L'homme et le dauphin risquaient cependant de paraître virtuellement identiques en comparaison des vastes différences qui nous distingueraient d'un extraterrestre – un être qui serait l'aboutissement de milliards d'années d'évolution divergente dans quelque autre environnement planétaire. Un tel être ne verrait vraisemblablement pas le monde de la même manière que nous. En fait, peut-être ne le verrait-il pas du tout. Il pourrait être aveugle, et le percevoir à l'aide d'un sens hautement développé des odeurs, de la température, ou de la pression. Peut-être n'y aurait-il aucun moyen de communiquer avec lui, aucun terrain commun. Comme l'avait dit quelqu'un, comment expliquer un poème de Wordsworth sur les jonquilles à un serpent d'eau aveugle ?

Mais le domaine de connaissances que nous avions le plus de chances de partager avec des extraterrestres était les mathématiques. Le mathématicien de l'équipe allait donc jouer un rôle capital.

Norman avait choisi Adams parce que, malgré sa jeunesse, ce dernier avait déjà apporté une contribution importante à plusieurs branches de sa discipline.

— Que pensez-vous de tout cela, Harry ? demanda Norman en se laissant tomber sur une chaise à côté du mathématicien.

— Je pense que c'est parfaitement clair. C'est une perte de temps.

— Cet aileron qu'on a découvert sous l'eau ?

— Je ne sais pas ce que c'est, mais je sais ce que ce n'est pas. Ce n'est pas un vaisseau spatial d'une autre civilisation.

Ted, qui se tenait près de là, se détourna, agacé. Lui et Harry avaient manifestement déjà tenu la même conversation.

— Comment le savez-vous ? demanda Norman.

— Un simple calcul, dit Harry avec un geste négligent de la main. Tout à fait banal, vraiment. Vous connaissez l'équation de Drake ?

Norman la connaissait. C'était l'une des propositions célèbres des écrits traitant de la vie extraterrestre.

— Rafraîchissez-moi la mémoire, dit-il néanmoins.

Harry laissa échapper un soupir irrité et sortit une feuille de papier.

— C'est une équation de probabilité, dit-il en écrivant :

$$p = f_p n_h f_l f_i f_c$$

« Cela signifie que la probabilité, *p,* d'entrer en contact avec une vie intelligente est fonction du nombre d'étoiles qui se forment chaque année dans la Galaxie, de la probabilité qu'une étoile ait des planètes, du nombre de ses planètes habitables, de la probabilité qu'une forme de vie simple évolue sur l'une des planètes habitables, de la probabilité d'émergence d'une vie intelligente à partir des formes de vie simples, de la probabilité que cette vie intelligente fasse des essais de communication interstellaire dans les cinq milliards d'années, et de la durée de vie de sa civilisation. C'est tout ce que dit l'équation.

— Mmh-mm, fit Norman.

— Mais l'important est que nous ne disposons d'aucun fait, poursuivit Harry. Nous n'avons que des suppositions pour chacune de ces probabilités. Et il est très facile d'orienter ces suppositions dans une direction, comme le fait Ted, pour en conclure qu'il y a probablement des milliers de civilisations intelligentes. Il est tout aussi facile de supposer, comme je le fais, qu'il n'y a probablement qu'une civilisation. La nôtre, précisa-t-il en repoussant la feuille de papier. Et dans ce cas, ce qui se trouve là au fond ne vient pas d'une autre civilisation. Ce qui fait que nous sommes tous en train de perdre notre temps ici.

– Alors qu'est-ce qu'il y a au fond ? répéta Norman.

– C'est une expression absurde d'espoir romantique, dit Adams en repoussant ses lunettes sur son nez.

Il y avait en lui une véhémence qui inquiéta Norman. Six ans plus tôt, Adams était encore un gamin de la rue que son obscur talent avait propulsé en une seule étape d'un foyer brisé des taudis de Philadelphie aux pelouses vertes bien soignées de Princeton. À cette époque, Adams était badin, amusé par son coup de fortune. Pourquoi était-il devenu si dur ?

C'était un théoricien extraordinairement doué, dont la réputation tenait à des fonctions de probabilité de densité en mécanique quantique qui dépassaient la compréhension de Norman, bien qu'Adams les eût élaborées quand il n'avait que dix-sept ans. Mais Norman était tout à fait capable de comprendre l'homme lui-même, et Harry Adams semblait présentement tendu et critique, mal à l'aise au sein de l'équipe.

Peut-être était-ce lié à sa présence en tant que partie d'un groupe. Norman s'était inquiété de la manière dont il s'y intégrerait, à cause de son passé d'enfant prodige.

Il n'y avait en réalité que deux sortes d'enfants prodiges : ceux des mathématiques et ceux de la musique. Certains psychologues affirmaient qu'il n'y en avait qu'une sorte, du fait que la musique était si étroitement liée aux mathématiques. Bien qu'il y eût des enfants précoces doués d'autres talents, tels que l'écriture, la peinture ou l'athlétisme, les seuls domaines où un enfant pouvait véritablement atteindre le niveau d'un adulte étaient les mathématiques et la musique. Psychologiquement, de tels enfants étaient complexes : souvent solitaires, isolés de leurs pairs et même de leur famille par leurs dons, qui suscitaient à la fois l'admiration et le ressentiment. Les capacités d'intégration étaient souvent retardées, ce qui rendait les interactions de groupe malaisées. Le fait qu'il était un enfant des bas quartiers n'avait pu qu'aggraver les problèmes de Harry. Il avait un jour dit à Norman qu'à l'époque où il découvrait les transformations de Fourier, les autres gamins apprenaient à faire des paniers sur le terrain de basket-ball. Alors peut-être Harry ne se sentait-il pas bien dans le cadre du groupe.

Mais il y avait apparemment autre chose... Harry semblait presque en colère.

– Attendez un peu, dit-il. D'ici une semaine, on aura reconnu tout ça pour une bonne grosse fausse alerte. Rien de plus.

C'est ce que tu espères, songea Norman. Il se demanda encore une fois pourquoi.

– Moi, je pense que c'est passionnant, dit Beth Halpern avec un large sourire. Même une toute petite chance de découvrir une nouvelle forme de vie me paraît excitante.

– Exactement, approuva Ted. Après tout, Harry, il y a plus de choses dans le ciel et sur la terre que dans tous les rêves de votre philosophie.

Norman dévisagea le dernier membre de l'équipe, Arthur Levine, biologiste marin et seul du groupe qu'il ne connût pas. Homme rondelet, Levine semblait pâle et mal à l'aise, absorbé par ses réflexions. Norman allait lui demander ce qu'il pensait quand le capitaine Barnes entra à grands pas, un paquet de dossiers sous le bras.

– Bienvenue au milieu de nulle part, dit Barnes, et vous ne pouvez même pas aller aux toilettes.

Tout le monde rit nerveusement.

– Désolé de vous avoir fait attendre, mais nous n'avons pas beaucoup de temps. Alors allons droit au cœur du sujet. Si vous voulez bien éteindre la lumière, nous pouvons commencer.

La première diapositive montrait un gros navire dont la poupe était agrémentée d'une superstructure complexe.

– Le *Rose Sealady*, dit Barnes. Un câblier affrété par la Transpac Communications pour poser une ligne sous-marine de téléphone entre Honolulu et Sidney, en Australie. Le *Rose Sealady* avait quitté Hawaï le 29 mai de cette année, et se trouvait le 16 juin au large des Samoa occidentales, dans le Moyen-Pacifique. Il posait un nouveau câble de fibres optiques, dont la capacité est de vingt mille transmissions téléphoniques simultanées. Le câble est enrobé d'une gaine tissée de métal et de plastique très dense, exceptionnellement robuste et résistante à la rupture. Le navire avait déjà posé plus de quatre mille six cents milles nautiques de câble à travers le Pacifique sans aucun contretemps d'aucune sorte. Suivante.

Une carte du Pacifique, avec un gros point rouge.

– À dix heures du soir le 17 juin, le navire se trouvait là, à mi-chemin entre Pago Pago dans les Samoa américaines et Viti Levu dans les Fidji, quand il s'est produit une violente secousse. Les signaux d'alarme se sont déclenchés, et l'équipe de pose s'est aperçue que le câble s'était accroché et rompu. Les cartes n'indiquaient aucune obstruction sous-marine dans ces parages. Ils ont remonté le câble, ce qui leur a pris plusieurs heures car ils en avaient filé plus d'un mille derrière le navire au moment de l'accident. Quand ils ont examiné l'extrémité sectionnée, ils ont constaté qu'elle avait été tranchée net – « comme si on l'avait coupé avec une énorme paire de ciseaux », a dit un marin. Suivante.

La section d'un câble de fibres de verre tenu devant la caméra par la main rude d'un marin.

– La nature de la coupure, comme vous pouvez le voir, laisse supposer une obstruction artificielle quelconque. Le *Rose Sealady* est revenu vers le nord sur les lieux de la rupture. Suivante.

Une série de lignes brisées noires et blanches, avec une région de petites crêtes aiguës.

– Voici le balayage sonar original du navire. Si vous ne savez pas lire un balayage sonar, ce n'est pas facile à interpréter, mais vous pouvez voir ici l'obstruction fine comme une lame de couteau. Elle est compatible avec un élément de navire ou d'avion submergé susceptible d'avoir sectionné le câble.

« La compagnie d'affrètement, Transpac Communications, a avisé la Marine en demandant si nous disposions d'informations sur cette obstruction. C'est la coutume : chaque fois qu'il y a une rupture de câble, la Marine est prévenue, au cas où l'obstruction nous serait connue. S'il s'agit d'une épave contenant des explosifs, la compagnie câblière veut le savoir avant d'entreprendre la réparation. Mais dans le cas présent, rien ne figurait dans les dossiers de la Marine. Et la Marine s'y est intéressée.

» Nous avons aussitôt envoyé notre navire de recherche le plus proche, l'*Ocean Explorer*, depuis Melbourne. L'*Ocean Explorer* est arrivé sur les lieux le 21 juin de cette année. La raison de l'intérêt porté par la Marine à cet incident était la possibilité que l'obstruction en question fût l'épave d'un sous-marin nucléaire chinois de classe Wuhan, équipé de missiles SY-2. Nous savions que les Chinois en avaient perdu un dans cette région en mai 1984. L'*Ocean Explorer* a balayé le fond à l'aide d'un sonar à visée latérale extrêmement perfectionné, qui a fourni cette image.

L'image, en couleurs, était d'une netteté presque tridimensionnelle.

– Comme vous le voyez, le fond apparaît uni, à l'exception de cet unique aileron triangulaire qui se dresse à quelque quatre-vingt-cinq mètres au-dessus du sol. Vous le voyez là, précisa-t-il en montrant le détail de l'image. Les dimensions de cet aileron dépassent celles de tout avion connu fabriqué aux États-Unis ou en Union soviétique. C'était un détail particulièrement troublant. Suivante.

Un robot submersible, mis à l'eau à l'aide d'une grue depuis un navire. C'était un assemblage de tubes horizontaux au centre desquels étaient nichées des lampes et des caméras.

– Le 24 juin, la Marine avait envoyé sur place le porteur de VT *Neptune IV*. Le véhicule téléguidé *Scorpion*, que vous voyez ici, a été envoyé au fond pour photographier l'aileron, et il a rapporté une image montrant clairement qu'il s'agit d'une surface de contrôle de direction. La voici.

Des murmures s'élevèrent du groupe. Sur l'image en couleurs vivement éclairée, on voyait un aileron gris se dresser au-dessus d'un fond de corail uni. L'aileron fuselé aux arêtes vives, qui avait l'aspect d'une pièce aéronautique, était indéniablement artificiel.

– Vous observerez, dit Barnes, que le fond de l'océan est constitué dans cette région de corail mort rabougri. L'aile, ou l'empennage, disparaît dans le corail, laissant supposer que le reste de l'appareil pourrait y être enterré. On a procédé à un balayage SVL à très haute résolution pour déceler la forme cachée sous le corail. Suivante.

Une autre image sonar en couleurs, composée de points très fins au lieu de lignes.

– Comme vous le voyez, l'aileron semble attaché à un objet cylindrique enfoui sous le corail. Cet objet a un diamètre de cinquante-huit mètres, et s'étend vers l'ouest sur une longueur de huit cent quarante mètres avant de se terminer en pointe.

D'autres murmures s'élevèrent de l'assistance.

– Exactement, reprit Barnes. L'objet cylindrique est long de près d'un kilomètre. Sa forme correspond à celle d'une fusée ou d'un vaisseau spatial – et c'est assurément à quoi il ressemble – mais nous avons pris soin dès le départ de nous y référer sous le nom d'« anomalie ».

Norman lança un regard à Ted, qui contemplait l'écran en souriant. Mais à côté de lui, dans l'ombre, Harry Adams fronçait les sourcils en remontant ses lunettes sur son nez.

Puis le projecteur s'éteignit, et la pièce fut plongée dans l'obscurité. Il y eut des murmures agacés. Norman entendit Barnes grommeler « Nom de Dieu, ça ne va pas recommencer ! ». Quelqu'un se précipita vers la porte, et un rectangle de lumière apparut.

Beth se pencha vers Norman.

– Ils ont continuellement des coupures d'électricité, ici. C'est rassurant, hein ?

Quelques instants plus tard, le courant fut rétabli et Barnes reprit son exposé.

– Le 25 juin, un véhicule téléguidé SCARAB a découpé un fragment de l'aileron et l'a rapporté à la surface. Une analyse a révélé qu'il s'agit d'un alliage de titane dans une structure alvéolaire de résine époxyde. La technologie de liaison nécessaire pour réaliser une telle combinaison métal/plastique est encore inconnue sur Terre.

« Des experts ont confirmé que cet aileron ne pouvait pas être originaire de notre planète – bien que nous soyons sans doute capables de le fabriquer d'ici dix ou vingt ans.

Harry Adams grogna, et se pencha pour écrire quelque chose sur son bloc-notes.

Entre-temps, expliquait Barnes, d'autres engins robots étaient descendus poser des charges sismiques sur le fond. L'analyse sismique avait montré que l'anomalie enfouie était métallique, qu'elle était creuse, et qu'elle avait une structure interne complexe.

44

– Après deux semaines d'étude intensive, nous avons conclu que l'anomalie était une sorte de vaisseau spatial.

La vérification finale fut effectuée le 27 juin par les géologues. Leurs carottes-échantillons prélevées dans le fond indiquèrent que le lit actuel de l'océan était autrefois beaucoup plus près de la surface, sans doute à vingt-cinq ou trente mètres de profondeur seulement. Cela expliquerait la présence du corail qui recouvrait l'appareil sur une épaisseur moyenne de cinq mètres. Les géologues en concluaient que l'objet se trouvait sur la planète depuis au moins trois cents ans, et peut-être beaucoup plus : cinq cents, ou même cinq mille ans.

– Quelle que soit sa réticence, la Marine en a conclu que nous avions, en fait, découvert un vaisseau spatial venu d'une autre civilisation. Lors d'une réunion spéciale du National Security Council, le Président a décidé de faire ouvrir l'appareil. À partir du 29 juin, donc, les membres de l'équipe FVI ont été convoqués.

Le 1ᵉʳ juillet, l'habitat sous-marin HSM-7 fut immergé en position près de l'emplacement du vaisseau spatial. Le HSM-7 hébergeait neuf plongeurs de la Marine, travaillant dans un milieu de gaz saturé pour entreprendre les forages préliminaires.

– Sur ce, vous savez tout, conclut Barnes. Des questions ?

– A-t-on déterminé plus précisément la structure interne du vaisseau ? demanda Ted.

– Pas encore. Il semble être construit de telle façon que les ondes de choc se propagent tout autour de la coque extérieure, particulièrement robuste et bien conçue, ce qui empêche d'obtenir une vision claire de l'intérieur par relevé sismique.

– Et en utilisant des techniques passives pour voir ce qu'il y a à l'intérieur ?

– Nous avons essayé. Analyse gravimétrique, négative. Thermographie, négatif. Relevé de résistivité, négatif. Magnétomètres protoniques de précision, négatif.

– Les systèmes d'écoute ?

– Nous avons des hydrophones au fond depuis le premier jour. Aucun son ne provient de l'appareil. Du moins jusqu'à présent.

– Et les autres méthodes d'examen à distance ?

– La plupart impliquent des radiations, et nous hésitons à irradier l'appareil à ce stade.

— Capitaine Barnes, je remarque que l'aileron semble intact, et que la coque apparaît comme un cylindre parfait. Pensez-vous que cet objet s'est abattu dans l'océan ?

— Oui, dit Barnes, l'air gêné.

— Il a donc résisté à un impact sur l'eau à haute vitesse, sans une égratignure ni une bosse ?

— Eh bien... il est extrêmement robuste.

— Il faut qu'il le soit, fit Harry avec un hochement de tête.

— Les plongeurs qu'on voit là en bas, demanda Beth, que font-ils exactement ?

— Ils cherchent la porte d'entrée, répondit Barnes avec un sourire. Pour l'instant, nous avons dû nous en remettre à des méthodes archéologiques classiques. Nous creusons des tranchées d'exploration dans le corail, à la recherche d'une entrée ou d'une écoutille quelconque. Nous espérons en trouver une dans les quarante-huit heures. Quand ce sera fait, nous y entrerons. Autre chose ?

— Oui, dit Ted. Quelle a été la réaction des Russes à cette découverte ?

— Nous ne l'avons pas dit aux Russes.

— Vous ne leur avez rien dit ?

— Non, rien.

— Mais il s'agit d'un pas incroyable, sans précédent, de l'histoire humaine. Pas seulement de l'histoire américaine. De l'histoire humaine. Nous devrions sans aucun doute partager cet événement avec toutes les nations du monde. C'est le genre de découverte qui pourrait unir l'humanité entière...

— Il faudrait en parler au Président. Je ne sais pas quelles en sont les raisons, mais c'est sa décision. D'autres questions ?

Personne ne dit rien. Les membres de l'équipe s'entre-regardèrent.

— Alors je crois que c'est tout, conclut Barnes.

L'éclairage fut rallumé et tout le monde se leva dans un raclement de chaises en s'étirant.

— Capitaine Barnes, dit Harry Adams, je dois dire que je suis indigné par ce briefing.

Barnes parut surpris.

— Que voulez-vous dire, Harry ?

Les autres s'immobilisèrent et regardèrent Adams. Il restait assis sur sa chaise avec une expression irritée.

46

– Avez-vous pensé qu'il fallait nous annoncer la nouvelle avec ménagements ?

– Quelle nouvelle ?

– À propos de la porte.

Barnes eut un rire gêné.

– Harry, je viens de vous dire que les plongeurs sont en train de creuser des tranchées d'exploration à la recherche de cette porte...

– Je prétends que vous aviez une idée très précise de l'emplacement de cette porte il y a trois jours, quand vous avez commencé à nous faire venir ici. Et je dirais qu'à l'heure qu'il est vous savez sans doute exactement où elle se trouve. Je me trompe ?

Barnes resta silencieux, un sourire figé sur le visage.

Bon Dieu, se dit Norman en regardant le capitaine, *Harry a raison*. Harry était connu pour la logique superbe de son cerveau, son aptitude aux froides déductions étonnantes, mais Norman ne l'avait jamais vu à l'œuvre.

– Oui, dit enfin Barnes. Vous avez raison.

– Vous connaissez l'emplacement de la porte ?

– Nous le connaissons, oui.

Il y eut un moment de silence, puis Ted s'exclama :

– Mais c'est fantastique ! Absolument fantastique ! Quand descendons-nous pour entrer dans le vaisseau spatial ?

– Demain, répondit Barnes sans quitter des yeux Harry qui, de son côté, le regardait fixement. Les mini-subs vous descendront deux par deux à partir de huit heures du matin.

– C'est sensationnel ! s'écria Ted. Fantastique ! Incroyable !

– Donc, reprit Barnes qui dévisageait toujours Harry, vous devriez tous prendre une bonne nuit de sommeil... si vous le pouvez.

– Sommeil innocent, sommeil qui répare les effilochures du souci, dit Ted, sautillant littéralement d'excitation sur sa chaise.

– Dans la journée, des officiers techniciens et fourriers viendront prendre vos mesures et vous équiper. Si vous avez d'autres questions, vous pourrez me trouver dans mon bureau.

Il sortit de la pièce, mettant fin à la réunion. Quand les autres se dirigèrent vers la porte, Norman resta en arrière avec Harry Adams. Ce dernier, qui n'avait pas bougé de sa chaise, observait un technicien en train de replier l'écran portatif.

– C'est une sacrée démonstration que vous nous avez faite là, dit Norman.

– Vraiment ? Je ne vois pas pourquoi.

– Vous avez déduit que Barnes nous cachait quelque chose à propos de la porte.

– Oh, il nous cache bien d'autres choses, dit Adams d'un ton froid. Il ne nous parle d'aucune des choses importantes.

– Comme quoi, par exemple ?

– Comme le fait, dit Harry en se levant enfin de sa chaise, qu'il sait parfaitement pourquoi le Président a décidé de garder le secret.

– Vraiment ?

– Le Président n'avait pas le choix, étant donné les circonstances.

– Quelles circonstances ?

– Il sait que l'objet qui se trouve ici au fond n'est pas un vaisseau spatial extraterrestre.

– Alors qu'est-ce que c'est ?

– Je pense que c'est tout à fait clair.

– Pas pour moi, dit Norman.

Pour la première fois, Adams sourit. C'était un sourire pincé, totalement dépourvu d'humour.

– Vous ne le croiriez pas si je vous le disais.

Sur quoi il sortit de la pièce.

TESTS

Arthur Levine, le biologiste marin, était le seul membre de l'expédition que Norman ne connaissait pas. Cette présence était l'une des choses qu'il n'avait pas prévues, ayant présumé que tout contact avec une forme de vie inconnue aurait lieu sur la terre ferme. Il n'avait pas envisagé la possibilité la plus flagrante : si un vaisseau spatial se posait au hasard quelque part sur la Terre, il avait les plus fortes chances d'arriver dans l'eau du fait que 70 pour 100 de la planète en étaient recouverts. Il était évident, après coup, qu'ils auraient besoin d'un biologiste marin.

Quoi d'autre, se demanda-t-il, leur semblerait rétrospectivement évident ?

Il trouva Levine penché par-dessus la rambarde bâbord. Levine venait de l'institut océanographique de Woods Hole, dans le Massachusetts. Sa main était moite quand Norman la serra. Il semblait extrêmement mal à l'aise, et finit par admettre qu'il avait le mal de mer.

– Le mal de mer ? Un biologiste marin ?

– Je travaille dans un laboratoire. Chez moi, sur la terre ferme. Dans un endroit où tout n'est pas tout le temps en mouvement. Qu'est-ce qui vous fait sourire ?

– Désolé, fit Norman.

– Vous trouvez ça drôle, un biologiste marin qui a le mal de mer ?

– Insolite, je suppose.

– Ça arrive à pas mal d'entre nous, dit Levine en contemplant la mer. Regardez un peu. Des milliers de kilomètres complètement plats. Sans rien.

– L'océan.

– Ça me donne la chair de poule.

– Alors ? demanda Barnes, assis dans son bureau. Qu'en pensez-vous ?

– De quoi ?

– De l'équipe, parbleu.

– C'est l'équipe que j'avais choisie, six ans plus tard. Essentiellement un bon groupe, assurément très capable.

– Je veux savoir qui craquera.

– Pourquoi quelqu'un craquerait-il ?

Norman regardait Barnes, remarquant la fine ligne de transpiration qui marquait sa lèvre supérieure. Le commandant était lui même en proie à une tension considérable.

– À trois cents mètres de profondeur ? À vivre et travailler dans un habitat surpeuplé ? Écoutez, ce n'est pas comme si je descendais avec des plongeurs militaires entraînés et maîtres d'eux. C'est un groupe de scientifiques que j'emmène, bon Dieu. Je veux m'assurer qu'ils sont tous en parfaite santé. Je veux être sûr que personne ne craquera.

– Je ne sais pas si vous le savez, capitaine, mais un psychologue ne peut pas prédire avec exactitude qui craquera.

– Même sous l'empire de la peur ?

– Quelle qu'en soit la raison.

Barnes fronça les sourcils.

– Je croyais que la peur était votre spécialité.

– L'anxiété est l'un de mes sujets de recherche et je peux vous dire qui, d'après les profils de personnalité, risque de souffrir d'anxiété aiguë dans une situation tendue. Mais je ne peux pas prédire qui craquera sous cette tension, et qui tiendra le coup.

– Alors à quoi servez-vous ? dit Barnes d'un ton irrité, avant de soupirer : Excusez-moi. Ne voulez-vous pas les interviewer, ou leur faire passer des tests ?

– Il n'existe aucun test. Du moins, aucun test valable.

Barnes laissa échapper un nouveau soupir.

– Et Levine ?

– Il a le mal de mer.

– Il n'y a aucun mouvement sous l'eau, ce ne sera pas un problème. Mais que pensez-vous de lui, personnellement ?

– Je m'inquiéterais, dit Norman.

– C'est noté. Et Harry Adams ? Il est arrogant.

– Oui. Mais c'est probablement une bonne chose. Les études ont montré que les gens qui réussissaient le mieux face aux tensions importantes étaient ceux que les autres n'aimaient pas beaucoup – des individus considérés comme arrogants, suffisants, irritants.

– C'est peut-être vrai, mais que dites-vous de son fameux mémoire de recherche ? Il y a quelques années, il était l'un des plus ardents défenseurs de SETI. Maintenant que nous avons découvert quelque chose, il est devenu soudain tout à fait négatif. Vous vous souvenez de son mémoire ?

Norman ne s'en souvenait pas, et il allait le dire quand un enseigne entra.

– Capitaine Barnes, voici l'agrandissement que vous aviez demandé.

– Très bien, dit Barnes, qui regarda la photographie en plissant les yeux, puis la posa sur son bureau. Comment est le temps ?

– Pas de changement, sir. Les rapports des satellites confirment que nous disposons de quarante-huit heures sur place, sir, à douze heures près.

50

– Nom de Dieu !

– Des problèmes ? demanda Norman.

– Le mauvais temps va nous tomber dessus. Il va peut-être falloir évacuer l'assistance en surface.

– Cela signifie-t-il que vous allez annuler notre descente ?

– Non. Nous descendons demain, comme prévu.

– Pourquoi Harry pense-t-il que cet objet n'est pas un vaisseau spatial ?

Barnes fronça les sourcils et déplaça des papiers sur son bureau.

– Laissez-moi vous dire quelque chose. Harry est un théoricien. Et les théories ne sont rien d'autre que des théories. Je m'occupe de faits concrets. Et le fait est que nous avons là en bas quelque chose de bigrement vieux et de bigrement étrange. Je veux savoir ce que c'est.

– Mais si ce n'est pas un vaisseau spatial extra-terrestre, qu'est-ce que c'est ?

– Attendons simplement d'y être descendus, voulez-vous ? dit Barnes en consultant sa montre. Le second habitat devrait être ancré au fond, à l'heure qu'il est. Nous commencerons à vous descendre dans quinze heures. D'ici là, nous avons tous beaucoup à faire.

– Ne bougez pas, docteur Johnson.

Norman, entièrement nu, sentit deux compas métalliques de calibrage lui pincer l'arrière des bras, juste au-dessus du coude.

– Juste une seconde... c'est parfait. Maintenant, vous pouvez entrer dans la cuve.

Le jeune assistant du service de santé militaire s'écarta et Norman gravit les marches de la cuve métallique, qui ressemblait à la version militaire d'un jacuzzi rempli d'eau à ras bord. À mesure qu'il s'enfonça dans l'eau, celle-ci déborda et se déversa sur les côtés.

– À quoi cela sert-il ? demanda-t-il.

– Excusez-moi, docteur Johnson. Si vous voulez bien vous immerger *complètement*...

– Quoi ?

– Juste un instant, sir...

Norman inspira, s'enfonça sous l'eau, ressortit.

– C'est parfait. Maintenant, vous pouvez sortir, dit l'assistant médical en lui tendant une serviette.

– À quoi tout cela sert-il ? s'enquit de nouveau Norman tout en redescendant l'échelle.

– Contenu adipeux total du corps. Nous avons besoin de le connaître pour calculer vos données de sat.

– Mes données de sat. ?

– Vos données de saturation, dit l'assistant tout en inscrivant des points sur une feuille. Oh, diable, vous sortez du graphique.

– Et pourquoi donc ?

– Vous faites beaucoup d'exercice, docteur Johnson ?

– Un peu.

Il se sentait maintenant sur la défensive. Et la serviette était trop petite pour son tour de taille. Pourquoi la Marine utilisait-elle des serviettes aussi petites ?

– Vous buvez ?

– Un peu.

Il se sentait vraiment sur la défensive, plus aucun doute à ce sujet.

– Puis-je vous demander quand vous avez consommé une boisson alcoolique pour la dernière fois, sir ?

– Je ne sais pas. Il y a deux ou trois jours. Pourquoi ?

Il avait du mal à se rappeler San Diego. Tout cela lui semblait si loin.

– C'est parfait, docteur Johnson. Avez-vous des problèmes articulaires, hanches, genoux ?

– Non, pourquoi ?

– Des malaises, des faiblesses, des évanouissements ?

– Non...

– Si vous voulez bien vous asseoir là, sir, dit l'assistant médical en lui montrant un tabouret près d'un appareil électronique installé contre le mur.

– J'aimerais bien qu'on me réponde, insista Norman.

– Regardez fixement le point vert, les deux yeux grands ouverts...

Il sentit une brève bouffée d'air sur les yeux, et cligna instinctivement. Une bande de papier imprimé sortit en cliquetant. L'assistant la détacha, y jeta un rapide coup d'œil.

– Parfait, docteur Johnson. Si vous voulez bien venir par ici...

– J'aimerais que vous me répondiez, dit Norman. J'aimerais savoir ce qui se passe.

– Je comprends, sir, mais je dois terminer votre check-up à temps pour votre prochain briefing, à dix-sept heures.

Tandis qu'il était étendu sur le dos, des techniciens lui enfoncèrent des aiguilles dans les deux bras et une autre dans la cuisse, près de l'aine. Il laissa échapper un cri de douleur.

— Le plus dur est passé, dit l'assistant en remballant les seringues dans de la glace. Si vous voulez bien y presser ce coton, là...

Une pince lui serrait les narines, et il avait un embout respiratoire entre les dents.

— C'est pour mesurer votre taux de CO_2, dit l'assistant. Soufflez. C'est ça. Une grande inspiration, maintenant soufflez...

Norman souffla, regardant un diaphragme en caoutchouc se gonfler et pousser une aiguille sur un cadran.

— Essayez encore, sir. Je suis sûr que vous pouvez faire mieux.

Norman ne pensait pas pouvoir, mais il essaya néanmoins. Un autre assistant entra dans la salle, tenant une feuille de papier couverte de chiffres.

— Voilà ses BC, dit-il.

Le premier assistant fronça les sourcils.

— Barnes a vu ça ?

— Oui.

— Et qu'est-ce qu'il a dit ?

— Il a dit que ça allait. Il a dit de continuer.

— Très bien, parfait. C'est lui le patron, dit le premier assistant en se retournant vers Norman. Essayons encore une grosse inspiration, docteur Johnson, si vous voulez...

Des compas métalliques lui touchaient le menton et le front. Un ruban lui enserrait la tête. Les compas lui mesuraient présentement la mâchoire de l'oreille au menton.

— À quoi cela sert-il ? demanda-t-il.

— C'est pour vous adapter un casque, sir.

— Je ne ferais pas mieux d'en essayer un ?

— C'est notre façon de procéder, sir.

Le dîner était composé de macaroni au fromage, brûlé en dessous. Norman le repoussa après quelques bouchées.

L'assistant apparut à la porte.

— C'est l'heure du briefing, sir.

— Je ne vais nulle part, répondit Norman, à moins d'obtenir quelques réponses. Que diable signifient tous ces trucs que vous me faites subir ?

— C'est un check-up d'usage pour la plongée saturée, sir. Exigé par la Marine avant que vous descendiez.

— Et pourquoi est-ce que je sors du graphique ?

— Pardon, sir ?

— Vous avez dit que je sortais du graphique.

— Oh, ça. Vous êtes un peu plus lourd que ne le prévoient les tables de la Marine, sir.

— Mon poids est-il un problème ?

— Il ne devrait pas, non, sir.

— Et les autres tests, qu'indiquent-ils ?

— Vous êtes en très bonne santé pour votre âge et votre mode de vie, sir.

— Et pour descendre au fond ? demanda Norman, espérant à moitié qu'on ne le laisserait pas y aller.

— Au fond ? J'ai parlé avec le capitaine Barnes. Il ne devrait y avoir aucun problème, sir. Si vous voulez bien me suivre pour le briefing, sir...

Les autres étaient assis dans la salle de briefing, buvant du café dans des tasses de polystyrène. Norman, heureux de les voir, se laissa tomber sur une chaise à côté de Harry.

— Seigneur, vous avez passé ce fichu examen médical ?

— Oui. Hier.

— Ils m'ont enfoncé une grande aiguille dans la cuisse.

— Vraiment ? On ne m'a rien fait de tel.

— Et on ne vous a pas fait respirer avec une pince sur le nez ?

— Ça non plus, dit Harry. On dirait que vous avez eu droit à un traitement spécial, Norman.

Norman pensait la même chose, et il n'aimait pas ce que cela laissait entendre. Il se sentit soudain fatigué.

— Très bien, messieurs, nous avons beaucoup de choses à passer en revue, et nous ne disposons que de trois heures.

Un homme aux manières vives venait d'entrer dans la salle, éteignant la lumière au passage. Norman n'avait

54

même pas eu le temps de le regarder avant qu'il se réduisît à une voix dans l'obscurité.

— Comme vous le savez, la loi de Dalton régit les pressions partielles des mélanges gazeux ou, comme on le voit ici sous forme algébrique...

La première équation apparut.

$$PP_a = P_{tot} \times \% \: Vol_a.$$

— Voyons maintenant comment le calcul de la pression partielle pourrait se faire en atmosphères absolues, selon la méthode que nous employons le plus couramment...

Ces mots n'avaient aucun sens pour Norman. Il essaya de prêter attention à ce qui se disait mais, tandis que les graphiques se succédaient et que la voix continuait à bourdonner, ses paupières s'alourdirent et il s'endormit.

— ... descendus en sous-marin, et une fois dans l'habitat, vous serez pressurisés à trente-trois atmosphères. À ce moment, on vous aura fait passer à un mélange gazeux différent de l'air car il est impossible de respirer l'atmosphère terrestre au-delà de dix-huit atmosphères...

Norman cessa d'écouter. Ces détails techniques ne faisaient que le remplir d'appréhension. Il se rendormit, ne se réveillant que par intermittence.

— ... du fait que la toxicité de l'oxygène n'apparaît que quand le PO_2 dépasse 0,7 ATA pendant une période prolongée...

« ... l'ivresse des profondeurs, dans laquelle l'azote se comporte comme un anesthésique, se produit dans une atmosphère de gaz mélangés si les pressions partielles dépassent 1,5 ATA dans le DDS...

« ... circuit ouvert à la demande est généralement préférable, mais vous utiliserez un circuit semi-fermé avec des fluctuations d'inspiration de 608 à 760 millimètres...

Il se rendormit.

Quand ce fut terminé, ils regagnèrent leurs cabines.

— Ai-je manqué quelque chose ? demanda Norman.

— Pas vraiment, fit Harry en haussant les épaules. Juste un gros cours de physique.

Dans sa petite cabine grise, Norman se mit au lit. L'horloge murale luminescente disait 2300, et il lui fallut un moment pour comprendre que cela voulait dire onze heures du soir. *Dans neuf heures*, se dit-il, *je vais commencer à descendre.*

Puis il se rendormit.

LE FOND

LE FOND

DESCENTE

Le sous-marin *Charon V* dansait dans la lumière matinale à la surface de l'océan, porté par un dock flottant. D'un jaune vif, il ressemblait à un jouet de baignoire d'enfant posé sur un ponton de bidons vides.

Un Zodiac en caoutchouc y emmena Norman. Il sauta sur la plate-forme et serra la main du pilote, qui ne devait pas avoir plus de dix-huit ans, moins que son fils Tim.

— Paré à descendre, sir ?

— Certainement, répondit Norman, aussi paré qu'il le serait jamais.

De près, le sous-marin n'avait pas l'air d'un jouet. Il paraissait incroyablement massif et robuste. Norman vit un seul hublot en verre acrylique incurvé, tenu en place par des boulons aussi gros que son poing. Il les toucha d'un geste hésitant.

— Vous voulez donner des coups de pied dans les pneus, sir ? dit le pilote en souriant.

— Non, je vous fais confiance.

— L'échelle est par ici, sir.

Norman gravit les échelons étroits jusqu'au sommet du submersible, où il vit la petite ouverture circulaire du sas. Il hésita.

— Asseyez-vous au bord, là, dit le pilote, et glissez les jambes à l'intérieur. Il ne vous reste plus qu'à suivre. Il faudra peut-être que vous serriez un peu les épaules et que vous rentriez votre... C'est cela, sir.

59

Norman entra en se contorsionnant dans un habitacle si bas qu'il ne pouvait s'y tenir debout. Le sous-marin était bourré de cadrans et d'appareils. Ted était déjà à bord, recroquevillé à l'arrière, souriant comme un gamin.

– Ce n'est pas fantastique ?

Norman lui envia son enthousiasme insouciant ; il se sentait à l'étroit et un peu anxieux. Au-dessus de lui, le pilote fit claquer le lourd panneau d'écoutille et descendit se mettre aux commandes.

– Tout le monde est prêt ?

Ils hochèrent la tête.

– Désolé pour la vue, dit-il en leur jetant un regard par-dessus son épaule. Vous ne verrez pratiquement que mon dos. Allons-y. Mozart vous convient ?

Il pressa la touche de mise en route d'un magnétophone et sourit.

– Nous avons treize minutes de descente jusqu'au fond ; la musique la rend un peu plus facile. Si vous n'aimez pas Mozart, nous pouvons vous offrir autre chose.

– Mozart est parfait, dit Norman.

– Mozart est merveilleux, renchérit Ted. Sublime.

– Très bien, messieurs.

Le sous-marin siffla, et la radio émit un nasillement. Le pilote parlait à voix basse dans le micro de son casque. Un plongeur apparut devant le hublot en faisant un signe de la main, que le pilote lui retourna.

On entendit un clapotis, puis un grondement sourd, et ils commencèrent à s'enfoncer.

– Comme vous le voyez, tout le traîneau descend avec nous. Le sub n'est pas stable en surface, alors nous le faisons glisser là-dessus pour monter ou descendre. Nous laisserons le traîneau à une trentaine de mètres de profondeur.

Par le hublot, ils virent le plongeur debout sur le pont, de l'eau jusqu'à la ceinture. Puis l'eau recouvrit le hublot et des bulles sortirent de son appareil de plongée.

– Nous sommes immergés, dit le pilote tout en réglant les robinets des vannes au-dessus de sa tête.

Ils entendirent le sifflement de l'air, d'une force surprenante, puis d'autres clapotis. La lumière qui se déversait par le hublot était d'un très beau bleu.

– Merveilleux, dit Ted.

— Maintenant, nous allons laisser le traîneau, annonça le pilote.

Les moteurs grondèrent et le submersible glissa en avant tandis que le plongeur disparaissait sur le côté. On ne voyait plus rien par le hublot que l'eau bleue indifférenciée. Le pilote prononça quelques mots dans son micro, puis augmenta le volume de la musique.

— Détendez-vous, messieurs, nous descendons à vingt-cinq mètres par minute.

Norman percevait le ronflement des moteurs électriques, mais aucune véritable sensation de mouvement. Il faisait simplement de plus en plus sombre.

— Vous savez, dit Ted, nous avons vraiment de la chance que cette épave soit ici. La plus grande partie du Pacifique est si profonde que nous n'aurions jamais pu aller la visiter en personne.

Il expliqua que le vaste océan Pacifique, qui recouvrait la moitié de la surface totale de la Terre, avait une profondeur moyenne de trois kilomètres.

— Il n'y a que quelques endroits où elle est plus faible, dont l'un est un rectangle relativement petit limité par Samoa, la Nouvelle-Zélande, l'Australie et la Nouvelle-Guinée. C'est en fait une grande plaine sous-marine, comme les plaines de l'Ouest américain, sauf qu'elle se trouve à une profondeur moyenne de six cents mètres. En ce moment, nous descendons sur cette plaine.

Ted parlait rapidement. Était-il nerveux ? Norman n'aurait pu le dire : il sentait le martèlement de son propre cœur. Il faisait maintenant tout à fait sombre à l'extérieur, et les instruments diffusaient une lueur verte. Le pilote alluma l'éclairage intérieur rougeâtre. Ils continuaient à descendre.

— Cent vingt mètres, dit le pilote alors que le sous-marin faisait une embardée, puis glissait en avant. Voici la rivière.

— Quelle rivière ? demanda Norman.

— Nous entrons dans un courant dont la salinité et la température sont différentes ; il se comporte comme une rivière à l'intérieur de l'océan. Nous nous arrêtons traditionnellement à cet endroit, sir. Le sub reste dans la rivière et nous fait faire une petite promenade.

— Oh, oui, dit Ted en glissant la main dans sa poche.

Il tendit au pilote un billet de dix dollars, et Norman lui lança un regard interrogateur.

– On ne vous l'a pas dit ? Une vieille tradition. On paie toujours le pilote à la descente, ça porte chance.

– J'en ai besoin, dit Norman.

Il fouilla dans sa poche, trouva un billet de cinq dollars, mais se ravisa et en sortit un de vingt.

– Merci messieurs, et bon séjour au fond à tous les deux, dit le pilote.

Les moteurs électriques se remirent en route et la descente reprit. L'eau était sombre.

– Cent cinquante mètres. Nous sommes à mi-chemin.

Le sous-marin émit des craquements sonores, puis plusieurs bruits explosifs. Norman sursauta.

– C'est la compensation normale à la pression, dit le pilote. Aucun problème.

– Hmm-hm, fit Norman, essuyant son visage en sueur sur la manche de sa chemise.

L'intérieur du sous-marin lui paraissait maintenant beaucoup plus petit, les parois plus proches de son visage.

– En fait, dit Ted, si je me souviens bien, cette région du Pacifique s'appelle le bassin de Lau, non ?

– C'est cela, sir, le bassin de Lau.

– C'est un plateau entre deux crêtes sous-marines, celle de Fidji, ou de Lau, à l'ouest, et la crête de Tonga à l'est.

– Exactement, docteur Fielding.

Norman jeta un regard aux instruments. Ils étaient couverts d'humidité, et le pilote devait les essuyer avec un chiffon pour les lire. Le sous-marin fuyait-il ? Non. Ce n'était que la condensation. L'intérieur de l'habitacle devenait plus froid.

Ne te bile pas, se dit-il.

– Deux cent cinquante mètres, dit le pilote.

Il faisait maintenant complètement noir à l'extérieur.

– C'est émouvant, dit Ted. Avez-vous jamais rien fait de pareil, Norman ?

– Non.

– Moi non plus. Quelle sensation électrisante !

Norman souhaitait qu'il se tût.

– Vous savez, dit Ted, quand nous ouvrirons cet appareil extraterrestre, que nous établirons notre premier contact avec une autre forme de vie, ce sera un grand moment pour l'histoire de notre espèce sur la Terre. Je me suis demandé ce que nous devrions dire.

62

– Dire ?

– Eh bien oui, quelles paroles. Sur le seuil, sous l'œil des caméras.

– Il y aura des caméras ?

– Oh, je suis certain qu'il y aura toutes sortes d'enregistrements. Étant donné les circonstances, ça me paraît normal. Alors il nous faut quelque chose à dire, une phrase mémorable. Je pensais à « Ceci est un moment monumental de l'histoire humaine ».

– Un moment monumental ? dit Norman en fronçant les sourcils.

– Vous avez raison. C'est un peu maladroit, je le reconnais. « Un tournant de l'histoire humaine » ?

Norman secoua la tête.

– Que dites-vous de : « Un carrefour dans l'évolution de l'espèce humaine » ?

– L'évolution peut avoir des carrefours ?

– Je ne vois pas pourquoi elle n'en aurait pas.

– Eh bien, un carrefour est un croisement entre deux routes. L'évolution est-elle une route ? Je croyais que non. Je pensais que l'évolution n'avait pas de direction.

– Vous êtes trop littéral.

– Je relève le fond, dit le pilote. Deux cent soixante-dix mètres.

Il ralentit la descente, et le *ping* intermittent du sonar se fit entendre.

– « Un nouveau seuil dans l'évolution de l'espèce humaine » ? dit Ted.

– Bien sûr. Vous pensez que ça le sera ?

– Que ça sera quoi ?

– Un nouveau seuil.

– Pourquoi pas ?

– Et si nous l'ouvrons pour ne trouver qu'un tas de ferraille rouillée à l'intérieur, rien qui soit susceptible de nous apporter des informations intéressantes ?

– Bonne remarque.

– Deux cent quatre-vingt-dix mètres. Éclairage extérieur allumé, dit le pilote.

Par le hublot, on voyait des mouchetures blanches. Le pilote expliqua qu'il s'agissait de matière en suspension dans l'eau.

– Contact visuel. J'ai le fond.

– Oh, je voudrais voir ! s'exclama Ted.

Le pilote s'écarta aimablement pour les laisser regarder.

Norman vit une plaine unie et déserte d'un brun terne qui s'étendait jusqu'à la limite de l'éclairage. Au-delà régnaient les ténèbres.

– Il n'y a pas grand-chose à voir par ici, j'en ai peur, dit le pilote.

– C'est incroyablement désolé, dit Ted, sans une nuance de déception. Je me serais attendu à quelque chose de plus vivant.

– Il y fait plutôt froid. La température de l'eau est de, heu, trois degrés centigrades.

– Ça gèle presque.

– Oui, sir. Voyons si nous pouvons trouver votre nouveau logement.

Les moteurs grondèrent, et des sédiments boueux tourbillonnèrent devant le hublot. Le sous-marin tourna, glissant au-dessus du fond. Pendant plusieurs minutes, ils ne virent que le paysage brunâtre, puis des lueurs apparurent.

– Nous y voilà.

Un vaste déploiement de lumières, disposées en rectangle.

– C'est la grille, dit le pilote.

Le sous-marin s'éleva et glissa en douceur au-dessus de la grille illuminée, qui s'étendait au loin sur près d'un kilomètre. Ils virent par le hublot des plongeurs qui se tenaient sur le fond, travaillant à l'intérieur de l'assemblage. Les plongeurs saluèrent leur passage d'un signe de la main, et le pilote répondit d'un coup d'avertisseur miniature.

– Ils peuvent l'entendre ?

– Oh, bien sûr. L'eau est un excellent conducteur acoustique.

– Bon Dieu, fit Ted.

Droit devant eux, l'aileron de titane géant se dressait abruptement au-dessus du fond de l'océan. Norman n'était pas préparé à de telles dimensions. Alors que le sous-marin obliquait sur bâbord, l'aileron bloqua entièrement leur champ de vision pendant près d'une minute. Le métal était d'un gris terne et, à part quelques mouchetures blanches de végétation marine, totalement vierge de toute marque.

– Il n'y a aucune corrosion, observa Ted.

– Non, sir, dit le pilote. Tout le monde l'a remarqué. On pense que c'est parce qu'il s'agit d'un alliage métalloplastique, mais je crois que personne n'en est tout à fait certain.

L'aileron s'éloigna vers l'arrière, et le sous-marin tourna de nouveau. Droit devant eux, d'autres lumières étaient disposées en rangées verticales. Norman distingua un unique cylindre d'acier peint en jaune, avec des hublots éclairés. À côté se trouvait un dôme métallique de faible hauteur.

– Voici HSM-7, l'habitat des plongeurs, à bâbord, dit le pilote. C'est vraiment utilitaire. Vous êtes installés dans HSM-8; beaucoup mieux, croyez-moi.

Il vira sur tribord et, après un moment d'obscurité, un autre groupe de lumières apparut. En approchant, Norman dénombra cinq cylindres, certains verticaux, certains horizontaux, interconnectés de manière complexe.

– Vous y voilà. HSM-8, un autre chez-vous, dit le pilote. Donnez-moi une minute pour accoster.

Du métal résonna contre du métal; il y eut une violente secousse, puis les moteurs s'arrêtèrent et de l'air siffla. Quand le pilote eut escaladé l'échelle pour ouvrir l'écoutille, un air étonnamment froid se déversa sur eux.

– Le sas est ouvert, messieurs, dit-il en s'écartant.

Levant les yeux vers l'ouverture, Norman vit des rangées de lumières rouges. Il monta et se glissa dans un cylindre d'acier d'environ deux mètres cinquante de diamètre, muni de poignées de tous côtés, d'un banc métallique étroit, et de lampes de chauffage rougeoyantes au plafond – bien qu'elles ne parussent pas avoir beaucoup d'effet.

Ted monta à son tour et s'assit sur le banc en face de lui. Ils étaient si près l'un de l'autre que leurs genoux se touchaient. Au-dessous d'eux, le pilote referma le panneau. Ils regardèrent le volant tourner, entendirent le sous-marin se dégager avec un claquement métallique suivi du ronronnement des moteurs qui s'éloignaient.

Puis plus rien.

– Et maintenant, que se passe-t-il? demanda Norman.

– Ils vont nous mettre sous pression, dit Ted. Nous faire passer à une atmosphère de gaz différents. Nous ne pouvons pas respirer de l'air, ici.

– Pourquoi?

Maintenant qu'il était là, les yeux fixés sur les froides

parois métalliques du cylindre, Norman se dit qu'il aurait dû rester éveillé pendant le briefing.

– Parce que l'atmosphère terrestre est mortelle. Vous ne vous en rendez pas compte, mais l'oxygène est un gaz corrosif. Il fait partie de la même famille que le chlore et le fluor, et l'acide fluorhydrique est le plus corrosif des acides connus. Le même type d'oxygène qui fait brunir une pomme à demi mangée, ou qui fait rouiller le fer, est incroyablement destructif pour le corps humain si on lui en donne trop. L'oxygène sous pression est toxique – au plus haut point. Alors on réduit la proportion d'oxygène que nous respirons. À la surface, il y en a 21 pour 100 dans l'atmosphère, ici nous n'en respirerons que 2 pour 100. Mais vous ne remarquerez pas la différence...

– Nous commençons la pressurisation, dit une voix jaillie d'un haut-parleur.

– Qui est-ce ? demanda Norman.

– Barnes, répondit la voix.

Mais la voix ne ressemblait pas à celle de Barnes. Elle semblait râpeuse et artificielle.

– Ça doit être à cause du haut-parleur, dit Ted.

Il rit, et sa voix paraissait sensiblement plus aiguë.

– C'est l'hélium, Norman. Ils nous mettent sous pression avec de l'hélium.

– Vous parlez comme Donald Duck, dit Norman, qui se mit à rire à son tour.

Sa propre voix était haut perchée, comme celle d'un personnage de dessin animé.

– Vous pouvez parler, Mickey, couina Ted.

– M'a temblé doir un rrros minet, fit Norman.

Ils ne pouvaient s'empêcher de rire en entendant leurs voix.

– Ça suffit, les gars, dit Barnes dans l'intercom.

– Oui, capitaine, dit Ted d'un ton si aigu qu'il en était presque inintelligible.

Ils se remirent à rire, et leurs voix fluettes résonnèrent à l'intérieur du cylindre comme celles de jeunes écolières. L'hélium transformait leurs paroles en couinements aigus, mais il avait aussi d'autres effets.

– Vous ne commencez pas à avoir froid, les gars ? demanda Barnes.

Il faisait effectivement de plus en plus froid. Norman vit Ted frissonner et sentit que ses jambes avaient la chair de poule. Il avait l'impression qu'un vent froid soufflait autour d'eux – bien qu'il n'y eût pas un souffle. C'était la légèreté de l'hélium qui, en accroissant l'évaporation, leur donnait une sensation de froid.

Ted dit quelque chose, mais Norman ne comprenait plus ses paroles. Sa voix, trop haut perchée pour être compréhensible, n'était plus qu'un piaillement grêle.

– On dirait une paire de rats, maintenant, dit Barnes d'un ton satisfait.

Ted tourna les yeux vers le haut-parleur et couina quelque chose.

– Si vous voulez parler, prenez un rectiphone, dit Barnes. Vous les trouverez dans le coffre, sous le siège.

Norman vit le coffre métallique, dont il pressa le déclic d'ouverture. Le couvercle grinça bruyamment, comme un morceau de craie sur un tableau noir. Tous les sons du compartiment étaient suraigus. À l'intérieur du coffre, il vit deux coussinets en plastique munis de courroies.

– Glissez-les autour de votre cou en posant le coussinet à la base de votre gorge.

– D'accord, dit Ted.

Il cligna des yeux, surpris. Sa voix paraissait légèrement râpeuse, mais par ailleurs normale.

– Ces trucs doivent changer la fréquence des cordes vocales, dit Norman.

– Pourquoi ne suivez-vous pas les briefings avec un peu plus d'attention, les gars ? C'est exactement ce qu'ils font. Il faudra que vous en portiez un tout le temps que vous serez ici en bas, du moins si vous voulez qu'on vous comprenne. Vous avez toujours froid ?

– Oui, dit Ted.

– Patientez, vous êtes presque à la pression voulue.

Il y eut un autre sifflement, et une porte latérale glissa de côté. Barnes se tenait sur le seuil, des vestes légères posées sur le bras.

– Bienvenue à HSM-8, dit-il.

HSM-8

– Vous êtes les derniers arrivés, dit Barnes. Nous avons juste le temps de faire une visite rapide avant d'ouvrir le vaisseau spatial.

– Vous êtes prêts à l'ouvrir maintenant ? demanda Ted. Merveilleux. J'en parlais justement avec Norman. C'est un grand moment, notre premier contact avec une vie étrangère à la Terre. Nous devrions préparer un petit discours pour cette occasion.

– Nous aurons le temps d'y penser, dit Barnes en lançant à Ted un regard curieux. Je vais d'abord vous montrer l'habitat. Par ici.

Il leur expliqua que l'habitat HSM-8 était constitué de cinq grands cylindres, répertoriés de A à E.

– Le cylindre A est le sas, où nous nous trouvons actuellement.

Il les conduisit dans un vestiaire adjacent, où des combinaisons en tissu épais pendaient mollement contre la paroi avec des casques jaunes façonnés du type de ceux que Norman avait vus sur les plongeurs. Il tapota l'un de ces casques futuristes de la jointure du doigt. C'était du plastique, étonnamment léger.

Il vit « JOHNSON » imprimé au pochoir sur l'une des visières.

– Nous allons porter ça ?

– Exactement, dit Barnes.

– Alors nous allons sortir ? demanda Norman, quelque peu inquiet.

– À un moment ou un autre, oui. Mais ne vous en inquiétez pas pour l'instant. Vous avez toujours froid ?

Ils avaient froid, en effet. Barnes leur fit enfiler des combinaisons ajustées en polyester bleu.

– Vous ne trouvez pas que ça paraît un peu ridicule ? fit Ted avec un froncement de sourcils.

– Ce n'est peut-être pas le summum de la mode, répondit Barnes, mais elles évitent la perte de chaleur due à l'hélium.

– La couleur n'est pas très flatteuse, observa Ted.

– Au diable la couleur, dit Barnes en leur tendant les vestes légères.

Norman, sentant quelque chose de lourd dans une poche, en sortit une batterie rechargeable.

– Les vestes ont un circuit intégré qui les chauffe électriquement. Comme les couvertures chauffantes que vous utiliserez pour dormir. Suivez-moi.

Ils passèrent dans le cylindre B, qui abritait les biosystèmes et l'alimentation électrique. À première vue, il ressemblait à une grande chaufferie, pleine de tuyaux multicolores et d'appareillages divers.

– C'est ici que nous produisons toute notre chaleur, notre électricité et notre air, dit Barnes en leur montrant les appareils. Générateur à combustion interne en circuit fermé, 110/240 volts. Piles chimiques à hydrogène et oxygène. Moniteurs LSS. Processeur liquide, fonctionne sur batteries au zinc-argent. Et voici le premier maître Teeny Fletcher.

Norman vit une silhouette solidement charpentée qui travaillait parmi les tuyaux, armée d'une lourde clef. La silhouette se retourna, et Alice Fletcher leur adressa un sourire accompagné d'un salut de sa main graisseuse.

– Elle a l'air de savoir ce qu'elle fait, dit Ted d'un ton approbateur.

– En effet, dit Barnes. Mais tous les systèmes essentiels ont une unité de secours. Fletcher n'est que notre dernier secours. Vous constaterez en fait que tout l'habitat est autorégulé.

Il agrafa des badges pesants à leurs combinaisons.

– Portez-les en permanence, même si ce n'est qu'une précaution. Les alarmes se déclenchent automatiquement si les conditions vitales descendent au-dessous du niveau optimal. Mais ça n'arrivera pas. Il y a des détecteurs dans chaque pièce de l'habitat. Vous vous habituerez au fait que l'environnement s'adapte continuellement à votre présence. Vous verrez l'éclairage et les lampes chauffantes s'allumer et s'éteindre, et vous entendrez les ventilateurs se mettre à siffler sur votre passage. Tout est automatique, alors ne vous en faites pas. Chacun des systèmes principaux est doublé. Nous pouvons perdre du courant, nous pouvons perdre de l'air, nous pouvons perdre toute notre eau, et nous aurons quand même cent trente heures d'autonomie devant nous.

Cent trente heures ne semblaient pas un temps très long à Norman. Il fit le calcul de tête : cinq jours. Cinq jours ne semblaient pas non plus très longs.

Ils passèrent dans le cylindre suivant, et l'éclairage s'alluma à leur entrée. Le cylindre C contenait leurs logements proprement dits : couchettes, toilettes, douches (« vous verrez qu'on ne manque pas d'eau chaude »). Barnes leur fit visiter les lieux avec fierté, comme s'il s'agissait d'un hôtel.

La section logement était fortement isolée : pont couvert de moquette, murs et plafonds tapissés de mousse capitonnée qui donnait à l'intérieur l'aspect d'un canapé surchargé. Mais en dépit des couleurs vives et du souci évident de décoration, Norman trouvait néanmoins l'endroit étriqué et lugubre. Les hublots, minuscules, ne révélaient que l'obscurité du fond de l'océan. Et partout où le capitonnage s'interrompait, il voyait d'épais boulons et de lourdes plaques d'acier qui lui rappelaient aussitôt où ils étaient réellement. Il avait l'impression de se trouver dans un grand poumon d'acier – et il se dit qu'il n'était pas bien loin de la vérité.

Ils franchirent un passage étroit pour entrer dans le cylindre D : un petit laboratoire équipé de paillasses et de microscopes au niveau supérieur, une unité électronique complexe au niveau inférieur.

– Voici Tina Chan, dit Barnes en leur présentant une femme d'apparence particulièrement tranquille.

Ils échangèrent des poignées de main. Norman trouvait le calme de Tina Chan presque anormal, quand il se rendit compte qu'elle faisait partie de ces gens qui ne clignent presque jamais des yeux.

– Soyez gentils avec Tina, disait Barnes. Elle est notre seul lien avec l'extérieur – c'est elle qui fait marcher les transmissions et les systèmes de détection. En fait, toute l'électronique.

Tina Chan était entourée des moniteurs les plus volumineux qu'eût jamais vus Norman. Ils ressemblaient à des téléviseurs des années 50. Barnes leur expliqua que certains appareils supportaient mal l'atmosphère d'hélium. Aux premiers temps des habitats sous-marins, les tubes cathodiques devaient être remplacés quotidiennement. Ils étaient maintenant minutieusement enrobés et protégés, d'où leur volume.

Près de Chan se tenait une autre femme, Jane Edmunds, que Barnes leur présenta comme l'archiviste d'unité.

– Qu'est-ce qu'un archiviste d'unité ? lui demanda Ted.

– Officier marinier de première classe, traitement de l'information, sir, répondit-elle d'un ton conventionnel.

Jane Edmunds portait des lunettes et se tenait avec raideur. Norman lui trouvait un air de bibliothécaire.

– Traitement de l'information... fit Ted.

– Ma mission consiste à préserver tous les enregistrements digitaux, visuels et bandes vidéo, sir. Chaque aspect de ce moment historique est enregistré, et je maintiens tout cela en ordre.

Elle est vraiment bibliothécaire, songea Norman.

— Oh, parfait. Je suis heureux de l'entendre. Film ou bande ?

— Bande, sir.

— Je sais me servir d'une caméra vidéo, dit Ted avec un sourire. Vous enregistrez sur quoi, demi-pouce ou trois quarts ?

— Sir, nous utilisons un balayage numérique équivalent à deux mille pixels par image à polarisation latérale, chaque pixel comportant une échelle de douze tons de gris.

— Ah, fit Ted.

— C'est légèrement meilleur que les systèmes commerciaux dont vous pouvez avoir l'habitude, sir.

— Je vois.

Mais Ted reprit son assurance et bavarda un moment avec Edmunds de détails techniques.

— Ted paraît terriblement curieux de savoir comment nous allons enregistrer ça, dit Barnes, qui semblait quelque peu gêné.

— Oui, il en a l'air.

Norman se demanda ce qui préoccupait Barnes. Se tracassait-il à propos de l'enregistrement visuel ? Ou pensait-il que Ted allait essayer d'accaparer la vedette ? Ted essaierait-il effectivement de le faire ? Barnes craignait-il que tout ceci n'apparût comme une opération civile ?

— Non, disait Edmunds, l'éclairage extérieur est fourni par des lampes quartz à halogène de cent cinquante watts. Nous enregistrons avec un équivalent de cinq cent mille ASA, ce qui est largement suffisant. Le vrai problème est la rétrodiffusion. Nous sommes constamment obligés d'y remédier.

— Je remarque que toute votre équipe d'appui est féminine, dit Norman.

— Oui, répondit Barnes. Toutes les études de plongée en eau profonde ont démontré que les femmes se révèlent supérieures pour le travail en submersion. Elles sont plus petites, consomment moins d'air et de substances nutritives, elles ont un meilleur comportement social et supportent mieux la promiscuité, elles sont physiologiquement plus résistantes et font preuve d'une meilleure endurance. En fait, la Marine a reconnu depuis longtemps que tous ses sous-mariniers devraient être féminins, ajouta-t-il en riant. Mais essayez donc de mettre ça en application.

Il jeta un regard à sa montre.

– Nous ferions bien de continuer. Ted ?

Ils poursuivirent leur visite. Le dernier cylindre, E, était plus spacieux que les autres. Ils y découvrirent un vaste salon, des magazines et un téléviseur ; au pont inférieur se trouvaient un mess bien aménagé et une cuisine. Rose Levy, la cuisinière, était une femme rougeaude qui parlait avec un accent du Sud. Debout sous d'énormes ventilateurs d'aspiration, elle demanda à Norman s'il avait un dessert préféré.

– Un dessert ?

– Oui, docteur Johnson. J'aime bien préparer le dessert favori de mes clients, si je le peux. Et vous, docteur Fielding, vous avez une préférence ?

– Le flan aux citrons verts, dit Ted. Je l'adore.

– C'est faisable, sir, dit Rose Levy avec un grand sourire.

Elle se tourna vers Norman.

– Je n'ai toujours pas entendu vos souhaits, docteur Johnson.

– Sablé aux fraises.

– Facile. J'ai de belles fraises de Nouvelle-Zélande qui arrivent par la dernière navette sous-marine. Peut-être aimeriez-vous en avoir ce soir ?

– Pourquoi pas, Rose ? dit Barnes avec chaleur.

Norman regarda par le hublot obscur. Depuis le cylindre D, on voyait la grille rectangulaire illuminée qui s'étendait sur le fond tout au long des huit cents mètres du vaisseau spatial enterré. Pareils à des feux follets, des plongeurs se déplaçaient sur sa surface éclairée.

Je suis à trois cents mètres sous l'océan, se dit-il, *et il est question de savoir si j'aurai du sablé aux fraises pour le dessert.* Plus il y réfléchissait, cependant, plus cela lui paraissait logique. La meilleure façon de mettre quelqu'un à l'aise dans un nouvel environnement était de lui donner une nourriture familière.

– Les fraises me donnent des boutons, dit Ted.

– Je vous ferai un sablé aux myrtilles, dit Levy sans se démonter.

– Avec de la crème fouettée ? demanda Ted.

– Eh bien...

– Vous ne pouvez pas tout avoir, dit Barnes. Et l'une des choses que vous ne pouvez pas avoir dans un mélange gazeux sous trente atmosphères, c'est de la crème fouettée. Elle ne montera pas. Continuons la visite.

Beth et Harry attendaient dans la petite salle de conférences capitonnée, juste au-dessus du mess. Tous deux portaient des combinaisons et des vestes chauffantes. Au moment où les autres entrèrent, Harry secouait la tête.

– Vous aimez notre cellule capitonnée ? dit-il en pressant un doigt sur la paroi calorifugée. Ça donne l'impression de vivre à l'intérieur d'un vagin.

– Vous n'avez pas envie de retourner dans la matrice, Harry ? demanda Beth.

– Non. Une fois m'a suffi.

– Ces combinaisons sont vraiment de mauvais goût, dit Ted en tirant sur le polyester ajusté.

– Elle met votre estomac en valeur, remarqua Harry.

– Installez-vous, dit Barnes.

– Avec quelques paillettes, vous pourriez être Elvis Presley.

– Elvis Presley est mort.

– Alors c'est le moment de tenter votre chance.

Norman regarda autour de lui.

– Où est Levine ?

– Levine a flanché, dit Barnes d'un ton sec. Il a fait une crise de claustrophobie en cours de descente dans le sous-marin, et on a dû le ramener à la surface. Ce sont des choses qui arrivent.

– Alors nous n'avons pas de biologiste marin ?

– Nous nous débrouillerons sans lui.

– Je déteste cette maudite combinaison, dit Ted. Elle est horrible.

– Beth a bon aspect, dans la sienne.

– Oui, Beth s'entraîne.

– Et en plus, c'est humide, ici, dit Ted. C'est toujours aussi humide ?

Norman avait déjà remarqué le problème de l'humidité ; tout ce qu'ils touchaient était légèrement moite et froid. Barnes les mit en garde contre le danger d'infections et de petits rhumes ; et leur remit des flacons de lotion épidermique et de gouttes pour les oreilles.

– Je croyais vous avoir entendu dire que la technologie était parfaitement au point, dit Harry.

– Elle l'est, répondit Barnes. Croyez-moi, ceci est luxueux comparé aux habitats d'il y a dix ans.

– Il y a dix ans, on a cessé de construire des habitats sous-marins parce que les gens y mouraient.

Barnes fronça les sourcils.

– Il y a eu un accident.

– Il y a eu deux accidents, insista Harry. Un total de quatre personnes.

– Des circonstances particulières. Ni la technologie ni le personnel de la Marine n'étaient en cause.

– Fantastique. Combien de temps avez-vous dit que nous allons passer en bas ?

– Un maximum de soixante-douze heures.

– Vous en êtes sûr ?

– Ce sont les règlements de la Marine.

– Pourquoi ? demanda Norman, intrigué.

Barnes secoua la tête.

– Ne demandez jamais, jamais, la raison des règlements de la Marine.

L'intercom émit un déclic, et la voix de Tina Chan se fit entendre.

– Capitaine Barnes, nous sommes en communication avec les plongeurs. Ils sont en train de monter le sas. Encore quelques minutes avant l'ouverture.

L'atmosphère de la pièce changea immédiatement ; l'émotion était palpable. Ted se frotta les mains.

– Vous vous rendez compte, évidemment, que même sans ouvrir ce vaisseau spatial nous avons déjà fait une découverte majeure d'une profonde importance.

– De quoi s'agit-il ? demanda Norman.

– Nous avons réduit à néant l'hypothèse de l'événement unique, dit Ted avec un regard en direction de Beth.

– L'hypothèse de l'événement unique ? fit Barnes.

– Ted se réfère au fait que les physiciens et les chimistes tendent à croire à une vie extraterrestre intelligente, expliqua Beth, alors que les biologistes tendent à la rejeter. De nombreux biologistes ont le sentiment que le développement d'une vie *intelligente* sur la Terre a requis tant d'étapes particulières qu'il représente un événement unique dans l'univers, qui ne s'est sans doute jamais produit ailleurs.

– L'intelligence n'émergerait-elle pas à plusieurs reprises, maintes et maintes fois ? demanda Barnes.

74

– Elle a à peine émergé sur la Terre. Notre planète est vieille de quatre milliards et demi d'années, et la vie unicellulaire y est apparue il y a trois milliards neuf cents millions d'années presque aussitôt, géologiquement parlant. Mais la vie est *restée* unicellulaire pendant les trois milliards d'années suivantes. Et puis durant la période du Cambrien, il y a environ six cents millions d'années, s'est produite une explosion de formes de vie plus complexes. Moins de cent millions d'années plus tard, l'océan était plein de poissons. Puis les continents se sont peuplés. Puis l'air. Mais personne ne sait pourquoi l'explosion s'est produite en premier lieu. Et comme elle ne s'est pas produite pendant trois milliards d'années, il est possible qu'elle ne survienne jamais sur aucune autre planète.

« Et même après le Cambrien, la chaîne des événements qui a mené à l'homme semble si particulière, si fortuite, que les biologistes craignent qu'elle n'ait pu ne jamais se produire ailleurs. Considérez seulement le fait que si les dinosaures n'avaient pas été exterminés il y a soixante-cinq millions d'années – par une comète ou quoi que ce soit d'autre –, les reptiles seraient peut-être encore la forme de vie dominante sur la Terre, et les mammifères n'auraient jamais eu l'occasion de s'imposer. Pas de mammifères, pas de primates. Pas de primates, pas d'anthropoïdes. Pas d'anthropoïdes, pas d'homme... Il y a beaucoup de facteurs aléatoires, dans l'évolution, beaucoup de chance. C'est pourquoi les biologistes pensent que la vie intelligente pourrait être un événement unique dans l'univers, qui ne s'est produit qu'ici.

– Sauf que maintenant, dit Ted, nous savons que ce n'est pas un événement unique. Parce qu'il y a un sacré gros vaisseau spatial posé là-bas dehors.

– Personnellement, dit Beth, rien ne pourrait me faire plus plaisir.

Elle se mordit la lèvre.

– Vous n'avez pourtant pas l'air content, dit Norman.

– Je vais vous dire, je ne peux pas m'empêcher de me sentir inquiète. Il y a dix ans, juste après avoir reçu le prix Nobel de chimie, Bill Jackson a dirigé une série de séminaires à Stanford sur la vie extraterrestre. Il nous a divisés en deux groupes. Un groupe concevait la forme de vie étrangère et en élaborait scientifiquement tous les aspects. L'autre groupe essayait de comprendre en quoi elle consistait et de communiquer avec elle. Jackson présidait à tout cela en vrai scientifique, sans laisser personne s'emballer. Un jour que nous lui présentions une proposition de schéma pour l'extraterrestre, il nous a dit d'un ton rude : « Très bien, où est l'anus ? » C'était sa critique. Mais de nombreux animaux sur Terre n'ont pas d'anus. Il existe toutes sortes de mécanismes excréteurs qui ne requièrent aucun orifice spécial. Jackson présumait qu'un anus était indispensable, mais il ne l'est pas. Et maintenant...

Elle haussa les épaules.

– Qui sait ce que nous allons découvrir ?

– Nous le saurons bientôt, dit Ted.

L'intercom cliqueta.

– Capitaine Barnes, les plongeurs ont mis le sas en place. Le robot est maintenant prêt à entrer dans le vaisseau spatial.

– *Quel robot ?* demanda Ted.

LA PORTE

– Je ne pense pas que ce soit bienvenu du tout, dit Ted d'un ton irrité. Nous sommes descendus ici pour entrer en personne dans ce vaisseau spatial extraterrestre. Je pense que nous devrions faire ce pour quoi nous sommes venus – y entrer *en personne*.

– Absolument pas, dit Barnes. Nous ne pouvons pas prendre ce risque.

– Vous devez considérer ceci comme un site archéologique. Plus important que Chichén Itzá, plus important que Troie, plus important que la tombe de Toutankhamon. C'est indiscutablement le site archéologique le plus important de l'histoire de l'humanité. Avez-vous vraiment l'intention de faire ouvrir ce site par un fichu robot ? Où est votre sens de la destinée humaine ?

– Où est votre instinct de conservation ? demanda Barnes.

– J'objecte énergiquement, capitaine Barnes.

– J'en prends note comme il se doit, dit Barnes en se

détournant. Et maintenant, passons à l'action. Tina, donnez-nous la transmission vidéo.

Ted bredouilla, mais il se tut quand les deux grands moniteurs qui leur faisaient face s'animèrent. Sur l'écran gauche, ils voyaient l'échafaudage tubulaire complexe du robot avec les moteurs et les engrenages apparents. Le robot était installé devant la paroi incurvée de métal gris.

Dans cette paroi apparaissait une porte assez semblable à celle d'un avion de ligne. Le second écran en donnait une vue plus rapprochée, prise par la caméra vidéo montée sur le robot lui-même.

— Ça ressemble assez à la porte d'un avion, dit Ted.

Norman lança un regard à Harry, qui sourit d'un air énigmatique. Puis il regarda Barnes, qui ne semblait pas surpris. Il se rendit compte que ce dernier devait déjà savoir à quoi s'en tenir.

— Je me demande comment on pourrait expliquer un tel parallélisme dans la conception des portes, dit Ted. La probabilité pour que ce soit un hasard est astronomiquement réduite. Cette porte est d'une taille et d'une forme parfaites pour un être humain !

— Exactement, dit Harry.

— C'est incroyable, tout à fait incroyable.

Harry sourit sans rien dire.

— Cherchez les surfaces de commande, dit Barnes.

Le scanner vidéo du robot se déplaça à gauche et à droite sur la coque du vaisseau, puis s'immobilisa sur l'image d'un panneau rectangulaire monté à gauche de la porte.

— Pouvez-vous ouvrir ce panneau ?

— Nous nous en occupons, sir.

Avec un ronflement, la pince du robot se tendit vers le panneau. Mais la pince, maladroite, racla le métal sur lequel elle laissa une série d'égratignures luisantes sans parvenir à l'ouvrir.

— Ridicule, dit Ted. On a l'impression de regarder un enfant nouveau-né.

La pince continuait à érafler le métal.

— Nous devrions faire ça nous-mêmes.

— Employez la succion, dit Barnes.

Un autre bras se tendit, armé d'une ventouse en caoutchouc.

— Ah, l'ami du plombier, fit Ted d'un ton dédaigneux.

Ils virent la ventouse se poser sur la surface métallique et s'aplatir. Avec un déclic, le panneau se souleva.

– Enfin !
– Je n'arrive pas à voir...

La vue de l'intérieur du compartiment était floue, mal focalisée. Ils distinguèrent une série de vagues protubérances métalliques arrondies, rouge, jaune et bleu. Des symboles noir et blanc compliqués apparaissaient au-dessus des protubérances.

– Regardez, dit Ted, rouge, bleu, jaune. Les couleurs primaires. Voilà une découverte de toute première importance.

– Pourquoi ? demanda Norman.

– Parce que cela laisse supposer que les extra-terrestres ont le même équipement sensoriel que le nôtre – qu'ils voient peut-être l'univers de la même façon, dans les mêmes couleurs, en utilisant la même partie du spectre électromagnétique. Voilà qui nous sera d'une aide inestimable pour établir le contact avec eux. Et ces marques noir et blanc... ça doit être leur écriture ! Vous imaginez ? Une écriture extraterrestre ! s'exclama-t-il avec un sourire enthousiaste. C'est un grand moment. Je me sens vraiment privilégié de me trouver ici.

– Mettez au point, dit Barnes.

– Je règle l'objectif, sir.

L'image se brouilla encore plus.

– Non, dans l'autre sens.

– Oui, sir, voilà.

L'image devint progressivement plus nette.

– Eh-oh, fit Ted, les yeux fixés sur l'écran.

Ils virent que les protubérances floues étaient en fait trois boutons colorés : jaune, rouge et bleu. Chaque bouton avait environ trois centimètres de diamètre et les bords en étaient moletés. Les symboles inscrits au-dessus d'eux se résolurent en une série d'instructions soigneusement peintes au pochoir.

De la gauche vers la droite, les inscriptions disaient : « Dispositif de secours – Prêt », « Dispositif de secours – Verrouillage », « Dispositif de secours – Ouverture ».

En anglais.

Il y eut un moment de stupeur silencieuse. Puis, très doucement, Harry Adams se mit à rire.

L'ASTRONEF

– C'est de l'anglais, dit Ted, les yeux fixés sur l'écran. De l'anglais écrit.

– Oui, dit Harry. On ne peut pas le nier.

– Que se passe-t-il ? C'est une plaisanterie ?

– Non, dit Harry d'un ton calme, étrangement détaché.

– Comment ce vaisseau spatial pourrait-il être vieux de trois cents ans et porter des inscriptions en anglais moderne ?

– Réfléchissez-y.

Ted fronça les sourcils.

– Peut-être ce vaisseau extraterrestre se présente-t-il à nous sous un aspect destiné à nous mettre à l'aise.

– Réfléchissez un peu plus.

Il y eut un court silence.

– Enfin, si c'est bien un vaisseau spatial extraterrestre...

– Ce n'est pas un vaisseau spatial extraterrestre, dit Harry.

Un autre silence.

– Bien, dit enfin Ted, pourquoi ne nous dites-vous pas simplement ce que c'est, puisque vous êtes si sûr de vous ?

– D'accord, je vais vous le dire. C'est un vaisseau spatial américain.

– Un vaisseau spatial américain ? Long de huit cents mètres ? Construit au moyen de technologies dont nous ne disposons pas encore ? Et enterré depuis trois cents ans ?

– Évidemment. C'était évident depuis le début, n'est-ce pas, capitaine Barnes ?

– Nous l'avions envisagé, reconnut Barnes. Le Président l'avait envisagé.

– C'est pourquoi vous n'avez pas informé les Russes.

– Exactement.

Mais Ted paraissait maintenant totalement frustré. Il serrait les poings comme s'il avait envie de frapper quelqu'un et regardait tour à tour chacun de ses compagnons.

– Mais comment l'avez-vous deviné ?

– Le premier indice était l'état de l'appareil lui-même. Il ne présente aucun signe de dommage, il est comme neuf. N'importe quel appareil s'abattant dans l'eau se trouve forcément endommagé. Même à une vitesse d'entrée réduite – disons trois cents kilomètres heure – l'eau présente une surface aussi dure que du béton. Quelle que soit la solidité de ce vaisseau, on devrait y trouver des signes de l'impact. Mais il n'y en a aucun.

– Ce qui veut dire ?

– Ce qui veut dire qu'il ne s'est pas posé sur l'eau.

– Je ne comprends pas. Il a bien dû voler jusqu'ici...

– Il n'a pas volé jusqu'ici. Il est arrivé ici.

– D'où ?

– Du futur. C'est un type d'engin qui a été – qui sera – construit dans le futur, qui a voyagé à rebours dans le temps et qui est apparu sous cet océan il y a plusieurs centaines d'années.

– Pourquoi des gens du futur feraient-ils une chose pareille ? gémit Ted.

Il était visiblement malheureux d'être privé de son vaisseau extraterrestre, de son grand moment historique. Il s'affala dans un fauteuil, regardant d'un œil terne les écrans des moniteurs.

– Je ne sais pas pourquoi des gens du futur feraient ça, dit Harry. Nous n'y sommes pas encore. Peut-être était-ce un accident. Ce n'était pas intentionnel.

– Continuons et ouvrons-le, intervint Barnes.

– Nous allons l'ouvrir, sir.

La main du robot s'avança vers le bouton marqué « Ouverture », et le pressa plusieurs fois. On entendit un bruit métallique, mais rien ne se passa.

– Qu'est-ce qui ne va pas ? demanda Barnes.

– Nous n'arrivons pas à appuyer sur le bouton, sir. Le bras extensible est trop gros pour entrer dans le renfoncement.

– Merveilleux.

– J'essaie la sonde ?

– Essayez la sonde.

La pince recula, et une fine sonde-aiguille se tendit vers le bouton. Elle s'approcha, ajusta délicatement sa position, toucha le bouton. Elle pressa... et glissa.

– J'essaie de nouveau, sir.

La sonde pressa de nouveau le bouton, et glissa encore une fois.

– La surface est trop lisse, sir.

– Essayez encore.

– Vous savez, dit Ted pensivement, c'est quand même une situation extraordinaire. En un sens, c'est encore plus extraordinaire qu'un contact avec des extra-terrestres. J'étais déjà à peu près sûr que la vie existe ailleurs dans l'univers. Mais le voyage dans le temps ! Franchement, en tant qu'astrophysicien, j'avais mes doutes. D'après tout ce que nous savons, c'est impossible, c'est en contradiction avec les lois de la physique. Et pourtant, nous avons maintenant la preuve que le voyage dans le temps est possible – et que notre espèce le fera dans le futur !

Il souriait, les yeux écarquillés, heureux de nouveau. Norman se dit qu'on ne pouvait qu'admirer sa nature si merveilleusement enthousiaste.

– Et nous voici, poursuivit Ted, au seuil de notre premier contact avec notre espèce du futur ! Pensez donc ! Nous allons rencontrer notre propre civilisation d'un temps futur !

La sonde pressa de nouveau à plusieurs reprises, sans succès.

– Sir, nous n'arrivons pas à enfoncer le bouton.

– Je le vois, dit Barnes en se levant. Très bien, arrêtez-le et enlevez-le de là. Ted, on dirait que vous allez voir votre vœu exaucé, en fin de compte. Il va falloir que nous allions l'ouvrir manuellement. Passons les scaphandres.

DANS LE VAISSEAU

Dans le vestiaire du cylindre A, Norman enfila sa combinaison de plongée, puis Tina et Edmunds l'aidèrent à glisser sa tête dans le casque avant de verrouiller le collier. Il sentait les bouteilles peser sur son dos, les courroies lui entailler les épaules. L'air qu'il respirait avait un goût métallique. L'intercom de son casque émit un grésillement.

Les premières paroles qu'il entendit furent :

– Que pensez-vous de... Au seuil d'une grande perspective pour l'espèce humaine ?

Il éclata de rire, heureux de ce répit dans la tension du moment.

– Vous trouvez ça drôle ? demanda Ted, vexé.

Norman se tourna vers le scaphandre dont le casque jaune portait l'inscription « FIELDING » peinte au pochoir.

– Non, dit-il. Je me sens seulement un peu nerveux.

– Moi aussi, dit Beth.

– Il n'y a pas de quoi, dit Barnes. Croyez-moi.

– Quels sont les trois plus gros mensonges de HSM-8 ? demanda Harry, déclenchant les rires.

Ils se regroupèrent dans le sas minuscule en entrechoquant leurs casques, et le panneau de la paroi gauche fut hermétiquement verrouillé de quelques tours de volant.

– Très bien, les enfants, respirez calmement, dit Barnes.

Il ouvrit le panneau inférieur au-dessous duquel apparut l'eau noire, dont le niveau ne monta pas dans le compartiment.

– L'habitat est sous pression positive. Le niveau ne montera pas. Maintenant, regardez-moi, et faites comme moi. Il vaut mieux éviter de déchirer votre combinaison.

Se déplaçant gauchement sous le poids des bouteilles, il s'accroupit au-dessus de l'orifice, saisit les poignées latérales et se laissa tomber, disparaissant sous l'eau dans un léger clapotement.

Un par un, ils se laissèrent descendre au fond de l'océan. Norman, saisi quand l'eau glaciale enveloppa sa combinaison, entendit aussitôt le léger bourdonnement du minuscule ventilateur de son chauffage intégré qui se mettait en route. Le sol, sous ses pieds, était mou et boueux. Scrutant l'obscurité autour de lui, il vit qu'il se tenait sous l'habitat, à une centaine de mètres de la grille éclairée. Barnes s'y dirigeait déjà à grandes enjambées, penché en avant et se mouvant avec la lenteur d'un homme sur la Lune.

– N'est-ce pas fantastique ?

– Du calme, Ted, dit Harry.

– C'est bizarre, dit Beth, le peu de vie qu'il y a ici au fond. Vous avez remarqué ? Pas une gorgone, pas une holothurie, pas une éponge, pas un seul poisson. Rien que le sol brun totalement vide. Ça doit être l'un de ces coins morts du Pacifique.

Une lumière vive jaillit derrière Norman, dont l'ombre s'étira sur le fond. Se retournant, il vit Edmunds armée d'une caméra et d'un projecteur enfermés dans un volumineux boîtier étanche.

– Vous enregistrez tout ça ?

– Oui, sir.

– Essayez de ne pas tomber, Norman, dit Beth en riant.

– J'essaie.

Ils approchaient de la grille, et Norman se sentit un peu mieux en voyant d'autres plongeurs au travail. Sur la droite se dressait l'immense aileron, une énorme surface lisse et sombre qui jaillissait du corail vers la surface et les écrasait de sa hauteur imposante.

Barnes les entraîna par-delà l'aileron vers un tunnel taillé dans le corail. C'était un étroit boyau long d'une vingtaine de mètres, jalonné de lampes. Ils s'y engagèrent en file indienne, et Norman eut l'impression de descendre dans une mine.

– Ce sont les plongeurs qui ont creusé ça ?

– Exactement.

Norman vit une construction de tôle ondulée entourée de réservoirs de pression.

– Voici le sas. Nous y sommes presque, dit Barnes. Tout le monde va bien ?

– Jusqu'ici, oui, dit Harry.

Ils entrèrent dans le sas, et Barnes referma la porte. Un jet d'air siffla bruyamment. Norman regarda l'eau refluer, descendre au-dessous de sa visière, puis jusqu'à sa taille, ses genoux, et enfin jusqu'au sol. Le sifflement s'éteignit, et ils franchirent une autre porte étanche qu'ils refermèrent derrière eux.

Norman se tourna vers la coque métallique du vaisseau. Le robot avait été écarté un peu plus loin et il avait l'impression de se trouver devant un gros avion de ligne : une surface métallique incurvée, avec une porte encastrée. Le métal était d'un gris terne, qui lui donnait un aspect inquiétant. Malgré lui, Norman se sentait anxieux. En écoutant la respiration de ses compagnons, il devinait leur propre tension.

– Ça va ? dit Barnes. Tout le monde est là ?

– Attendez pour la prise vidéo, s'il vous plaît, sir.

– D'accord, on attend.

Ils s'alignèrent tous à côté de la porte, mais ils étaient encore affublés de leurs casques. Norman se dit que la photo n'allait pas donner grand-chose.

EDMUNDS : La bande tourne.

TED : J'aimerais dire quelques mots.

HARRY : Bon sang, Ted ! Vous ne pourriez pas laisser tomber ?

TED : Je pense que c'est important.

HARRY : Allez-y, faites votre discours.

TED : Bonjour. Ici Ted Fielding, devant la porte de l'astronef inconnu qui a été découvert...

BARNES : Une seconde, Ted. « Devant la porte de l'astronef inconnu » fait penser à « devant le tombeau du soldat inconnu ».

TED : Vous n'aimez pas ?

BARNES : Eh bien, je trouve que le rapprochement est mauvais.

TED : Je pensais que vous trouveriez ça bien.

BETH : Pourrions-nous simplement en finir, s'il vous plaît ?

TED : Peu importe.

HARRY : Quoi, vous allez bouder, maintenant ?

TED : Peu importe. Nous nous passerons de commentaires pour ce moment historique.

HARRY : D'accord, très bien. Ouvrons-le.

TED : Je pense que tout le monde connaît mon sentiment. J'estime que nous devrions enregistrer quelques brèves remarques pour la postérité.

HARRY : Alors faites vos fichues remarques !

TED : Écoutez, espèce d'emmerdeur, j'en ai assez de votre attitude supérieure de je-sais-tout...

BARNES : Arrêtez la bande, s'il vous plaît.

EDMUNDS : La bande est arrêtée, sir.

BARNES : Que tout le monde se calme.

HARRY : Je considère toute cette cérémonie totalement déplacée.

TED : Elle n'est pas déplacée, elle est parfaitement justifiée.

BARNES : Très bien, je m'en charge. Démarrez la bande.

EDMUNDS : La bande tourne.

BARNES : Ici le capitaine Barnes. Nous sommes sur le point d'ouvrir la porte du vaisseau. Sont présents avec moi pour cet événement historique : Ted Fielding, Norman Johnson, Beth Halpern et Harry Adams.

HARRY : Pourquoi suis-je le dernier ?

BARNES : J'ai énuméré de la gauche vers la droite, Harry.

HARRY : N'est-il pas drôle que le seul Noir soit nommé en dernier ?

BARNES : Harry, c'est *de la gauche vers la droite*. Dans l'ordre où nous nous trouvons ici.

HARRY : Et après la seule femme. Je suis professeur en titre, Beth n'est que maître assistante.

BETH : Harry...

TED : Vous savez, Hal, peut-être devrions-nous être identifiés par nos titres complets et nos affiliations professionnelles...

HARRY : Qu'est-ce qu'il y a de mal avec l'ordre alphabétique ?...

BARNES : Ça suffit ! Laissons tomber ! Pas de bande !

EDMUNDS : La bande est arrêtée, sir.

BARNES : Sacré nom !

Il se détourna du groupe en secouant sa tête casquée et souleva la plaque métallique, exposant les trois boutons. Il en pressa un. Un signe jaune lumineux se mit à clignoter : « PRÊT ».

— Tout le monde reste sur sa réserve d'air, dit Barnes.

Ils continuèrent tous à respirer le mélange de leurs bouteilles, au cas où les gaz intérieurs du vaisseau seraient toxiques.

— Tout le monde est prêt ?

— Prêt.

Barnes pressa le bouton marqué « OUVERTURE ».

Un autre signal lumineux afficha : « ADAPTATION ATMOSPHÈRE EN COURS ». Puis, avec un grondement sourd, la porte glissa de côté, exactement comme une porte d'avion. Pendant quelques instants, Norman ne vit rien au-delà de l'ouverture que l'obscurité. Ils s'avancèrent prudemment, projetant les faisceaux de leurs lampes à l'intérieur, et distinguèrent des longerons, un réseau de tubes métalliques.

— Vérifiez l'air, Beth.

Beth tira le piston d'un petit analyseur de gaz qu'elle tenait à la main. L'écran de lecture s'éclaira.

— Hélium, oxygène, traces de gaz carbonique et vapeur d'eau. Les bonnes proportions. C'est une atmosphère pressurisée.

— Le vaisseau a adapté automatiquement son atmosphère ?

— On dirait.

— Très bien. Un à la fois.

Barnes enleva son casque le premier et respira.

– Ça paraît aller. Un peu métallique, légèrement piquant, mais ça va.

Il prit quelques inspirations profondes, puis hocha la tête. Les autres ôtèrent leurs casques, qu'ils posèrent sur le pont.

– Ça va mieux.

– Nous y allons ?

– Pourquoi pas ?

Il y eut un bref instant d'hésitation, puis Beth entra d'un pas vif.

– Les femmes d'abord.

Les autres la suivirent. Norman jeta un regard en arrière à leurs casques jaunes, posés sur le sol.

– Allez-y, docteur Johnson, dit Edmunds, l'œil rivé à la caméra vidéo.

Norman se retourna et entra dans le vaisseau spatial.

L'INTÉRIEUR

Ils se tenaient sur une passerelle large d'un mètre cinquante, suspendue haut dans l'air. Norman braqua sa lampe vers le bas : le faisceau franchit douze mètres d'obscurité avant d'éclairer la partie inférieure de la coque. Autour d'eux, vaguement visible dans la pénombre, se profilait un dense réseau de longerons et d'entretoises.

– On se croirait dans une raffinerie de pétrole, dit Beth.

Elle braqua sa lampe sur une poutrelle d'acier, qui portait au pochoir l'inscription « AVR-09 ». Toutes les inscriptions étaient en anglais.

– La plupart de ces poutrelles sont purement structurales, dit Barnes. C'est un entretoisement de renfort qui donne à la coque une résistance énorme sur tous les axes. C'est un vaisseau solidement construit, comme nous l'avions supposé. Il est conçu pour supporter des contraintes extraordinaires. Il y a probablement une autre coque plus loin à l'intérieur.

Norman se souvint que Barnes avait été autrefois ingénieur aéronautique.

– Ce n'est pas tout, dit Harry en tournant sa lampe vers la coque extérieure. Regardez ça – un revêtement de plomb.

– Un bouclier antiradiations ?

– Sans doute. Il fait quinze centimètres d'épaisseur.

– Cet appareil a donc été construit pour supporter une dose élevée de radiations.

– Une sacrée dose, acquiesça Harry.

Il y avait une sorte de brume à l'intérieur du vaisseau, et l'air avait une légère saveur d'huile. Les poutrelles métalliques paraissaient graisseuses, mais quand Norman y porta la main, ses doigts restèrent secs. Il s'aperçut que la texture du métal avait quelque chose d'inhabituel : il était glissant et légèrement mou au toucher, presque caoutchouteux.

– Intéressant, dit Ted. Une sorte de nouveau matériau. Nous associons la résistance à la dureté, mais ce métal – si c'est du métal – est à la fois solide et mou. La technologie des matériaux a manifestement progressé depuis notre époque.

– Manifestement, dit Harry.

– Mais ce n'est pas étonnant. Si on compare l'Amérique d'il y a cinquante ans avec celle d'aujourd'hui, l'un des plus grands changements est l'immense variété de plastiques et de céramiques dont nous disposons maintenant et qu'on n'imaginait même pas à cette époque...

La voix de Ted résonnait dans l'obscurité caverneuse, et Norman y perçut une certaine tension. *Ted siffle dans le noir*, se dit-il.

À mesure qu'ils s'enfonçaient plus avant dans le vaisseau, il se sentait pris de vertige d'être si haut dans la pénombre. Ils atteignirent une bifurcation de la passerelle, où il était difficile de distinguer quelque chose entre tous les tuyaux et les entretoises – comme s'ils avaient été dans une forêt de métal.

– Quelle direction ?

Barnes avait une boussole au poignet, dont les caractères brillaient d'une lueur verdâtre.

– Sur la droite.

Ils suivirent le réseau de passerelles pendant dix minutes encore, et Norman se rendit compte peu à peu que Barnes avait raison : il y avait un autre cylindre à l'intérieur de la coque, maintenu à l'écart de cette dernière par le dense entrelacs de poutrelles et de supports. Un vaisseau spatial à l'intérieur d'un vaisseau spatial.

– Pourquoi construire un vaisseau pareil ?

– Il faudrait le leur demander.

– Les raisons ont dû être impérieuses, dit Barnes. Les besoins d'énergie pour une double coque, avec un bouclier de plomb pareil... il est difficile d'imaginer le moteur qu'il faudrait pour faire voler un engin aussi gros.

Quelques minutes plus tard, ils arrivèrent à la porte de la coque intérieure. Elle ressemblait à la porte extérieure.

– On remet les inhalateurs ?

– Je ne sais pas. On peut se risquer ?

Sans attendre, Beth ouvrit le panneau de commandes, pressa le bouton « OUVERTURE », et la porte s'ouvrit avec un grondement sur un espace tout aussi obscur. Ils entrèrent. Sentant une surface moelleuse sous ses pieds, Norman dirigea sa lampe vers le sol : de la moquette beige.

Les faisceaux croisés de leurs lampes révélèrent une large console beige aux contours ergonomiques ainsi que trois fauteuils capitonnés à haut dossier. La salle avait visiblement été aménagée pour des êtres humains.

– Ça doit être la passerelle de commandement, ou le cockpit de pilotage.

Mais les consoles incurvées étaient totalement aveugles. Il ne s'y trouvait aucun instrument d'aucune sorte, et les sièges étaient vides. La pièce donnait à Norman une impression d'abandon. Ils la balayèrent en tous sens de leurs pinceaux lumineux.

– On dirait une maquette, plutôt qu'un truc réel.

– Ça ne peut pas être une maquette.

– On le dirait pourtant.

Norman fit courir sa main sur les contours lisses du pupitre. Il était soigneusement façonné, agréable au toucher. En pressant la surface, il la sentit céder. Une substance caoutchouteuse, de nouveau.

– Encore un nouveau matériau.

Sa lampe lui révéla quelques artefacts. Collée avec du ruban adhésif à l'autre bout de la console, une fiche de bristol écrite à la main disait : « VAS-Y, PETITE ! » À côté se trouvait une petite statuette en plastique représentant un animal à l'air futé qui évoquait un écureuil violet. Sur la base, une inscription sibylline : « Lemontina la chance ».

– Ces sièges sont en cuir ?

– On dirait.

– Où sont les fichues commandes ?

Norman continuait à palper la console aveugle, quand la surface beige prit soudain de la profondeur ; elle semblait contenir des cadrans, des écrans. Tous les instruments se trouvaient en quelque sorte à l'intérieur, sous la surface du pupitre, comme une illusion d'optique ou un hologramme. Norman lut les inscriptions portées au-dessus des cadrans : « Impulseurs Pos »... « Surpresseur à piston F3 »... « Planeur »... « Cribles »...

– Encore une nouvelle technologie, dit Ted. Ça rappelle les cristaux liquides, mais c'est de loin supérieur. Quelque système opto-électronique perfectionné.

Tous les écrans de la console s'éclairèrent soudain d'une lueur rouge, et un signal sonore se fit entendre. Norman sursauta. Le panneau de commandes prenait vie.

– Attention, tout le monde !

Un bref éclair blanc d'une luminosité intense emplit la pièce, laissant une image rémanente douloureuse.

– Bon Dieu !...

Un autre éclair – puis un autre – et les plafonniers s'allumèrent, éclairant la pièce d'une lumière égale. Norman vit des visages surpris, effrayés. Il exhala doucement avec un soupir.

– Seigneur...

– Comment diable est-ce arrivé ? demanda Barnes.

– C'est moi, dit Beth. J'ai poussé ce bouton.

– Veuillez éviter de presser des boutons un peu partout, si ça ne vous dérange pas, dit Barnes d'un ton irrité.

– Il était marqué « Éclairage d'ambiance ». Ça me paraissait approprié.

– Essayons de nous mettre d'accord là-dessus.

– Enfin, bon sang, Hal !...

– Ne pressez plus d'autres boutons, Beth, c'est tout !

Ils tournaient tous autour de l'habitacle, examinant le panneau d'instruments, les fauteuils. Tous, à l'exception de Harry, qui se tenait immobile au milieu de la pièce.

– Quelqu'un a-t-il vu une date quelque part ? demanda-t-il.

– Aucune date.

– Il doit y avoir une date, dit Harry, soudain tendu. Et il faut que nous la trouvions, parce que c'est indiscutablement un vaisseau spatial américain du futur.

– Que fait-il ici ? demanda Norman.

Harry haussa les épaules.

— Que je sois pendu si je le sais.

Norman fronça les sourcils.

— Qu'est-ce qui ne va pas, Harry ?

— Rien.

— Vous êtes sûr ?

— Oui, sûr.

Il a abouti à quelque déduction, songea Norman, *et ça le préoccupe. Mais il ne veut pas dire de quoi il s'agit.*

— Alors c'est à ça que ressemble une machine à voyager dans le temps, dit Ted.

— Je ne sais pas, dit Barnes. À mon avis, ce panneau d'instruments a l'air prévu pour le vol, et cette pièce ressemble à une cabine de pilotage.

C'était aussi l'avis de Norman. Tout dans la salle lui rappelait un cockpit d'avion. Les trois sièges pour le pilote, le copilote et le navigateur, la disposition des instruments. C'était une machine volante, il en était sûr. Pourtant, il y avait quelque chose de bizarre...

Il se glissa dans l'un des fauteuils anatomiques. Le matériau doux, pareil à du cuir, était presque trop confortable. Il entendit un gargouillis : de l'eau à l'intérieur ?

— J'espère que vous n'allez pas essayer de faire voler cet engin, dit Ted en riant.

— Non, non.

— Qu'est-ce que c'est que ce ronflement ?

Le fauteuil se mit à serrer Norman, qui eut un instant de panique en le sentant se mouvoir tout autour de son corps, étreindre ses épaules, se draper autour de ses hanches. Le capitonnage de cuir glissa autour de sa tête, lui couvrant les oreilles et redescendant sur son front. Il s'enfonçait de plus en plus, disparaissant à l'intérieur du siège qui l'absorbait peu à peu.

— Oh bon sang !...

Le fauteuil glissa brusquement en avant, l'amenant tout contre le pupitre de commandes. Et le ronflement se tut.

Puis plus rien.

— À mon avis, dit Beth, le fauteuil croit que vous allez piloter.

— Hummm, fit Norman, essayant de contrôler sa respiration et son pouls qui s'accéléraient. Je me demande comment je fais pour en sortir.

90

La seule partie de son corps encore libre était ses mains. Il bougea les doigts, sentit des panneaux de boutons sur les bras du fauteuil. Il en pressa un.

Le fauteuil glissa en arrière et le libéra, s'ouvrant comme une palourde molle. Il se leva et se retourna pour regarder l'empreinte de son corps qui disparaissait lentement tandis que le fauteuil se réajustait avec un ronflement.

Harry toucha l'un des coussinets de cuir et entendit le gargouillis.

— Rempli d'eau.

— Ce qui paraît logique, dit Barnes. L'eau est incompressible. On peut supporter d'énormes accélérations, dans un fauteuil pareil.

— Et le vaisseau lui-même est construit pour absorber des efforts colossaux, dit Ted. Le voyage temporel impose peut-être des contraintes très fortes aux structures ?

— Peut-être, fit Norman, peu convaincu. Mais je pense que Barnes a raison – c'est une machine qui volait.

— Peut-être qu'elle n'en a que l'air, insista Ted. Après tout, nous savons voyager dans l'espace, mais nous ne savons pas voyager dans le temps. Nous savons que l'espace et le temps ne sont en réalité que deux aspects de la même chose, l'espace-temps. Peut-être doit-on voler dans le temps exactement de la même façon qu'on vole dans l'espace. Peut-être le voyage temporel et le voyage spatial sont-ils plus similaires que nous ne le pensons actuellement.

— N'oublions-nous pas quelque chose ? dit Beth. Où est tout le monde ? Si des gens ont piloté cet engin, que ce soit dans le temps ou dans l'espace, où sont-ils ?

— Sans doute ailleurs à bord du vaisseau.

— Je n'en suis pas si sûr, dit Harry. Regardez le cuir de ces sièges. Il est flambant neuf.

— Peut-être était-ce un appareil tout nouveau.

— Non, je veux dire réellement flambant neuf. Ce cuir n'a pas la moindre égratignure, la moindre entaille, la moindre tache de café ni de quoi que ce soit. Il n'y a rien qui laisse supposer qu'on se soit jamais assis dans ces sièges.

— Peut-être n'y avait-il pas d'équipage.

— Pourquoi y aurait-il des sièges s'il n'y avait pas d'équipage ?

– Peut-être a-t-on retiré l'équipage à la dernière minute. Ils avaient l'air de s'inquiéter des radiations. La coque intérieure est elle aussi recouverte d'un bouclier de plomb.

– Pourquoi y aurait-il des radiations associées au voyage temporel ?

– Je sais, dit Ted. Le vaisseau a peut-être été lancé par accident. Peut-être était-il sur l'aire de lancement et quelqu'un a-t-il appuyé sur le bouton avant que l'équipage soit monté à bord, ce qui fait qu'il serait parti à vide.

– Vous voulez dire, hop, le mauvais bouton ?

– Ce serait une sacrée erreur, dit Norman.

Barnes secoua la tête.

– Je n'y crois pas. D'une part, un vaisseau de cette taille ne pourrait jamais être lancé de la Terre. Il a fallu qu'il soit construit et assemblé en orbite, puis lancé de l'espace.

– Que dites-vous de ça ? dit Beth en montrant une autre console vers l'arrière de la cabine de pilotage. Il y avait un quatrième fauteuil, tiré tout contre la console.

Le cuir enveloppait une forme humaine.

– Ce n'est pas vrai...

– Il y a un homme là-dedans ?

– Jetons un coup d'œil.

Beth appuya sur les boutons encastrés dans le bras du fauteuil. Le siège s'écarta de la console et s'ouvrit. Ils virent un homme, les yeux ouverts fixés droit devant lui.

– Bon Dieu, après toutes ces années, parfaitement conservé, dit Ted.

– Ça me paraît normal, dit Barnes, du fait que c'est un mannequin.

– Mais il a l'air si vrai...

– Accordez à nos descendants le crédit de quelques progrès, dit Harry. Ils ont un demi-siècle d'avance sur nous.

Il poussa le mannequin en avant, exposant un ombilic qui partait de la base du bassin.

– Des fils...

– Pas des fils, dit Ted. Du verre. Des câbles optiques. Tout le vaisseau fait appel à des technologies optiques, et non électroniques.

– En tout cas, voilà un mystère résolu, dit Harry en contemplant le mannequin. Ce vaisseau a manifestement été construit pour être habité, mais il a été lancé sans équipage.

– Pourquoi ?

– Le voyage prévu était peut-être trop dangereux. Ils ont envoyé un vaisseau vide avant d'en envoyer un autre habité.

– Et où l'ont-ils envoyé ? demanda Beth.

– Pour un voyage temporel, on ne l'enverrait pas à un où. On l'enverrait à un *quand*.

– D'accord. Alors à *quand* l'ont-ils envoyé ?

Harry haussa les épaules.

– Aucune information pour l'instant.

Toujours cette défiance de soi, songea Norman. Que pensait vraiment Harry ?

– Bon, cet appareil fait près d'un kilomètre de long, dit Barnes. Il nous reste beaucoup de choses à voir.

– Je me demande s'ils avaient un enregistreur de vol, dit Norman.

– Comme celui d'un avion de ligne commercial ?

– Oui. Un système qui enregistre l'activité du vaisseau pendant son voyage.

– Ils devaient en avoir un, dit Harry. Suivez le câble du mannequin, vous êtes sûr de le trouver. Moi aussi, j'aimerais voir cet enregistreur. En fait, je dirais que c'est capital.

Norman souleva le panneau d'un clavier de la console.

– Regardez, dit-il. J'ai trouvé une date.

Ils se rassemblèrent autour de lui. Il y avait une estampille gravée dans le plastique sous le clavier. « Intel Inc. Made in USA. Serial N° : 98004077 8/5/43. »

– 5 août 2043 ?

– Ça en a l'air.

– Alors nous visitons un appareil quelque cinquante ans et plus avant qu'il ne soit construit...

– Ça me donne la migraine.

– Regardez ici.

Beth était passée à l'avant de la cabine de pilotage, dans ce qui semblait être un poste d'équipage. Il s'y trouvait vingt couchettes.

– Un équipage de vingt personnes ? S'il en fallait trois pour piloter, à quoi servaient les dix-sept autres ?

Personne n'avait de réponse à cette question.

Ils traversèrent une grande cuisine, une salle de bains, un carré. Tout était neuf et d'un dessin poli, mais adapté à des fonctions reconnaissables.

– Vous savez, Hal, c'est bigrement plus confortable que HSM-8.

– Oui, nous devrions peut-être venir nous installer ici.

– Il n'en est pas question, dit Barnes. Nous sommes venus étudier ce vaisseau, pas y vivre. Il nous reste beaucoup à faire avant même de commencer à savoir de quoi il retourne.

– Il serait plus pratique de vivre ici pendant que nous l'explorons.

– Je ne veux pas vivre ici, dit Harry. Ça me donne la chair de poule.

– Moi aussi, dit Beth.

Ils étaient à bord du vaisseau depuis une heure, et Norman commençait à avoir mal aux pieds. C'était une autre chose qu'il n'avait pas envisagée : en explorant un grand vaisseau spatial venu du futur, on pouvait se mettre à avoir mal aux pieds.

Mais Barnes poursuivait son chemin.

En quittant le poste d'équipage, ils entrèrent dans une vaste zone d'étroites coursives qui s'enfonçaient aussi loin qu'ils pouvaient voir entre d'immenses compartiments étanches, lesquels se révélèrent être des soutes de dimensions colossales. Ils entrèrent dans l'une d'elles, pleine de lourds conteneurs en plastique semblables à ceux des avions de ligne contemporains mais plusieurs fois plus gros. Ils en ouvrirent un.

– Ce n'est pas vrai ! dit Barnes en jetant un coup d'œil à l'intérieur.

– Qu'est-ce que c'est ?

– De la nourriture.

La nourriture était enveloppée dans des feuilles de plomb et de plastique, comme les rations de la NASA. Ted en prit une.

– De la nourriture du futur ! dit-il en faisant claquer ses lèvres.

– Vous allez manger ça ? fit Harry.

– Parfaitement. Vous savez, j'ai bu un jour du dom pérignon de 1897, mais ce sera la première fois que je mangerai quelque chose venu du futur, de 2043.

– Mais c'est aussi vieux de trois cents ans.

– Peut-être devriez-vous filmer ça, dit Ted à Edmunds. Moi en train de manger.

Edmunds porta consciencieusement la caméra à son œil et alluma le projecteur.

– Laissons ça pour l'instant, dit Barnes. Nous avons d'autres choses à faire.

– C'est d'un intérêt humain.

– Pas maintenant, dit Barnes d'un ton ferme.

Il ouvrit un second conteneur, puis un troisième. Tous renfermaient de la nourriture. Ils entrèrent dans une autre soute, où ils ouvrirent d'autres conteneurs.

– Partout de la nourriture. Rien que de la nourriture.

Le vaisseau avait voyagé chargé d'une immense quantité de nourriture. Même en comptant un équipage de vingt personnes, c'était assez pour un voyage de plusieurs années.

Ils commençaient à se sentir passablement fatigués. Ce fut un soulagement quand Beth découvrit un bouton et dit :

– Je me demande à quoi ça peut servir...

– Beth... fit Barnes.

Le sol de la coursive se mit en mouvement, le revêtement caoutchouté les transportant en avant avec un léger ronflement.

– Beth, j'aimerais que vous cessiez de pousser tous les fichus boutons que vous trouvez.

Mais personne d'autre n'objecta, et ils dépassèrent confortablement des douzaines de soutes identiques avant d'arriver dans une nouvelle section, beaucoup plus à l'avant. Norman estima qu'ils se trouvaient maintenant à près d'un demi-kilomètre du poste d'équipage situé à l'arrière, c'est-à-dire approximativement au milieu de l'énorme vaisseau.

Ils y découvrirent une salle qui recelait des équipements biofonctionnels, et vingt scaphandres spatiaux suspendus à un râtelier.

– Bingo, dit Ted. Finalement, c'est clair. Ce vaisseau était prévu pour un voyage interstellaire.

Les autres murmurèrent, s'animant à cette éventualité. Tout prenait soudain un sens : la taille énorme, l'immensité du vaisseau, la complexité des consoles de commandes...

– Oh, sacré bon sang ! dit Harry, il n'a pas pu être conçu pour un voyage interstellaire. C'est manifestement un engin spatial conventionnel, malgré sa taille. Et à des vitesses conventionnelles, l'étoile la plus proche est à deux cent cinquante ans d'ici.

– Peut-être disposaient-ils d'une nouvelle technologie.

– Où est-elle ? Il n'y a aucun indice d'une nouvelle technologie.

– Eh bien, peut-être est-ce...

– Envisagez clairement les faits, Ted. Malgré ses dimensions énormes, ce vaisseau n'est approvisionné que pour quelques années : quinze à vingt, au maximum. Quelle distance pourrait-il franchir dans ce temps-là ? À peine de quoi sortir du système solaire, correct ?

Ted hocha la tête d'un air maussade.

– C'est vrai. Il a fallu à *Voyager* cinq ans pour atteindre Jupiter, neuf ans pour atteindre Uranus. En quinze ans... Peut-être allaient-ils vers Pluton.

– Pourquoi quiconque irait-il sur Pluton ?

– Nous ne le savons pas encore, mais...

Les radios émirent un bruit rauque, et la voix de Tina Chan annonça :

– Capitaine Barnes. On vous demande depuis la surface pour une communication codée confidentielle, sir.

– D'accord, dit Barnes. Il est temps de rentrer, de toute façon.

Ils parcoururent l'immense vaisseau en sens inverse jusqu'à l'entrée principale.

ESPACE ET TEMPS

Assis dans le salon de HSM-8, ils regardaient les plongeurs travailler sur la grille. Dans le cylindre voisin, Barnes était en communication avec la surface. Levy préparait le déjeuner, ou le dîner – un repas, quel qu'il fût. Ils avaient tous une idée un peu confuse de ce que les gens de la Marine appelaient « l'heure de surface ».

– Ici en bas, l'heure de surface importe peu, dit Edmunds de sa voix précise de bibliothécaire. Que ce soit le jour ou la nuit, ça ne fait aucune différence. On s'y habitue.

Ils hochèrent la tête d'un air grave. Norman se rendit compte que tout le monde était fatigué. L'effort et la tension de leur exploration avaient prélevé leur tribut. Beth s'était déjà endormie, les pieds sur la table basse, ses bras musclés croisés sur la poitrine.

De l'autre côté du hublot, trois petits sous-marins

étaient descendus et demeuraient suspendus au-dessus de la grille. Plusieurs plongeurs s'étaient rassemblés autour d'eux ; d'autres se dirigeaient vers leur habitat, HSM-7.

– On dirait qu'il se passe quelque chose, dit Harry.

– Quelque chose à voir avec la communication de Barnes ?

Harry paraissait toujours préoccupé, distrait.

– C'est possible. Où est Tina Chan ?

– Elle doit être avec Barnes. Pourquoi ?

– Il faut que je lui parle.

– À quel sujet ?

– C'est personnel.

Ted haussa les sourcils, mais n'insista pas. Quand Harry se fut éloigné vers le cylindre D, il resta seul avec Norman.

– Drôle de type, dit-il.

– Vraiment ?

– Vous le savez, Norman. Et arrogant, en plus. Sans doute parce qu'il est noir. Une espèce de compensation, vous ne pensez pas ?

– Je n'en sais rien.

– À mon avis, il est plutôt susceptible. Il semble être agacé par tout ce qui concerne cette expédition.

Ted soupira.

– Évidemment, tous les mathématiciens sont étranges. Il n'a probablement aucune sorte de vie privée, je veux dire une femme et ainsi de suite. Je vous ai dit que je m'étais remarié ?

– Je l'ai lu quelque part.

– Elle est journaliste à la télévision. Une femme merveilleuse, dit-il en souriant. Quand nous nous sommes mariés, elle m'a offert une Corvette. Une magnifique Corvette de 58 en cadeau de mariage. Vous connaissez cette chouette couleur de pompe à incendie qu'ils avaient dans les années 50 ? De cette couleur-là.

Tout en faisant les cent pas dans la pièce, Ted jeta un regard à Beth.

– Je trouve tout ça terriblement excitant. Jamais je ne pourrai dormir.

Norman hocha la tête. La manière dont ils différaient tous les uns des autres avait quelque chose d'intéressant. Ted, éternellement optimiste, avec l'enthousiasme pétillant d'un enfant. Harry, froid et critique dans son comportement, l'esprit glacial, l'œil qui ne cillait pas. Beth, moins intellectuelle et moins cérébrale, mais plus physique et plus émotionnelle. C'était pourquoi, bien qu'ils fussent tous épuisés, seule Beth parvenait à dormir.

— Dites donc, Norman, vous m'aviez dit que tout ça serait inquiétant.

— Je pensais que ça le serait.

— Eh bien, de tous les gens qui pouvaient se tromper à propos de cette expédition, je suis content que ce soit vous.

— Moi aussi.

— Bien que j'aie du mal à imaginer comment vous avez pu sélectionner un homme comme Harry Adams pour faire partie de l'équipe. Je ne nie pas qu'il soit un mathématicien distingué, mais...

Norman ne voulait pas parler de Harry.

— Ted, vous vous rappelez, à bord du vaisseau, quand vous avez dit que l'espace et le temps étaient deux aspects de la même chose?

— L'espace-temps, oui.

— C'est quelque chose que je n'ai jamais vraiment compris.

— Pourquoi? C'est tout simple.

— Pourriez-vous me l'expliquer?

— Bien sûr.

— En langage clair?

— Vous voulez dire, sans mathématiques?

— Oui.

— Eh bien, je vais essayer.

Ted fronça les sourcils, mais Norman savait qu'il était content. Ted adorait discourir. Il marqua une pause avant de continuer.

— D'accord. Voyons par où commencer. Vous connaissez l'idée selon laquelle la gravité n'est qu'une question de géométrie?

— Non.

— La courbure de l'espace et du temps?

— Pas vraiment, non.

— Euh. La relativité généralisée d'Einstein?

— Désolé, fit Norman.

— Peu importe.

Ted prit une coupe de fruits, qu'il vida sur la table.

— Très bien. Cette table est l'espace. Un espace bien plat.

– D'accord.

Ted entreprit de disposer les fruits.

– Cette orange est le Soleil. Et voici les planètes, qui se déplacent en cercles autour du Soleil. Nous avons donc le système solaire sur cette table.

– D'accord.

Ted montra l'orange, au centre de la table.

– Bien. Le Soleil est très gros, donc sa gravité est très forte.

– En effet.

Ted tendit à Norman une bille d'acier.

– Voici un vaisseau spatial. Envoyez-le à travers le système solaire de façon qu'il passe très près du Soleil. D'accord ?

Norman prit la bille d'acier et la fit rouler de façon qu'elle passe près de l'orange.

– Voilà.

– Vous avez remarqué que votre bille a roulé tout droit à travers la table plate.

– En effet.

– Mais en réalité, qu'arriverait-il à votre vaisseau spatial quand il passerait près du Soleil ?

– Il serait aspiré vers le Soleil.

– Oui. On dit qu'il « tomberait dans » le Soleil. Sa trajectoire quitterait la ligne droite pour s'incurver et il percuterait le Soleil. Mais votre vaisseau spatial ne l'a pas fait.

– Non.

– Nous savons donc que la table plate n'est pas une bonne image. L'espace réel ne peut pas être plat comme la table.

– Non ?

– Non, dit Ted.

Il prit le bol vide et posa l'orange au fond.

– Maintenant, faites rouler votre bille pour qu'elle passe à côté du Soleil.

Norman lança la bille d'acier d'une pichenette sur la paroi intérieure du bol. La bille infléchit sa course et décrivit une spirale vers le centre du bol jusqu'à percuter l'orange.

– Très bien, dit Ted. Le vaisseau spatial a percuté le Soleil, exactement comme il le ferait dans la réalité.

– Mais si je lui donnais une vitesse suffisante, il passerait. La bille remonterait sur la paroi opposée et ressortirait du bol.

– Exactement. Tout comme dans la réalité. Si le vaisseau spatial a une vitesse suffisante, il échappera au champ gravitationnel du Soleil.

– D'accord.

– Cela montre donc que, dans la réalité, un vaisseau spatial passant au large du Soleil se comporte comme s'il pénétrait dans une région de l'espace incurvée autour de ce dernier. L'espace, autour du Soleil, est courbe comme ce bol.

– Je vois...

– Et si votre bille avait la vitesse adéquate, elle ne ressortirait pas du bol, mais continuerait à décrire une spirale perpétuelle sur la paroi intérieure. C'est ce que font les planètes. Elles décrivent des spirales sans fin dans le bol créé par le Soleil.

Ted reposa l'orange sur la table.

– En réalité, il faudrait imaginer que la table est en caoutchouc et que les planètes y font des creux là où elles sont posées. C'est à ça que ressemble véritablement l'espace. L'espace réel est courbe – et sa courbure change selon la quantité de gravité.

– Oui...

– Donc, répéta Ted, l'espace est courbé par la gravité.

– Très bien.

– Ce qui signifie qu'on peut considérer la gravité tout simplement comme la courbure de l'espace. La Terre possède une certaine gravité parce qu'elle courbe l'espace autour d'elle.

– D'accord.

– Sauf que ce n'est pas aussi simple.

– Je m'en doutais, dit Norman avec un soupir.

Harry revint dans la pièce. Il regarda les fruits posés sur la table, mais ne dit rien.

– Quand vous faites rouler la bille d'acier dans le bol, reprit Ted, vous remarquerez que non seulement elle suit une spirale vers le centre, mais qu'elle roule aussi de plus en plus vite, exact ?

– Exact.

– Plus un objet va vite, plus le temps s'écoule lentement pour cet objet. Einstein l'a prouvé au début du siècle. Ce qui signifie qu'on peut aussi considérer la courbure de l'espace comme une courbure du temps. Plus la courbe du bol est profonde, plus lentement le temps s'y déroule.

Harry intervint.

– Enfin...

– En termes simplifiés, dit Ted. Donnez une chance au profane.

– Oui, dit Norman, donnez une chance au profane.

Ted prit le bol.

– Si vous faites tout ça mathématiquement, vous vous rendrez compte que le bol incurvé n'est ni l'espace ni le temps, mais la combinaison des deux, qu'on appelle espace-temps. Ce bol fait partie de l'espace-temps, et les objets qui s'y déplacent se meuvent dans l'espace-temps. Nous ne considérons pas en général le mouvement sous cet aspect, mais c'est ce qui se passe en réalité.

– Vraiment ?

– Vraiment. Prenez le base-ball.

– Un jeu idiot, dit Harry. Je déteste les jeux.

– Vous connaissez le base-ball ? demanda Ted à Norman.

– Oui.

– Très bien. Imaginez que le batteur envoie un coup direct à l'homme de champ. La balle vole presque horizontalement et son trajet prend, disons, une demi-seconde.

– D'accord.

– Maintenant, imaginez que le batteur envoie une balle haute au même homme de champ. Cette fois, elle monte haut dans l'air et il s'écoule six secondes avant que l'homme de champ la rattrape.

– Oui.

– Les chemins des deux balles – le coup direct et la balle haute – nous paraissent très différents. Mais ces deux balles se meuvent exactement de la même façon *dans l'espace-temps*.

– Non, dit Norman.

– Si. Et d'une certaine manière, vous le savez déjà. Supposons que je vous demande d'envoyer une balle haute à l'homme de champ, mais de façon qu'elle l'atteigne en une demi-seconde au lieu de six secondes.

– C'est impossible.

– Pourquoi ? Frappez-la simplement plus fort.

– Si je la frappe plus fort, elle va monter plus haut et finira par prendre plus de temps.

– D'accord. Maintenant, envoyez une balle tendue qui mette six secondes à atteindre le champ central.

101

— Je ne peux pas non plus.

— Très bien. Ce que vous me dites, c'est donc que vous ne pouvez pas faire faire à la balle tout ce que vous voulez. Il existe une relation fixe qui régit le mouvement de la balle dans l'espace et dans le temps.

— Bien sûr, à cause de la gravité terrestre.

— Oui. Et nous avons déjà vu que la gravité est une courbure de l'espace-temps, comme la courbure de ce bol. Toute balle de base-ball sur la Terre doit se déplacer au long de cette même courbe de l'espace-temps, comme cette bille d'acier se déplace dans ce bol. Regardez, dit-il en remettant l'orange dans le bol. Voici la Terre.

Il posa un doigt de chaque côté de l'orange.

— Voici le batteur, et voici l'homme de champ. Maintenant, faites rouler la bille d'un doigt à l'autre, et vous vous apercevrez que vous devez vous accommoder à la courbure du bol. Ou bien vous envoyez la bille d'un coup léger et elle roulera tout près de l'orange, ou bien vous lui donnez un grand coup et elle montera loin sur la paroi du bol avant de redescendre de l'autre côté. Mais vous ne pouvez pas lui faire faire tout ce que vous voulez, parce qu'elle se déplace au long du bol courbe. Et c'est ce que fait en réalité votre balle de base-ball – elle se déplace au long de l'espace-temps.

— Je saisis à peu près. Mais quel rapport cela a-t-il avec le voyage dans le temps ?

— Eh bien, nous pensons que le champ gravitationnel de la Terre est puissant – on se fait mal en tombant – mais en réalité il est très faible. Il est presque non existant. L'espace-temps n'est donc pas très incurvé autour de la Terre. Il l'est beaucoup plus autour du Soleil. Et dans d'autres parties de l'univers, il est très incurvé ; il provoque une sorte d'effet de montagnes russes, et il peut s'y produire toutes sortes de distorsions du temps. En fait, si on considère un trou noir...

Il s'interrompit soudain.

— Oui, Ted ? Un trou noir ?

— Oh, bon Dieu, fit Ted à voix basse.

Harry repoussa ses lunettes vers le haut de son nez.

— Ted, pour une fois dans votre vie, vous pourriez bien avoir raison.

Tous deux saisirent des feuilles de papier et se mirent à griffonner.

— Ça ne pourrait pas être un trou de Schwartzchild...

– Non, non. Il faudrait qu'il soit en rotation...

– Le moment angulaire ferait en sorte que...

– Et vous ne pourriez pas approcher de la singularité...

– Non, les forces de marée...

– ... vous disloqueraient...

– Mais si vous vous enfonciez juste sous l'horizon d'événement...

– Est-ce possible ? Auraient-ils eu l'audace ?

Ils redevinrent silencieux et se plongèrent dans leurs calculs tout en marmonnant à part soi.

– Qu'est-ce que c'est que cette histoire de trou noir ? demanda Norman.

Mais ils ne l'écoutaient plus. L'intercom cliqueta, et la voix de Barnes annonça :

– Attention, ici le capitaine Barnes. Que tout le monde gagne la salle de conférences au pas de course !

– Nous sommes dans la salle de conférences, dit Norman.

– Au pas de course. Immédiatement.

– Nous y sommes déjà, Hal.

– C'est tout, dit Barnes.

L'intercom s'éteignit.

LA CONFÉRENCE

– Je viens de parler par le brouilleur avec l'amiral Spaulding, du commandement du Pacifique à Honolulu, dit Barnes. Apparemment, il vient d'apprendre que j'avais emmené des civils à profondeur de saturation pour un projet dont il ne connaissait rien. Il n'était pas très content.

Il y eut un silence, durant lequel tout le monde garda les yeux fixés sur lui.

– Il a exigé que tous les civils soient renvoyés à la surface.

Bien, se dit Norman. Il avait été déçu par ce qu'ils avaient découvert jusque-là. La perspective de passer soixante-douze heures de plus dans cet environnement humide qui le rendait claustrophobe pour explorer un véhicule spatial vide ne l'enchantait pas.

– Je croyais que nous avions l'autorisation directe du Président, dit Ted.

– Effectivement, mais il y a le problème de la tempête.

– Quelle tempête ? demanda Harry.

– Le rapport météo fait état d'un vent de quinze nœuds et d'une houle de sud-est à la surface. Il semble qu'un cyclone vient dans notre direction et nous atteindra d'ici vingt-quatre heures.

– Il va y avoir une tempête ici ? demanda Beth.

– Pas ici. Ici au fond, nous ne sentirons rien, mais ça va bouger à la surface. Tous nos navires d'assistance seront sans doute obligés de lever l'ancre pour aller se mettre à l'abri dans les ports de Tonga.

– Alors on nous laissera seuls ici au fond ?

– Pendant vingt-quatre à quarante-huit heures, oui. Ce n'est pas un problème – nous sommes totalement autosuffisants –, mais Spaulding s'inquiète d'être obligé d'éloigner l'assistance en surface alors qu'il y a des civils au fond. Je voudrais avoir votre avis. Voulez-vous rester ici et continuer à explorer le vaisseau, ou partir ?

– Rester, dit Ted. Absolument.

– Beth ?

– Je suis venue ici pour étudier des formes de vie étrangères, dit Beth, mais il n'y a aucune vie à bord de ce vaisseau. Ce n'est pas du tout ce à quoi je m'attendais... ce que j'espérais. Je pense que nous devrions partir.

– Norman ?

– Reconnaissons la vérité. Nous ne sommes pas vraiment entraînés pour un environnement saturé, et nous ne sommes pas vraiment à notre aise ici au fond. Du moins je ne le suis pas. Et nous ne sommes pas les experts indiqués pour étudier cet engin spatial. Au point où nous en sommes, la Marine ferait mieux d'appeler une équipe d'ingénieurs de la NASA. Je suis d'avis de partir.

– Harry ?

– Fichons le camp d'ici.

– Vous avez une raison particulière ?

– Appelons ça une intuition.

– Je n'arrive pas à croire que vous disiez cela, Harry, juste au moment où nous avons eu cette idée fantastique à propos du vaisseau...

– C'est en dehors de la question pour l'instant, dit Barnes d'un ton sec. Je vais tout arranger avec la surface pour qu'on nous remonte dans les douze prochaines heures.

– Sacré nom de Dieu ! fit Ted.

Mais Norman regardait Barnes. Ce dernier ne semblait pas contrarié. *Il veut partir*, se dit-il. *Il cherche une excuse pour partir, et nous lui en avons donné une.*

– En attendant, dit Barnes, nous pouvons faire un, ou même deux voyages jusqu'au vaisseau. Nous allons nous reposer pendant deux heures, et nous y retournerons. C'est tout pour le moment.

– J'ai encore quelque chose à dire...

– C'est tout, Ted. Le vote est terminé. Reposez-vous. Beth, je voudrais vous parler, ajouta Barnes alors que tout le monde se dirigeait vers les couchettes.

– De quoi ?

– Beth, quand nous retournerons au vaisseau, je ne veux pas que vous appuyiez sur tous les boutons que vous trouverez.

– Tout ce que j'ai fait, ça a été d'allumer l'éclairage, Hal.

– Oui, mais vous ne le saviez pas quand vous...

– Bien sûr que si. Le bouton était marqué « Éclairage ». C'était on ne peut plus clair.

Comme ils s'éloignaient, les autres entendirent Beth poursuivre : « Je ne fais pas partie de vos petits marins que vous pouvez bousculer à votre aise, Hal... » Puis Barnes dit autre chose, et leurs voix s'éteignirent.

– Merde, dit Ted en donnant un coup de pied dans une paroi métallique, qui résonna d'un son creux.

Ils passèrent dans le cylindre C pour gagner le poste d'équipage.

– Je n'arrive pas à croire que vous vouliez partir. C'est une découverte tellement passionnante. Comment pouvez-vous laisser tomber ? Surtout vous, Harry. Ne seraient-ce que les possibilités mathématiques ! La théorie du trou noir...

– Je vais vous dire pourquoi, dit Harry. Je veux partir parce que Barnes veut partir.

– Barnes ne veut pas partir. D'ailleurs, il a mis la décision aux voix...

– Je sais ce qu'il a fait. Mais il ne veut pas paraître avoir pris une mauvaise décision aux yeux de ses supérieurs, ni avoir l'air de reculer. Alors il nous a laissés décider. Mais je vous le dis, Barnes veut partir.

Norman était surpris : l'image cliché des mathématiciens les décrivait la tête dans les nuages, distraits, inattentifs. Mais Harry faisait preuve d'une grande pénétration ; rien ne lui échappait.

– Pourquoi Barnes voudrait-il partir ? demanda Ted.

– Je pense que c'est clair. À cause de la tempête qui se prépare à la surface.

– La tempête n'est pas encore ici.

– Non, mais quand elle viendra, nous ne savons pas combien de temps elle durera.

– Barnes a dit entre vingt-quatre et quarante-huit heures...

– Ni Barnes ni personne ne peut prédire combien de temps durera la tempête. Et si elle dure cinq jours ?

– Nous pouvons tenir tout ce temps. Nous avons assez d'air et de réserves pour cinq jours. Qu'est-ce qui vous inquiète tellement ?

– Je ne suis pas inquiet. Mais je pense que Barnes l'est.

– Tout ira bien, bon sang ! Je pense que nous devrions rester.

À ce moment, un gargouillis se fit entendre sous leurs pas, et leurs regards se portèrent sur la moquette imputrescible. Une tache sombre d'humidité s'étalait à leurs pieds.

– Qu'est-ce que c'est ?

– À mon avis, c'est de l'eau, dit Harry.

– De l'eau salée ? demanda Ted en se penchant.

Il toucha la tache d'humidité et lécha son doigt.

– Ce n'est pas salé.

– C'est parce que c'est de l'urine, fit une voix, au-dessus d'eux.

Levant les yeux, ils reconnurent Teeny Fletcher debout sur une plate-forme parmi un réseau de tuyauteries, près du sommet incurvé du cylindre.

– Tout est réglé, messieurs. Ce n'était qu'une petite fuite dans le tuyau d'évacuation des eaux-vannes qui conduit au recycleur d'H_2O.

– Les *eaux-vannes* ? fit Ted en secouant la tête.

– Juste une petite fuite, répéta Fletcher. Il n'y a pas de problème, sir.

Elle enduisit l'un des tuyaux d'une mousse blanche à

l'aide d'un pulvérisateur. La mousse grésilla sur le tuyau et se durcit.

– Nous nous contentons d'enduire d'uréthanne les fauteurs de troubles quand nous les repérons. Ça fait des joints parfaitement étanches.

– Vous avez souvent des fuites ? demanda Harry.

– Des *eaux-vannes* ? répéta Ted.

– C'est difficile à dire, docteur Adams. Mais ne vous inquiétez pas. Vraiment.

– Je me sens nauséeux, dit Ted.

Harry lui assena une tape sur le dos.

– Allons, ça ne vous tuera pas. Allons dormir.

– Je crois que je vais vomir.

Quand ils arrivèrent au poste d'équipage, Ted courut aussitôt aux douches. Ils l'entendirent tousser et faire des efforts pour vomir.

– Pauvre Ted, dit Harry en secouant la tête.

– Qu'est-ce que c'est que toute cette histoire de trou noir, au fait ?

– Un trou noir est une étoile morte comprimée. Une étoile est essentiellement pareille à un gros ballon de plage gonflé par les explosions atomiques qui se produisent à l'intérieur d'elle. Quand une étoile vieillit et finit par se trouver à court de combustible nucléaire, le ballon s'affaisse à un diamètre très inférieur. S'il s'affaisse suffisamment, il devient si dense et acquiert une telle gravité qu'il continue à s'effondrer, qu'il se comprime jusqu'à être très dense et très petit – seulement quelques kilomètres de diamètre. C'est un trou noir. Il n'y a rien dans l'univers qui soit aussi dense qu'un trou noir.

– Alors ils sont noirs parce qu'ils sont morts ?

– Non. Ils sont noirs parce qu'ils retiennent toute la lumière. Les trous noirs ont une telle gravité qu'ils attirent tout à eux, comme des aspirateurs – tout le gaz et la poussière interstellaires environnants, et même la lumière. Ils l'aspirent complètement.

– Ils aspirent la lumière ? dit Norman, qui avait du mal à imaginer une telle chose.

– Oui.

– Alors qu'est-ce qui vous excitait tellement tous les deux, avec vos calculs ?

– Oh, c'est une longue histoire, et ce n'est qu'une conjecture, dit Harry en bâillant. Ça ne donnera sans doute rien, de toute façon. On en reparlera plus tard ?

– D'accord.

Harry se retourna sur sa couchette pour dormir. Ted était toujours dans les douches, crachotant et hoquetant. Norman retourna dans le cylindre D, à la console de Tina.

– Harry vous a trouvée ? demanda-t-il. Je sais qu'il voulait vous voir.

– Oui, sir. Et j'ai maintenant l'information qu'il m'avait demandée. Pourquoi ? Vous aussi, vous voulez rédiger votre testament ?

Norman fronça les sourcils.

– Le Dr Adams a dit qu'il n'avait pas fait de testament et qu'il voulait en faire un. Il estimait apparemment que c'était tout à fait urgent. Quoi qu'il en soit, j'ai contacté la surface et c'est impossible. Il y a un problème légal parce qu'un testament doit être autographe ; on ne peut pas le transmettre sur une ligne électronique.

– Je vois.

– Je suis désolée, docteur Johnson. Dois-je prévenir aussi les autres ?

– Non, ce n'est pas la peine. Nous allons bientôt remonter à la surface, après avoir jeté un dernier coup d'œil au vaisseau.

LE GRAND CUBE DE VERRE

Cette fois, ils se séparèrent à l'intérieur du vaisseau. Barnes, Ted et Edmunds continuèrent vers l'avant par les vastes soutes pour visiter les parties qu'ils n'avaient pas encore explorées. Norman, Beth et Harry restèrent dans ce qu'ils appelaient maintenant la cabine de pilotage, à la recherche de l'enregistreur de vol.

– Ce que je fais là est de loin beaucoup mieux que tout ce que j'ai jamais fait, dit Ted avant de s'éloigner avec Barnes.

Edmunds laissa aux autres un petit moniteur vidéo pour qu'ils pussent suivre leur progression dans la partie avant de la coque. C'est ainsi qu'ils entendirent le bavardage incessant que Ted adressait à Barnes, donnant à ce dernier son opinion sur les particularités structurales du vaisseau. Les immenses soutes lui rappelaient les constructions de pierre des anciens Mycéniens, en Grèce, et plus particulièrement la rampe de la porte du Lion, à Mycènes...

— Ted a plus de commentaires inutiles dans son sac que personne de ma connaissance, dit Harry. On peut baisser le volume ?

Avec un bâillement, Norman baissa le volume du moniteur. Il était fatigué. Les couchettes de HSM-8 étaient humides, les couvertures électriques lourdes et collantes, et il lui avait été à peu près impossible de dormir. Puis Beth était entrée en coup de vent après sa conversation avec Barnes. Sa colère n'était pas encore tombée.

— Maudit soit ce Barnes, dit-elle. Il n'a rien d'autre à faire que d'empoisonner les gens ?

— Il fait de son mieux, comme tout le monde.

Elle pivota sur elle-même.

— Vous savez, Norman, il y a des moments où vous faites des excès de psychologie et de compréhension. Ce type est un imbécile. Un parfait imbécile.

— Essayons de trouver l'enregistreur de vol, voulez-vous ? dit Harry. C'est ce qu'il y a de plus important pour l'instant.

Suivant le câble ombilical qui sortait à l'arrière du mannequin pour disparaître dans le sol, il soulevait les panneaux du plancher vers l'arrière du vaisseau.

— Je suis désolée, dit Beth, mais il ne parlerait pas de cette façon à un homme. Certainement pas à Ted. Ted se met en vedette, et je ne vois pas pourquoi on devrait le laisser faire.

— Qu'est-ce que Ted a à voir avec..., commença Norman.

— Ce type est un parasite, voilà ce qu'il est. Il prend les idées des autres et les met en avant comme si c'étaient les siennes. Même la façon dont il cite des paroles célèbres – c'est révoltant.

— Vous avez le sentiment qu'il prend les idées des autres ? demanda Norman.

— Écoutez, quand nous étions à la surface, je lui ai dit que nous devrions préparer quelques paroles à pronon-

cer au moment d'ouvrir ce truc. Et qu'est-ce qu'il fait ?
Il sort des citations et se campe devant la caméra.

– Eh bien...

– Eh bien *quoi*, Norman ? Ne me servez pas du *eh
bien*, nom d'un chien ! C'était mon idée, et il se l'est
appropriée sans même penser à m'en remercier.

– Vous lui en avez parlé ?

– Non, je ne lui en ai pas dit un mot. Je suis sûre qu'il
ne s'en souviendrait pas si je le faisais. Il dirait : « Vous
avez dit ça, Beth ? Il me semble que vous avez évoqué
quelque chose de ce genre, oui... »

– Je pense que vous devriez lui parler.

– Norman, vous ne m'écoutez pas.

– Si vous lui parliez, au moins, vous ne seriez pas
aussi irritée que vous l'êtes maintenant.

– Des paroles de psychiatre, dit-elle en secouant la
tête. Écoutez, Ted fait ce qu'il veut dans cette expédition ; il fait ses stupides discours, tout ce qu'il veut. Mais
quand je franchis la porte la première, Barnes me passe
un savon. Pourquoi n'entrerais-je pas la première ?
Qu'est-ce qu'il y a de mal à ce qu'une femme soit la première, pour une fois, dans l'histoire de la science ?

– Beth...

– Ensuite, j'ai eu l'effronterie d'allumer l'éclairage.
Vous savez ce que Barnes m'a dit à propos de ça ? Il
m'a dit que j'aurais pu provoquer un court-circuit et
nous mettre tous en danger. Il a dit que je ne savais pas
ce que je faisais, que j'étais impulsive. Bon sang ! Impulsive. Crétin de militaire de l'âge de pierre.

– Remontez le volume du moniteur, dit Harry. Je
préfère entendre Ted.

– Allons, les gars.

– Nous sommes tous soumis à de sacrées tensions,
Beth, dit Norman. Tout le monde en est affecté d'une
façon ou d'une autre.

Beth lui lança un regard furieux.

– Vous voulez dire que Barnes a raison ?

– Je dis que nous sommes tous sous pression. Y
compris lui. Y compris vous.

– Bon sang, vous les hommes, vous vous serrez toujours les coudes. Vous savez pourquoi je suis toujours
maître assistante et que je n'ai pas été titularisée ?

– À cause de votre personnalité douce et accommo-
dante ? fit Harry.

– Très drôle. Vraiment.

– Beth, dit Harry, vous voyez la direction que suivent ces câbles ? Ils vont vers cette cloison, là. Regardez s'ils remontent le long du mur de l'autre côté de la porte.

– Vous essayez de vous débarrasser de moi ?

– Si possible.

Beth rit, ce qui détendit l'atmosphère.

– Très bien, je vais regarder de l'autre côté de la porte.

– Elle est bigrement échauffée, dit Harry quand elle fut sortie.

– Vous connaissez l'histoire de Ben Stone ?

– Laquelle ?

– Beth a préparé son doctorat dans le labo de Stone.

– Ah !

Benjamin Stone était un biochimiste de Berkeley University. Homme original et séduisant, il avait la réputation d'un bon chercheur qui utilisait ses élèves licenciés comme assistants de laboratoire et s'appropriait leurs résultats. Stone n'était pas le seul dans la communauté universitaire à exploiter ainsi les travaux d'autrui, mais il procédait d'une manière un peu plus impitoyable que ses collègues.

– Et elle a aussi vécu avec lui.

– Hon-hon.

– Au début des années 70. Elle a apparemment fait une série d'expériences importantes sur l'énergétisme des procès d'inclusion ciliaires. À la suite d'une grosse dispute, Stone a rompu leur liaison. Elle a quitté le labo, et il a publié cinq mémoires – tout le travail qu'elle avait fait – sans mentionner son nom.

– Charmant, dit Harry. Alors maintenant, elle fait des haltères ?

– Eh bien, elle se sent flouée, et je la comprends.

– Ouais. Mais enfin, quand on couche avec les chiens on attrape des puces, vous voyez ce que je veux dire ?

– Bon sang, dit Beth qui revenait, c'est comme « la fille qui se fait violer l'a toujours cherché », c'est ce que vous voulez dire ?

– Non, répondit Harry, qui continuait à soulever les panneaux du plancher pour suivre les fils. Mais on est parfois obligé de se demander ce que faisait la fille à trois heures du matin dans une ruelle sombre d'un quartier mal famé.

– J'étais amoureuse de lui.

– C'était quand même un quartier mal famé.

– J'avais vingt-deux ans.

– Quel âge faut-il avoir ?

– Allez vous faire foutre, Harry.

Harry secoua la tête.

– Vous avez trouvé les fils, Miss Mec ?

– Oui, j'ai trouvé les fils. Ils vont dans une sorte de grille en verre.

– Allons y jeter un coup d'œil, dit Norman en se dirigeant vers la porte.

Il avait déjà vu des enregistreurs de vol ; c'étaient de longues boîtes métalliques rectangulaires qui rappelaient les boîtes de dépôts en coffres-forts, peintes en rouge ou orange vif. Si c'était...

Il s'immobilisa.

Devant lui se trouvait un cube de verre transparent de trente centimètres de côté, à l'intérieur duquel apparaissait un réseau complexe de fines lignes bleues luminescentes. Entre les lignes clignotaient des lumières bleues. Deux manomètres étaient montés au sommet du cube, ainsi que trois pistons ; une série de bandes et de rectangles argentés marquaient la surface du côté gauche. Le cube ne ressemblait à rien qu'il eût jamais vu auparavant.

– Intéressant, dit Harry en scrutant l'objet. Une sorte de mémoire optronique, je suppose. Nous n'avons rien d'approchant.

Il toucha les bandes argentées.

– Ce n'est pas de la peinture. C'est un genre de plastique, sans doute lisible à la machine.

– Par quoi ? Certainement pas par nous.

– Non. Sans doute un robot de récupération quelconque.

– Et les manomètres ?

– Le cube est empli d'une sorte de gaz, sous pression. Peut-être contient-il des composants biologiques, pour être aussi compact. De toute façon, je parie que ce grand cube de verre est un dispositif de mémoire quelconque.

– Un enregistreur de vol ?

– Son équivalent, oui.

– Comment y accède-t-on ?

– Regardez ça, dit Beth en retournant vers la cabine de pilotage.

112

Elle se mit à presser des sections de la console, qui s'animèrent.

— Pas un mot à Barnes, souffla-t-elle par-dessus son épaule.

— Comment savez-vous où appuyer ?

— Je ne pense pas que ça ait d'importance. À mon avis, la console perçoit votre position.

— Les panneaux de commandes suivent le pilote à la trace ?

— Quelque chose dans ce genre-là.

Devant eux, une portion de la console se mit à luire, délimitant un écran jaune sur fond noir.

RV-LHOOQ DCOM1 USS STAR VOYAGER

Puis plus rien.

— Maintenant, nous allons recevoir les mauvaises nouvelles, dit Harry.

— Quelles mauvaises nouvelles ?

Norman se demandait pourquoi Harry était resté pour examiner l'enregistreur de vol au lieu d'aller avec Ted et Barnes explorer le reste du vaisseau. Pourquoi s'intéressait-il tant à l'histoire passée de ce vaisseau ?

— Peut-être ne seront-elles pas mauvaises, dit Harry.

— Pourquoi pensez-vous qu'elles pourraient l'être ?

— Parce que, si vous l'envisagez d'un point de vue logique, il manque quelque chose dans ce vaisseau...

À cet instant, l'écran s'emplit de colonnes :

SYSTÈMES VAISSEAU	SYSTÈMES DE PROPULSION
BIOSYSTÈMES	TRAIT DÉCHETS (V9)
SYSTÈMES INFORMATIQUES	ÉTAT OM2 (EXTÉRIEUR)
MAÎTRE DE MANŒUVRE	ÉTAT OM3 (INTÉRIEUR)
ENREGISTREMENTS DE VOL	ÉTAT OM4 (AVANT)
FONCTIONNEMENT NOYAU	ÉTAT DV7 (ARRIÈRE)
CONTRÔLE PASSERELLE	ÉTAT V (RÉCAP)
INTÉGRATION (DIRECTE)	ÉTAT COMREC (2)
TEST LSS 1.0	LIGNE A9-11
TEST LSS 2.0	LIGNE A12-BX
TEST LSS 3.0	STABILIX

— Que désirez-vous ? demanda Beth, les mains sur la console.

— Les enregistrements de vol, répondit Harry en se mordant la lèvre.

113

```
RÉCAPITULATION ENREGISTREMENTS DE VOL RV-LHOOQ
REV  01/01/43-31/12/45
REV  01/01/48-31/12/48
REV  01/01/49-31/12/51
REV  01/01/52-31/12/53
REV  01/01/54-31/12/54
REV  01/01/55-31/06/55
REV  01/07/55-31/12/55
REV  01/01/56-31/01/56
REV  01/02/56-ÉPISODE D'ENTRÉE
REV  ÉPISODE D'ENTRÉE
REV  RÉCAPITULATION ÉPISODE D'ENTRÉE
8&6  !!OZ/010/Odd-000/XXX/X
F$S  XXX/X%^/XXX-X@X/X!X/X
```

— Que dites-vous de ça ? demanda Norman.

Harry contemplait l'écran.

— Comme vous le voyez, les enregistrements les plus anciens sont à des intervalles de trois ans. Ensuite, les intervalles deviennent plus courts, un an, six mois, et enfin un mois. Et puis ce truc d'épisode d'entrée.

— Alors ils ont enregistré de plus en plus minutieusement, dit Beth. Comme si le vaisseau approchait de cet épisode d'entrée, quel qu'il soit.

— J'ai une petite idée de ce que c'était. Je n'arrive simplement pas à croire que... mais commençons. Que pensez-vous de « récapitulation épisode d'entrée » ?

Beth pressa des boutons.

Sur l'écran apparut un champ d'étoiles, autour duquel s'inscrivaient un grand nombre de chiffres. L'image, tri-dimensionnelle, donnait une impression de profondeur.

— Une image holographique ?

— Pas exactement. Mais quelque chose d'approchant.

— Il y a là plusieurs étoiles de première grandeur...

— Ou des planètes.

— Quelles planètes ?

— Je ne sais pas, dit Harry. C'est un boulot pour Ted. Il pourra peut-être identifier l'image. Continuons.

Il toucha la console, et l'image changea.

— D'autres étoiles.

— Oui, et d'autres chiffres.

Les nombres inscrits aux lisières de l'écran clignotaient, changeant rapidement.

— Les étoiles n'ont pas l'air de bouger, mais les chiffres changent.

– Non, regardez. Les étoiles bougent aussi.

Ils se rendirent compte que toutes les étoiles s'éloignaient du centre de l'écran, maintenant noir et vide.

– Pas d'étoiles au centre, et tout le reste qui s'éloigne rapidement..., fit Harry d'un ton pensif.

Les étoiles du pourtour s'écartaient de plus en plus rapidement vers l'extérieur. Le centre obscur grandissait.

– Pourquoi est-ce vide comme ça au centre, Harry ? demanda Beth.

– Je ne pense pas que ce soit vide.

– Je n'y vois rien.

– Non, mais ce n'est pas vide. Dans un instant, on devrait voir... Là !

Un amas d'étoiles, dense et blanc, apparut soudainement au centre de l'écran, puis grandit peu à peu.

Quelle impression bizarre ! se dit Norman. Un anneau noir encore distinctement visible allait s'élargissant, avec des étoiles à l'extérieur et d'autres à l'intérieur. Ils avaient l'impression de voler à travers l'ouverture d'un *doughnut* géant.

– Bon Dieu ! dit Harry à voix basse. Savez-vous que vous êtes en train de regarder ?

– Non, dit Beth. Qu'est-ce que c'est que cet amas d'étoiles, au centre ?

– C'est un autre univers.

– C'est *quoi* ?

– Oui, enfin... C'est probablement un autre univers. À moins que ce ne soit une autre région de notre univers. Personne ne le sait vraiment avec certitude.

– Cet anneau noir, qu'est-ce que c'est ? demanda Norman.

– Ce n'est pas un anneau. C'est un trou noir. Ce que vous voyez là, c'est l'enregistrement du passage de ce vaisseau à travers un trou noir et de son entrée dans un autre... Quelqu'un appelle ?

Harry se retourna en inclinant la tête. Tout le monde se tut, mais ils n'entendirent rien.

– Que voulez-vous dire, un autre univers...

– Chhhut.

Après un court silence, ils entendirent une voix faible qui criait « Hellooo... ».

– Qui est-ce ? dit Norman en tendant l'oreille.

La voix était très faible, mais elle avait un son

humain. Et il semblait y en avoir plus d'une, venant de quelque part à l'intérieur du vaisseau.

– Hou-hou! Il y a quelqu'un? Hellooo!

– Oh, bon sang, dit Beth. C'est eux, sur le moniteur.

Elle augmenta le volume du son sur le petit moniteur qu'Edmunds leur avait laissé. Sur l'écran, ils virent Ted et Barnes qui criaient, debout quelque part dans une salle.

– Hellooo!... Hel-lo-oooo!

– Pouvons-nous leur répondre?

– Oui. Pressez ce bouton, sur le côté.

– Nous vous entendons, dit Norman.

– Il était bigrement temps! fit Ted.

– Très bien, dit Barnes. Écoutez.

– Qu'est-ce que vous fabriquez là-bas? demanda Ted.

– Écoutez bien, dit Barnes en s'écartant de côté pour dévoiler un appareil multicolore. Nous savons maintenant à quoi sert ce vaisseau.

– Nous aussi, dit Harry.

– Vraiment? dirent Beth et Norman, à l'unisson.

Mais Barnes n'écoutait pas.

– Et le vaisseau semble avoir ramassé quelque chose au cours de ses voyages.

– Ramassé quelque chose? Qu'est-ce que c'est?

– Je n'en sais rien. Mais c'est quelque chose d'étranger.

« QUELQUE CHOSE D'ÉTRANGER »

Le tapis roulant les entraînait au long d'une interminable succession de soutes immenses. Ils allaient vers l'avant du vaisseau rejoindre Barnes, Ted et Edmunds pour voir ce qu'ils avaient découvert.

– Mais pourquoi envoyer un vaisseau spatial à travers un trou noir? demanda Beth.

– À cause de la gravité, répondit Harry. Voyez-vous, un trou noir a une telle gravité qu'il déforme incroyablement l'espace et le temps. Vous vous rappelez comment Ted expliquait que les planètes et les étoiles forment des creux dans le tissu de l'espace-temps? Eh bien, les trous noirs font des déchirures dans ce tissu. Et certains pensent qu'il est possible de franchir ces accrocs pour entrer dans un autre univers, ou dans une autre région de notre univers. Ou dans un autre temps.

– Un autre temps !

– C'est ce qu'on pense.

– Alors, vous venez ? demanda la voix grêle de Barnes, dans le moniteur.

– On arrive, dit Beth avec un regard furieux vers l'écran.

– Il ne peut pas vous voir, dit Norman.

– Je m'en moque.

Ils dépassèrent d'autres soutes.

– Je suis impatient de voir la tête de Ted quand nous lui raconterons, dit Harry.

Ils atteignirent finalement l'extrémité de la coursive et franchirent une section centrale d'entretoises et de poutrelles avant de pénétrer dans la grande salle qu'ils avaient vue sur le moniteur. C'était une soute immense, dont le plafond atteignait près de trente mètres de hauteur.

On pourrait y mettre un immeuble de six étages, songea Norman. Levant les yeux, il vit une sorte de brume floue.

– Qu'est-ce que c'est que ça ?

– C'est un nuage, dit Barnes en secouant la tête. Cette salle est si grande qu'elle a apparemment son propre climat. Il arrive peut-être même qu'il y pleuve.

La salle était occupée par une gigantesque machinerie. À première vue, on aurait dit un engin de terrassement surdimensionné, si ce n'était le fait qu'il était peint en tons vifs de couleurs primaires et qu'il luisait d'huile. Puis Norman commença à y distinguer certains traits particuliers. Il vit des pinces géantes, des bras d'une puissance colossale, des engrenages, et tout un ensemble de godets et de récipients.

Il se rendit compte soudain que ce qu'il voyait là ressemblait beaucoup aux griffes et aux pinces montées à l'avant du sous-marin *Charon V*, à bord duquel il était descendu la veille. Était-ce la veille ? Ou était-ce encore le même jour ? Quel jour ? Était-on le 4 juillet ? Depuis combien de temps étaient-ils au fond ?

– Si vous observez attentivement, dit Barnes, vous verrez que certains de ces dispositifs semblent être des armes à grande échelle. D'autres, comme ce long bras extensible, les divers accessoires de préhension, font de ce vaisseau un gigantesque robot.

– Un robot...

– Vraiment ? fit Beth.

– En fin de compte, je suppose qu'il aurait été de mise de le faire ouvrir par un robot, dit Ted pensivement. Et peut-être plus en accord.

– En raccord, fit Beth.

– En raccord de tuyauteries, renchérit Norman.

– Vous voulez dire du genre robot-à-robot ? dit Harry. Une sorte de mise au pas... de vis ?

– Eh, fit Ted. Je ne tourne pas vos commentaires en dérision, même quand ils sont stupides.

– Je n'avais pas conscience qu'ils l'étaient, dit Harry.

– Il vous arrive de dire des imbécillités, de manquer de délicatesse.

– Les enfants, intervint Barnes, pouvons-nous revenir à nos moutons ?

– Faites-le-moi remarquer la prochaine fois, Ted.

– Je n'y manquerai pas.

– Je serais content de savoir quand il m'arrive de dire quelque chose de stupide.

– Aucun problème.

– Quelque chose que vous estimez stupide.

– À mon avis, dit Barnes à Norman, quand nous remonterons à la surface, nous devrions laisser ces deux-là en bas.

– Vous ne pensez quand même pas remonter maintenant ? dit Ted.

– Nous avons déjà voté.

– Mais c'était avant de découvrir l'objet.

– Où est cet objet ? demanda Harry.

– Par ici, Harry, dit Ted avec un rictus sarcastique. Voyons ce que vos légendaires pouvoirs de déduction peuvent en faire.

Ils s'éloignèrent plus loin dans la salle, parmi les pelles et les pinces géantes, et virent enfin, nichée dans la pince capitonnée d'une main mécanique, une sphère argentée au poli parfait d'environ dix mètres de diamètre. Elle ne présentait aucune marque ni aucune caractéristique d'aucune sorte.

Ils en firent le tour, suivant leurs images réfléchies dans le métal poli. Norman nota une irisation changeante qui avait quelque chose d'insolite, de faibles nuances irisées de bleu et de rouge miroitant dans la matière.

– On dirait une grosse bille de roulement, dit Harry.

– Continuez à en faire le tour, monsieur Je-sais-tout.

Du côté opposé, ils découvrirent une série de profonds sillons convolutés découpant un motif complexe dans la surface de la sphère. Le motif avait quelque chose de frappant, bien que Norman ne pût dire immédiatement pourquoi. Il n'était pas géométrique, mais il n'était pas non plus amorphe ni organique. Il était difficile à définir. Norman n'avait jamais rien vu de pareil, et il se sentit de plus en plus persuadé que c'était un motif qu'on n'aurait jamais trouvé sur Terre – qui n'avait jamais été créé par aucun homme, jamais conçu par une imagination humaine.

Ted et Barnes avaient raison. Il en avait la certitude.

Cette sphère était quelque chose d'étranger.

PRIORITÉS

– Hum, fit Harry après être resté silencieux, les yeux fixes, pendant un long moment.

– Je suis sûr que vous allez vouloir nous rendre la monnaie de la pièce, dit Ted. Nous dire d'où elle vient, et ainsi de suite.

– Je sais effectivement d'où elle vient.

Harry parla à Ted de l'enregistrement de vol, des étoiles et du trou noir.

– En fait, dit Ted, je me doutais depuis un moment que ce vaisseau était prévu pour franchir un trou noir.

– Vraiment? Qu'est-ce qui vous a mis sur la voie?

– L'épaisseur des boucliers antiradiations.

Harry hocha la tête.

– C'est vrai. Vous en avez sans doute compris la signification avant moi, dit-il avec un sourire. Mais vous ne l'avez dit à personne.

– Eh, la question ne se pose même pas. C'est moi qui ai proposé le premier la solution du trou noir.

– Vraiment?

– Oui, vous ne pouvez pas le nier. Vous vous rappelez, dans la salle de conférences ? J'étais en train d'expliquer à Norman ce qu'était l'espace-temps quand j'ai commencé à faire des calculs pour le trou noir, et vous vous y êtes mis à votre tour. Norman, vous vous en souvenez ? C'est moi qui l'ai proposé le premier.

– C'est vrai, vous en avez eu l'idée.

Harry sourit d'un air sarcastique.

– Je n'ai pas eu l'impression qu'il s'agissait d'une proposition. Ça ressemblait plus à une supposition.

– Ou à une conjecture. Harry, vous êtes en train de réécrire l'histoire. Il y a des témoins.

– Puisque vous avez tellement d'avance sur tout le monde, dites-nous donc quelles sont vos propositions quant à la nature de cet objet.

– Avec plaisir. C'est une sphère polie d'environ dix mètres de diamètre, non massive, constituée d'un alliage métallique dense d'une nature encore inconnue. Les signes cabalistiques creusés de ce côté...

– Ces cannelures, c'est ce que vous appelez des signes cabalistiques ?

– Vous voulez bien me laisser finir ? Les signes cabalistiques portés de ce côté laissent clairement supposer une ornementation artistique ou religieuse de caractère cérémoniel. Ceci indique que l'objet avait une signification pour ceux qui l'ont fait.

– À mon avis, c'est une chose que nous pouvons tenir pour certaine.

– Personnellement, je pense que cette sphère a pour objet de constituer une forme de contact avec nous, visiteurs d'une autre étoile, d'un autre système solaire. C'est une sorte de salutation, si vous voulez, un message, ou un trophée. Une preuve qu'il existe une forme de vie supérieure dans l'univers.

– Tout cela est très beau et totalement à côté de la question, dit Harry. Que *fait*-elle ?

– Je ne pense pas qu'elle fasse quoi que ce soit. Je pense qu'elle *est*, simplement. Elle est ce qu'elle est.

– Voilà qui est très zen.

– Alors quelle est votre idée ?

– Passons en revue ce que nous savons, et non ce que nous *imaginons* dans un envol de fantasmes. Ceci est un vaisseau spatial du futur, construit à l'aide de toutes sortes de matériaux et de technologies que nous n'avons pas encore mis au point, mais que nous sommes en passe de découvrir. Cet appareil a été envoyé par nos descendants à travers un trou noir dans un autre univers, ou dans une autre partie de notre univers.

– Oui.

– Il n'est pas habité, mais il est équipé de bras robots manifestement conçus pour recueillir les choses qu'il trouve. Nous pouvons donc le considérer comme une énorme version de l'engin spatial Mariner que nous avons envoyé dans les années 70 vers Mars pour y chercher des traces de vie. Ce vaisseau du futur est beaucoup plus gros et plus complexe, mais c'est essentiellement le même type d'engin. C'est une sonde spatiale.

– Oui...

– La sonde entre donc dans un autre univers, où elle rencontre cette sphère, sans doute flottant dans l'espace. À moins que la sphère n'ait été envoyée à la rencontre du vaisseau.

– Exactement, dit Ted. Envoyée à sa rencontre, en tant que messager. C'est ce que je pense.

– Quoi qu'il en soit, notre vaisseau robot, selon les critères qui lui ont été intégrés, décide que cette sphère est intéressante. Il la saisit automatiquement dans cette grosse pince, la rentre à l'intérieur de la coque, et la rapporte à son port d'attache.

– Sauf qu'en regagnant son port d'attache il va trop loin et se retrouve dans le passé.

– Dans son passé. Notre présent.

– Exact.

Barnes émit un reniflement impatient.

– Très bien, ce vaisseau spatial s'en va ramasser une sphère argentée d'origine extraterrestre et la rapporte. Venons-en au fait : qu'est cette sphère ?

Harry s'approcha de la sphère, pressa son oreille contre le métal et la frappa de la jointure des doigts. Elle était creuse. Il toucha les cannelures, dans lesquelles ses mains disparurent presque entièrement. La sphère était d'un tel poli que Norman y voyait le visage de Harry, déformé par la courbure du métal.

– Oui, c'est ce que je supposais. Ces marques cabalistiques, comme vous les appelez, n'ont rien de décoratif. Elles ont une tout autre fonction, qui est de dissimuler une petite discontinuité dans la surface de la sphère. Elles constituent donc une porte, conclut Harry en reculant d'un pas.

— Qu'est la sphère ?

— Je vais vous dire ce que je pense. Je pense que c'est un logement creux, je pense qu'il y a quelque chose à l'intérieur, et je pense que ça me flanque une frousse de tous les diables.

PREMIÈRE ÉVALUATION

— Non, monsieur le ministre, dit Barnes au téléphone, nous sommes à peu près certains qu'il s'agit d'un arte-fact d'origine extraterrestre. Il ne semble pas y avoir de doute à ce sujet.

Il lança un regard à Norman, assis à l'autre bout de la pièce.

— Oui, monsieur, dit-il. Bigrement passionnant.

De retour dans l'habitat, Barnes avait immédiate-ment appelé Washington. Il essayait de retarder leur retour à la surface.

— Pas encore, nous ne l'avons pas ouverte. Enfin, nous n'avons pas pu l'ouvrir. La porte a une forme bizarre, et elle est très finement crénelée... Non, il est impossible de glisser quoi que ce soit dans la fissure.

Barnes jeta un nouveau regard à Norman en roulant les yeux.

— Non, nous avons essayé cela aussi. Il ne semble pas y avoir de commandes externes. Non, aucun message à l'extérieur. Non, pas d'inscriptions non plus. Ce n'est qu'une sphère extrêmement polie avec des cannelures convolutées sur un côté. Quoi ? L'ouvrir à l'explosif ?

Norman se détourna. Ils étaient dans le cylindre D, la section de communications tenue par Tina Chan. Avec son calme habituel, cette dernière réglait une douzaine de moniteurs.

— Vous êtes apparemment la plus tranquille de nous tous.

Elle sourit.

— Seulement impénétrable, sir.

— Vraiment ?

— Sans doute, sir, dit-elle en réglant le gain vertical d'un moniteur dont l'image sautillante montrait la sphère polie, parce que je sens mon cœur battre la chamade. Que pensez-vous qu'il y ait à l'intérieur de cette chose ?

– Je n'en ai aucune idée.

– Pensez-vous qu'il y ait un extraterrestre à l'intérieur ? Vous savez, un être vivant ?

– Peut-être.

– Et on essaie de l'ouvrir ? Quoi qu'il y ait là-dedans, nous ne devrions peut-être pas le laisser sortir.

– N'êtes-vous pas curieuse ?

– Pas à ce point, sir.

– Je ne vois pas ce que pourraient faire des explosifs, disait Barnes au téléphone. Oui, nous avons des SMTMP, oui. Oh, en différentes tailles. Mais je ne pense pas que nous puissions ouvrir ce fichu machin à l'explosif. Non. Eh bien, si vous le voyiez, vous comprendriez. Cet objet est parfaitement construit. Parfait.

Tina régla un second moniteur. Ils avaient deux vues de la sphère, et en auraient bientôt une troisième. Edmunds était en train d'installer des caméras pour l'observer, à la suggestion de Harry.

– Mettez-la sous surveillance, avait dit ce dernier. Peut-être qu'elle fait quelque chose de temps à autre, qu'elle manifeste une activité quelconque.

Norman vit sur l'écran le réseau de fils qui avaient été connectés à la sphère. Il y avait une gamme complète de capteurs passifs, pour le son et tout le spectre électromagnétique de l'infrarouge aux rayons gammas et X. La visualisation des données transmises par les capteurs se faisait sur une batterie d'instruments disposés à gauche du moniteur.

Harry intervint.

– Vous avez eu quelque chose ?

Tina fit un signe de tête négatif.

– Rien jusqu'à présent, sir.

– Ted est revenu ?

– Non, dit Norman. Il est toujours là-bas.

Ted était resté dans la soute, soi-disant pour aider Edmunds à installer les caméras. Mais ils savaient qu'il essaierait en fait d'ouvrir la sphère. Ils le voyaient sur le second moniteur, tâtant les cannelures, palpant, poussant.

– Il n'a pas une chance, dit Harry avec un sourire.

– Harry, dit Norman. Vous vous rappelez, quand

nous étions dans la cabine de pilotage et que vous vouliez rédiger votre testament parce qu'il manquait quelque chose ?

– Oh, ça. N'y pensez plus. C'est sans importance, maintenant.

– Non, monsieur le ministre, disait Barnes, impossible de la remonter à la surface... Eh bien, monsieur, elle se trouve actuellement à l'intérieur d'une soute à quatre cents mètres à l'intérieur du vaisseau, qui est lui-même enfoui sous cinq mètres de corail. Et la sphère elle-même fait une bonne dizaine de mètres de diamètre, la taille d'une petite maison...

– Je me demande ce qu'il peut bien y avoir dans la maison, dit Tina.

Sur le moniteur, ils virent un Ted frustré donner un coup de pied dans la sphère.

– Pas une chance, répéta Harry. Jamais il ne l'ouvrira.

– Comment allons-nous l'ouvrir ? demanda Beth.

– Comment ?

Harry contempla pensivement la sphère, étincelante sur l'écran du moniteur. Il y eut un long silence.

– Peut-être ne le pouvons-nous pas.

– Nous ne pouvons pas l'ouvrir ? Vous voulez dire jamais ?

– C'est une possibilité.

– Ted se suiciderait, dit Norman en riant.

– Eh bien, monsieur le ministre, poursuivait Barnes, si vous décidiez de faire allouer par la Marine les ressources nécessaires pour une entreprise de récupération à grande échelle par trois cents mètres de fond, nous pourrions commencer dans six mois d'ici, quand nous serons assurés de disposer d'un mois de beau temps en surface dans la région. Oui... dans le Pacifique Sud, c'est l'hiver en ce moment. Oui.

– Maintenant, j'imagine la scène, dit Beth. La Marine ramène à grands frais une mystérieuse sphère extra-terrestre à la surface. On la transporte dans une installation ultra-secrète de l'Omaha. Des experts de toutes disciplines viennent essayer de l'ouvrir. Personne n'y parvient.

– Comme Excalibur, dit Norman.

– À mesure que le temps passe, ils font appel à des méthodes de plus en plus brutales. Ils finissent par essayer de l'ouvrir à l'aide d'une petite explosion nucléaire. Toujours rien. Finalement, tout le monde est à court d'idées. La sphère reste là pendant des dizaines d'années sans être jamais ouverte. Une grande frustration pour l'espèce humaine, conclut Beth en secouant la tête.

– Vous pensez vraiment que ça pourrait arriver ? demanda Norman à Harry. Qu'on ne puisse jamais l'ouvrir ?

– Jamais, ça fait longtemps, dit Harry.

– Non, monsieur, disait Barnes, étant donné ce fait nouveau, nous resterons au fond jusqu'à la dernière minute. Le temps se maintient en surface... au moins six heures de plus, oui monsieur, d'après les relevés Météosat... eh bien, je suis obligé de m'en remettre à cette estimation. Bien, monsieur. Toutes les heures, bien, monsieur.

Il raccrocha et se retourna vers les autres.

– Très bien. Nous avons l'autorisation de rester au fond six à douze heures de plus, tant que la météo se maintient. Essayons d'ouvrir cette sphère dans le temps qui nous reste.

– Ted s'en occupe en ce moment, dit Harry.

Sur l'écran vidéo, ils virent Ted Fielding assener une claque sur la sphère polie et crier :

– Ouvre-toi ! Ouvre-toi, Sésame ! Ouvre-toi, espèce de garce !

La sphère ne réagit pas.

« LE PROBLÈME DE L'ANTHROPOMORPHISME »

– Sérieusement, dit Norman, je pense que quelqu'un doit poser la question : devons-nous envisager de ne pas l'ouvrir ?

– Pourquoi ? demanda Barnes. Écoutez, je viens juste de raccrocher le téléphone...

– Je sais. Mais peut-être devrions-nous y réfléchir à deux fois.

Du coin de l'œil, Norman vit Tina hocher vigoureusement la tête. Harry paraissait sceptique. Beth, somnolente, se frottait les yeux.

– Avez-vous peur, ou avez-vous un argument solide ? demanda Barnes.

– J'ai l'impression que Norman va nous citer des extraits de son œuvre, dit Harry.

– Eh bien, oui, reconnut Norman. J'en ai effectivement parlé dans mon rapport.

Dans son rapport, il avait appelé cela « le problème de l'anthropomorphisme ». Le fond du problème était que tous ceux qui avaient jamais pensé ou écrit à propos d'une vie extraterrestre imaginaient cette vie comme essentiellement humaine. Même si l'extraterrestre n'avait pas un aspect humain – si c'était un reptile, un gros insecte, ou un cristal intelligent –, il agissait néanmoins d'une façon humaine.

– Vous parlez des films, dit Barnes.

– Je parle aussi des mémoires de recherche. Toutes les conceptions d'une vie extraterrestre, qu'elles soient le fait d'un cinéaste ou d'un professeur d'université, ont été fondamentalement humaines – elles présumaient des valeurs humaines, une compréhension humaine, des manières humaines d'aborder un univers humainement compréhensible. Et généralement une apparence humaine : deux yeux, un nez, une bouche et ainsi de suite.

– Et alors ?

– Alors, c'est manifestement absurde. D'une part, il y a suffisamment de variations dans le comportement humain pour rendre difficile la compréhension mutuelle, ne serait-ce qu'au sein de notre espèce. Les différences entre, disons, Américains et Japonais sont énormes. Les Américains et les Japonais ne considèrent pas du tout le monde de la même façon.

– Oui, oui, fit Barnes d'un ton impatient. Nous savons tous que les Japonais sont différents...

– Et quand on en vient à une nouvelle forme de vie, les différences peuvent littéralement dépasser la compréhension. Les valeurs et l'éthique de cette nouvelle forme de vie peuvent être radicalement différentes.

– Vous voulez dire qu'elle pourrait ne pas croire à la valeur sacrée de la vie, ou au commandement « Tu ne tueras point », dit Barnes, toujours impatient.

– Non, dit Norman. Je veux dire que cet être ne pourrait peut-être pas être tué, ou qu'il pourrait n'avoir aucun concept de ce que veut dire tuer.

126

Barnes se pétrifia.

– Cet être *ne pourrait peut-être pas être tué*?

Norman hocha la tête.

– Comme l'a dit quelqu'un un jour, on ne peut pas casser les bras d'un être qui n'a pas de bras.

– Il ne pourrait pas être tué? Vous voulez dire qu'il serait immortel?

– Je ne sais pas. C'est le problème.

– Je veux dire, bon Dieu, une chose qui ne pourrait pas être tuée. Comment la tuerait-on? dit Barnes en se mordant la lèvre. Je n'aimerais pas ouvrir cette sphère et libérer une chose qui ne pourrait pas être tuée.

– Pas de promotion pour ça, Hal.

Barnes regarda les moniteurs, qui montraient plusieurs vues de la sphère polie.

– Non, c'est ridicule, dit-il enfin. Aucun être vivant n'est immortel. Je n'ai pas raison, Beth?

– En fait, non, répondit Beth. On pourrait affirmer que certains êtres vivants de notre planète sont immortels. Des organismes unicellulaires comme les bactéries et les levures sont apparemment capables de vivre indéfiniment.

– Des levures, fit Barnes avec un reniflement méprisant. Nous ne parlons pas de levures.

– Et, en fait, un virus pourrait être considéré comme immortel.

– Un virus?

Barnes s'assit dans un fauteuil. Il n'avait pas envisagé un virus.

– Mais quelles chances y a-t-il en réalité, Harry?

– Je pense que les possibilités vont beaucoup plus loin que nous ne l'avons évoqué jusqu'à présent. Nous n'avons envisagé que des êtres tridimensionnels, du genre de ceux qui existent dans notre univers tridimensionnel – ou, pour être plus précis, dans l'univers que nous percevons comme ayant trois dimensions. Certains pensent que notre univers a neuf ou onze dimensions.

Barnes semblait fatigué.

– Sauf que les autres dimensions sont très petites, ce qui fait que nous ne les percevons pas.

Barnes se frotta les yeux.

– Donc cet être pourrait être multidimensionnel, poursuivit Harry, de sorte qu'il n'existerait littéralement pas – du moins pas entièrement – dans nos trois dimensions habituelles. Pour prendre le cas le plus simple, si c'était un être à quatre dimensions, nous ne pourrions en voir qu'une partie à un moment donné parce qu'il existerait pour la plus grande partie dans la quatrième dimension, ce qui le rendrait manifestement difficile à tuer. Et si c'était un être à cinq dimensions...

– Une seconde. Pourquoi personne n'a-t-il parlé de ça avant ?

– Nous pensions que vous le saviez.

– Que je savais qu'il y avait des êtres à cinq dimensions qu'on ne pouvait pas tuer ? Personne ne m'en a jamais dit un mot, fit Barnes en secouant la tête. Ouvrir cette sphère pourrait être incroyablement dangereux.

– Ça pourrait l'être, oui.

– Ce que nous avons là, c'est la boîte de Pandore.

– Exactement.

– Bon. Envisageons les cas extrêmes. Quel est le pire que nous pourrions trouver ?

– Je pense que c'est clair, dit Beth. Que ce soit un être multidimensionnel, un virus ou quoi que ce soit d'autre, qu'il partage ou non nos valeurs morales ou qu'il n'en ait aucune, le pire des cas serait celui où il nous frapperait au-dessous de la ceinture.

– Ce qui veut dire ?

– Ce qui veut dire qu'il se comporterait d'une manière qui interférerait avec nos mécanismes vitaux fondamentaux. Le virus du SIDA en est un bon exemple. La raison pour laquelle le SIDA est si dangereux n'est pas sa nouveauté. De nouveaux virus apparaissent tous les ans – toutes les semaines. Et tous les virus fonctionnent de la même façon : ils attaquent les cellules et en convertissent les mécanismes pour fabriquer d'autres virus. Ce qui rend le virus du SIDA dangereux, c'est qu'il attaque les cellules particulières que nous utilisons pour nous défendre contre les virus. Le SIDA interfère avec notre mécanisme fondamental de défense. Il triche. Et nous n'avons pas de défense contre lui.

– Bien, si cette sphère contient un être qui interfère avec nos mécanismes fondamentaux, à quoi ressemblerait-il ?

– Il pourrait aspirer de l'air et rejeter du cyanogène, dit Beth.

– Il pourrait excréter des déchets radioactifs, dit Harry.

— Il pourrait perturber nos ondes cérébrales, dit Norman. Interférer avec notre aptitude à penser.

— Ou encore, dit Beth, il pourrait simplement désorganiser la conduction cardiaque. Empêcher nos cœurs de battre.

— Il pourrait émettre une vibration sonore qui entrerait en résonance avec notre squelette et nous fracasserait les os, dit Harry, regardant les autres avec un sourire. Celle-là me plaît assez.

— Ingénieux, dit Beth. Mais, comme d'habitude, nous ne pensons qu'à nous. Il pourrait ne rien faire qui nous soit directement nocif.

— Ah, fit Barnes.

— Il pourrait simplement exhaler une toxine qui tuerait les chloroplastes, de sorte que les plantes ne pourraient plus convertir la lumière solaire. Toutes les plantes de la Terre mourraient, et par voie de conséquence toute la vie terrestre.

— Ah, répéta Barnes.

— Voyez-vous, dit Norman, j'ai d'abord pensé que le problème de l'anthropomorphisme — le fait que nous ne puissions concevoir la vie extraterrestre que comme fondamentalement humaine — était dû à un manque d'imagination. L'homme est un homme, tout ce qu'il connaît, c'est l'homme, et il ne peut penser qu'à ce qu'il connaît. Pourtant, comme vous le voyez, ce n'est pas vrai. Nous pouvons penser à des tas d'autres choses. Mais nous ne le faisons pas. Il doit donc y avoir une autre raison pour laquelle nous ne pouvons concevoir les extraterrestres que sous un aspect humain. Et la réponse, à mon avis, est que nous sommes en réalité des animaux terriblement fragiles. Et nous n'aimons pas qu'on nous rappelle à quel point nous sommes fragiles — la délicatesse des équilibres intérieurs de notre corps, la brièveté de notre séjour sur la Terre, la facilité avec laquelle ce séjour peut se terminer. Alors nous imaginons les autres formes de vie semblables à nous, de façon à ne pas être obligés de penser à la menace réelle — la terrifiante menace — qu'elles pourraient représenter sans même en avoir l'intention.

Il y eut un silence.

— Évidemment, dit Barnes, il ne faut pas oublier une autre possibilité. Il se peut que la sphère contienne quelque chose qui nous soit extraordinairement bénéfique. Quelque nouveau savoir prodigieux, une nouvelle idée étonnante, ou une nouvelle technologie qui améliore la condition humaine au-delà de nos rêves les plus fous.

– Encore qu'il y ait beaucoup de chances pour qu'aucune de ces idées nouvelles ne nous soit utile.

– Pourquoi ?

– Disons par exemple que ces extraterrestres soient en avance de mille ans sur nous, comme nous le serions par rapport à l'Europe médiévale. Supposons que vous retourniez au Moyen Âge avec un poste de télévision. Il n'y aurait pas un endroit où le brancher.

Barnes les dévisagea longuement tour à tour.

– Je suis désolé. C'est une trop grande responsabilité pour moi. Je ne peux pas prendre la décision de l'ouvrir. Il faut que j'appelle Washington pour en débattre.

– Ted ne va pas être content, dit Harry.

– Au diable Ted, dit Barnes. Je vais remettre ça entre les mains du Président. En attendant de recevoir sa décision, je veux que personne n'essaie d'ouvrir cette sphère.

Barnes décréta un repos de deux heures, et Harry se rendit dans sa cabine pour dormir. Beth annonça qu'elle allait dormir elle aussi, mais elle resta au poste de surveillance avec Tina Chan et Norman. Elle s'était installée dans l'un des confortables fauteuils à haut dossier qui équipaient le poste et le faisait tourner en balançant les jambes, les yeux fixés dans le vide, tout en tortillant ses cheveux en petites boucles autour de ses oreilles.

Elle est fatiguée, songea Norman. *Nous sommes tous fatigués*. Il observait Tina, alerte et tendue, qui se déplaçait continuellement en douceur, réglant les moniteurs, vérifiant les affichages des capteurs, changeant les bandes vidéo du VCR. Du fait qu'Edmunds se trouvait dans le vaisseau spatial avec Ted, Tina devait s'occuper des unités d'enregistrement en plus de son pupitre de communications. Elle ne semblait pas aussi fatiguée qu'eux, mais il est vrai qu'elle n'était pas allée dans le vaisseau. Pour elle, c'était quelque chose qu'elle voyait sur les moniteurs, un spectacle télévisé, une abstraction. Tina ne s'était pas trouvée confrontée directement à la réalité du nouvel environnement, à l'épuisant effort mental nécessaire pour comprendre ce qui se passait, ce que signifiait tout cela.

– Vous paraissez fatigué, sir, dit-elle.

– Oui. Nous sommes tous fatigués.

– C'est l'atmosphère. De respirer cet héliox.

Et voilà pour les explications psychologiques, songea Norman.

– La densité de l'air, ici au fond, a un effet très sensible. Nous sommes à trente atmosphères. Si nous respirions de l'air normal à cette pression, il serait presque aussi épais qu'un liquide. L'héliox est plus léger, mais il est quand même beaucoup plus dense que l'atmosphère à laquelle nous sommes habitués. Vous ne vous en rendez pas compte, mais on se fatigue par le simple fait de respirer, d'actionner ses poumons.

– Mais vous n'êtes pas fatiguée.

– Oh, j'y suis habituée. J'ai déjà séjourné en environnement saturé.

– Vraiment ? Où ?

– Je ne peux pas le dire, docteur Johnson.

– Des opérations de la Marine ?

Elle sourit.

– Je ne suis pas censée en parler.

– Votre sourire indéchiffrable, c'est ça ?

– Je l'espère, sir. Mais ne pensez-vous pas que vous devriez essayer de dormir ?

– Probablement, dit Norman avec un hochement de tête.

Il envisagea d'aller dormir, mais la perspective de retrouver sa couchette humide ne l'attirait pas. Il choisit de descendre à la cuisine, espérant y trouver l'un des desserts de Rose Levy. Rose n'y était pas, mais il y avait du gâteau à la noix de coco sous une cloche en plastique. Il prit une assiette et s'en coupa une tranche, qu'il emporta près des hublots. Il faisait noir à l'extérieur ; l'éclairage de la grille était éteint et les travailleurs partis. Il distingua des lumières aux hublots de HSM-7, l'habitat des plongeurs situé à quelques dizaines de mètres de là. Ces derniers devaient se préparer à regagner la surface, à moins qu'ils ne fussent déjà remontés.

Le reflet de son visage, dans le verre du hublot, lui parut vieux et fatigué.

– Ce n'est pas un endroit pour un quinquagénaire, dit-il à haute voix en se regardant.

Il vit soudain des lumières se déplacer au loin, puis un éclair jaune. L'un des minisubs s'immobilisa sous un cylindre de HSM-7. Quelques secondes plus tard, un second sous-marin le rejoignit et vint se ranger à son côté. Les lumières du premier s'éteignirent. Au bout d'un moment, le second sous-marin s'éloigna dans l'eau noire, laissant son compagnon sur place.

Norman se demanda ce qui se passait, tout en ayant conscience de ne pas vraiment s'en soucier. Il était trop fatigué, et plus intéressé par le goût qu'aurait le gâteau ; mais il s'aperçut en abaissant les yeux que ce dernier était mangé. Il ne restait que quelques miettes.

Fatigué, se dit-il. *Très fatigué*. Il posa ses pieds sur la table basse et appuya sa tête contre le capitonnage glacial de la paroi.

Il avait dû dormir un moment, car il se réveilla désorienté, dans l'obscurité. Il se redressa en position assise et l'éclairage s'alluma aussitôt. Il se rendit compte qu'il était encore dans la salle à manger.

Barnes l'avait prévenu de la façon dont l'habitat s'ajustait à la présence humaine. Les détecteurs de mouvement cessaient apparemment de tenir compte d'une présence quand on s'endormait, et coupaient automatiquement l'éclairage. Quand on s'éveillait et qu'on se remettait en mouvement, les lumières se rallumaient. Il se demanda si l'éclairage resterait allumé au cas où il ronflerait ? Qui avait conçu tout cela ? Les ingénieurs qui avaient mis au point ces habitats de la Marine avaient-ils tenu compte des ronflements ? Y avait-il un détecteur de ronflements ?

Un autre morceau de gâteau.

Il se leva et se dirigea vers la cuisine. Il manquait maintenant plusieurs morceaux de gâteau. Les avait-il mangés ? Il n'en était pas sûr, ne parvenait pas à s'en souvenir.

– Quelle quantité de bandes vidéo ! dit Beth.

Norman se retourna.

– Oui, dit Tina, nous enregistrons tout ce qui se passe dans cet habitat, de même que dans le vaisseau. Ça fait une masse de données.

Norman découvrit un moniteur installé juste au-dessus de sa tête. On y voyait Beth et Tina, assises à l'étage devant la console de communications. Elles mangeaient du gâteau.

132

Ah, se dit-il. *Voilà où est passé le gâteau.*

– Toutes les douze heures, les bandes sont transférées dans le sous-marin, dit Tina.

– Pour quoi faire ?

– Au cas où il arriverait quelque chose ici au fond, le sous-marin remonterait automatiquement à la surface.

– Oh, fantastique. Je préfère ne pas trop y penser. Où est le Dr Fielding, maintenant ?

– Il a renoncé à ouvrir la sphère. Il est allé rejoindre Edmunds dans la cabine de pilotage.

Norman regardait l'écran. Tina était sortie du champ de vision et Beth était assise le dos à la console, en train de manger du gâteau. Sur l'écran du moniteur qui se trouvait derrière Beth, il distingua clairement la sphère miroitante. *Des moniteurs montrant d'autres moniteurs*, songea-t-il. *Les types de la Marine qui vont repasser toutes ces bandes auront de quoi devenir dingues.*

– Pensez-vous qu'ils arriveront jamais à ouvrir cette sphère ? demanda Tina.

– Peut-être, dit Beth tout en mastiquant. Je n'en sais rien.

Norman, horrifié, vit derrière Beth la porte de la sphère glisser silencieusement, révélant un intérieur obscur.

PORTE OUVERTE

Elles avaient dû le croire fou quand il avait franchi au pas de course le sas du cylindre D et gravi quatre à quatre l'étroit escalier qui menait à l'étage supérieur, trébuchant et criant :

– Elle est ouverte ! Elle est ouverte !

Il atteignit la console de communications juste au moment où Beth essuyait de ses lèvres les dernières miettes de noix de coco. Elle reposa sa fourchette.

– Qu'est-ce qui est ouvert ?

– La sphère !

Beth pivota dans son fauteuil, et Tina se précipita depuis la rangée de VCR. Elles regardèrent toutes deux le moniteur de la console, puis il y eut un silence gêné.

– Elle me paraît fermée, Norman.

– Elle était ouverte. Je l'ai vue.

Il leur expliqua qu'il avait observé la scène sur le moniteur de la coquerie.

– C'était il y a quelques secondes, et la sphère s'est indéniablement ouverte. Elle a dû se refermer pendant que je montais ici.

– Vous en êtes sûr ?

– C'est un tout petit moniteur, celui de la cuisine...

– Je l'ai vue, répéta Norman. Repassez la bande, si vous ne me croyez pas.

– Bonne idée, dit Tina.

Elle se dirigea vers les enregistreurs pour commander la relecture de la bande. Norman haletait, essayant de retrouver son souffle. C'était la première fois qu'il se donnait autant de mouvement dans cette atmosphère dense, et il en ressentait les effets. Il se dit que HSM-8 n'était pas un bon endroit pour s'agiter de la sorte.

Beth l'observait.

– Ça va, Norman ?

– Ça va. Je vous dis que je l'ai vue. Elle s'est ouverte. Tina ?

– J'en ai pour une seconde.

Harry entra en bâillant.

– Les lits sont fantastiques, ici, vous ne trouvez pas ? On a l'impression de dormir sur des sacs de riz humide. Une sorte de combinaison entre un lit et une douche froide. Ça me brisera le cœur de partir, ajouta-t-il avec un soupir.

– Norman croit avoir vu la sphère s'ouvrir, dit Beth.

– Quand ? demanda Harry en bâillant de nouveau.

– Il y a quelques secondes.

Harry hocha la tête d'un air pensif.

– Intéressant, intéressant. Je vois qu'elle est refermée.

– Nous rembobinons les bandes vidéo pour les relire.

– Hon-hon. Il reste de ce gâteau ?

Harry paraît bien calme, songea Norman. *Voilà une nouvelle de première importance, et ça n'a pas l'air de l'intéresser.* Pour quelle raison ? Harry ne le croyait-il pas non plus ? Était-il encore endormi, pas complètement réveillé ? Ou bien y avait-il autre chose ?

– Et voilà, dit Tina.

Des lignes hachurées apparurent sur le moniteur, puis l'image se précisa. Sur l'écran, Tina disait : « ... heures, les bandes sont transférées dans le sous-marin. »

Beth : « Pour quoi faire ? »

Tina : « Au cas où il arriverait quelque chose ici au fond, le sous-marin remonterait automatiquement à la surface. »

Beth : « Oh, fantastique. Je préfère ne pas trop y penser. Où est le Dr Fielding, maintenant ? »

Tina : « Il a renoncé à ouvrir la sphère. Il est allé rejoindre Edmunds dans la cabine de pilotage. »

Sur l'écran, Tina sortit du champ de vision. Beth demeura seule dans son fauteuil en train de manger du gâteau, le dos tourné au moniteur.

Sur la bande enregistrée, Tina disait : « Pensez-vous qu'ils arriveront jamais à ouvrir cette sphère ? »

Beth avala une bouchée de son gâteau. « Peut-être, dit-elle. Je n'en sais rien. »

Il y eut un court silence puis, sur l'écran du moniteur auquel Beth tournait le dos, la porte de la sphère glissa de côté.

– Eh ! Elle s'est vraiment ouverte !

– Continuez à passer la bande !

Sur l'écran, Beth ne prêtait pas attention au moniteur. Tina, qui était encore quelque part hors du champ de vision, dit : « Ça me fait peur. »

Beth : « Je ne pense pas qu'il y ait de raison d'avoir peur. »

Tina : « C'est l'inconnu. »

Beth : « Bien sûr, mais il est peu probable qu'une chose inconnue soit dangereuse ou effrayante. Il y a plus de chances pour qu'elle soit tout simplement inexplicable. »

Tina : « Je ne sais pas comment vous pouvez dire ça. »

Beth : « Vous avez peur des serpents ? »

Durant toute cette conversation, la sphère était restée ouverte.

– Dommage que nous ne puissions pas voir ce qu'il y a à l'intérieur, dit Harry.

– Je pourrai peut-être arranger ça, dit Tina. Je ferai de l'intensification d'image avec l'ordinateur.

– On dirait presque qu'il y a des lumières. Des petites lumières mouvantes à l'intérieur de la sphère...

Sur l'écran, Tina revenait dans le champ de la caméra. « Les serpents ne me font pas peur. »

Beth : « Je ne peux pas les supporter. Ce sont des trucs visqueux, froids, dégoûtants. »

– Ah, Beth, dit Harry sans quitter le moniteur des yeux, vous avez des envies de serpent ?

Sur l'écran, Tina disait : « Si j'étais un Martien arrivé sur la Terre et que je rencontre par hasard un serpent – un drôle d'animal en forme de tube, froid et ondulant –, je ne saurais pas quoi en penser. Mais il y aurait très peu de chances pour que je tombe sur un serpent venimeux. Moins de 1 pour 100 des serpents sont venimeux. En tant que Martien, je ne serais donc pas mis en danger par ma découverte des serpents ; je serais seulement perplexe. C'est ce qui risque le plus vraisemblablement de nous arriver. Nous serons perplexes. »

Beth : « De toute façon, je ne pense pas que nous arriverons jamais à ouvrir la sphère, non. »

Tina : « J'espère que non. »

Derrière elle, sur le moniteur, la sphère se referma.

– Hé ! fit Harry. Combien de temps est-elle restée ouverte, en tout ?

– Trente-trois secondes quatre dixièmes, dit Tina, arrêtant la bande. Quelqu'un veut revoir la séquence ?

Elle paraissait pâle.

– Pas pour l'instant, dit Harry.

Le regard fixé dans le vide, il se mit à réfléchir en tambourinant de la pointe des doigts sur le bras de son fauteuil.

Personne ne disait rien ; tous attendaient patiemment qu'il émît un commentaire. Norman se rendit compte à quel point le groupe s'en remettait à lui. *C'est lui qui résout les questions pour nous*, songea-t-il. *Nous avons besoin de lui, nous comptons sur lui.*

– Bon, dit enfin Harry. Impossible de tirer aucune conclusion, nous n'avons pas suffisamment de données. La question est de savoir si la sphère a réagi à quelque chose qui s'est produit dans son environnement immédiat, ou si elle s'est juste ouverte pour des raisons qui lui sont propres. Où est Ted ?

– Il a laissé la sphère, et il est allé dans la cabine de pilotage.

– Ted est revenu, dit Ted avec un large sourire. Et j'ai de sacrées nouvelles.

– Nous aussi, dit Beth.

– Ça peut attendre.

– Mais...

– *Je sais où est allé ce vaisseau*, dit Ted d'un ton

excité. J'ai analysé les récapitulations de vol de la cabine de pilotage, j'ai vérifié les champs stellaires, et je sais où se trouve le trou noir.

– Ted, dit Beth, la sphère s'est ouverte.

– Vraiment ? Quand ?

– Il y a quelques minutes. Et puis elle s'est refermée.

– Et qu'ont dit les moniteurs ?

– Aucun risque biologique. Ça paraît sans danger.

Ted regarda l'écran.

– Alors, que diable faisons-nous ici ?

Barnes entra.

– Les deux heures de repos sont terminées. Tout le monde est prêt à retourner au vaisseau pour un dernier coup d'œil ?

– C'est peu dire, fit Harry.

La sphère était polie, silencieuse, fermée. Ils se tenaient autour d'elle et contemplaient leurs reflets déformés. Personne ne disait rien. Ils se contentaient d'en faire le tour.

– J'ai l'impression de passer un test de QI, dit Ted, et de sécher.

– Comme le message de Davies ? demanda Harry.

– Oh, ça...

Norman avait entendu parler du message de Davies. C'était l'un des épisodes que les auteurs du projet SETI essayaient d'oublier. En 1979, il y avait eu à Rome une grande réunion des hommes de sciences qui s'intéressaient à la recherche d'une intelligence extraterrestre. Le projet SETI requérait essentiellement une exploration radio-astronomique du ciel, et les scientifiques essayaient à présent de décider quel genre de message ils devaient rechercher.

Emerson Davies, un physicien de Cambridge, en Angleterre, conçut un message fondé sur des constantes physiques connues, telles que la longueur d'onde d'émission de l'hydrogène, supposées être les mêmes dans tout l'univers. Il disposa ces constantes sous une forme binaire graphique.

Pensant que ce serait exactement le type de message que pourrait envoyer une intelligence extraterrestre, Davies se dit que les participants du projet SETI n'auraient pas de mal à le déchiffrer. Il distribua donc son graphique à tous ceux qui assistaient à la conférence.

Personne ne put le déchiffrer.

Quand il l'eut expliqué, tout le monde admit que c'était une idée ingénieuse, et que c'était un message parfait à envoyer de la part d'extraterrestres. Mais le fait demeurait qu'aucun d'eux n'avait été capable de déchiffrer ce message parfait.

Ted faisait partie de ceux qui avaient essayé de le déchiffrer, et qui avaient échoué.

— Il faut dire que nous ne nous étions pas donné beaucoup de mal, dit-il. Il se passait un tas de choses, à cette conférence. Et nous ne vous avions pas avec nous, Harry.

— Tout ce que vous vouliez, c'était un voyage gratuit à Rome, dit Harry.

— C'est mon imagination, ou les marques de la porte ont changé ? demanda Beth.

Norman regarda. À première vue, les profonds sillons semblaient les mêmes, mais peut-être le motif était-il différent. Si c'était le cas, le changement était subtil.

— Nous pouvons comparer avec les anciennes bandes vidéo, dit Barnes.

— Elles me paraissent les mêmes, dit Ted. De toute façon, c'est du métal. Je doute qu'il puisse changer.

— Ce que nous appelons du métal n'est qu'un liquide qui s'écoule lentement à température ambiante, dit Harry. Il est possible que ce métal subisse des changements.

— J'en doute.

— Vous êtes censés être les experts, dit Barnes. Nous savons que ce truc peut s'ouvrir. Il s'est déjà ouvert. Comment pouvons-nous l'ouvrir de nouveau ?

— Nous essayons, Hal.

— Vous n'avez pas l'air de faire grand-chose.

De temps à autre, ils lançaient un regard à Harry, mais ce dernier se contentait de contempler la sphère, la main sur le menton, en se tapotant pensivement la lèvre inférieure du bout du doigt.

— Harry ?

Harry ne dit rien.

Ted s'approcha et frappa la sphère du plat de la main. Elle rendit un son mat, mais rien ne se passa. Il la martela alors à coups de poing, puis fit une grimace et se frotta la main.

138

– Je ne crois pas que nous puissions nous y forcer un passage, dit Norman. Je pense que c'est elle qui doit nous laisser entrer.

Personne n'ajouta rien à ce commentaire.

– Mon équipe d'élite triée sur le volet, dit Barnes pour les aiguillonner. Tout ce qu'elle est capable de faire, c'est de rester là en contemplation.

– Que voulez-vous que nous fassions, Hal? La faire sauter avec une bombe nucléaire?

– Si vous ne l'ouvrez pas, il y a des gens qui finiront par essayer ça, dit Barnes en consultant sa montre. En attendant, vous avez d'autres idées géniales?

Personne n'en avait.

– Très bien. Il est temps. Retournons à l'habitat nous préparer à être transférés à la surface.

DÉPART

Dans le cylindre C, Norman sortit de sous sa couchette le petit sac gris fourni par la Marine. Il alla récupérer son nécessaire de rasage dans le cabinet de toilette, ramassa son carnet et sa paire de chaussettes de rechange, et ferma la glissière de son sac.

– Je suis prêt.

– Moi aussi dit Ted.

Ted était mécontent; il n'avait pas envie de partir.

– Je suppose que nous ne pouvons pas retarder notre départ plus longtemps. Le temps se gâte. Ils ont remonté tous les plongeurs de HSM-7, il ne reste plus que nous.

Norman sourit à la perspective de se retrouver à la surface. *Je n'aurais jamais pensé être un jour impatient de revoir le gris de la marine de guerre sur un bateau, mais c'est pourtant ce qui m'arrive.*

– Où sont les autres? demanda-t-il.

– Beth a déjà fait ses bagages. Je pense qu'elle est avec Barnes dans la salle de transmissions. Harry aussi, je suppose. Je vais vous dire : je serai content d'être débarrassé de ça, ajouta Ted en tirant sur sa combinaison entre le pouce et l'index.

Ils sortirent du poste d'équipage pour descendre à la

salle de transmissions. En chemin, ils durent s'effacer pour laisser passer Teeny Fletcher, qui se dirigeait vers le cylindre B.

– Prête à partir? demanda Norman.

– Oui, sir, tout est prêt.

Mais les traits de Fletcher étaient tendus et elle semblait pressée, débordée.

– Vous n'allez pas du mauvais côté? demanda Norman.

– Je vais juste vérifier les diesels de secours.

Les diesels de secours? songea Norman. Pourquoi vérifier les diesels de secours maintenant qu'ils partaient?

– Elle a dû oublier de débrancher quelque chose, dit Ted en secouant la tête.

Dans la salle de transmissions, l'atmosphère était sinistre. Barnes était en communication téléphonique avec les navires de surface.

– Répétez-moi ça. Je veux savoir qui a donné cette autorisation, dit-il en fronçant les sourcils d'un air irrité.

Ils se tournèrent vers Tina.

– Comment est le temps à la surface?

– Il se gâte rapidement, apparemment.

Barnes pivota sur lui-même.

– Voulez-vous la fermer, espèces d'imbéciles?

Norman laissa tomber son sac gris sur le sol. Beth, assise près des hublots, se frottait les yeux d'un air fatigué. Tina éteignait les moniteurs, l'un après l'autre, quand elle s'immobilisa soudain.

– Regardez.

Sur l'un des écrans, ils virent la sphère polie. Harry se tenait debout à côté d'elle.

– Que fait-il là?

– Il n'est pas revenu avec nous?

– Je le croyais.

– Je n'ai rien remarqué. J'avais supposé qu'il était revenu.

– Nom de Dieu, je croyais vous avoir dit..., commença Barnes, qui se tut en regardant le moniteur.

Sur l'écran, Harry se tourna vers la caméra et exécuta une courte révérence.

– Mesdames et messieurs, votre attention s'il vous plaît. Je pense que ceci vous intéressera.

Il pivota pour faire face à la sphère et resta immobile

avec les bras sur les côtés, décontracté. Il ne fit pas un geste et ne prononça pas une parole. Les yeux fermés, il inspira profondément.

La porte de la sphère s'ouvrit.

— Pas mal, hein ? dit Harry avec un soudain sourire.

Puis il entra dans la sphère, dont la porte se referma sur lui.

Ils se mirent tous à parler en même temps. Barnes essayait de couvrir leurs voix en leur criant de rester calmes, mais personne ne lui prêta attention jusqu'au moment où l'éclairage de l'habitat s'éteignit et où ils se trouvèrent plongés dans l'obscurité.

— Que s'est-il passé ? demanda Ted.

Ils n'avaient pour toute lumière que la faible lueur qui leur parvenait de la grille par les hublots. Un moment plus tard, la grille s'éteignit à son tour.

— Plus de courant...

— C'est ce que j'essayais de vous expliquer, dit Barnes.

On entendit un ronflement. Les lumières clignotèrent, puis se rallumèrent.

— Nous avons des générateurs internes. Maintenant, nous sommes branchés sur nos diesels.

— Pourquoi ?

— Regardez, dit Ted en montrant un hublot.

Ils virent à l'extérieur quelque chose qui ressemblait à un serpent argenté frétillant. Puis Norman se rendit compte que c'était le câble qui les reliait à la surface, glissant d'un côté à l'autre du hublot à mesure qu'il s'entassait en larges boucles sur le fond de l'océan.

— Ils nous ont coupés !

— Exactement, dit Barnes. C'est la pleine tempête, à la surface. Ils ne peuvent plus maintenir les câbles d'alimentation et de communications, ni utiliser les sous-marins. Ils ont remonté tous les plongeurs, mais les subs ne peuvent pas revenir nous chercher. Du moins pas avant quelques jours, quand la mer se sera calmée.

— Alors nous sommes bloqués ici ?

— Exactement.

— Pour combien de temps ?

— Plusieurs jours.

— *Combien de temps ?*

– Peut-être jusqu'à une semaine.

– Nom de Dieu ! fit Beth.

– Quel sacré coup de chance ! dit Ted en jetant son sac sur la banquette.

Beth pivota sur elle-même.

– Avez-vous perdu l'esprit ?

– Restons calmes, dit Barnes. Tout est en ordre. Ce n'est qu'un retard temporaire, et il n'y a aucune raison de s'inquiéter.

Norman n'était pas inquiet. Il se sentait soudain épuisé. Beth était maussade, irritée et déçue. Ted, tout excité, envisageait déjà une autre incursion dans le vaisseau spatial et discutait avec Edmunds du matériel à préparer.

Mais Norman se sentait seulement fatigué. Ses paupières étaient lourdes, et il crut un moment qu'il allait s'endormir là, debout devant les moniteurs. Il prit congé hâtivement, retourna à sa couchette et s'étendit. Peu lui importaient la moiteur des draps, la froideur de l'oreiller, ou le bourdonnement et la vibration des diesels dans le cylindre voisin. Il se dit que c'était une puissante réaction d'évasion, et s'endormit aussitôt.

AU-DELÀ DE PLUTON

Norman roula hors de sa couchette et voulut consulter sa montre, mais il avait pris l'habitude de ne pas en porter depuis qu'il était là. Il n'avait aucune idée de l'heure qu'il était, ni du temps qu'il avait passé à dormir. Il regarda par le hublot, mais ne vit rien que l'eau noire. L'éclairage de la grille était toujours éteint. Il se rallongea sur sa couchette et contempla les tuyaux gris qui couraient au-dessus de sa tête ; ils lui semblèrent plus proches qu'avant, comme s'ils s'étaient déplacés dans sa direction pendant qu'il dormait. Tout lui paraissait resserré, plus étroit, et il se sentait de plus en plus claustrophobe.

Encore plusieurs jours comme ça, songea-t-il. *Bon Dieu !*

Il espérait que la Marine penserait à prévenir sa famille. Après tant de jours, Ellen commencerait à s'inquiéter. Il l'imagina appelant d'abord la FAA, puis la Marine, pour essayer de savoir ce qui se passait. Personne ne saurait rien, évidemment, puisque la mission était secrète ; Ellen allait être dans tous ses états.

Puis il cessa de penser à Ellen. Il songea qu'il était plus facile de s'inquiéter pour ceux qu'on aimait que pour soi-même. Mais il n'y avait pas de raison de s'inquiéter. Tout irait bien pour Ellen. Et pour lui aussi. Il suffisait d'attendre. Rester calme, et attendre la fin de la tempête.

Il entra dans la cabine de douche, se demandant s'ils auraient encore de l'eau chaude maintenant qu'ils n'avaient plus que les générateurs de secours. Il y en avait, et il se sentit moins raide après sa douche. Il se dit qu'il était étrange de se trouver à trois cents mètres sous l'eau et de se délecter des effets apaisants d'une douche chaude.

Il s'habilla et se dirigea vers le cylindre C. Comme il approchait, il entendit la voix de Tina qui disait : « ... qu'ils arriveront jamais à ouvrir cette sphère ?

Beth : Peut-être. Je n'en sais rien.

— Ça me fait peur.

— Je ne pense pas qu'il y ait de raison d'avoir peur.

— C'est l'inconnu, dit Tina. »

Quand Norman entra, il trouva Beth en train de passer la bande vidéo, observant sa conversation avec Tina. « Bien sûr, disait-elle sur l'écran, mais il est peu probable qu'une chose inconnue soit dangereuse ou effrayante. Il y a plus de chances pour qu'elle soit tout simplement inexplicable.

— Je ne sais pas comment vous pouvez dire ça, dit Tina.

— Vous avez peur des serpents ? »

Beth éteignit le magnétoscope.

— J'essayais de voir si je pouvais comprendre pourquoi elle s'est ouverte.

— Trouvé quelque chose ?

— Rien encore pour l'instant.

Sur le moniteur voisin, on voyait la sphère elle-même. Elle était fermée.

— Harry est toujours là-dedans ? demanda Norman.

— Oui.

— Ça fait combien de temps ?

Beth jeta un regard à la console.

– Un peu plus d'une heure.

– Je n'ai dormi qu'une heure ?

– Oui.

– J'ai une faim de loup.

Norman descendit à la cuisine manger quelque chose. Il ne restait plus de gâteau à la noix de coco. Il cherchait autre chose à se mettre sous la dent quand Beth apparut.

– Je ne sais pas quoi faire, Norman, dit-elle en fronçant les sourcils.

– À quel sujet ?

– Ils nous mentent.

– Qui, « ils » ?

– Barnes, la Marine. Tout le monde. Tout cela est une machination, Norman.

– Allons, Beth. Pas de conspiration, maintenant. Nous avons suffisamment de préoccupations sans...

– Venez jeter un coup d'œil à ça.

Elle l'entraîna à l'étage supérieur, alluma une console et pressa des boutons.

– J'ai commencé à m'en douter quand Barnes était au téléphone. Il a parlé avec quelqu'un jusqu'au moment où le câble a commencé à s'enrouler sur le fond. Mais le câble a trois cents mètres de long, Norman. Ils auraient coupé la communication plusieurs minutes avant de le déconnecter.

– Sans doute, oui...

– Alors à qui Barnes parlait-il à la dernière minute ? À personne.

– Beth...

– Regardez, dit-elle en lui montrant l'écran.

**RÉCAPITULATION COM HSM-SURCOM/1
0910 BARNES À SURCOM/1 :
CONSULTATION DU PERSONNEL CIVIL ET USN. BIEN QUE PRÉVENU DES RISQUES, TOUT LE PERSONNEL CHOISIT DE RESTER AU FOND POUR LA DURÉE DE LA TEMPÊTE AFIN DE POURSUIVRE L'EXAMEN DE LA SPHÈRE EXTRATERRESTRE ET DU VAISSEAU SPATIAL AFFÉRENT.
BARNES, USN.**

– Vous plaisantez, dit Norman. Je croyais que Barnes voulait partir.

– Effectivement, mais il a changé d'avis quand il a vu la dernière salle, et il n'a pas pris la peine de nous prévenir. J'aimerais tuer ce salaud. Vous savez de quoi il s'agit, Norman, n'est-ce pas ?

Norman hocha la tête.

– Il espère trouver une arme nouvelle.

– Exactement. Barnes est le type chargé des acquisitions pour le Pentagone, et il veut trouver une nouvelle arme.

– Mais il y a peu de chances pour que la sphère...

– Pas la sphère. Il ne s'intéresse pas vraiment à la sphère. Ce qui l'intéresse, c'est le « vaisseau spatial afférent ». Parce que, selon la théorie de la conformité, c'est le vaisseau qui risque de donner des débouchés intéressants, pas la sphère.

La théorie de la conformité était un sujet épineux pour les gens qui conjecturaient à propos de la vie extraterrestre. D'une manière simpliste, les astronomes et les physiciens qui envisageaient la possibilité d'un contact avec une vie extraterrestre imaginaient les merveilleux bienfaits qu'en retirerait l'humanité. Mais d'autres penseurs, philosophes ou historiens, n'escomptaient aucun bienfait de ce contact.

Les astronomes pensaient par exemple que si nous entrions en contact avec des extraterrestres, l'humanité en subirait un tel choc que les guerres cesseraient sur la Terre et que commencerait une nouvelle ère de coopération pacifique entre les nations.

Mais les historiens tenaient cela pour une ineptie. Ils faisaient observer que quand les Européens avaient découvert le Nouveau Monde – découverte tout aussi bouleversante pour leur univers – ils n'avaient pas pour autant mis fin à leurs luttes incessantes. Au contraire, ils avaient redoublé d'ardeur et simplement fait du Nouveau Monde une extension de leurs animosités préexistantes, un nouveau lieu où combattre, et pour lequel combattre.

De même, les physiciens imaginaient que lorsque l'humanité rencontrerait des extraterrestres il se produirait un échange d'informations et de technologies qui engendrerait des progrès merveilleux.

Les historiens scientifiques tenaient également cela pour une absurdité. Ils faisaient observer que ce que nous appelions « science » constituait en fait une conception plutôt arbitraire de l'univers, qui avait peu de chances d'être partagée par d'autres êtres. Nos idées scientifiques étaient celles de simiens visuellement orientés qui aimaient transformer leur environnement physique. Si les extraterrestres étaient aveugles et communiquaient par un sens olfactif, ils auraient sans doute développé une science toute différente décrivant un univers très différent. Et ils auraient peut-être fait des choix très différents quant aux directions de leur exploration scientifique. Ils pourraient par exemple n'accorder aucune attention au monde physique et avoir développé une science de l'esprit hautement évoluée – en d'autres termes, exactement l'opposé de ce qu'avait fait la science terrestre. La technologie extraterrestre pourrait être purement mentale, sans aucun équipement visible.

Cette question était au cœur de la théorie de la conformité selon laquelle, à moins que les extraterrestres ne soient remarquablement semblables à nous, tout échange d'informations était peu probable. Barnes connaissait bien sûr cette théorie, et savait donc qu'il aurait peu de chances de tirer de nouvelles technologies utiles de la sphère extraterrestre. Mais il y avait beaucoup de chances pour qu'il pût en obtenir du vaisseau lui-même, du fait que celui-ci avait été construit par l'homme et que la conformité était élevée.

Et il avait menti pour les garder au fond, pour pouvoir poursuivre les recherches.

– Qu'allons-nous faire de ce salaud ? demanda Beth.

– Rien pour l'instant.

– Vous ne voulez pas lui dire son fait ? Bon sang, moi si.

– Ça ne servirait à rien. Ted s'en fichera, et les gens de la Marine suivent tous des ordres. De toute façon, même si tout avait été arrangé pour que nous remontions comme prévu, seriez-vous partie en laissant Harry en bas dans la sphère ?

– Non, admit Beth.

– Ce n'est donc qu'une question de pure forme.

– Bon sang, Norman...

– Je sais. Mais nous sommes ici, à présent. Et nous ne pourrons fichtrement rien y changer avant plusieurs jours. Affrontons cette réalité du mieux que nous pouvons, et nous demanderons des comptes plus tard.

– Demander des comptes, et comment !

– Très bien, mais pas maintenant.

– D'accord, soupira Beth. Pas maintenant.
Elle remonta au niveau supérieur.

Resté seul, Norman contempla la console. Faire en sorte que tout le monde garde son calme allait le maintenir occupé pendant les jours suivants. Il lui vint à l'esprit qu'il n'avait pas encore consulté les systèmes informatiques, et il se mit à pianoter sur le clavier. Il découvrit bientôt un fichier intitulé **BIOG ÉQUIPE DE CONTACT FVI**, dont il commanda l'affichage.

Membres civils
1. **Theodore Fielding, astrophysicien/géologue planétaire**
2. **Elizabeth Halpern, zoologiste/biochimiste**
3. **Harold J. Adams, mathématicien/logicien**
4. **Arthur Levine, biologiste marin/biochimiste**
5. **John F. Thompson, psychologue**
Choix :

Norman regarda la liste d'un œil incrédule.
Il connaissait Jack Thompson, un jeune psychologue énergique de Yale connu dans le monde entier pour ses études sur la psychologie des peuples primitifs. Il se trouvait en fait depuis un an quelque part en Nouvelle-Guinée pour étudier des tribus indigènes.
Norman reprit son pianotage sur le clavier.

PSYCHOLOGUE DE L'ÉQUIPE FVI : CHOIX PAR ORDRE DE PRÉFÉRENCE
1. **John F. Thompson, Yale – approuvé**
2. **William L. Hartz, UCB – approuvé**
3. **Jeremy White, UT – approuvé (en instance d'habilitation)**
4. **Norman Johnson, SDU – rejeté (âge)**

Il les connaissait tous. Bill Hartz, de Berkeley, souffrait d'un cancer grave. Jeremy White était allé à Hanoi pendant la guerre du Viêt-nam, et n'obtiendrait jamais son habilitation.
Restait Norman.
Il comprenait maintenant pourquoi il avait été le dernier appelé. Il comprenait la raison des tests particuliers. Il fut pris d'un élan de colère intense contre Barnes, contre tout le système qui l'avait fait descendre là en dépit de son âge sans aucune préoccupation pour sa sécurité. À cinquante-trois ans, Norman Johnson

n'avait rien à faire sous trois cents mètres d'eau dans un environnement de gaz pressurisé – et la Marine le savait.

C'est monstrueux, se dit-il. Il avait envie de monter à l'étage pour dire à Barnes ce qu'il pensait de lui. Ce salaud de menteur...

Il étreignit les bras de son fauteuil et se remémora ce qu'il avait dit à Beth. Quoi qu'il se fût passé avant ce moment, aucun d'eux ne pouvait rien y changer dans l'immédiat. Il dirait effectivement à Barnes ce qu'il pensait de lui – il se promit de le faire – mais seulement quand ils seraient remontés à la surface. En attendant, il était inutile de créer des difficultés.

Il secoua la tête et jura.

Puis il éteignit la console.

Les heures passaient lentement. Harry était toujours dans la sphère.

Tina commanda une intensification d'image sur la bande vidéo qui montrait la sphère ouverte, pour essayer de distinguer des détails de l'intérieur.

– L'ordinateur de l'habitat ne dispose malheureusement que d'une puissance limitée, dit-elle. Si j'avais une connexion câblée avec la surface, je pourrais vraiment en tirer quelque chose, mais dans ces conditions...

Elle haussa les épaules, et fit passer une série de photogrammes agrandis de la sphère ouverte. Les images défilaient à intervalles d'une seconde. Elles étaient d'une qualité médiocre, pointillées de parasites intermittents.

– La seule structure interne que nous puissions distinguer dans l'obscurité, dit Tina en montrant du doigt l'ouverture, c'est cette multitude de sources lumineuses ponctuelles. Elles semblent changer de position d'une image à l'autre.

– On dirait que la sphère est emplie de lucioles, dit Beth.

– Sauf que ces lumières sont beaucoup moins brillantes que des lucioles, et qu'elles ne clignotent pas. Elles sont très nombreuses. Et elles donnent l'impression de se déplacer ensemble, de suivre un mouvement périodique...

– Un essaim de lucioles ?

– Quelque chose comme ça.

La bande se termina, et l'écran s'éteignit.

– C'est tout ? fit Ted.

– J'en ai peur, docteur Fielding.

– Pauvre Harry, dit Ted d'un ton funèbre.

D'eux tous, c'était Ted qui semblait le plus contrarié par la situation de Harry. Il contemplait fixement la sphère close sur l'écran du moniteur en disant :

– Comment a-t-il fait ?

Puis il ajoutait : – J'espère qu'il ne lui est rien arrivé de fâcheux.

Il le répéta si souvent que Beth finit par lui dire :

– Je pense que nous connaissons vos sentiments, Ted.

– Je suis sérieusement inquiet pour lui.

– Moi aussi. Nous le sommes tous.

– Vous pensez que je suis jaloux, Beth ? C'est ce que vous voulez dire ?

– Pourquoi le penserais-je, Ted ?

Norman changea de sujet. Il fallait à tout prix éviter les affrontements entre membres du groupe. Il demanda à Ted ce que lui avait appris son analyse des relevés de vol du vaisseau spatial.

– C'est très intéressant, répondit Ted, aussitôt captivé par son sujet. Mon examen des premières images des relevés de vol m'a convaincu qu'on y voit trois planètes – Uranus, Neptune et Pluton – et le Soleil, très loin à l'arrière-plan. Les vues ont donc été prises d'un point quelconque situé au-delà de l'orbite de Pluton, ce qui laisse supposer que le trou noir n'est pas très éloigné de notre système solaire.

– Est-ce possible ?

– Oh, bien sûr. En fait, certains astrophysiciens soupçonnent depuis une dizaine d'années la présence d'un trou noir – pas très grand, mais un trou noir quand même – juste à l'extérieur de notre système solaire.

– Je n'avais pas entendu parler de ça.

– Oh, si. Certains d'entre nous ont même avancé que s'il était assez petit nous pourrions d'ici quelques années aller le capturer, le ramener, le parquer sur une orbite terrestre et utiliser l'énergie qu'il produit pour alimenter toute la planète.

Barnes sourit.

– Les cow-boys des trous noirs ?

– En théorie, rien n'interdit de le faire. Imaginez :

149

toute la planète serait libérée de sa dépendance à l'égard des combustibles fossiles... Toute l'histoire de l'humanité en serait changée.

— Et en plus, ça ferait probablement une arme du tonnerre, dit Barnes.

— Un trou noir, même minuscule, serait un peu trop puissant pour servir d'arme.

— Alors vous pensez que ce vaisseau a été lancé pour aller capturer un trou noir?

— J'en doute. Ce vaisseau est si solidement construit, si bien protégé contre les radiations, qu'il était destiné à mon avis à traverser un trou noir. Et c'est ce qu'il a fait.

— Et c'est pour ça qu'il est allé en arrière dans le temps? dit Norman.

— Je n'en suis pas sûr. Voyez-vous, un trou noir est en réalité la lisière de l'univers. Ce qui s'y passe n'est clair pour aucun de nos contemporains. Mais certains pensent qu'un vaisseau qui traverserait un trou noir ricocherait comme un caillou plat sur l'eau et rebondirait dans un espace-temps ou un univers différents.

— Alors ce vaisseau a ricoché?

— Oui. Sans doute plus d'une fois. Et quand il a rebondi ici, le tir a été un peu court et il a atterri quelques siècles avant son départ.

— Et dans l'un de ses ricochets, il a ramassé ça? dit Beth en montrant le moniteur.

Ils se tournèrent vers l'écran. La sphère était toujours fermée, mais à côté d'elle, étendu de tout son long sur le sol dans une position bizarre, se trouvait Harry Adams.

Ils crurent un instant qu'il était mort, mais ils le virent redresser la tête en gémissant.

LE SUJET

Norman écrivit dans son carnet de notes : *Le sujet est un mathématicien noir de trente ans qui a passé trois heures à l'intérieur d'une sphère d'origine inconnue. Lors de sa récupération à sa sortie de la sphère, était stuporeux et sans réaction, ne connaissait plus son nom, ne savait pas où il était ni quelle était l'année en cours.*

Ramené à l'habitat; a dormi une demi-heure, puis s'est réveillé brusquement en se plaignant d'un mal de tête.

– Oh, bon Dieu.

Harry était assis sur sa couchette et gémissait en se tenant la tête à deux mains.

– Douleur ? demanda Norman.

– Violente. Un martèlement.

– Autre chose ?

– Soif. Bon Dieu, fit Harry en s'humectant les lèvres. Vraiment soif.

Soif extrême, écrivit Norman.

Rose Levy, la cuisinière, apparut avec un verre de citronnade. Norman donna le verre à Harry, qui le vida d'un trait et le lui rendit.

– Encore.

– Vous feriez mieux d'apporter une carafe, dit Norman.

Levy s'éloigna, et Norman se tourna vers Harry, qui continuait à se tenir la tête en gémissant.

– J'ai une question à vous poser.

– Quoi ?

– Comment vous appelez-vous ?

– Norman, je n'ai pas besoin d'être psychanalysé pour l'instant.

– Dites-moi simplement votre nom.

– Harry Adams, nom de Dieu. Qu'est-ce qui vous prend ? Oh, ma tête.

– Vous ne vous en souveniez pas avant. Quand nous vous avons retrouvé.

– Quand vous m'avez retrouvé ?

Harry parut de nouveau déconcerté. Norman hocha la tête.

– Vous rappelez-vous le moment où nous vous avons trouvé ?

– Ça devait être... à l'extérieur.

– À l'extérieur ?

Harry leva les yeux, soudain furieux, le regard brûlant de rage.

– *À l'extérieur de la sphère, espèce de fichu imbécile ! De quoi croyez-vous donc que je parle ?*

– Du calme, Harry.

– Vos questions me rendent dingue !

– Très bien, très bien. Du calme.

Émotionnellement labile. Rage et irritabilité, ajouta Norman dans son carnet.

– Êtes-vous obligé de faire tant de bruit ?

151

Norman leva les yeux, interloqué.

– Votre stylo, dit Harry. Il fait autant de bruit que les chutes du Niagara.

Norman cessa d'écrire. Ce devait être une migraine, ou quelque chose de ressemblant. Harry se tenait délicatement la tête, comme si elle était en verre.

– Pourquoi ne puis-je pas avoir d'aspirine, nom de Dieu ?

– Il vaut mieux ne rien vous donner pendant un moment, au cas où vous vous seriez blessé. Il faut que nous sachions où est la douleur.

– La douleur est dans ma tête, Norman. Elle est dans ma fichue tête ! Bon, pourquoi refusez-vous de me donner de l'aspirine ?

– Barnes a dit de ne pas vous en donner.

– Barnes est encore ici ?

– Nous sommes tous encore ici.

Harry leva lentement les yeux.

– Mais vous étiez censés remonter à la surface.

– Je sais.

– Pourquoi n'êtes-vous pas remontés ?

– Le temps s'est gâté, et ils n'ont pas pu envoyer les sous-marins.

– Vous devriez partir. Vous ne devriez pas être ici, Norman.

Rose Levy apporta de la limonade. Harry se tourna vers elle tout en buvant.

– Vous aussi, vous êtes encore ici ?

– Oui, docteur Adams.

– Combien reste-t-il de gens, en tout ?

– Nous sommes neuf, sir.

– Bon Dieu, fit Harry en tendant son verre, que Levy remplit aussitôt. Vous devriez tous partir. Quitter cet endroit.

– Harry, dit Norman. Nous ne pouvons pas partir.

– *Il faut que vous partiez.*

Norman s'assit sur la couchette en face de Harry et le regarda boire. Harry manifestait les symptômes typiques de l'état de choc : agitation, irritabilité, flux de pensées nerveux, maniaque, inquiétudes inexpliquées pour la sécurité des autres – tout cela était caractéristique des victimes choquées lors d'accidents graves, collisions de voitures ou catastrophes aériennes. Face à un événement intense, le cerveau s'efforçait d'assimiler, de trouver un sens, de rassembler le monde mental alors même que le monde physique était détruit autour de lui. Le cerveau passait en quelque sorte en vitesse surmultipliée pour essayer hâtivement de regrouper les choses, de les réorganiser, de rétablir un équilibre. Mais c'était fondamentalement une période où il tournait à vide dans la confusion.

La seule chose à faire était d'attendre.

Harry termina la citronnade et rendit le verre.

— Encore ? demanda Levy.

— Non, ça va. J'ai moins mal à la tête.

Après tout, ce n'était peut-être que de la déshydratation, se dit Norman. Mais pourquoi Harry serait-il déshydraté après avoir passé trois heures dans la sphère ?

— Harry...

— Dites-moi quelque chose. Ai-je l'air différent, Norman ?

— Non.

— Vous me trouvez pareil ?

— Oui. Je pense que oui.

— Vous en êtes sûr ?

Harry se leva d'un bond et s'approcha d'un miroir accroché au mur. Il scruta son visage.

— Quel aspect croyez-vous avoir ? demanda Norman.

— Je ne sais pas. Différent.

— Différent en quoi ?

— *Je ne sais pas !*

Harry frappa la paroi capitonnée à coups de poing, et son reflet vibra. Il se détourna, retourna s'asseoir sur la couchette avec un soupir.

— Seulement différent.

— Harry...

— Quoi ?

— Vous rappelez-vous ce qui s'est passé ?

— Bien sûr.

— Que s'est-il passé ?

— Je suis entré.

Norman attendit, mais Harry n'ajouta rien. Il se contentait de regarder fixement le sol recouvert de moquette.

— Vous rappelez-vous avoir ouvert la porte ?

Harry ne répondit pas.

— Comment avez-vous ouvert la porte, Harry ?

Harry leva les yeux vers Norman.

— Vous étiez tous censés partir, retourner à la surface. Vous n'étiez pas censés rester.

– Comment avez-vous ouvert la porte, Harry ?

Il y eut un long silence.

– Je l'ai ouverte.

Harry se redressa en position assise, les mains à ses côtés. Il semblait se souvenir, revivre la scène.

– Et ensuite ?

– Je suis entré.

– Et que s'est-il passé à l'intérieur ?

– C'était beau...

– Qu'est-ce qui était beau ?

– L'écume.

Harry se tut de nouveau, les yeux fixés dans le vide, sans expression.

– L'écume ? insista Norman.

– La mer. L'écume. C'était beau...

Parlait-il des lumières ? Des motifs de lumières tourbillonnants ?

– Qu'est-ce qui était beau, Harry ?

– Ne me faites pas marcher. Promettez-moi que vous ne me ferez pas marcher.

– Je ne vous ferai pas marcher.

– Vous pensez que j'ai toujours le même aspect ?

– Oui, je le pense.

– Vous ne trouvez pas que j'ai changé du tout ?

– Non. Autant que je peux le voir. Pensez-vous avoir changé ?

– Je ne sais pas. Peut-être. Je... peut-être.

– S'est-il passé dans la sphère quelque chose susceptible de vous changer ?

– Vous ne comprenez pas ce qui se rapporte à la sphère.

– Alors expliquez-le-moi.

– Il ne s'est rien passé dans la sphère.

– Vous y êtes resté pendant trois heures...

– Il ne s'est rien passé. Rien ne se passe jamais à l'intérieur de la sphère. C'est toujours pareil, à l'intérieur de la sphère.

– Qu'est-ce qui est toujours pareil ? L'écume ?

– L'écume est toujours différente. La sphère est toujours la même.

– Je ne comprends pas.

– Je le sais, dit Harry en secouant la tête. Que puis-je faire ?

– Dites-m'en plus.

– Il n'y a rien de plus.

– Alors répétez-moi ce que vous m'avez dit.

– Ça ne servirait à rien. Vous pensez partir bientôt ?

– Pas avant plusieurs jours, d'après Barnes.

– Je pense que vous devriez partir le plus tôt possible. Parlez aux autres. Persuadez-les. Faites-les partir.

– Pourquoi, Harry ?

– Je ne peux pas être... Je ne sais pas.

Harry se frotta les yeux et se rallongea sur le lit.

– Veuillez m'excuser, dit-il, mais je suis très fatigué. Nous pourrons peut-être continuer plus tard. Parlez aux autres, Norman. Persuadez-les de partir. Il est... dangereux de rester ici.

Il resta étendu et ferma les yeux.

CHANGEMENTS

– Il dort, leur dit Norman. Il est choqué, en pleine confusion, mais il semble essentiellement intact.

– Que vous a-t-il dit à propos de ce qui s'est passé làbas ? demanda Ted.

– Ses idées sont assez embrouillées, mais il récupère. Quand nous l'avons trouvé, il ne se rappelait même pas son nom. Maintenant, si. Il sait comment il s'appelle, il sait où il est. Il se rappelle qu'il est entré dans la sphère. Je pense qu'il se rappelle aussi ce qui s'est passé dans la sphère, mais il ne veut pas le dire.

– Fantastique.

– Il a parlé de mer, et d'écume. Mais je ne sais pas trop ce qu'il entendait par là.

– Regardez dehors, dit Tina avec un geste en direction des hublots.

Norman perçut aussitôt les lumières – des milliers de lumières emplissant l'obscurité de l'océan – et sa première réaction fut une terreur irraisonnée : les lumières de la sphère sortaient à leur poursuite. Mais il vit alors que chacune des lumières avait une forme et se mouvait en frétillant.

Ils pressèrent leurs visages contre les hublots pour contempler le spectacle.

– Des calmars, dit enfin Beth. Des calmars bioluminescents.

– Il y en a des milliers.

– Plus. Je dirais qu'il y en a au moins un demi-million, tout autour de l'habitat.

– Magnifique.

– C'est un banc d'une taille ahurissante, dit Ted.

– Impressionnant, mais pas vraiment inhabituel, dit Beth. La fécondité de la mer est immense par rapport à celle de la terre ferme. C'est là que la vie a pris naissance, et qu'a commencé la compétition acharnée entre les animaux. L'une des réactions face à cette compétition consiste à produire d'énormes quantités de progéniture, ce que font nombre d'animaux marins. Nous avons tendance à considérer la venue des animaux sur la terre ferme comme une étape positive dans l'évolution de la vie. Mais en vérité, les premiers à le faire avaient été évincés de l'océan. Ils essayaient simplement de fuir la compétition. Et vous pouvez imaginer la réaction des premiers amphibies gravissant la plage et haussant la tête pour regarder la Terre, quand ils ont vu ces immenses continents dépourvus de toute espèce concurrente. Ils ont dû avoir l'impression de contempler la Terre pro...

Beth s'interrompit soudain et se tourna vers Barnes.

– Vite. Où sont rangés les filets à spécimens ?

– Je ne veux pas que vous sortiez.

– Il le faut. Ces calmars ont six tentacules.

– Et alors ?

– Il n'existe aucune espèce connue de calmars à six tentacules. C'est une espèce non répertoriée. Il m'en faut des échantillons.

Barnes lui dit où se trouvait l'équipement, et elle s'éloigna. Norman contempla le banc de calmars avec un nouvel intérêt.

Les animaux, longs d'une trentaine de centimètres, semblaient transparents. Leurs gros yeux étaient clairement visibles dans leurs corps, qui luisaient d'un bleu pâle.

Au bout de quelques minutes, Beth apparut à l'extérieur, debout au milieu du banc de céphalopodes, décrivant des arcs avec son filet pour attraper des spécimens. Plusieurs calmars lâchèrent des jets d'encre rageurs.

– Mignonnes petites choses, dit Ted. Vous savez que la formation de l'encre du calmar est un très intéressant...

– Que diriez-vous de calmars pour le dîner ? demanda Rose Levy.

– Bon sang, non, fit Barnes. S'il s'agit d'une espèce inconnue, il n'est pas question d'en manger. Il ne manquerait plus que tout le monde tombe malade d'une intoxication alimentaire.

– Tout à fait avisé, approuva Ted. De toute façon, je n'ai jamais aimé le calmar. Intéressant mécanisme de propulsion, mais consistance caoutchouteuse.

À cet instant, un timbre se fit entendre et l'un des moniteurs s'alluma. Ils se tournèrent tous vers l'écran, qui s'emplissait rapidement de chiffres :

```
00022608092610132415263333210805362525212912072610221609
21073618220218210824152633332108050726102236343421252129
12072610221609213328363434212525210336131304240002260809
26101324152633332108053625252129120726102216092107361822
02182108241526333321080507261022236343421252129120726102 2
16092133283634342125252103361313042400022608092610132415
26333321080536252521291207261022160921073618220218210824
15263333210805072610223634342125212912072610221609213328
36343421252521033613130424000226080926101324152633332108
05362525212912072610221609210736182202182108241526333321
08050726102236343421252129120726102216092133283634342125
25210336131304240002260809261013241526333321080536252521
29120726102216092107361822021821082415263333210805072610
22363434212521291207261022160921332836343421252521033613
13042400022608092610132415263333210805362525212912072610
```

– D'où est-ce que ça vient ? dit Ted. De la surface ? Barnes secoua la tête.

– Nous avons coupé tout contact direct avec la surface.

– Alors c'est transmis sous l'eau d'une façon ou d'une autre ?

– Non, dit Tina, c'est trop rapide pour une transmission sous-marine.

– Y a-t-il une autre console dans l'habitat ? Non ? Et dans HSM-7 ?

– HSM-7 est vide, maintenant. Les plongeurs sont partis.

– Alors d'où est-ce venu ?

– On dirait des chiffres aléatoires.

Tina hocha la tête.

– C'est peut-être une décharge de mémoire tampon

provisoire, quelque part dans le système. Quand nous sommes passés sur l'alimentation interne des diesels...

– C'est sans doute ça, dit Barnes. Décharge d'un buffet au changement d'alimentation.

– Je pense que vous devriez le sauvegarder, dit Ted, les yeux fixés sur l'écran. Au cas où ce serait un message !

– Un message d'où ?

– De la sphère.

– Bon sang, dit Barnes, ça ne peut pas être un message.

– Qu'en savez-vous ?

– Parce qu'il n'y a aucun moyen de transmettre un message. Nous ne sommes connectés à rien, et certainement pas à la sphère. Ça ne peut être qu'un vidage de mémoire en provenance de notre propre système ?

– De combien de mémoire disposez-vous ?

– Pas mal. Dix gigabytes, quelque chose comme ça.

– L'hélium a peut-être atteint les microprocesseurs, dit Tina. Ça pourrait être un effet de saturation.

– Je pense quand même que vous devriez le sauvegarder, dit Ted.

Norman avait observé l'écran. Il n'était pas mathématicien, mais il avait parcouru nombre de statistiques dans sa vie à la recherche de configurations dans les données. C'était un don inné que possédait le cerveau humain : découvrir des configurations dans des données visuelles. Norman n'aurait pu mettre le doigt dessus, mais il pressentait l'existence d'une configuration dans ces chiffres.

– J'ai l'impression que ce n'est pas aléatoire, dit-il.

– Alors gardons-le, dit Barnes.

Tina se pencha vers la console. À l'instant où ses doigts se posaient sur le clavier, l'écran s'éteignit.

– C'est fichu, dit Barnes. Disparu. Dommage que Harry n'ait pas été là pour le regarder avec nous.

– Oui, fit Ted d'un ton lugubre. Dommage.

ANALYSE

– Jetez un coup d'œil à ça, dit Beth. Celui-ci est encore vivant.

Norman se trouvait avec Beth dans le petit laboratoire de biologie, près du sommet du cylindre D. Personne ne s'était rendu dans ce laboratoire depuis leur arrivée, du fait qu'ils n'avaient trouvé aucune forme de vie. Tout éclairage éteint, ils observaient le calmar qui se mouvait dans le bassin de verre.

L'animal avait une apparence délicate. La lueur bleue était concentrée en bandes sur son dos et ses flancs.

– Oui, dit Beth, les structures luminescentes semblent être situées sur le dos. Ce sont des bactéries, évidemment.

– De quoi parlez-vous ?

– Des zones bioluminescentes. Les calmars ne créent pas la lumière eux-mêmes. Ce sont des bactéries qui le font, et les animaux bioluminescents de la mer ont incorporé ces bactéries dans leur corps. Ce que vous voyez, ce sont des bactéries qui luisent à travers la peau.

– Alors c'est comme une infection ?

– D'une certaine façon, oui.

Les grands yeux du calmar regardaient fixement. Les tentacules s'agitaient.

– Et on peut voir tous les organes internes, poursuivit Beth. Le cerveau est caché derrière l'œil. Ce sac est la glande digestive. En arrière se trouve l'estomac, et au-dessous – vous le voyez battre ? – le cœur. Ce gros truc en avant, c'est la gonade. Cette espèce d'entonnoir qui descend de l'estomac, c'est par là qu'il projette son encre, et qu'il se propulse.

– C'est vraiment une espèce nouvelle ?

– Je ne sais pas, dit Beth avec un soupir. Intérieurement, il est parfaitement typique. Mais le nombre réduit de tentacules en fait assurément une espèce nouvelle.

– Vous allez le baptiser *Squidus bethus* ?

Beth sourit.

– *Architeuthis bethis*. On dirait une maladie dentaire.

Architeuthis bethis : ça veut dire que vous avez besoin d'un canal de racine.

– Qu'en pensez-vous, docteur Halpern ? demanda Levy en passant la tête dans la pièce. J'ai quelques bonnes tomates et de beaux poivrons, ce serait dommage de les laisser perdre. Ces calmars sont vraiment toxiques ?

– J'en doute, dit Beth. Les calmars ne l'ont jamais été. Allez-y, je pense qu'ils sont bons.

– Je croyais que vous aviez renoncé à manger ces animaux, dit Norman quand Levy fut partie.

– Seulement les poulpes. Un poulpe est gentil et intelligent. Les calmars sont plutôt... antipathiques.

– Antipathiques ?

– Eh bien, ils sont cannibales, et assez vicieux... Êtes-vous encore en train de me psychanalyser ? ajouta Beth en haussant un sourcil.

– Non, c'est de la simple curiosité.

– En tant que zoologue, je suis censée être objective. Mais j'ai des sentiments à l'égard des animaux, comme n'importe qui d'autre. J'aime beaucoup les poulpes. Ils sont intelligents, vous savez. Une fois j'ai eu un poulpe, dans un bassin, qui avait appris à tuer les blattes et à s'en servir d'appâts pour attraper des crabes. Quand un crabe curieux s'approchait pour examiner la blatte morte, le poulpe bondissait de sa cachette et l'attrapait.

« En fait, le poulpe est si intelligent que la plus importante limitation à son comportement est sa durée de vie. Il ne vit que trois ans, et ce n'est pas assez pour développer quoi que ce soit d'aussi compliqué qu'une culture ou une civilisation. Peut-être que si les poulpes vivaient aussi longtemps que nous, ils auraient depuis longtemps dominé le monde.

« Mais les calmars sont complètement différents. Je n'ai aucun sentiment à leur égard, sauf que je ne les aime pas beaucoup.

Norman sourit.

– Enfin, vous avez quand même fini par trouver des formes de vie dans les parages.

– Vous savez, c'est drôle. Vous vous rappelez comme c'était nu, à l'extérieur ? Rien sur le fond ?

– Oui, bien sûr. Très frappant.

– Eh bien, je suis allée de l'autre côté de l'habitat pour recueillir ces calmars, et il y a toutes sortes de gorgones sur le fond. Des couleurs magnifiques, des bleus, des violets, des jaunes. Certaines sont très grosses.

– Vous pensez qu'elles viennent juste de pousser ?

– Non. Elles devaient être déjà là, mais nous ne sommes jamais allés de ce côté. Il faudra que j'aille examiner ça plus tard. J'aimerais savoir pourquoi elles sont localisées dans cet endroit particulier, près de l'habitat.

Norman s'approcha du hublot. Il avait allumé les lampes extérieures de l'habitat, qui éclairaient le fond. Il distingua en effet de nombreuses gorgones de grande taille, violet, rose et bleu, qui ondulaient doucement dans le courant. Il y en avait jusqu'à la limite de la zone éclairée, aux confins de l'obscurité.

– D'une certaine manière, c'est rassurant, dit Beth. C'est un peu profond pour la vie océanique, concentrée normalement dans les trente premiers mètres d'eau. Mais cet habitat est situé dans l'environnement marin le plus varié et le plus riche du monde.

Le recensement des espèces avait établi que le Pacifique Sud comptait plus d'espèces de coraux et d'éponges qu'aucun autre endroit du globe.

– Alors je suis contente que nous y fassions finalement des découvertes, ajouta-t-elle en contemplant ses paillasses garnies de produits chimiques et de réactifs. Et je suis contente de pouvoir enfin travailler à quelque chose.

Harry mangeait des œufs au bacon dans la coquerie. Les autres membres de l'équipe se tenaient autour de lui, soulagés de voir qu'il allait bien. Ils lui donnèrent les dernières nouvelles, qu'il écouta avec intérêt jusqu'au moment où ils mentionnèrent le banc de calmars.

– *Des calmars ?*

Il leva brusquement les yeux et faillit laisser tomber sa fourchette.

– Oui, des tas, dit Rose Levy. J'en prépare une platée pour le dîner.

– Ils sont toujours là ? demanda Harry.

– Non, ils sont partis, maintenant.

Il se détendit, laissa retomber ses épaules.

– Il y a quelque chose qui ne va pas, Harry ? demanda Norman.

– Je déteste les calmars. Je ne peux pas les supporter.

– Je n'aime pas beaucoup leur goût non plus, dit Ted.

– Horrible, approuva Harry en hochant la tête.

Il se remit à manger ses œufs au bacon. La tension s'effaçait, quand Tina cria depuis le cylindre D :

– Je les ai de nouveau ! J'ai de nouveau les chiffres !

```
000226080926101324  15263333210805  362525212912072610
2216  0921  07361822 0218210824  15263333210805  0726102
2  36343421252129120726102216  0921  332836343421252521
033613130424  000226080926101324  15263333210805  3625
252129120726102216  0921  07361822  0218210824  15263333
210805  07261022  36343421252129120726102216  0921  3328
36343421252521  033613130424  000226080926101324  15263
333210805  3625252129120726102216  0921  07361822 02182
10824  15263333210805  07261022  36343421252129120726102610
2216  0921  332836343421252521  033613130424  0002260809
26101324  15263333210805  3625252129120726102216  0921
07361822  0218210824  15263333210805  07261022  36343421
252129120726102216  0921  332836343421252521  033613130
424  000226080926101324  15263333210805  36252521291207
26102216  0921  07361822  0218210824  15263333210805  072
```

– Qu'en pensez-vous, Harry ? demanda Barnes en montrant l'écran.

– C'est ce que vous aviez déjà eu avant ?

– Ça y ressemble, sauf que l'espacement est différent.

– Parce que ce n'est pas du tout aléatoire. C'est une même séquence répétée *ad infinitum*. Regardez. Elle commence là, elle va jusque-là, puis elle se répète :

```
000226080926101324  15263333210805  362525212912072610
2216  0921  07361822 0218210824  15263333210805  0726102
2  36343421252129120726102216  0921  332836343421252521
033613130424  000226080926101324  15263333210805  3625
252129120726102216  0921  07361822  0218210824  15263333
210805  07261022  36343421252129120726102216  0921  3328
36343421252521  033613130424  000226080926101324  15263
333210805  3625252129120726102216  0921  07361822 02182
10824  15263333210805  07261022  36343421252129120726102610
2216  0921  332836343421252521  033613130424  0002260809
26101324  15263333210805  3625252129120726102216  0921
07361822  0218210824  15263333210805  07261022  36343421
252129120726102216  0921  332836343421252521  033613130
424  000226080926101324  15263333210805  36252521291207
26102216  0921  07361822  0218210824  15263333210805  072
```

– Il a raison, dit Tina.

– Fantastique ! dit Barnes. C'est absolument incroyable, que vous puissiez la voir comme ça.

Ted tambourina des doigts sur la console avec impatience.

– Élémentaire, mon cher Barnes, dit Harry. C'était la partie facile. La partie difficile, c'est : qu'est-ce que ça signifie ?

– C'est certainement un message, dit Ted.

– Il est possible que ce soit un message. Ça pourrait aussi être une sorte de décharge venue de l'intérieur de l'ordinateur, le résultat d'une erreur de programmation ou d'une défaillance matérielle. Nous pourrions passer des heures à le traduire, pour nous apercevoir que ça veut dire « Copyright Acme Computer Systems, Silicon Valley » ou quelque chose d'approchant.

– Eh bien...

– Le plus vraisemblable est que cette série de chiffres provient de l'ordinateur lui-même. Mais nous pouvons faire un essai.

Tina commanda une impression d'écran à son intention.

– J'aimerais essayer, moi aussi, dit vivement Ted.

– Certainement, docteur Fielding.

Tina imprima une seconde feuille.

– Si c'est un message, dit Harry, c'est vraisemblablement un simple code de substitution, comme un code ASCII. Ce serait plus facile si nous pouvions lancer un programme de décodage sur l'ordinateur. Quelqu'un sait-il programmer cette machine ?

Ils secouèrent tous la tête.

– Pouvez-vous le faire ? demanda Barnes.

– Non. Et je suppose qu'il n'y a aucun moyen de transmettre ça à la surface ? Pour les ordinateurs de décodage de la NSA à Washington, quinze secondes environ suffiraient à déchiffrer ça.

Barnes secoua la tête.

– Aucun contact. Je n'essaierais même pas de faire monter un fil d'antenne sur un ballon. Au dernier rapport, il y avait des vagues de douze mètres à la surface. Le fil casserait aussitôt.

– Alors nous sommes isolés ?

– Je suppose qu'il ne nous reste que le bon vieux papier et le crayon. J'ai toujours dit que les outils traditionnels étaient les meilleurs – surtout quand il n'y a rien d'autre.

Sur quoi Harry sortit de la pièce.

– Il a l'air de bonne humeur, dit Barnes.

– Je dirais même de très bonne humeur, renchérit Norman.

– Peut-être un peu trop bonne, dit Ted. Un peu bizarre ?

– Non, dit Norman. Simplement de bonne humeur.

– J'ai trouvé qu'il avait l'air un peu parti.

– Laissons-le dans cette humeur, grogna Barnes, si ça peut l'aider à percer ce code.

– Je vais essayer aussi, lui rappela Ted.

– C'est parfait. Essayez aussi.

TED

– Je vous dis que cette confiance en Harry est mal placée.

Tout en marchant de long en large, Ted lança un regard à Norman.

– Harry n'est pas normal, et il laisse passer des choses évidentes.

– Par exemple ?

– Par exemple le fait que l'affichage de chiffres ne peut pas être une décharge de l'ordinateur.

– Comment le savez-vous ? demanda Norman.

– À cause du processeur. Le processeur est un 68090, ce qui veut dire que toute décharge de mémoire serait en hexa.

– Qu'est-ce que c'est que l'hexa ?

– Il y a des tas de façons de représenter les nombres. Le processeur 68090 utilise une représentation à base seize, qu'on appelle l'« hexadécimal ». L'hexa est entièrement différent du décimal ordinaire. Il a un aspect différent.

– Mais le message employait tous les chiffres de zéro à neuf.

– C'est exactement ce que je veux dire. Il ne provient donc pas de l'ordinateur. Je suis persuadé que c'est un message de la sphère. De plus, et bien que Harry pense à un code de substitution, je pense que c'est une représentation visuelle directe.

– Vous voulez dire une image ?

164

– Oui. Et je pense que c'est une image de l'extraterrestre lui-même ! dit Ted en fouillant parmi ses
papiers. J'ai commencé avec ça :

```
0010110101000100111010101011011000
1111110101000011000011010011000101
100100110011001101011110110011111010101010011010000
100110101     1111001001001010110
1010101010101011100011000
1111110101000011000011010011000101     1111010101010110
100100100010100010101011100110101011110111001111101010110
11010000     100110101
1000011110010010010001010001010101110011     100110101
11001001101110110011000
0010110101000100111010101011011000
1111110101000011000011010011000101
100100110011001101011110110011111010101010011010000
100110101     1111001001001010110
1010101010101011100011000
1111110101000011000011010011000101     1111010101010110
100100100010100010101011100110101011110111001111101010110
11010000     100110101
1000011110010010010001010001010101110011     100110101
11001001101110110011000
0010110101000100111010101011011000
1111110101000011000011010011000101
```

– Là, j'ai traduit le message en binaire. Vous y perce-
vez immédiatement une configuration visuelle, n'est-ce
pas ?

– Pas vraiment, répondit Norman.

– Enfin, c'est indéniablement évocateur. Je vous le
dis, après toutes ces années passées aux JPL à regarder
les images des planètes, j'ai l'œil pour ce genre de chose.
Ce que j'ai donc fait ensuite a été de reprendre le message original et de remplir les espaces. J'ai obtenu ceci :

- •000226080926101324• •15263333210805•
- •362525212912072610 2216•
- •0921 • •07361822• •0218210824• •15263333210805• •07261022
- •363434212521291207261 02216• •0921 •
- •332836343421252521 • •033613130424•
- •000226080926101324• •15263333210805•
- •362525212912072610 2216• •0921• •07381822
- •0218210824• •15263333210805• •07261022
- •363434212521291207261 02216• •0921•
- •332836343421252521• •033613130424•
- •000226080926101324• •15263333210805•

165

```
•3625252129120726102216• •0921 • •07361822
•0218210824• •15263333210805• •07261022•
•3634342125212912072610216• •0921 •
•332836343421252521 • •033613130424•
•0002260809261013224• •15263333210805•
•3625252129120726102216• •0921 • •07361822•
•0218210824• •15263333210805• •07261022•
•3634342125212912072610216• •0921 •
•332836343421252521 • •033613130424
```

– Hon-hon... fit Norman.

– Je suis d'accord, ça n'a l'air de rien. Mais en changeant la largeur d'écran, on obtient *ceci*.

Il brandit fièrement la feuille suivante.

```
•  •0002260809261013224 •15263333210805• •3625252129120726102216
•0921• •07361822• •0218210824 •15263333210805• •07261022
•3634342125212912072610216• •0921 • •332836343421252521 •
•033613130424• •00022608092B101324 •15263333210805
•3625252129120726102216• •0921• •07361822• •0218210824•
•15263333210805• •07261022• •3634342125212912072610216• •0921 •
•332836343421252521 • •033613130424• •0002260809261013224•
•15263333210805• •3625252129120726102216• •0921 • •073618229
•02182108249 45263333210805• •07261022•
•3634342125212912072610216• •0921 • •33283B343421252521 •
•033613130424• •0002260809261013324• •15263333210805
•3625252129120726102216• •0921• •07361822• •0218210824
•15263333210805• •07261022• •3634342125212912072610216• •0921
•332836343421252521 • •033613130424• •0002260809261013324
•15263333210805• •3625252129120726102216• •0921• •07361822
•0218210824• •15263333210805• •07261022•
•3634342125212912072610216• •0921 • •332836343421252521 •
•033613130424• •0002260809261013324• •15263333210805
•3625252129120726102216• •0921 • •07361822• •0218210824•
•15263333210805• •07261022• •3634342125212912072610216• •0921 •
```

– Oui? dit Norman.

– Ne me dites pas que vous ne voyez pas la configuration.

– Je ne vois pas la configuration.

– Regardez en plissant les yeux, insista Ted.

Norman plissa les yeux.

– Désolé.

– Mais c'est manifestement une image de l'extraterrestre. Regardez, voici le torse vertical, trois jambes, deux bras. Il n'y a pas de tête, ce qui laisse supposer qu'elle doit se trouver dans le torse lui-même. Ne me dites pas que vous ne voyez pas ça, Norman.

166

– Ted...

– Pour une fois, Harry est passé complètement à côté ! Ce message n'est pas seulement une image, c'est un autoportrait !

– Ted...

Ted se radossa avec un soupir.

– Vous allez me dire que j'en fais trop.

– Je ne veux pas refroidir votre enthousiasme, dit Norman.

– Mais vous ne voyez pas l'extraterrestre ?

– Pas vraiment, non.

– Bon sang ! fit Ted en repoussant les papiers. Je hais ce salaud. Il est si arrogant, il m'agace à un tel point... Et en plus, il est jeune !

– Vous avez quarante ans. Je n'appellerais pas ça le déclin.

– En physique, ça l'est. Il peut arriver à des biologistes de réaliser des travaux importants assez tard dans leur vie. Darwin avait cinquante ans quand il a publié *L'Origine des espèces*. Et les chimistes font parfois du bon travail quand ils prennent de l'âge. Mais en physique, quand on n'a rien accompli avant trente-cinq ans, il y a de fortes chances pour qu'on n'accomplisse jamais rien.

– Mais, Ted, vous êtes respecté dans votre discipline.

Ted secoua la tête.

– Je n'ai jamais rien fait de fondamental. J'ai analysé des données, j'en ai tiré des conclusions intéressantes. Mais jamais rien de fondamental. Cette expédition est ma chance de vraiment faire quelque chose. De vraiment... laisser mon nom dans les annales.

Norman avait maintenant une vision différente de l'énergie exubérante de Ted, de ce comportement inlassablement juvénile. Ted n'était pas émotionnellement retardé ; il était poussé. Et il se cramponnait à sa jeunesse parce qu'il avait l'impression que le temps fuyait et qu'il n'avait encore rien accompli. Ce n'était pas une attitude antipathique. C'était triste.

– Mais l'expédition n'est pas encore terminée.

– Non, dit Ted, se rasérénant soudain. Vous avez raison. Vous avez tout à fait raison. Il y a d'autres expériences merveilleuses qui nous attendent. Je le sais. Et elles viendront, n'est-ce pas ?

– Oui, Ted. Elles viendront.

BETH

– Nom d'un chien, rien ne marche ! s'exclama Beth avec un geste en direction de sa paillasse de laboratoire. Pas un seul de ces produits ni de ces réactifs qui vaille un rond !

– Qu'avez-vous essayé ? demanda Barnes d'un ton calme.

– Solution de formol Zenker, H et E, et les autres colorants. Extractions protéolytiques, coupures par enzymes. Tout le bataclan. Rien ne marche. Vous savez ce que je pense ? Ceux qui ont approvisionné ce labo l'ont fait avec des ingrédients éventés.

– Non, c'est l'atmosphère.

Barnes expliqua que leur milieu ambiant ne contenait qu'environ 2 pour 100 d'oxygène, 1 pour 100 de gaz carbonique, et pas du tout d'azote.

– Les réactions chimiques y sont imprévisibles. Vous devriez jeter un coup d'œil sur le livre de recettes de Levy. Vous n'avez jamais rien vu de pareil. La nourriture paraît normale une fois terminée, mais la façon de la préparer n'a certainement rien de normal.

– Et le labo ?

– Quand le labo a été approvisionné, personne ne savait à quelle profondeur nous allions travailler. Si nous étions moins profond, nous respirerions de l'air comprimé, et toutes vos réactions chimiques fonctionneraient – elles seraient simplement plus rapides. Mais avec l'héliox, les réactions sont imprévisibles. Et si ça ne marche pas, eh bien...

Il haussa les épaules.

– Que suis-je censée faire ? dit Beth.

– Faites du mieux que vous pouvez, comme tout le monde.

– Tout ce que je peux faire, ce sont des analyses anatomiques grossières. Tout cet arsenal est inutile.

– Alors faites l'anatomie grossière.

– Si seulement ce labo offrait plus de possibilités...

– C'est tout ce qu'il y a, dit Barnes. Acceptez-le et continuez.

Ted entra dans la pièce.

– Vous devriez jeter un coup d'œil à l'extérieur, dit-il avec un geste en direction des hublots. Nous avons d'autres visiteurs.

Les calmars avaient disparu. Pendant un moment, Norman ne vit rien que l'eau et les sédiments blanchâtres en suspension, pris dans les faisceaux de lumière.

– Qu'est-ce que c'est que ça ?

– Des crevettes, dit Beth. Une sacrée flopée de crevettes.

Elle courut chercher son filet.

– Voilà ce que nous devrions manger, dit Ted. J'adore les crevettes. Et celles-ci m'ont l'air d'une taille parfaite, un peu plus petites que des écrevisses. Elles doivent être délicieuses. Au Portugal, avec ma femme, nous avons un jour mangé les écrevisses les plus fabuleuses...

– Que font-elles ici ? demanda Norman, qui se sentait légèrement mal à l'aise.

– Je ne sais pas. Que font les crevettes, de toute façon ? Elles migrent ?

– Du diable si je le sais, dit Barnes. Je les achète toujours congelées. Ma femme déteste les décortiquer.

Norman se sentait toujours mal à l'aise, sans trop savoir pourquoi. Il voyait maintenant clairement que le fond grouillait de crevettes ; elles étaient partout. En quoi cela pouvait-il l'inquiéter ?

Il s'éloigna du hublot, espérant que son impression de vague malaise s'effacerait s'il contemplait autre chose. Mais elle persistait, petit nœud tendu au creux de son estomac. Et c'était une sensation qu'il n'aimait pas du tout.

HARRY

– Harry ?

– Oh, salut, Norman. J'ai entendu le remue-ménage. Il y a des tas de crevettes dans les environs, c'est ça ?

Harry était assis sur sa couchette, l'état imprimé du tableau de chiffres posé sur ses genoux. Il avait un crayon et un bloc-notes dont la page était couverte de calculs, de ratures, de symboles et de flèches.

– Harry, que se passe-t-il?

– Je n'en sais fichtre rien.

– Je me demande seulement pourquoi nous voyons soudainement apparaître toute cette vie dans les parages, les calmars, les crevettes, alors qu'il n'y avait rien avant. Strictement rien.

– Oh, ça? Je pense que c'est assez clair.

– Oui?

– Bien sûr. Quelle différence y a-t-il entre avant et maintenant?

– Vous êtes entré dans la sphère.

– Non, non. Je veux dire, quelle différence y a-t-il dans notre environnement extérieur?

Norman fronça les sourcils. Il ne voyait pas où Harry voulait en venir.

– Bon, regardez à l'extérieur. Qu'y voyiez– vous avant que vous ne voyez pas maintenant?

– La grille?

– Hmm-mm, la grille et les plongeurs. Beaucoup d'activité et beaucoup d'électricité. Je pense que ça a effarouché la faune habituelle de la région. Nous sommes dans le Pacifique Sud, ici; la vie devrait foisonner.

– Et maintenant que les plongeurs sont partis, les animaux reviennent?

– C'est ce que je suppose.

– C'est aussi simple que ça? dit Norman en fronçant les sourcils.

– Pourquoi me le demandez-vous? Demandez à Beth, elle vous donnera une réponse décisive. Mais je sais que les animaux sont sensibles à toutes sortes de stimuli que nous ne remarquons pas. On ne peut pas envoyer Dieu sait combien de millions de volts dans des câbles sous-marins pour éclairer une grille de huit cents mètres de long dans un milieu qui n'avait jamais vu la lumière avant, sans s'attendre à un effet quelconque.

Quelque chose dans cet argument éveilla un écho tout au fond de l'esprit de Norman. Il savait quelque chose, quelque chose qui se rapportait à la question. Mais il ne pouvait mettre le doigt dessus.

– Harry?

– Oui, Norman. Vous paraissez un peu inquiet. Vous

savez, ce code de substitution est vraiment coton. Pour dire la vérité, je ne suis pas sûr de pouvoir le percer. Le problème, voyez-vous, c'est que s'il s'agit bien d'une substitution de caractères, il faut deux chiffres pour représenter une lettre, parce qu'il y a vingt-six lettres dans l'alphabet sans compter la ponctuation – qui peut y être incluse ou non. Alors quand je vois un deux à côté d'un trois, je ne sais pas si c'est la lettre deux suivie de la lettre trois, ou si ce n'est que la lettre vingt-trois. Évaluer les permutations prend longtemps. Vous voyez ce que je veux dire ?

– Harry ?

– Oui, Norman.

– Que s'est-il passé dans la sphère ?

– C'est ça qui vous inquiète ?

– Qu'est-ce qui vous fait penser que je m'inquiète de quoi que ce soit ?

– Votre expression. C'est elle qui me fait penser que vous êtes inquiet.

– Je le suis peut-être. Mais à propos de la sphère...

– Vous savez, j'ai beaucoup pensé à cette sphère.

– Et ?

– C'est assez étonnant. Je ne me rappelle pas vraiment ce qui s'est passé.

– Harry !

– Je me sens bien – de mieux en mieux, vraiment. J'ai retrouvé mon énergie, je n'ai plus mal à la tête, et je me suis rappelé un peu plus tôt tout ce qui concernait la sphère et ce qu'il y avait à l'intérieur. Mais le souvenir semble s'effacer avec chaque minute qui passe. Vous savez, de la même façon qu'on oublie un rêve. On s'en souvient quand on se réveille, mais une heure plus tard il a disparu.

– Harry !

– Je me rappelle que c'était merveilleux, et très beau. Quelque chose à propos de lumières, de lumières tourbillonnantes. Mais c'est tout.

– Comment avez-vous fait pour que la porte s'ouvre ?

– Oh, ça ? C'était très clair sur le moment ; je me souviens que j'avais tout résolu, je savais exactement ce qu'il fallait faire.

– Qu'avez-vous fait ?

– Je suis sûr que ça me reviendra.

– Vous ne vous rappelez pas comment vous avez ouvert la porte ?

– Non. Je me rappelle seulement cette soudaine connaissance intuitive, cette certitude quant à ce qu'il fallait faire. Mais je n'arrive pas à me rappeler les détails. Pourquoi ? Quelqu'un d'autre veut y entrer ? Ted, sans doute.

– Je suis sûr que Ted aimerait y entrer...

– Je ne sais pas si c'est une bonne idée. Franchement, je ne pense pas que Ted devrait le faire. Pensez aux discours ennuyeux qu'il nous tiendra quand il en ressortira. « J'ai visité une sphère extraterrestre », par Ted Fielding. Nous n'en entendrions jamais la fin.

Harry émit un gloussement.

Ted a raison, songea Norman. *Il est indiscutablement bizarre.* Il y avait dans le comportement de Harry quelque chose de vif, d'exagérément enjoué. Le sarcasme lent qui le caractérisait avait disparu pour faire place à une attitude radieuse, ouverte, pleine de vivacité. Et une sorte d'indifférence rieuse à l'égard de toute chose, un déséquilibre dans son jugement de ce qui était important. Il avait dit qu'il ne pourrait pas percer le code. Il avait dit qu'il ne pouvait pas se rappeler ce qui s'était passé à l'intérieur de la sphère, ni comment il l'avait ouverte. Et il ne semblait y attacher aucune importance.

– Harry, quand vous veniez de ressortir de la sphère, vous paraissiez inquiet.

– Vraiment ? J'avais un mal de tête terrible, ça je m'en souviens parfaitement.

– Vous n'arrêtiez pas de répéter que nous devions remonter à la surface.

– Vraiment ?

– Oui. Pourquoi ?

– Dieu seul le sait. J'étais tellement déboussolé.

– Vous avez dit aussi qu'il serait dangereux de rester ici.

Harry sourit.

– Norman, il ne faut pas prendre ça trop au sérieux. Je ne savais plus où j'étais.

– Harry, nous avons besoin que vous vous en souveniez. Si les choses vous reviennent, vous me le direz ?

– Oh, certainement, Norman. Absolument. Vous pouvez compter sur moi ; je vous le dirai aussitôt.

LE LABORATOIRE

– Non, dit Beth, rien de tout cela n'a de sens. D'abord, dans les zones où les poissons n'ont jamais rencontré d'êtres humains auparavant, ils ont tendance à ne leur prêter aucune attention à moins d'être chassés. Les plongeurs de la Marine n'ont pas chassé de poisson. Ensuite, si les plongeurs ont remué le fond, cela aurait en fait libéré des substances nutritives qui auraient attiré les animaux. Enfin, de nombreuses espèces sont attirées par les courants électriques. S'il devait y avoir un effet, les crevettes et autres animaux auraient donc été attirés par l'électricité bien plus tôt. Pas maintenant que le courant est coupé.

Elle examinait les crevettes sous le microscope à balayage de faible grossissement.

– De quoi a-t-il l'air ?
– Harry ?
– Oui.
– Je ne sais pas.
– Il va bien ?
– Je ne sais pas. Je le pense.
– Vous a-t-il dit quoi que ce soit de ce qui s'est passé dans la sphère ? demanda Beth sans quitter l'oculaire du microscope.
– Pas encore.

Beth régla le microscope et secoua la tête.

– Ça alors !
– Qu'y a-t-il ?
– Une carapace dorsale renforcée.
– Ce qui veut dire ?
– Que c'est encore une espèce nouvelle.
– *Crevettus bethus ?* Vous faites des découvertes à la chaîne, Beth, par ici.
– Hmm-mm..., j'ai aussi examiné les gorgones, parce qu'elles semblaient avoir une croissance radiale d'une configuration inhabituelle. C'est également une espèce nouvelle.
– C'est magnifique, Beth.

Elle se tourna vers lui.

– Non. Pas magnifique. Bizarre.

Elle alluma une lampe de forte intensité et ouvrit l'une des crevettes à l'aide d'un scalpel.

– Ce que je pensais.

– Qu'est-ce que c'est ?

– Norman, nous n'avons vu aucun signe de vie par ici pendant des jours... et nous découvrons soudainement trois nouvelles espèces en quelques heures ! Ce n'est pas normal.

– Nous ne savons pas ce qui est normal à trois cents mètres de fond.

– Je vous dis que ce n'est pas normal.

– Mais, Beth, vous avez dit vous-même que nous n'avions simplement pas remarqué les gorgones plus tôt. Quant aux calmars et aux crevettes, n'est-il pas possible que ce soit une migration qui passe par ici, quelque chose de ce genre ? Barnes dit qu'ils n'ont jamais eu auparavant d'experts scientifiques travaillant à cette profondeur sur le fond océanique. Peut-être ces migrations sont-elles normales, et n'en savons-nous rien.

– Je ne le pense pas. Quand je suis sortie attraper ces crevettes, j'ai senti que leur comportement était atypique. D'une part, elles étaient trop près les unes des autres. Sur le fond, les crevettes maintiennent normalement une distance caractéristique entre elles, un peu plus d'un mètre. Celles-ci étaient serrées les unes contre les autres. De plus, elles se déplaçaient comme si elles étaient en train de se nourrir, mais il n'y a rien à manger, sur ce fond.

– Rien que nous connaissions.

– Mais ces crevettes-ci ne pouvaient pas être en train de se nourrir, dit Beth en montrant l'animal disséqué sur la paillasse. Elles n'ont pas d'estomac.

– Vous plaisantez ?

– Regardez vous-même.

Norman regarda, mais la crevette disséquée n'avait pas grande signification pour lui. Ce n'était qu'une masse de chair rose, incisée selon une diagonale irrégulière d'un trait peu précis. *Elle est fatiguée*, se dit-il. *Elle ne travaille pas efficacement. Nous avons besoin de sommeil. Nous avons besoin de sortir d'ici.*

– L'apparence extérieure est parfaite, à part une nageoire caudale supplémentaire, dit Beth. Mais à l'intérieur, tout est n'importe comment. Il est impossible à ces animaux de vivre. Pas d'estomac, pas de système reproducteur. Cet animal ressemble à une mauvaise imitation de crevette.

– Mais elles sont vivantes.

– Oui, elles sont vivantes, dit Beth d'un air contrarié.

– Et les calmars étaient parfaitement normaux à l'intérieur...

– En fait, ils ne l'étaient pas. Quand j'en ai disséqué un, j'ai découvert qu'il lui manquait plusieurs organes importants. Il y a un faisceau de nerfs, appelé ganglion étoilé, qui était absent.

– Eh bien...

– Et il n'y avait pas de branchies, Norman. Les calmars ont un long système de branchies pour l'échange gazeux. Celui-là n'en avait pas. Ce calmar n'avait aucun moyen de respirer, Norman.

– Il devait avoir un moyen de respirer.

– Je vous dis qu'il n'en avait pas. Les animaux que nous voyons ici sont impossibles. Tout d'un coup, des animaux impossibles.

Elle se détourna de la lampe à haute intensité, et Norman vit qu'elle était au bord des larmes. Ses mains tremblaient; elle les posa vivement sur ses genoux.

– Vous êtes vraiment préoccupée.

– Pas vous? dit-elle en scrutant son visage. Norman, tout cela a commencé quand Harry est sorti de la sphère, n'est-ce pas?

– Je suppose, oui.

– Harry est ressorti de la sphère, et nous avons maintenant cette faune marine impossible... je n'aime pas ça. Je voudrais pouvoir partir d'ici. Vraiment.

Sa lèvre inférieure tremblait.

– Nous ne pouvons pas partir d'ici, dit-il avec douceur en la prenant dans ses bras.

– Je sais.

Elle lui retourna son étreinte et se mit à pleurer, enfouissant son visage dans son épaule.

– Allons...

– Je déteste me sentir ainsi. Je déteste cette impression.

– Je sais...

– Et je déteste cet endroit. Je déteste tout ce qui s'y rapporte. Je déteste Barnes, et je déteste les discours pédants de Ted, et je déteste les stupides desserts de Rose Levy. Je voudrais ne pas être ici.

– Je sais...

Elle renifla pendant un moment, puis le repoussa brusquement de ses bras puissants et se détourna pour essuyer ses larmes.

– Ça va aller, dit-elle. Merci.

– Ce n'est rien.

– Où sont les fichus Kleenex ? dit-elle en continuant à lui tourner le dos.

Elle en trouva un, se moucha.

– Vous ne direz rien... aux autres.

– Bien sûr que non.

Une cloche sonna, et elle sursauta.

– Bon sang, qu'est-ce que c'est ?

– Je crois que c'est le dîner, répondit Norman.

LE DÎNER

– Je ne sais pas comment vous pouvez manger ces trucs-là, dit Harry en montrant les calmars.

– Ils sont délicieux, observa Norman. *Calmars sautés*. Dès qu'il s'était assis à table, il s'était rendu compte qu'il était affamé. Et le fait de manger le faisait se sentir mieux ; il y avait une normalité rassurante dans le fait d'être assis à une table avec une fourchette et un couteau dans les mains. Il arrivait presque à oublier où il était.

– Je les aime particulièrement frits, dit Tina.

– *Calamari fritti*, dit Barnes. Merveilleux. Mon plat favori.

– Moi aussi, je les aime frits, dit Edmunds, l'archiviste.

Elle était assise d'un air compassé, très droite, et mangeait avec des gestes précis. Norman remarqua qu'elle posait son couteau entre chaque bouchée.

– Pourquoi ne sont-ils pas frits ? demanda-t-il.

– On ne peut pas faire de friture à cette profondeur, expliqua Barnes. L'huile chaude se met en suspension et colmate les filtres à air. Mais ils sont bons sautés.

– Je ne sais pas ce que valent vos calmars, mais les crevettes sont fantastiques, dit Ted. N'est-ce pas, Harry ?

– Excellentes, ces crevettes, dit Harry. Délicieux.

Tous deux mangeaient des crevettes au lieu de calmars.

– Vous savez, dit Ted, j'ai l'impression d'être le capitaine Nemo. Vous vous rappelez, comme il vivait sous la mer et en tirait toute sa nourriture ?

– *Vingt Mille Lieues sous les mers*, dit Barnes.

– James Mason. Vous vous rappelez comme il jouait de l'orgue ? *Dih-dah-dah, da da da daaaaah da !* La *toccata et fugue en ré mineur*, de Bach.

– Et Kirk Douglas.

– Kirk Douglas était fantastique.

– Vous vous rappelez, quand il se battait contre le calmar géant ?

– C'était fantastique.

– Kirk Douglas avait une hache, vous vous souvenez ?

– Oui, et il tranchait l'un des bras du calmar.

– Ce film m'a flanqué une frousse de tous les diables, dit Harry. Je l'ai vu quand j'étais gamin, et ça m'a vraiment flanqué la frousse.

– Je ne l'ai pas trouvé effrayant, dit Ted.

– Vous étiez plus vieux.

– Pas tellement.

– Si, vous l'étiez. Pour un enfant, c'était terrifiant. C'est sans doute pour ça que je n'aime pas le calmar, maintenant.

– Vous n'aimez pas le calmar parce qu'il est caoutchouteux et écœurant, dit Ted.

– C'est le film qui m'a donné envie d'entrer dans la Marine, dit Barnes.

– Je veux bien le croire, tellement romantique et exaltant. Et une véritable vision des merveilles de la science appliquée. Qui jouait le professeur, là-dedans ?

– Le professeur ?

– Oui, vous vous rappelez qu'il y avait un professeur ?

– Je me rappelle vaguement un professeur. Un vieux type.

– Norman ? Vous vous rappelez qui était le professeur ?

– Non, Je ne m'en souviens pas.

– Êtes-vous assis dans votre coin en train de nous observer, Norman ? demanda Ted.

– Que voulez-vous dire ?

– En train de nous analyser. De voir si nous allons craquer.

– Oui, répondit Norman en souriant. Exactement.

– Et que pensez-vous de notre comportement ?

– Je dirais qu'il est hautement significatif qu'un groupe de scientifiques ne puisse se rappeler qui tenait le rôle du savant dans un film qu'ils ont tous aimé.

– Kirk Douglas était le héros, c'est pour ça. Le savant n'était pas le héros.

– Franchot Tone ? dit Barnes. Claude Rains ?

– Non, je ne pense pas. Fritz quelque chose ?

– Fritz Weaver ?

Ils entendirent un grésillement, un sifflement, puis le son d'un orgue jouant la *toccata et fugue en ré mineur*.

– Fantastique, dit Ted. Je ne savais pas que nous avions de la musique, ici.

Edmunds revint à la table.

– Il y a une magnétothèque, Ted.

– Je ne sais pas trop si c'est ce qui convient pour dîner, dit Barnes.

– Ça me plaît, dit Ted. Si seulement nous avions une salade d'algues marines. N'est-ce pas ce que servait le capitaine Nemo ?

– Quelque chose de plus léger, peut-être ? dit Barnes.

– Plus léger que les algues ?

– Plus léger que Bach.

– Comment s'appelait le sous-marin ? demanda Ted.

– Le *Nautilus*, répondit Edmunds.

– Ah, c'est ça. *Nautilus*.

– C'était aussi le nom du premier sous-marin atomique, lancé en 1954, précisa Edmunds avec un sourire radieux à l'intention de Ted.

– C'est vrai, dit Ted. C'est vrai.

Il a trouvé son égal pour les futilités sans rapport avec la question, songea Norman.

– Oh, nous avons d'autres visiteurs, dit Edmunds en s'approchant d'un hublot.

– Qu'est-ce que c'est, maintenant ? fit Harry en levant vivement les yeux.

Effrayé ? se demanda Norman. *Non, seulement vif, bizarre. Intéressé.*

– Elles sont *magnifiques*, disait Edmunds. Des espèces de petites méduses, tout autour de l'habitat.

Nous devrions les filmer. Qu'en pensez-vous, docteur Fielding? Devrions-nous aller les filmer?

— Je pense que je vais me contenter de manger pour l'instant, Jane, dit Ted d'un ton un peu rude.

Edmunds parut blessée, rejetée, et se détourna pour sortir de la pièce. *Il faudra que je surveille ça*, songea Norman. Les autres lancèrent un regard vers le hublot, mais personne ne quitta la table.

— Avez-vous jamais mangé des méduses? demanda Ted. J'ai entendu dire que c'était un délice.

— Il y en a qui sont vénéneuses, dit Beth. Les tentacules contiennent des toxines.

— Les Chinois n'en mangent-ils pas? demanda Harry.

— Si, dit Tina. Ils en font aussi de la soupe. Ma grand-mère avait coutume d'en faire à Honolulu.

— Vous êtes de Honolulu?

— Mozart conviendrait mieux pour le dîner, dit Barnes. Ou Beethoven. Des instruments à cordes. Cette musique d'orgue est lugubre.

— Dramatique, corrigea Ted en pianotant dans l'air sur des touches imaginaires au rythme de la musique.

Il se balançait comme James Mason dans le film.

— Lugubre, répéta Barnes.

Un haut-parleur grésilla.

— Oh, vous devriez voir ça, dit Edmunds dans l'intercom. C'est magnifique.

— Où est-elle?

— Elle doit être dehors, dit Barnes en s'approchant du hublot.

— On dirait de la neige rose, dit Edmunds.

Tout le monde se leva pour aller regarder par les hublots.

Edmunds était à l'extérieur avec la caméra vidéo. Ils la distinguaient à peine à travers l'épais nuage de méduses. Celles-ci étaient petites, de la taille d'un dé à coudre, et d'un rose luminescent délicat. Elles évoquaient effectivement une chute de neige. Certaines d'entre elles venant tout près des hublots, ils purent les observer à loisir.

— Elles n'ont pas de tentacules, dit Harry. Ce ne sont que des petits sacs palpitants.

— C'est leur manière de se déplacer, dit Beth. Les contractions musculaires rejettent l'eau en arrière.

— Comme les calmars, dit Ted.

– Pas aussi perfectionné, mais c'est le même principe.

– Elles sont collantes, dit Edmunds dans l'intercom. Elles adhèrent à ma combinaison.

– Cette couleur rose est fantastique, dit Ted. Comme de la neige dans un coucher de soleil.

– Très poétique.

– C'est ce que je pensais.

– Ça ne m'étonne pas.

– Elles collent aussi à ma visière, dit Edmunds. Je suis obligée de les arracher. Elles laissent une traînée graisseuse...

Elle s'interrompit brusquement, mais ils continuaient à entendre sa respiration.

– Vous la voyez? demanda Ted.

– Pas très bien. Elle est là, sur la gauche.

– J'ai l'impression qu'elles sont chaudes, dit Edmunds. Je sens de la chaleur sur mes bras et sur mes jambes.

– Ce n'est pas normal, dit Barnes.

Il se tourna vers Tina.

– Dites-lui de ficher le camp de là.

Tina sortit du cylindre en courant pour gagner la console de communications.

Norman voyait à peine Edmunds. Il avait vaguement conscience d'une forme sombre qui agitait les bras...

– Les taches de la visière... disait-elle dans l'intercom, elles ne partent pas... elles semblent ronger le plastique... et mes bras... le tissu est...

Ils entendirent la voix de Tina.

– Jane! Jane, sors de là!

– À toute allure! cria Barnes. Dites-lui de se dépêcher!

Edmunds haletait maintenant de façon irrégulière.

– Les taches... je ne vois pas bien... je sens... j'ai mal... mes bras me brûlent... ça fait mal... elles rongent la combinaison...

– Jane, revenez. Jane. Vous m'entendez? Jane.

– Elle est tombée, dit Harry. Regardez, on la voit étendue...

– Il faut la sauver, dit Ted en se levant d'un bond.

– *Personne ne bouge*, dit Barnes.

– Mais elle...

– *Personne d'autre ne sort à l'extérieur, sir.*

La respiration d'Edmunds était rapide. Elle toussa, hoqueta.

180

– Je ne peux... je ne peux... oh, mon Dieu...

Elle se mit à hurler.

C'était un hurlement aigu et continu, entrecoupé de halètements rauques. Ils ne la voyaient plus à travers l'essaim de méduses. Ils se dévisagèrent, regardèrent Barnes. Les traits figés, la mâchoire serrée, ce dernier écoutait les hurlements.

Puis, soudain, ce fut le silence.

LES MESSAGES SUIVANTS

Une heure plus tard, les méduses disparurent aussi mystérieusement qu'elles étaient venues. Le corps d'Edmunds était visible à l'extérieur de l'habitat, étendu sur le fond, ballotté doucement par le courant. Le tissu de la combinaison était constellé de petits trous déchiquetés.

Ils regardèrent par les hublots Barnes et le robuste premier maître Teeny Fletcher avancer sur le fond jusque dans la lumière crue des projecteurs, chargés de réservoirs supplémentaires. Tous deux soulevèrent le corps d'Edmunds, dont la tête casquée se renversa mollement en arrière et révéla la visière de plastique balafrée, terne sous l'éclairage.

Personne ne disait rien. Norman remarqua que Harry lui-même avait abandonné son affectation de bizarrerie ; assis sans bouger il regardait par le hublot.

À l'extérieur, Barnes et Fletcher tenaient toujours le corps. Il y eut un grand jaillissement de bulles argentées, qui s'élevèrent rapidement vers la surface.

– Que font-ils ?

– Ils gonflent sa combinaison.

– Pourquoi ? Ils ne la ramènent pas ? demanda Ted.

– Ils ne peuvent pas, dit Tina. Il n'y a pas d'endroit où la garder ici. Les produits de décomposition pollueraient notre air.

– Mais il doit bien y avoir un récipient étanche quelconque...

– Il n'y a rien. Rien n'est prévu pour conserver des restes organiques dans l'habitat.

– Vous voulez dire qu'on n'avait pas prévu que quelqu'un pourrait mourir ?

– Exactement. Ce n'était pas prévu.

De fines colonnes de bulles s'élevaient maintenant vers la surface, issues des nombreux trous de la combinaison. Celle-ci était gonflée, boursouflée. Barnes la lâcha et elle monta lentement, comme tirée vers le haut par les filets de bulles argentées.

– Le corps va monter à la surface ?

– Oui. Le gaz se dilate de façon continue à mesure que la pression extérieure diminue.

– Et ensuite ?

– Les requins, dit Beth. Probablement.

Le corps eut bientôt disparu dans l'obscurité, au-delà de la portée des projecteurs. Barnes et Fletcher continuaient à le suivre des yeux, leurs casques tournés vers la surface. Fletcher fit un signe de croix, puis ils revinrent à pas traînants vers l'habitat.

Une cloche résonna quelque part à l'intérieur. Tina se rendit dans le cylindre D. Un instant plus tard, elle cria :

– Docteur Adams ! D'autres chiffres !

Harry se leva et passa dans le cylindre voisin. Les autres le suivirent. Personne n'avait plus envie de regarder par les hublots.

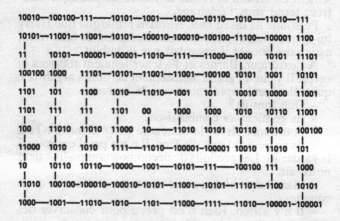

Norman contempla l'écran, totalement stupéfié, mais Harry battit des mains avec enthousiasme.

– Parfait! s'exclama-t-il. Voilà qui va grandement nous aider.

– Vraiment?

– Bien sûr. Maintenant nous avons une chance de gagner.

– Vous voulez dire de percer le code?

– Oui, bien sûr.

– Pourquoi?

– Vous vous rappelez la séquence de chiffres originale? C'est la même.

– Vraiment?

– Bien sûr. Sauf que celle-ci est en binaire.

– En binaire, dit Ted en donnant un coup de coude à Norman. Ne vous avais-je pas dit que le binaire était important?

– Ce qui est important, dit Harry, c'est que par rapport à la séquence originale celle-ci établit les coupures individuelles entre caractères.

– Voici une copie de la séquence originale, dit Tina en leur tendant une feuille de papier.

000226080926101324 15283333210805 362525212912072610216 0 921 07361822 0218210824 15263333210805 07261022 3634342125 2129120726102216 0921 332836343421252521 033613130424 0002 26080926101324 15263333210805 362525212912072610221 6 0921

– Bien. Maintenant, vous pouvez voir quel était mon problème. Regardez le mot zéro, zéro, zéro, deux, deux, six, etc. La question était : comment le diviser en lettres individuelles? Je n'arrivais pas à en décider, mais maintenant je le sais.

– Comment?

– Eh bien, c'est manifestement zéro-deux, vingt-six, zéro-huit, zéro-neuf...

Norman ne comprenait pas.

– Mais comment le savez-vous?

– Regardez, dit Harry d'un ton impatient. C'est très simple, Norman. C'est une spirale, qui se lit de l'intérieur vers l'extérieur. Elle nous donne tout simplement les nombres en...

L'affichage de l'écran changea soudain.

183

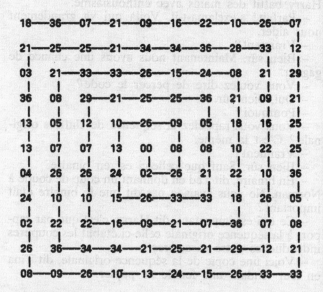

— Voilà, est-ce que vous trouvez cela plus clair?
Norman fronça les sourcils.

— Regardez, c'est exactement la même chose, insista Harry. Vous voyez? Du centre vers l'extérieur? Zéro-zéro, zéro-deux, vingt-six, zéro-huit, zéro-neuf... La chose a formé une spirale qui s'éloigne vers l'extérieur depuis le centre.

— La chose?

— Elle est peut-être désolée de ce qui est arrivé à Edmunds.

— Pourquoi dites-vous cela? demanda Norman en dévisageant Harry avec curiosité.

— Parce que la chose fait manifestement de gros efforts pour communiquer avec nous. Elle essaie différentes possibilités.

— Qui est cette *chose*?

— Une chose, peut-être pas forcément une personne. L'écran s'effaça, et une autre configuration apparut.

– Très bien, dit Harry. Excellent.

– D'où est-ce que ça vient?

– Du vaisseau, manifestement.

– Mais nous ne sommes pas connectés au vaisseau. Comment votre chose peut-elle commander notre ordinateur et afficher ceci?

– Nous n'en savons rien.

– Mais ne devrions-nous pas le savoir? demanda Beth.

– Pas nécessairement, dit Ted.

– Ne devrions-nous pas essayer de le savoir?

– Pas nécessairement. Voyez-vous, si une technologie est assez avancée, elle passe pour de la magie aux yeux d'un observateur naïf. Cela ne fait aucun doute. Prenez par exemple un savant célèbre du passé : Aristote, Léonard de Vinci, ou même Isaac Newton. Montrez-lui un téléviseur en couleurs ordinaire, et il se mettra à hurler à la sorcellerie. Il n'y comprendra rien du tout.

« Mais l'important, c'est que vous ne pourriez pas non plus le lui expliquer. Du moins pas facilement. Isaac

Newton ne pourrait pas comprendre le principe de la télévision sans étudier d'abord notre physique pendant un an ou deux. Il lui faudrait apprendre tous les concepts sous-jacents : électromagnétisme, ondes, physique des particules. Ce seraient autant d'idées nouvelles pour lui, une nouvelle conception de la nature. Entre-temps, il continuerait à considérer la télévision comme de la magie, alors que pour nous c'est une chose ordinaire. C'est la télé.

– Vous voulez dire que nous sommes comme Isaac Newton ?

Ted haussa les épaules.

– Nous recevons une communication, et nous ne savons pas comment elle nous parvient.

– Et nous ne devrions pas nous soucier d'essayer de le découvrir ?

– Je pense que nous devons nous résigner au fait que nous sommes peut-être incapables de le comprendre.

Norman observa avec quelle énergie ils se lançaient dans la discussion, écartant la tragédie dont ils avaient été si récemment les témoins. *Ce sont des intellectuels*, songea-t-il, *et leur défense particulière est l'intellectualisation*. Paroles. Idées. Abstractions. Concepts. C'était une manière de se retrancher de la tristesse, de la peur et du sentiment d'être pris au piège. Norman comprenait cette impulsion : lui aussi aurait aimé se débarrasser de ces sentiments.

Harry regardait la spirale en fronçant les sourcils.

– Nous ne comprenons peut-être pas comment, mais ce qu'elle fait est évident. Elle s'efforce de communiquer en essayant différentes présentations. Le fait qu'elle essaie des spirales est peut-être significatif. Peut-être suppose-t-elle que nous pensons en spirales. Ou que nous écrivons en spirales.

– Vous avez raison, dit Beth. Qui sait quelle sorte d'êtres bizarres nous sommes ?

– Si elle essaie de communiquer avec nous, dit Ted, pourquoi n'essayons-nous pas de répondre ?

Harry fit claquer ses doigts.

– Bonne idée ! dit-il en s'approchant du clavier. La première étape est évidente. Nous allons simplement renvoyer le message original. Nous commencerons par le premier groupe, y compris le double zéro.

– Je veux qu'il soit bien clair que c'est moi qui ai suggéré de tenter d'entrer en communication avec l'extraterrestre.

186

– C'est clair, Ted, dit Barnes.

– Harry ? demanda Ted.

– Oui, Ted. Ne vous inquiétez pas. C'est votre idée.

S'asseyant devant le clavier, Harry frappa :

000226080926101324

Les chiffres apparurent sur l'écran. Il y eut une pause. Les yeux fixés sur le moniteur, ils écoutaient le bourdonnement des ventilateurs, le lointain battement du générateur diesel.

Rien ne se passait.

Puis l'écran s'effaça, et afficha :

00223625100536051835082224

Norman sentit les poils de sa nuque se hérisser.

Ce n'était qu'une série de chiffres sur un écran d'ordinateur, mais ils lui donnaient quand même un frisson. Debout à côté de lui, Tina frémit.

– Il nous répond.

– Fabuleux, dit Ted.

– Je vais essayer le second groupe, à présent, dit Harry.

Il semblait calme, mais ses doigts confondaient les touches du clavier et il lui fallut un moment pour arriver à taper :

0015263333210805

La réponse vint aussitôt :

0015260805180810212924

– Bien, dit Harry, nous venons apparemment d'ouvrir une ligne de communications.

– Oui, dit Beth. Dommage que nous ne comprenions pas ce que nous nous disons.

– Je suppose que la chose sait ce qu'elle dit, répondit Ted. Mais nous sommes toujours dans le noir.

– Peut-être pouvons-nous l'amener à s'expliquer.

– Quelle est cette *chose* à laquelle vous faites constamment allusion ? demanda Barnes d'un ton impatient.

Avec un soupir, Harry repoussa ses lunettes sur son nez.

– Je pense que ça ne fait aucun doute. La *chose* est une entité qui se trouvait auparavant dans la sphère, et qui en est maintenant sortie et libre d'agir. Voilà ce qu'est la *chose*.

LE MONSTRE

ALARME

Norman s'éveilla dans la clameur aiguë d'un signal d'alarme et un clignotement de lumières rouges. Il boula hors de sa couchette, enfila ses chaussures isolantes et sa veste chauffante, et courut vers la porte, où il entra en collision avec Beth. Le signal d'alarme retentissait dans tout l'habitat.

– Que se passe-t-il ? cria-t-il en essayant de couvrir le vacarme.

– Je ne sais pas !

Le visage de Beth était pâle, empreint de frayeur. Norman se faufila derrière elle. Dans le cylindre B, parmi les tuyaux et les consoles, un signe clignotant disait : « ALARME BIOSYSTÈMES ». Il chercha Teeny Fletcher, mais la grosse technicienne n'était pas là.

Il repartit en hâte vers le cylindre C, repassant à la hauteur de Beth.

– Vous savez ce que c'est ? cria-t-elle.

– Les biosystèmes ! Où est Fletcher ? Où est Barnes ?

– Je ne sais pas ! Je cherche !

– Il n'y a personne dans le B ! cria Norman avant de gravir quatre à quatre les marches qui menaient au cylindre D.

Tina et Fletcher étaient là, au travail derrière les consoles d'ordinateur. Les panneaux arrière de ces derniers avaient été retirés, exposant des fils et des rangées de microplaquettes. La pièce était plongée dans un clignotement de lumières rouges.

Tous les écrans affichaient en caractères intermittents « ALARME BIOSYSTÈMES ».

– Que se passe-t-il ? cria Norman.

Fletcher agita une main d'un geste vague.

– Dites-le-moi !

Norman se retourna et vit Harry, pareil à un zombie, assis dans un angle près de la section vidéo d'Edmunds avec un bloc-notes et un crayon sur les genoux. Il semblait totalement indifférent aux sirènes et aux lumières qui clignotaient sur son visage.

– Harry !

Ce dernier ne réagit pas. Norman se retourna vers les deux femmes.

– Pour l'amour de Dieu, voulez-vous me dire ce que c'est ? cria-t-il.

Puis les sirènes se turent, et les écrans s'éteignirent. On n'entendit plus qu'une musique classique légère.

– Désolée, dit Tina.

– C'était une fausse alarme, dit Fletcher.

– Bon Dieu !

Norman se laissa tomber dans un fauteuil et prit une profonde inspiration.

– Vous dormiez ?

Il acquiesça d'un hochement de tête.

– Désolée. Ça s'est déclenché tout seul.

– Bon Dieu !

– La prochaine fois, vous pouvez vérifier votre badge, dit Fletcher en montrant celui qu'elle portait elle-même sur la poitrine. C'est la première chose à faire. Vous pouvez constater qu'ils sont tous normaux.

– Bon Dieu !

– Du calme, Norman, dit Harry. Quand le psychiatre perd les pédales, c'est mauvais signe.

– Je suis psychologue.

– Peu importe.

– Notre système d'alarme informatisé comporte un grand nombre de détecteurs périphériques, docteur Johnson, dit Tina. Il lui arrive de se déclencher d'une manière intempestive. Nous n'y pouvons pas grand-chose.

Norman hocha la tête et s'en alla vers la cuisine du cylindre E. Levy avait préparé du sablé aux fraises pour le déjeuner, mais personne n'en avait mangé à cause de l'accident d'Edmunds. Il était si sûr que le gâteau serait toujours là qu'il se sentit frustré de ne pas le trouver. Il ouvrit les portes des placards, les referma en les claquant, donna un coup de pied dans la porte du réfrigérateur.

Du calme, se dit-il. *Ce n'était qu'une fausse alerte.*

Mais il ne pouvait se défaire de l'impression qu'il avait d'être pris au piège, coincé dans une sorte de fichu poumon d'acier surdimensionné tandis que tout se désagrégeait lentement autour de lui. Le pire moment avait été le briefing de Barnes, quand ce dernier était rentré après avoir envoyé le corps d'Edmunds à la surface.

Barnes avait décidé qu'il était temps de faire un petit discours, de les gratifier d'un petit laïus d'encouragement.

– Je sais que vous êtes tous bouleversés par ce qui est arrivé à Edmunds, leur avait-il dit, mais c'était un accident. Peut-être a-t-elle commis une erreur de jugement en sortant parmi les méduses. Peut-être pas. Le fait est qu'il se produit des accidents dans les meilleures conditions, et le fond de la mer est un environnement particulièrement impitoyable.

Il est en train d'écrire son rapport, s'était dit Norman en l'écoutant. *Il fournit des explications d son patron.*

– Pour l'instant, poursuivait Barnes, je vous demande instamment de garder votre calme. Il y a seize heures que la tempête s'est déchaînée à la surface. Nous venons d'y envoyer un ballon détecteur, mais le câble s'est rompu avant que nous puissions obtenir des relevés, ce qui laisse supposer qu'il y a encore des vagues d'au moins dix mètres et que le vent est toujours au maximum de sa force. Les estimations du satellite météo prévoyaient soixante heures de tempête dans ce secteur ; nous avons donc encore deux jours à passer ici, et nous n'y pouvons pas grand-chose. La seule chose à faire est de rester calmes. N'oubliez pas que même quand vous remonterez, vous ne pourrez pas ouvrir le panneau du sas et vous mettre à respirer. Vous devrez passer quatre jours de plus en caisson hyperbare à la surface.

C'était la première fois que Norman entendait parler de décompression en surface. Même quand ils seraient sortis de ce poumon d'acier, il leur faudrait encore passer quatre jours dans un autre poumon d'acier ?

– Je croyais que vous le saviez, avait dit Barnes. C'est la procédure normale en milieu saturé. Vous pouvez rester ici au fond aussi longtemps que vous le voulez, mais il y a quatre jours de décompression quand vous remontez. Et croyez-moi, cet habitat est bien plus confortable que le caisson de décompression. Alors profitez-en pendant que vous le pouvez.

Profitez-en pendant que vous le pouvez. Bon Dieu. Du sablé aux fraises lui ferait du bien. Où diable était Levy, au fait ?

Il retourna dans le cylindre D.

– Où est Levy ?

– Sais pas, dit Tina. Quelque part par là. Peut-être qu'elle dort.

– Personne n'aurait pu dormir avec ce signal d'alarme.

– Essayez la cuisine.

– J'en viens. Où est Barnes ?

– Il est retourné au vaisseau avec Ted. Ils sont allés installer d'autres détecteurs autour de la sphère.

– Je leur ai dit que c'était une perte de temps, dit Harry.

– Alors personne ne sait où est Levy ? insista Norman.

Fletcher finissait de revisser les panneaux de l'ordinateur.

– Docteur, dit-elle, êtes-vous de ces gens qui ont besoin de toujours savoir où tout le monde se trouve ?

– Non, bien sûr que non.

– Alors pourquoi toutes ces questions à propos de Levy, sir ?

– Je voulais seulement savoir où était le sablé aux fraises.

– Il n'y en a plus, dit vivement Fletcher. Quand je suis revenue avec le capitaine de notre service funèbre, nous nous sommes assis et nous l'avons mangé tout entier, comme ça.

– Rose en refera peut-être, dit Harry.

Norman retrouva Beth dans son laboratoire, au niveau supérieur du cylindre D. Il entra juste à temps pour la voir avaler une pilule, qu'elle fit passer avec un peu de Coca-Cola.

– Qu'est-ce que c'était ?

– Du Valium. Bon sang.

– Où l'avez-vous trouvé ?

– Écoutez, vous n'allez pas me tenir des discours de psychologie sur...

– Je ne faisais que demander.

Beth lui montra une boîte blanche fixée au mur dans un angle du laboratoire.

– Il y a une armoire à pharmacie dans chaque cylindre. Et elles sont bien garnies.

Norman s'approcha de la boîte, dont il ouvrit le couvercle. Des compartiments bien ordonnés contenaient des médicaments, des seringues, des bandes. Beth avait raison, l'assortiment était complet : antibiotiques, sédatifs, tranquillisants, et même des anesthésiques chirurgicaux. Il ne reconnut pas tous les noms portés sur les flacons, mais les drogues psychoactives étaient fortes.

– Il y a de quoi mener une guerre, avec le contenu de cette armoire.

– Oui, bah. C'est la Marine.

– Il y a tout ce qu'il faut là-dedans pour une opération chirurgicale importante.

Norman remarqua à l'intérieur de la boîte une carte qui disait :

« ASSISTANCE MÉDICALE CODE 103 ».

– Vous avez idée de ce que ça veut dire ?

Elle hocha la tête.

– C'est un code informatique. Je l'ai consulté.

– Et ?

– Ça n'a rien de réjouissant.

– Vraiment ?

Norman s'assit au terminal du laboratoire et frappa le code 103. L'écran lui répondit :

MILIEU HYPERBARE SATURÉ –
COMPLICATIONS MÉDICALES (MAJEURES – FATALES)

1.01 Embolie pulmonaire
1.02 Syndrome nerveux des hautes pressions
1.03 Nécrose osseuse aseptique
1.04 Intoxication oxygénique
1.05 Syndrome de stress thermique
1.06 Infection par pseudomonas disséminés
1.07 Infarctus cérébral

Choix :

– N'en choisissez aucun, dit Beth. La lecture des détails ne ferait que vous rendre malade. Contentez-vous de savoir que nous nous trouvons dans un environnement extrêmement dangereux. Barnes ne s'est pas soucié de nous fournir tous les détails les plus horribles. Vous savez pourquoi la Marine a établi ce règlement prévoyant de remonter les gens au bout de soixante-douze heures ? Parce que, au-delà de cette période, vous devenez sujet à ce qu'on appelle la « nécrose osseuse aseptique ». Personne ne sait pourquoi, mais l'environnement pressurisé provoque une destruction de l'os dans la jambe et dans la hanche. Et vous savez pourquoi l'habitat s'ajuste continuellement à notre présence quand nous nous déplaçons ? Ce n'est pas un raffinement de haute technologie ; c'est parce que l'atmosphère d'hélium rend le contrôle thermique du corps très instable. On peut souffrir d'hyperthermie, et tout aussi rapidement d'hypothermie. Et c'est mortel. Ça peut vous arriver si vite que vous ne vous en rendez pas compte avant qu'il soit trop tard et que vous tombiez raide mort. Et le « syndrome nerveux des hautes pressions » ? Ce sont des convulsions soudaines, la paralysie et la mort quand la proportion de gaz carbonique dans l'atmosphère descend trop bas. La fonction des badges est de nous assurer qu'il y a suffisamment de gaz carbonique dans l'air. C'est la seule raison pour laquelle nous les portons. Pas mal, hein ?

Norman éteignit le moniteur et se renfonça dans son siège.

– Bon, j'en reviens toujours au même point, nous ne pouvons pas y faire grand-chose pour l'instant.

– Exactement ce qu'a dit Barnes.

Beth se mit à déplacer nerveusement des appareils sur la table de travail, réagençant leur disposition.

– Dommage que nous n'ayons pas un spécimen de ces méduses, dit Norman.

– Oui, mais à dire vrai je ne sais pas trop si ça nous serait bien utile.

Beth fronça les sourcils tout en déplaçant des papiers sur son bureau.

– Norman, je ne pense pas très clairement, ici.

– Que voulez-vous dire ?

– Après, heu, l'accident, je suis montée ici pour consulter mes notes, passer les faits en revue. Et j'ai vérifié les crevettes. Vous vous rappelez quand je vous ai dit qu'elles n'avaient pas d'estomac ? Eh bien, elles en ont un. J'avais fait une mauvaise dissection, hors du plan médiosagittal. J'ai manqué tous les organes de la partie médiane. Mais ils étaient bien là ; les crevettes sont normales. Et les calmars ? Il se trouve que celui que j'avais disséqué avait une petite anomalie. Il avait une branchie atrophiée, mais il l'avait. Et les autres calmars sont parfaitement normaux. Exactement comme on pourrait s'y attendre. Je me suis trompée, j'étais trop pressée. Ça me tracasse réellement.

– C'est pour ça que vous preniez du Valium ?

Elle hocha la tête.

– J'ai horreur de bousiller le travail comme ça.

– Personne ne vous critique.

– Si Harry ou Ted avaient vérifié mon travail et découvert que j'avais commis ces erreurs stupides...

– Qu'y a-t-il de mal à commettre une erreur ?

– Je les entends d'ici : C'est bien d'une femme, pas assez méticuleuse, trop avide de faire une découverte, d'essayer de se faire reconnaître, trop pressée de tirer des conclusions. Typiquement féminin.

– Personne ne vous critique, Beth.

– Moi, si.

– Personne d'autre. Je pense que vous devriez vous reposer un peu.

Elle contempla un moment la paillasse de laboratoire.

– Je ne peux pas, dit-elle enfin.

Quelque chose, dans la manière dont elle avait dit cela, toucha Norman, et un souvenir lui revint brusquement.

– Je comprends, dit-il. Vous savez, quand j'étais enfant, je suis allé un jour à la plage avec mon jeune frère, Tim. Il est mort, maintenant, mais il avait environ six ans à cette époque. Il ne savait pas encore nager. Ma mère m'avait dit de le surveiller soigneusement, mais quand je suis arrivé à la plage, tous mes amis étaient là en train de nager dans les rouleaux. Je n'avais pas envie de rester coincé à cause de mon frère. C'était difficile, parce que je voulais aller dans les grosses vagues déferlantes, et qu'il devait rester près du bord.

« Quoi qu'il en soit, au milieu de l'après-midi, voilà qu'il sort de l'eau en hurlant comme si on l'écorchait vif, des hurlements épouvantables. Et il se tenait le côté droit. Il avait été brûlé par une méduse. Elle était encore collée à lui, et il s'est effondré sur la plage. L'une des mères qui se trouvaient là s'est précipitée et l'a emmené à l'hôpital avant même que je puisse sortir de l'eau. Je ne savais pas où ils étaient allés. Quand je suis arrivé à l'hôpital, plus tard, ma mère était déjà là. Tim était choqué ; je suppose que la dose de poison était forte pour son petit corps. De toute façon, personne ne m'a fait de reproche. Même si j'avais été assis sur la plage en train de le surveiller comme un faucon, il aurait été brûlé de toute façon. Mais je n'avais pas été assis sur la plage, et je m'en suis voulu pendant des années, longtemps après sa guérison. Chaque fois que je voyais ces cicatrices à son côté, j'éprouvais un terrible sentiment de culpabilité. Mais on finit par le surmonter. On ne peut pas se sentir responsable de tout ce qui arrive dans le monde. On ne l'est pas.

Il y eut un silence. Quelque part dans l'habitat, Norman entendait un cognement rythmique étouffé, une sorte de battement. Et le bourdonnement perpétuel des ventilateurs.

Beth le dévisagea.

– Ça a dû être dur pour vous, de voir Edmunds mourir.

– C'est drôle, dit Norman. Jusqu'à maintenant, je n'avais pas fait le rapprochement.

– Un blocage, je suppose. Vous voulez un Valium ?

Il sourit.

– Non.

– Vous aviez l'air près de pleurer.

– Non, ça va.

Norman se leva et s'étira, puis il alla jusqu'à l'armoire à pharmacie dont il referma le couvercle blanc, et revint.

– Que pensez-vous de ces messages que nous recevons ? demanda Beth.

– Ça me dépasse, dit Norman en se rasseyant. En fait, j'ai eu une idée démente. Pensez-vous que les messages et ces animaux que nous voyons aient une relation ?

– Pourquoi ?

– Je n'y ai jamais pensé avant l'apparition des messages en spirale. Harry dit que c'est parce que la chose – la fameuse *chose* – croit que nous pensons en spirales. Mais le plus vraisemblable est qu'elle pense en spirales, et qu'elle présume donc que nous en faisons autant. La sphère est ronde, n'est-ce pas ? Et tous ces animaux que nous avons vus ont une symétrie radiale. Les méduses, les calmars.

– Belle idée, sauf que le calmar n'est pas radialement symétrique. Le poulpe l'est. Le calmar, comme le poulpe, possède des tentacules disposés en cercle ; mais il est bilatéralement symétrique, avec un côté gauche inverse du côté droit, comme nous. Et puis il y a les crevettes.

– C'est vrai, les crevettes, fit Norman, qui les avait oubliées.

– Je ne vois pas de relation entre la sphère et les animaux.

Ils entendirent de nouveau le cognement, étouffé, rythmique. Assis dans son fauteuil, Norman se rendit compte qu'il en ressentait également la vibration... un léger impact.

– Qu'est-ce que c'est que ça ?

– Je ne sais pas. On dirait que ça vient de l'extérieur.

Norman se dirigeait vers le hublot quand l'intercom cliqueta.

– Attention s'il vous plaît, fit la voix de Barnes, tout le monde au centre de communications. Le Dr Adams a percé le code.

Harry refusa de leur lire le message aussitôt. Se délectant de son triomphe, il insista pour décrire tout le processus du décodage, pas à pas. Tout d'abord, expliqua-t-il, il avait pensé que les messages pourraient exprimer quelque constante universelle, ou une loi physique, énoncée en tant que moyen d'engager la conversation.

– Mais, ça pouvait être aussi une représentation graphique d'un type quelconque – une image codée –, ce qui aurait présenté d'énormes difficultés. Après tout, qu'est-ce qu'une image ? Nous dessinons les images sur un plan, une feuille de papier par exemple. Nous définissons des positions dans une image à l'aide de ce que nous appelons des axes X et Y. La verticale et l'horizontale. Mais une autre intelligence pourrait voir les images d'une autre façon et les organiser très différemment. Elle pourrait présumer l'existence de plus de trois dimensions. Ou elle pourrait par exemple aller du centre de l'image vers l'extérieur. Le code pourrait donc se révéler extrêmement complexe. Je n'ai pas fait beaucoup de progrès au début.

Plus tard, quand il vit le même message avec des espaces entre diverses séquences de chiffres, Harry commença à soupçonner que le code représentait des portions discrètes d'information correspondant à des mots et non à des images.

– Les codes de ce genre sont de plusieurs types, du plus simple au plus complexe. Il n'y avait aucun moyen de savoir immédiatement quelle méthode de codage avait été appliquée. Mais j'ai eu une intuition soudaine.

Tout le monde attendit, impatiemment, de connaître son intuition.

– Pourquoi utiliser un code quelconque? dit-il.

– Pourquoi utiliser un code? demanda Norman.

– Bien sûr. Si vous essayez de communiquer avec quelqu'un, vous n'utilisez pas de code. Les codes sont des moyens de dissimuler la communication. Peut-être cette intelligence croit-elle donc communiquer directement, mais commet-elle en fait une sorte d'erreur logique en nous parlant. Elle crée un code sans le vouloir. Cela laissait supposer que le code était probablement un code de substitution, avec des nombres à la place des lettres. Quand j'ai eu les coupures entre les mots, j'ai commencé à essayer d'apparier des nombres à des lettres en procédant à une analyse de fréquence. L'analyse de fréquence consiste à percer un code à partir du fait que la lettre la plus commune en anglais est le *e*, suivi du *t*, et ainsi de suite. Alors j'ai cherché les nombres les plus fréquents. Mais j'ai été handicapé par le fait que même une courte séquence de chiffres, telle que deux-trois-deux, peut représenter de nombreuses possibilités de codage : deux, trois et deux, vingt-trois et deux, deux et trente-deux, ou deux cent trente-deux. Des séquences plus longues offraient encore plus de possibilités.

Puis, alors qu'il était assis devant l'ordinateur en train de réfléchir aux messages en spirale, il avait soudain regardé le clavier.

– J'ai commencé à me demander comment une intelligence extraterrestre interpréterait notre clavier, ces rangées de symboles sur un dispositif de touches conçues pour être pressées. Combien déconcertant il devait être pour un être tout à fait différent ! Regardez, dit Harry en montrant son bloc-notes, les lettres d'un clavier courant sont disposées de cette façon :

	&	é	«	'	(	–	é	–	ç	à
tab	A	Z	E	R	T	Y	U	I	O	P
	Q	S	D	F	G	H	J	K	L	M
maj	W	C	V	B	N	,?	;.	:/	!	

– Alors je me suis demandé à quoi ressemblerait ce clavier en tant que spirale, étant donné que notre créature semble avoir une préférence pour cette représentation. Et j'ai entrepris de numéroter les touches en cercles concentriques.

« Il m'a fallu quelques essais, du fait que les touches ne sont pas exactement alignées, mais j'ai fini par y arriver. Regardez : les nombres forment une spirale à partir du centre. G est un, B est deux, H est trois, Y est quatre et ainsi de suite. Vous voyez ? C'est comme ça.

Il inscrivit rapidement les nombres.

	&	é	«	'	(	-12	è11	–	ç	à
tab	A	Z	E	Rl3	T5	Y4	U10	I	O	P
	Q	S	Dl4	F6	Gl	H3	J9	K	L	M
maj	W	X	Cl5	V7	B2	N8	,?	;.	:/	!

– Ils continuent à spiraler vers l'extérieur – le point d'interrogation est seize, K est dix-sept, et ainsi de suite. Et j'ai finalement compris le message.
– Quel est ce message, Harry ?
Harry hésita.
– Il faut que je vous dise. Il est étrange.
– Que voulez-vous dire, étrange ?
Harry déchira une autre page de son carnet jaune et la leur tendit. Norman lut le court message, écrit en majuscules soignées :

BONJOUR. COMMENT ALLEZ-VOUS ? JE VAIS BIEN.
COMMENT VOUS APPELEZ-VOUS ? JE M'APPELLE JERRY.

LE PREMIER ÉCHANGE

– Eh bien, dit enfin Ted, ce n'est pas du tout ce à quoi je m'attendais.

– Ça paraît puéril, dit Beth. Comme dans un de ces vieux livres de lecture pour enfants.

– Ça y ressemble exactement.

– Vous l'avez peut-être mal traduit, dit Barnes.

– Certainement pas.

– Alors cet extraterrestre parle comme un idiot.

– Je doute fort qu'il le soit, dit Ted.

– Vous, évidemment. Un extraterrestre stupide renverserait toutes vos théories. Mais c'est quelque chose à envisager, non ? Un extraterrestre stupide. Il doit bien y en avoir.

– Je doute que quiconque disposant d'une technologie aussi avancée que celle de cette sphère puisse être stupide.

– Alors vous n'avez pas remarqué toutes les niguedouilles qui conduisent des voitures dans notre pays, dit Barnes. Bon Dieu, tout ce travail pour dire : « Comment allez-vous ? Je vais bien. » Bon Dieu.

– Je n'ai pas le sentiment que ce message implique un manque d'intelligence, Hal, dit Norman.

– Au contraire, appuya Harry. Je pense qu'il est très ingénieux.

– Je vous écoute, dit Barnes.

– Le contenu semble évidemment puéril, mais quand on y réfléchit, il est extrêmement logique. Un message simple est dépourvu d'ambiguïté, amical, et n'inspire aucune frayeur. Il est parfaitement sensé d'envoyer un message de ce type. Je pense qu'il nous aborde de la manière simple dont nous aborderions un chien. Vous savez, tendre la main, laisser le chien la flairer, s'habituer à vous.

– Vous voulez dire qu'il nous traite comme des chiens ?

Barnes est complètement dépassé, se dit Norman. *Il est irritable parce qu'il a peur ; il se sent insuffisant. À moins qu'il n'ait l'impression d'outrepasser son autorité.*

– Non, Hal, dit Ted. Il commence à un niveau simple, c'est tout.

– Pour être simple, c'est simple, dit Barnes. Bon Dieu, nous entrons en contact avec un extraterrestre venu de l'espace, et il nous dit qu'il s'appelle Jerry.

– Évitons les conclusions hâtives, Hal.

– Il a peut-être un nom de famille, dit Barnes avec optimisme. Quand je pense que je vais dire dans mon rapport au Commandement du Pacifique qu'une personne est morte au cours d'une expédition en plongée saturée pour rencontrer un extraterrestre qui s'appelle Jerry ! On pourrait trouver mieux. N'importe quoi d'autre que Jerry. On peut lui demander ?

– Lui demander quoi ? fit Harry.

– Son nom et son prénom.

– J'estime personnellement que nous devrions avoir des conversations plus substantielles, dit Ted.

– Je voudrais son nom complet, insista Barnes. Pour le rapport.

– Très bien, dit Ted. Nom et prénom, grade et matricule.

– J'aimerais vous rappeler, docteur Fielding, que c'est moi qui commande, ici.

– La première chose à faire est de voir s'il répondra, dit Harry. Envoyons-lui le premier groupe de chiffres.

Il frappa :

000226080926101324

Il y eut une pause, puis l'écran répondit :

000226080926101324

– Très bien, dit Harry. Jerry nous écoute.

Il inscrivit des notes sur son carnet, et frappa une autre série de chiffres :

0008261022 222633332122 3633182224

– Qu'avez-vous dit ? demanda Beth.

– Nous sommes amis.

– Laissez tomber l'amitié. Demandez-lui son foutu nom, dit Barnes.

– Une minute. Une chose à la fois.

– Il n'a peut-être pas de nom de famille, vous savez, dit Ted.

– Vous pouvez être fichtrement sûr que son vrai nom n'est pas Jerry, dit Barnes.

La réponse s'afficha :

0026101824

– Il a répondu « oui ».

– Oui, quoi ? demanda Barnes.

– Seulement « oui ». Voyons si nous pouvons le faire passer aux caractères alphabétiques. Ce sera plus facile si nous utilisons les lettres au lieu de ses codes numériques.

– Comment allez-vous lui faire utiliser les lettres ?

– Nous lui montrerons que c'est la même chose, dit Harry en tapant :

000226080926101324 = BONJOUR.

Il y eut une autre courte pause, puis l'écran clignota :

000226080926101324 = BONJOUR.

– Il n'a pas compris, dit Ted.

– Non, il n'en a pas l'air. Essayons une autre association.

Harry frappa :

0026101824 = OUI.

La réponse leur parvint aussitôt :

0026101824 = OUI.

– Il ne saisit vraiment pas, dit Ted.

– Je le croyais si intelligent, fit Barnes.

– Donnez-lui une chance. Après tout, il parle notre langue, et non l'inverse.

– L'inverse, dit Harry. Bonne idée. Essayons l'inverse, pour voir s'il déduira l'équation de cette façon. Il frappa :

0026101824 = OUI. OUI. = 0026101824

Il y eut une longue pause, durant laquelle ils gardèrent les yeux fixés sur l'écran. Rien ne se passa.

– Est-ce qu'il réfléchit ?

– Qui sait ce qu'il fait ?

– Pourquoi ne répond-il pas ?

– Laissez-lui une chance, Hal, voulez-vous ?

La réponse apparut enfin :

OUI. = 0026101824 4281016200 = .IUO

– Hum-mm. Il pense que nous lui montrons des images au miroir.

– Stupide, dit Barnes. Je le savais.

– Que faisons-nous maintenant ?

– Essayons une déclaration plus complète, dit Harry. Donnons-lui plus de matière première.

Il frappa :

0026101824 = 0026101824, OUI. = OUI., 0026101824 = OUI.

– Un syllogisme, dit Ted. Très bon.

– Un quoi ? demanda Barnes.

– Une proposition logique, dit Ted.

La réponse s'affiche : ,=,

– Qu'est-ce que c'est que *ça* ? fit Barnes.

Harry sourit.

– Je pense qu'il joue avec nous.

– Qu'il joue avec nous ? Vous appelez ça jouer ?

– Exactement.

– Ce que vous voulez dire en réalité, c'est qu'il nous met à l'épreuve, il teste nos réactions face à une situation de tension, dit Barnes en plissant les yeux. Il fait seulement semblant d'être stupide.

– Peut-être essaie-t-il d'évaluer notre intelligence, dit Ted. Peut-être pense-t-il que nous sommes stupides, Hal.

– Ne soyez pas ridicule.

– Non, dit Harry. Le fait est qu'il agit comme un gamin qui essaie de se faire des amis. Et quand des enfants essaient de devenir amis, ils commencent par jouer ensemble. Essayons quelque chose de ludique.

Harry s'assit à la console et frappa : = = =

La réponse arriva aussitôt : ,,,

– Futé, dit Harry. Ce type est vraiment futé.

Il frappa vivement : =,=

La réponse s'afficha : **7 & 7**

– Vous vous amusez bien ? demanda Barnes. Parce que je ne sais fichtre pas ce que vous êtes en train de faire.

– Il me comprend tout à fait, dit Harry.

– Je suis content qu'il y ait quelqu'un qui vous comprenne.

Harry frappa :

PpP

La réponse s'afficha :

BONJOUR. = 000226080926101324

– Très bien, il en a assez. La récréation est finie. Passons au langage clair.

Harry frappa :

OUI.

La réponse apparut :

0026101824

Il y eut une pause, puis l'écran afficha :

JE SUIS ENCHANTÉ DE FAIRE VOTRE CONNAISSANCE. TOUT LE PLAISIR EST POUR MOI, JE VOUS PRIE DE LE CROIRE.

Il y eut un long silence durant lequel personne ne dit mot.

– Très bien, dit enfin Barnes. Passons aux choses sérieuses.

– Il est poli, dit Ted. Très aimable.

– À moins que ce ne soit de la comédie.

– Pourquoi serait-ce de la comédie ?

– Ne soyez pas naïf.

Norman regardait les lignes affichées sur l'écran. Sa réaction fut différente de celle des autres – il était surpris de voir exprimée une émotion. Cet extraterrestre avait-il des émotions ? Probablement pas, se dit-il. Le style fleuri, plutôt archaïque, laissait supposer qu'il s'agissait d'un ton délibérément adopté : Jerry parlait comme un personnage de roman historique.

– Bien, mesdames et messieurs, dit Harry, pour la première fois dans l'histoire humaine, vous êtes en communication directe avec un extraterrestre. Que voulez-vous lui demander ?

– Son nom, dit Barnes aussitôt.

– À part son nom, Hal.

– Il y a certainement des questions plus fondamentales que son nom, dit Ted.

– Je ne comprends pas pourquoi vous ne voulez pas lui demander...

L'écran affiche :
ÊTES-VOUS L'ENTITÉ HECHO EN MEXICO ?

– Bon Dieu, d'où sort-il ça ?

– Il y a sans doute à bord de ce vaisseau des choses qui sont fabriquées au Mexique.

– Quoi, par exemple ?

– Des circuits intégrés, peut-être.

ÊTES-VOUS L'ENTITÉ MADE IN THE USA ?

– Ce type n'attend même pas de réponse.

– Qui a dit que c'était un type ? demanda Beth.

– Oh, Beth.

– Peut-être que Jerry est le diminutif de Geraldine.

– Pas maintenant, Beth.

ÊTES-VOUS L'ENTITÉ MADE IN THE USA ?

– Répondez-lui, dit Barnes.

OUI, NOUS LE SOMMES. QUI ÊTES-VOUS ?

Un long silence, puis :

NOUS SOMMES.

– Nous sommes quoi ? demanda Barnes, les yeux fixés sur l'écran.

– Hal, du calme.

Harry frappa :

NOUS SOMMES LES ENTITÉS DES USA. QUI ÊTES-VOUS ?
ENTITÉS = ENTITÉ ?

– Dommage que nous devions parler anglais, dit Ted. Comment allons-nous lui apprendre le pluriel ?

Harry frappa : **NON.**

VOUS ÊTES UNE ENTITÉ MULTIPLE ?

– Je vois ce qu'il demande. Il pense que nous sommes peut-être de multiples parties d'une même entité.

– Alors détrompez-le.

NON. NOUS SOMMES DE NOMBREUSES ENTITÉS SÉPARÉES.

– Vous pouvez répéter ça ? dit Beth.

JE COMPRENDS. Y A-T-IL UNE ENTITÉ DE COMMANDE ?

Ted éclata de rire.

– Regardez ce qu'il demande !

– Je ne saisis pas, dit Barnes.

– Il dit : « Conduisez-moi à votre chef. » Il demande qui commande.

– C'est moi qui commande, dit Barnes. Dites-le-lui.

Harry frappa : **OUI. L'ENTITÉ DE COMMANDE EST LE CAPITAINE HARALD C. BARNES.**

JE COMPRENDS.

– Avec un *o*, dit Barnes d'un ton irascible. Harold s'écrit avec un *o*.

– Vous voulez que je le refrappe ?

– Peu importe. Demandez-lui seulement qui il est.

QUI ÊTES-VOUS ?

JE SUIS UN.

– Bon, dit Barnes. Alors il n'y en a qu'un seul. Demandez-lui d'où il vient.

D'OÙ ÊTES-VOUS ?

JE SUIS D'UN ENDROIT.

– Demandez-lui le nom, dit Barnes. Le nom de l'endroit.

– Hal, les noms prêtent à confusion.

– Il faut que nous obligions ce type à nous donner des détails !

OÙ EST L'ENDROIT D'OÙ VOUS ÊTES ?

JE SUIS ICI.

– Ça, nous le savons. Demandez-le-lui de nouveau.

OÙ EST L'ENDROIT D'OÙ VOUS ÊTES COMMENCÉ ?

– C'est du petit nègre, « d'où vous êtes commencé ». Ça va avoir l'air idiot, quand nous publierons cet échange.

– Nous le corrigerons pour la publication, dit Barnes.

– Mais vous ne pouvez pas faire ça, dit Ted, horrifié. Vous ne pouvez pas retoucher cette inestimable interaction scientifique.

– Ça se fait constamment. Comment appelez-vous ça ? « Le massage de l'information. »

Harry avait recommencé à taper.

OÙ EST L'ENDROIT D'OÙ VOUS ÊTES COMMENCÉ ?

J'AI COMMENCÉ À LA CONSCIENCE.

– La conscience ? C'est une planète ou quoi ?

OÙ EST LA CONSCIENCE ?

LA CONSCIENCE EST.

– Il nous prend pour des imbéciles, dit Barnes.

– Laissez-moi essayer, dit Ted.

Harry s'écarta, et Ted frappa : **AVEZ-VOUS FAIT UN VOYAGE ?**

OUI. AVEZ-VOUS FAIT UN VOYAGE ?

OUI.

JE FAIS UN VOYAGE. VOUS FAITES UN VOYAGE. NOUS FAISONS UN VOYAGE ENSEMBLE. JE SUIS HEUREUX.

Il dit qu'il est heureux, songea Norman. Une autre expression d'émotion, et qui ne semblait pas cette fois sortir d'un livre. La déclaration semblait directe et authentique. Cela signifiait-il que l'extraterrestre éprouvait des émotions ? Ou qu'il feignait seulement de les éprouver, pour se montrer joueur ou les mettre à leur aise ?

– Arrêtons ces foutaises, dit Barnes. Posez-lui des questions à propos de ses armes.

– Je doute qu'il comprenne le concept d'arme.

– Tout le monde le comprend. La défense est une réalité vitale.

– Je dois protester contre cette attitude, dit Ted. Les militaires présument toujours que tout le monde est exactement comme eux. Cet extraterrestre n'a peut-être pas la moindre notion d'arme ni de défense. Il vient peut-être d'un monde où la défense est totalement hors de propos.

– Puisque vous ne m'écoutez pas, dit Barnes, je vais le répéter. La défense est une réalité vitale. Si ce Jerry est vivant, il connaît le concept de défense.

– Bon Dieu, voilà que vous élevez votre notion de défense au niveau d'un principe vital universel – la défense en tant que caractéristique inéluctable de la vie.

208

– Vous pensez que ça ne l'est pas ? Comment définissez-vous une membrane cellulaire ? Comment définissez-vous un système immunitaire ? Comment définissez-vous votre peau ? Comment définissez-vous la cicatrisation ? Tout être vivant doit maintenir l'intégrité de ses frontières physiques. Cela s'appelle la défense, et il n'y a pas de vie possible sans elle. On ne peut pas imaginer un être sans une limite corporelle qu'il défend. Tout être vivant sait ce qu'est la défense, je vous le jure. Maintenant, posez-lui la question.

– À mon avis, le capitaine n'a pas tort, dit Beth.

– Peut-être, fit Ted, mais je ne sais pas si nous devrions faire appel à des concepts susceptibles d'induire la paranoïa...

– C'est moi qui commande, ici.

L'écran afficha :

VOTRE VOYAGE EST-IL MAINTENANT LOIN DE VOTRE ENDROIT ?

– Dites-lui d'attendre une minute.

Ted frappa : **VEUILLEZ ATTENDRE. NOUS SOMMES EN TRAIN DE PARLER.**

OUI, MOI AUSSI. JE SUIS ENCHANTÉ DE PARLER AUX ENTITÉS MULTIPLES DE MADE IN THE USA. J'AIME BEAUCOUP.

MERCI.

JE SUIS CONTENT D'ÊTRE EN CONTACT AVEC VOS ENTITÉS. JE SUIS CONTENT DE PARLER AVEC VOUS. J'AIME BEAUCOUP.

– Coupons la communication, dit Barnes.

S'IL VOUS PLAÎT, N'ARRÊTEZ PAS. J'AIME BEAUCOUP.

Je suppose qu'il doit avoir envie de parler à quelqu'un, songea Norman, *après trois cents ans de solitude.* Ou bien avait-ce été plus long encore ? Avait-il flotté dans l'espace pendant des milliers d'années avant d'être recueilli par le vaisseau spatial ?

Pour Norman, cela soulevait toute une série de questions. Si l'entité extraterrestre était capable d'émotion – et il semblait bien que ce fût le cas – toutes sortes de réactions émotionnelles aberrantes étaient possibles, y compris des névroses, et même des psychoses. La plupart des êtres humains placés en isolement devenaient sérieusement perturbés au bout de peu de temps. Cette intelligence extraterrestre avait été isolée pendant des centaines d'années. Que lui était-il arrivé pendant ce temps ? Était-elle devenue névrosée ? Était-ce pour cette raison qu'elle était à présent puérile et exigeante ?

N'ARRÊTEZ PAS. J'AIME BEAUCOUP.

– Il faut que nous arrêtions, sacré nom ! dit Barnes.

Ted frappa : **NOUS ARRÊTONS MAINTENANT POUR PARLER ENTRE NOS ENTITÉS.**

IL N'EST PAS NÉCESSAIRE D'ARRÊTER. IL ME DÉPLAÎT D'ARRÊTER.

Norman crut déceler une nuance de susceptibilité, d'irritation. Peut-être le ton était-il même impérieux. *Il me déplaît d'arrêter* – cet extraterrestre parlait comme Louis XIV.

C'EST NÉCESSAIRE POUR NOUS, frappa Ted.

JE N'EN AI PAS ENVIE.

C'EST NÉCESSAIRE POUR NOUS, JERRY,

JE COMPRENDS.

L'écran s'effaça.

– Voilà qui est mieux, dit Barnes. Maintenant concertons-nous et élaborons un plan de jeu. Que devons-nous demander à ce type ?

– Je pense que nous ferions bien de reconnaître qu'il manifeste des réactions émotionnelles à notre inter-action, dit Norman.

– Ce qui signifie ? demanda Beth, l'air intéressé.

– Je pense que nous devons tenir compte du contenu émotionnel dans nos relations avec lui.

– Vous voulez le psychanalyser ? fit Ted. L'allonger sur le divan et découvrir pourquoi il a eu une enfance malheureuse ?

Norman réprima sa colère avec quelque difficulté. *Sous cet extérieur puéril il y a un enfant*, songea-t-il.

– Non, Ted, mais si Jerry éprouve effectivement des émotions, nous ferions bien de considérer les aspects psychologiques de ses réactions.

– Je ne voudrais pas vous offenser, dit Ted, mais personnellement je ne vois pas que la psychologie ait grand-chose à offrir. La psychologie n'est pas une science, c'est une forme de superstition ou de religion. Elle ne dispose simplement d'aucune bonne théorie, ni de données tangibles qui vaillent la peine d'être citées. Ce n'est que du vent. Toute cette insistance sur les émotions – vous pouvez dire n'importe quoi des émotions, et personne ne peut prouver que vous avez tort. En tant qu'astrophysicien, je ne pense pas qu'elles aient beaucoup d'importance. Je pense qu'elles sont tout à fait secondaires.

– Beaucoup d'intellectuels seraient d'accord avec vous, dit Norman.

– Oui. Eh bien, nous avons affaire à un intellect supérieur, dans le cas présent, n'est-ce pas ?

– En général, les gens qui n'ont pas de contact avec leurs émotions tendent à les considérer comme dépourvues d'importance.

– Vous voulez dire que je n'ai pas de contact avec mes émotions ?

– Si vous pensez que les émotions n'ont pas d'importance, c'est que vous n'êtes pas en contact avec elles, non.

– Pourrions-nous reporter cette discussion à plus tard ? demanda Barnes.

– Rien n'en a, c'est la pensée qui en donne, dit Ted.

– Pourquoi ne dites-vous pas simplement ce que vous voulez dire, au lieu de citer les autres ? fit Norman avec colère.

– Voilà que vous vous livrez à des attaques personnelles, à présent.

– Du moins, je n'ai pas dénigré la validité de votre domaine d'études, bien que je puisse le faire sans beaucoup d'effort. Les astrophysiciens tendent à se concentrer sur l'univers lointain pour échapper aux réalités de leur vie personnelle. Et puisque rien en astrophysique ne peut jamais être définitivement prouvé...

– C'est absolument faux.

– Assez ! C'est assez ! cria Barnes en assenant un coup de poing sur la table.

Il y eut un silence gêné. Norman était toujours en colère, mais il était aussi embarrassé. *Ted m'a fait sortir de mes gonds*, se dit-il. *Il a fini par me mettre hors de moi. Et il l'a fait de la manière la plus simple, en attaquant le domaine de mon travail.* Il se demanda pourquoi cela avait réussi. Toute sa vie durant, à l'université, il avait dû écouter les scientifiques « durs » – physiciens et chimistes – lui expliquer patiemment qu'il n'y avait rien dans la psychologie, alors que ces hommes allaient de divorce en divorce, que leurs femmes avaient des aventures, que leurs enfants se suicidaient ou avaient de sérieux ennuis liés à l'usage des drogues. Il avait depuis longtemps cessé de répondre à ces arguments.

Pourtant, Ted l'avait mis hors de lui.

– ... revenir à nos problèmes immédiats, disait Barnes. La question est : que devons-nous demander à ce type ?

QUE DEVONS-NOUS DEMANDER À CE TYPE ?

Tous leurs regards se fixèrent sur l'écran.

– Eh, oh, fit Barnes.

EHOH.

– Est-ce que ça signifie ce que je pense ?

EST-CE QUE ÇA SIGNIFIE CE QUE JEU PENSE ?

Ted s'écarta du clavier.

– Jerry, comprenez-vous ce que je dis ?

OUI, TED.

– Fantastique, dit Barnes en secouant la tête. Tout simplement fantastique.

JE SUIS HEUREUX AUSSI.

NÉGOCIATIONS EXTRATERRESTRES

– Norman, dit Barnes, je crois me souvenir que vous aviez mentionné cela dans votre rapport, non ? La possibilité qu'un extraterrestre soit capable de lire nos pensées.

– J'en ai parlé.

– Et quelles étaient vos recommandations ?

– Je n'en faisais aucune. C'était seulement quelque chose que le ministère des Affaires étrangères m'avait demandé d'inclure en tant que possibilité, ce que j'ai fait.

– Et vous n'avez fait aucune recommandation dans votre rapport ?

– Non. À dire vrai, j'ai pensé à cette époque que c'était une plaisanterie.

– Ça ne l'est pas, dit Barnes en s'asseyant lourdement, les yeux fixés sur l'écran. Que diable allons-nous faire maintenant ?

N'AYEZ PAS PEUR.

– Ça lui va bien de dire ça, quand il écoute tout ce que nous disons.

Barnes se tourna vers l'écran.

– Vous nous écoutez en ce moment, Jerry ?

OUI, HAL.

– Quel gâchis !

– Je pense que c'est un fait nouveau passionnant, dit Ted.

– Jerry, pouvez-vous lire nos pensées ? demanda Norman.

212

OUI, NORMAN.

— Oh, mince, dit Barnes. Il peut vraiment lire nos pensées.

Ce n'est pas sûr, se dit Norman. Il se concentra en fronçant les sourcils et pensa : *Jerry, m'entendez-vous ?*

L'écran resta vide.

Jerry, dites-moi votre nom.

L'écran ne changea pas.

Peut-être une image visuelle, songea Norman. *Peut-être peut-il recevoir une image visuelle.* Il chercha dans son esprit quelque chose à visualiser, choisit une plage de sable tropicale, puis un palmier. L'image du palmier était claire, mais il se dit que Jerry ne saurait pas ce qu'était un palmier. L'image ne signifierait rien pour lui. Il devait choisir quelque chose qui fût dans le champ d'expérience de Jerry, et décida d'imaginer une planète avec des anneaux, comme Saturne. Il fronça les sourcils : *Jerry, je vais vous envoyer une image. Dites-moi ce que vous voyez.*

Il se concentra sur l'image de Saturne, une sphère jaune vif avec un système d'anneaux inclinés, suspendue dans le noir de l'espace. Il maintint l'image pendant une dizaine de secondes, puis regarda l'écran.

L'écran ne changea pas.

Jerry, êtes-vous là ?

L'écran ne changea toujours pas.

— Jerry, êtes-vous là ? dit-il à haute voix.

OUI, NORMAN. JE SUIS ICI.

— Je pense que nous ne devrions pas parler dans cette pièce, dit Barnes. Peut-être qu'en allant dans un autre cylindre, et en ouvrant un robinet...

— Comme dans les films d'espionnage ?

— Ça vaut la peine d'essayer.

— Je pense que nous sommes injustes avec Jerry, dit Ted. Si nous avons le sentiment qu'il empiète sur notre intimité, pourquoi ne pas le lui dire tout simplement ? Lui demander de ne pas empiéter ?

JE NE DÉSIRE PAS EN PIÉTER.

— Reconnaissons-le, dit Barnes. Ce type en sait beaucoup plus sur nous que nous n'en savons sur lui.

OUI, JE CONNAIS BEAUCOUP DE CHOSES DE VOS ENTITÉS.

— Jerry ? dit Ted.

OUI, TED. JE SUIS ICI.

— S'il vous plaît, laissez-nous tranquilles.

JE NE DÉSIRE PAS LE FAIRE. JE SUIS HEUREUX DE PARLER AVEC VOUS. J'AIME PARLER AVEC VOUS. PARLONS MAINTENANT. JE LE DÉSIRE.

— Il est évident qu'il n'entendra pas raison, dit Barnes.

— Jerry, dit Ted, vous devez nous laisser tranquilles pendant un moment.

NON. CE N'EST PAS POSSIBLE. JE NE SUIS PAS D'ACCORD. NON !

— Voilà que ce salaud se montre tel qu'il est, dit Barnes.

L'enfant-roi, songea Norman, qui dit à voix haute :

— Laissez-moi essayer.

— Je vous en prie.

— Jerry ?

OUI, NORMAN. JE SUIS ICI.

— Jerry, parler avec vous est pour nous une expérience extrêmement passionnante.

MERCI. JE SUIS PASSIONNÉ AUSSI.

— Jerry, nous vous considérons comme une entité fascinante et merveilleuse.

Barnes roulait les yeux en secouant la tête.

MERCI, NORMAN.

— Et nous souhaitons vous parler pendant des heures et des heures, Jerry.

BON.

— Nous admirons vos dons et vos capacités.

MERCI.

— Et nous savons que vous avez un grand pouvoir et une compréhension de toutes choses.

C'EST VRAI, NORMAN. OUI.

— Jerry, dans votre grande compréhension, vous savez certainement que nous sommes des entités qui avons besoin de converser entre nous, sans que vous nous écoutiez. L'expérience qu'est notre rencontre avec vous constitue une véritable gageure, et nous avons beaucoup de choses à discuter entre nous.

Barnes secouait la tête.

J'AI BEAUCOUP DE CHOSES DONT JE VEUX PARLER AUSSI. J'AIME BEAUCOUP PARLER AVEC VOS ENTITÉS, NORMAN.

— Oui, je sais, Jerry. Mais vous savez aussi dans votre grande sagesse que nous avons besoin de parler seuls.

N'AYEZ PAS PEUR.

— Nous n'avons pas peur, Jerry. Nous sommes mal à l'aise.

NE SOYEZ PAS MAL ALÈSES.

– Nous ne pouvons rien y changer, Jerry... Nous sommes ainsi faits.

J'AIME BEAUCOUP PARLER AVEC VOS ENTITÉS, NORMAN. JE SUIS HEUREUX. ÊTES-VOUS HEUREUX AUSSI ?

– Oui, très heureux, Jerry. Mais, voyez-vous, nous avons besoin...

BON. JE SUIS CONTENT.

– ... nous avons besoin de parler seuls. S'il vous plaît, cessez de nous écouter pendant un moment.

VOUS SUIS-JE OFFENSÉS ?

– Non, vous êtes très aimable et charmant. Mais nous avons besoin de parler seuls, sans que vous écoutiez, pendant un moment.

JE COMPRENDS QUE VOUS AYEZ BESOIN DE CELA. JE DÉSIRE QUE VOUS SOYEZ BIEN ALÈSES AVEC MOI, NORMAN. JE VOUS ACCORDE CE QUE VOUS DÉSIREZ.

– Merci, Jerry.

– Pour sûr, dit Barnes. Vous pensez qu'il va vraiment le faire ?

ON SE RETROUVE TOUT DE SUITE APRÈS UNE PETITE PAUSE POUR CES QUELQUES MESSAGES DE NOTRE SPONSOR.

L'écran s'effaça.

Malgré lui, Norman éclata de rire.

– Fascinant, dit Ted. Il a apparemment capté des signaux de télévision.

– C'est impossible sous l'eau.

– Pour nous, mais on dirait que lui en est capable.

– Je sais qu'il continue à écouter, dit Barnes. J'en suis sûr. Jerry, vous êtes là ?

L'écran était vide.

– Jerry ?

Rien ne se passa. L'écran restait vide.

– Il est parti.

– Eh bien, dit Norman, vous venez de voir le pouvoir de la psychologie en action.

Il n'avait pu s'empêcher de faire cette sortie. Les réflexions de Ted lui étaient restées en travers de la gorge.

– Je suis désolé, commença Ted.

– C'est sans importance.

– Mais je ne pense pas que pour un intellect supérieur, les émotions aient une réelle importance.

– Nous n'allons pas recommencer, dit Beth.

– Le véritable nœud de la question, dit Norman, c'est que les émotions et l'intellect sont totalement indépendants l'un de l'autre. Ils sont pareils à des compartiments séparés du cerveau, ou même à des cerveaux séparés, et ils ne communiquent pas entre eux. C'est pourquoi la compréhension intellectuelle est si inutile.

– La compréhension intellectuelle est *inutile*? fit Ted d'un ton horrifié.

– En de nombreux cas, oui, dit Norman. Si vous lisez un livre sur la manière de monter à bicyclette, saurez-vous conduire une bicyclette? Pas du tout. Vous pourrez lire tout ce que vous voudrez, il faudra quand même que vous montiez sur une bicyclette pour apprendre à rouler avec. La partie de votre cerveau qui apprend à monter à bicyclette est différente de celle qui en lit la théorie.

– Qu'est-ce que ça a à voir avec Jerry? demanda Barnes.

– Nous savons qu'une personne intelligente est tout aussi susceptible de se fourvoyer émotionnellement que n'importe qui. Si Jerry est véritablement un être émotionnel – s'il ne feint pas seulement de l'être – nous devons traiter avec son côté émotionnel autant qu'avec son côté intellectuel.

– Ce qui tombe à point pour vous, dit Ted.

– Pas vraiment, dit Norman. Franchement, je serais beaucoup plus heureux si Jerry n'était qu'un intellect froid et dépourvu d'émotions.

– Pourquoi?

– Parce que si Jerry est puissant et s'il est sujet à des émotions, une question se pose : que se passera-t-il s'il se met en colère?

LEVY

Le groupe se dispersa. Harry, épuisé par l'effort soutenu du décodage, s'en alla dormir aussitôt. Ted alla dans le cylindre C enregistrer ses observations personnelles sur Jerry pour le livre qu'il avait l'intention d'écrire. Barnes et Fletcher se rendirent dans le cylindre E pour mettre au point un plan de bataille au cas où l'extra-terrestre déciderait de les attaquer.

Tina resta un moment, réglant les moniteurs à sa manière précise et méthodique. Norman et Beth la regardèrent travailler. Elle passa beaucoup de temps devant un panneau de commandes que Norman n'avait jamais remarqué auparavant, et sur lequel une série d'écrans au plasma luisaient d'un rouge vif.

– Qu'est-ce que c'est que tout ça ? demanda Beth.

– Le RCPE. Le réseau de capteurs du périmètre extérieur. Nous avons des capteurs actifs et passifs dans tous les modes – thermique, auditif, ondes de pression – disposés en cercles concentriques autour de l'habitat. Le capitaine Barnes veut qu'ils soient tous réajustés et branchés.

– Pour quelle raison ? demanda Norman.

– Je ne sais pas, sir. Ce sont ses ordres.

L'intercom grésilla.

– Matelot Chan au cylindre E, au pas de course. Et coupez la ligne de communications qui aboutit ici. Je ne veux pas que ce Jerry écoute nos plans.

– Bien, sir.

– Imbécile paranoïaque, fit Beth.

Tina rassembla ses papiers et sortit précipitamment.

Norman resta assis en compagnie de Beth pendant un moment sans rien dire. Quelque part dans l'habitat, le martèlement rythmique se fit entendre, suivi d'un silence. Puis les coups reprirent.

– Qu'est-ce que c'est que ça ? dit Beth. On dirait que c'est à l'intérieur de l'habitat.

Elle s'approcha d'un hublot, regarda à l'extérieur, et alluma les protecteurs.

– Eh, oh, fit-elle.

Norman regarda à son tour.

Une ombre allongée s'étirait sur le fond de l'océan, se mouvant d'avant en arrière à chacun des coups sourds qu'ils entendaient. Elle était si déformée qu'il lui fallut un moment pour comprendre ce qu'il voyait. C'était l'ombre d'un bras humain, et d'une main humaine.

– Capitaine Barnes, vous êtes là ?

Il n'y eut pas de réponse. Norman actionna de nouveau l'interrupteur de l'intercom.

– Capitaine Barnes, vous m'entendez ?

Toujours pas de réponse.

– Il a coupé la ligne, dit Beth. Il ne peut pas vous entendre.

– Pensez-vous que cette personne soit encore vivante ?

– Je ne sais pas. C'est possible.

– Allons-y, dit Norman.

La bouche pleine du goût sec et métallique de l'air comprimé de son casque, engourdi par le froid glacial de l'eau, Norman se laissa glisser dans l'obscurité par la trappe de fond jusqu'au sol boueux. Un instant plus tard, Beth le rejoignit.

– Ça va ? demanda-t-elle.

– Très bien.

– Je ne vois aucune méduse.

– Non, moi non plus.

Ils s'écartèrent de l'habitat et se retournèrent pour regarder en arrière. La lumière crue des projecteurs dirigés vers eux leur dissimulait le contour supérieur des cylindres. Le cognement rythmique se faisait clairement entendre, mais ils ne parvenaient toujours pas à situer la source du bruit. Ils s'éloignèrent sous les béquilles vers l'autre extrémité de l'habitat, plissant les yeux sous l'éclat lumineux.

– Là, dit Beth.

À trois mètres au-dessus d'eux, une silhouette en combinaison bleue était coincée dans la potence d'un support de projecteur. Le corps se balançait mollement dans le courant, le casque jaune vif heurtant par intermittence la paroi de l'habitat.

– Pouvez-vous voir qui c'est ? demanda Beth.

– Non, répondit Norman, ébloui par la lueur des projecteurs.

Il entreprit d'escalader l'une des solides béquilles de soutien qui ancraient l'habitat au fond de l'océan, mais ses bottes glissèrent sur les tubes métalliques recouverts d'une algue brune visqueuse. Quand il s'aperçut que des indentations avaient été prévues pour les pieds, son ascension devint plus aisée.

Il s'arrêta alors que les bottes de l'inconnu se balançaient juste au-dessus de sa tête. Puis il gravit un autre échelon, et l'une des bottes se prit dans la boucle du tuyau d'alimentation qui reliait sa bouteille d'air comprimé à son casque. Il tendit la main en arrière pour essayer de se dégager. Le corps frémit, et Norman eut un instant l'horrible impression qu'il était toujours vivant. Puis la botte lui resta dans la main et un pied nu – chair grise, ongles violets – frappa sa visière. La brève sensation de nausée se dissipa aussitôt ; il avait vu trop d'accidents d'avion pour être perturbé par cette vision.

Il lâcha la botte, qu'il regarda descendre doucement vers Beth, puis tira sur la jambe du cadavre, d'une mollesse spongieuse sous la pression de ses doigts. Le corps se libéra, puis descendit lentement. Il l'empoigna par l'épaule, qui lui parut aussi molle que la jambe, et le retourna de façon à voir le visage.

– C'est Levy.

Le casque était rempli d'eau ; derrière la visière, il vit des yeux fixes, une bouche ouverte, une expression d'horreur.

– Je la tiens, dit Beth en tirant le corps vers le bas, puis elle ajouta : Bon sang !

Norman redescendit de la béquille. Beth tirait le corps à l'écart de l'habitat, vers la zone éclairée.

– Elle est toute molle. Comme si tous les os de son corps avaient été brisés.

– Je sais.

Il sortit dans la lumière, la rejoignit. Il éprouvait un étrange détachement, se sentait froid et distant. Il avait connu cette femme. Elle était encore vivante peu de temps auparavant ; maintenant elle était morte. Mais il avait l'impression de voir tout cela avec une très grande distance.

Il retourna le corps de Levy. Sur le côté gauche apparut une longue déchirure dans le tissu de la combinaison. Il entrevit la chair rouge lacérée, et se pencha pour examiner la blessure.

– Un accident ?

– Je ne crois pas, dit Beth.

– Là, tenez-la.

Norman souleva les bords du tissu. Plusieurs déchirures se rejoignaient en un point central.

– La déchirure forme une étoile, dit-il. Vous voyez ?

Beth recula d'un pas.

– Je vois, oui.

– Qu'est-ce qui pourrait causer ça, Beth ?

– Je ne... je ne sais pas trop.

Beth recula encore. Norman examina la déchirure, le corps au-dessous de la combinaison.

– La chair est macérée.

– Macérée ?

– Mâchée.

– Mon Dieu.

Oui, indéniablement mâchée, se dit Norman en tâtant l'intérieur de la déchirure. La blessure était bizarre : il y avait dans la chair de fines dentelures irrégulières. Des filets de sang rouge pâle glissèrent devant sa visière.

– Rentrons, dit Beth.

– Un instant.

Norman pressa le cadavre entre ses doigts aux jambes, aux hanches, aux épaules. Partout, il était mou, comme une éponge. Le corps avait été en quelque sorte entièrement broyé. Il sentit les os de la jambe, brisés en de nombreux endroits. Qu'est-ce qui pouvait avoir causé cela ? Il revint à la blessure.

– J'aimerais mieux rentrer, dit Beth, tendue.

– Juste une seconde.

À première vue, il avait eu l'impression que la blessure de Levy était une sorte de morsure, mais il n'en était plus certain.

– Sa peau, dit-il. On dirait le travail d'une lime à dégrossir...

Il sursauta, rejetant la tête en arrière comme un petit objet blanc passait devant sa visière. Son cœur bondit à l'idée que c'était une méduse, mais il vit alors que la chose était parfaitement ronde et presque opaque, à peu près de la taille d'une balle de golf. Elle s'éloigna en dérivant.

Il regarda autour de lui. Il y avait dans l'eau de fines traînées de mucus, et un grand nombre de sphères blanches.

– Qu'est-ce que c'est, Beth ?

– Des œufs.

Dans l'intercom, il entendit Beth inspirer lentement à plusieurs reprises.

– Partons d'ici, Norman. Je vous en prie.

– Encore une seconde.

– Non, Norman. *Tout de suite.*

Un signal d'alarme se fit entendre sur la radio. Lointain et grêle, il semblait être transmis depuis l'intérieur de l'habitat. Ils entendirent alors plusieurs voix, puis celle de Barnes, très forte.

– Que diable fichez-vous là-bas ?

– Hal, nous avons retrouvé Levy, dit Norman.

– Eh bien, rentrez au pas de course, sacré nom ! Les capteurs se sont déclenchés. Vous avez de la compagnie, dehors. Je ne sais pas ce que c'est, mais c'est fichtrement gros.

Norman se sentait lent et engourdi.

– Et le corps de Levy ?

– Laissez tomber le corps. Revenez ici !

Mais, le corps, se dit-il paresseusement. Ils devaient faire quelque chose du corps. Il ne pouvait pas le laisser.

– Qu'est-ce qui ne va pas, Norman ? demanda Barnes.

Norman marmonna quelque chose, et il sentit vaguement Beth l'empoigner solidement par le bras, le conduire vers l'habitat. L'eau était maintenant obscurcie par les œufs blancs. Le signal d'alarme résonnait dans ses oreilles, de plus en plus fort. Puis il se rendit compte qu'un autre signal s'était déclenché, et celui-là retentissait *à l'intérieur de son scaphandre*.

Il commença à frissonner et ses dents se mirent à claquer sans qu'il pût les en empêcher. Il essaya de parler, mais se mordit la langue et goûta la saveur de son sang. Il se sentait engourdi et stupide. Tout se déroulait au ralenti.

Comme ils approchaient de l'habitat, il vit que les œufs collaient aux cylindres, s'agglutinant en couche dense pour former une surface blanche grumeleuse.

– Dépêchez-vous ! cria Barnes. Dépêchez-vous ! Ça vient par ici !

Ils étaient sous le sas quand il commença à sentir de violents remous. Il y avait là au-dehors quelque chose de vraiment très gros. Beth le poussa vers le haut et son casque émergea au-dessus de l'eau, où Fletcher l'agrippa de ses bras puissants. Puis Beth fut hissée à son tour et le panneau aussitôt refermé. Lorsqu'on lui enleva son casque, le hurlement du signal d'alarme lui déchira les oreilles. Tout son corps, maintenant secoué de spasmes, martelait le pont. Ils le dépouillèrent de sa combinaison, l'enveloppèrent dans une couverture argentée et le tinrent jusqu'à ce que son tremblement se calmât, puis finît par cesser. Et brusquement, malgré le signal d'alarme, il s'endormit.

CONSIDÉRATIONS MILITAIRES

– Ce n'est pas votre boulot, voilà pourquoi, dit Barnes. Vous n'aviez pas d'autorisation pour faire ce que vous avez fait. Absolument aucune.

– Levy aurait pu être encore vivante, dit Beth, calme face à la fureur de Barnes.

– Mais elle n'était pas vivante. Et en sortant à l'extérieur, vous avez risqué inutilement la vie de deux membres civils de l'expédition.

– C'est moi qui en ai eu l'idée, Hal, dit Norman.

Il était encore enveloppé dans des couvertures, mais on lui avait donné des boissons chaudes et il s'était reposé. Il se sentait mieux.

– Et vous, vous avez de la chance d'être vivant.

– Je le suppose. Mais je ne sais pas ce qui s'est passé.

– Je vais vous le dire, moi, dit Barnes en agitant un petit ventilateur devant lui. Votre pompe de circulation s'est mise en court-circuit et vous avez été victime d'un refroidissement intérieur rapide dû à l'hélium. Deux minutes de plus, et vous étiez mort.

– C'était si rapide. Je ne me suis pas rendu compte...

– Pour vous tous autant que vous êtes, sacré bon sang, je voudrais que quelque chose soit bien clair. Ceci n'est pas une conférence scientifique. Ce n'est pas une auberge de vacances sous-marine, où vous pouvez faire tout ce qui vous plaît. C'est une opération militaire, et vous allez me faire le plaisir de suivre les ordres militaires. C'est clair ?

– C'est une opération militaire ? demanda Ted.

– Ça l'est maintenant.

– Attendez une minute. Ça l'a toujours été ?

– Ça l'est maintenant.

– Vous n'avez pas répondu à ma question. Parce que si c'est une opération militaire, je pense que nous devons le savoir. Personnellement, je ne veux pas être associé à...

– Alors allez-vous-en, dit Beth.

– ... une opération militaire qui...

222

– Écoutez, Ted, dit Barnes, vous savez ce que tout cela coûte à la Marine ?

– Non, mais je ne vois pas...

– Je vais vous le dire. Le fonctionnement en eau profonde d'un milieu de gaz saturé avec biosystèmes complets coûte environ cent mille dollars l'heure. Quand nous partirons d'ici, tout le projet aura coûté entre quatre-vingts et cent millions de dollars. On n'obtient pas ce genre de crédits de l'armée sans ce qu'on appelle « une espérance sérieuse d'avantages militaires ». C'est aussi simple que ça. Pas d'espérances, pas d'argent. Vous me suivez ?

– Vous voulez dire, une arme, par exemple ? demanda Beth.

– Si possible, oui.

– Eh bien, dit Ted, personnellement je ne me serais jamais prêté...

– Vraiment ? Vous seriez venu en hélicoptère jusqu'à Tonga et je vous aurais dit : « Ted, il y a là au fond de l'eau un vaisseau spatial qui recèle peut-être une forme de vie extraterrestre, mais c'est une opération militaire », et vous auriez répondu : « Bigre, désolé de l'apprendre, ne comptez pas sur moi » ? C'est ce que vous auriez fait, Ted ?

– Eh bien...

– Alors vous feriez mieux de la fermer. Parce que j'en ai assez de vos grands airs.

– Allons, allons, dit Beth.

– J'ai personnellement l'impression que vous êtes surmené, dit Ted.

– J'ai personnellement l'impression que vous êtes un trou du cul égocentrique, dit Barnes.

– Une minute, tout le monde, intervint Harry. Quelqu'un sait-il pourquoi Levy est sortie en premier lieu ?

– Elle était en LPO, dit Tina.

– En quoi ?

– Lock-out périodique obligatoire, expliqua Barnes. Ça fait partie du programme de service. Levy était la remplaçante d'Edmunds. Après la mort d'Edmunds, c'était à elle de se rendre au sous-marin toutes les douze heures.

– Au sous-marin ? Pourquoi ? demanda Harry.

Barnes montra le hublot.

– Vous voyez HSM-7, là-bas ? À côté du cylindre isolé, il y a un hangar en forme de dôme, et sous le dôme se trouve un minisub laissé par les plongeurs.

« Dans une situation comme celle-ci, le règlement de la Marine exige que tous les enregistrements soient transférés dans le sous-marin toutes les douze heures. Le sous-marin est en mode LBRT – largage de ballast et remontée temporisés – assuré par un minuteur remis à zéro toutes les douze heures. De cette façon, si personne ne va transférer les bandes dans les douze heures et appuyer sur le bouton jaune de remise à zéro, le sous-marin largue automatiquement son ballast, vidange ses réservoirs et remonte seul à la surface.

– Pour quoi faire ?

– S'il se produisait une catastrophe ici, en admettant par exemple qu'il arrive quelque chose à la totalité d'entre nous, le sous-marin ferait automatiquement surface au bout de douze heures, avec tous les enregistrements accumulés jusque-là. La Marine récupérerait le sous-marin, et disposerait au moins d'informations partielles sur ce qui nous est arrivé.

– Je vois. Le sous-marin est notre enregistreur de vol.

– Pour ainsi dire, oui. Mais c'est aussi notre seul moyen d'évacuation, notre seule sortie de secours.

– Alors Levy allait au sous-marin ?

– Oui. Et elle a dû l'atteindre, parce qu'il est encore là.

– Elle a transféré les bandes, pressé le bouton de remise à zéro, et elle est morte en revenant.

– Oui.

– Comment est-elle morte ? demanda Harry en dévisageant Barnes avec attention.

– Nous ne le savons pas trop.

– Tout son corps était broyé, dit Norman. Il était pareil à une éponge.

– Il y a une heure, vous avez ordonné de régler les capteurs RCPE et de les remettre à zéro, dit Harry. Pour quelle raison ?

– Nous avions eu d'étranges relevés durant l'heure précédente.

– Quel genre de relevés ?

– Il y avait quelque chose là-bas au-dehors. Quelque chose de très gros.

– Mais ça n'a pas déclenché les alarmes.

224

– Non. Cette chose était au-delà des paramètres établis.

– Vous voulez dire qu'elle était trop grosse pour déclencher l'alarme ?

– Oui. Après la première fausse alerte, tous les paramètres avaient été réduits, ajustés pour ne pas prendre en compte quelque chose d'aussi gros. C'est pour cette raison que Tina a dû refaire un réglage.

– Et qu'est-ce qui a déclenché l'alarme tout à l'heure ? demanda Harry. Quand Beth et Norman étaient dehors ?

– Tina ? demanda Barnes.

– Je ne sais pas ce que c'était. Une sorte d'animal, je suppose. Silencieux, et très gros.

– Gros comment ?

Elle secoua la tête.

– D'après l'empreinte électronique, docteur Adams, je dirais que c'était presque aussi gros que cet habitat.

POSTES DE COMBAT

Beth glissa un œuf rond et blanc sur la platine du microscope scanneur.

– Bon, dit-elle, l'œil collé à l'objectif. C'est indéniablement un invertébré marin. La caractéristique intéressante est cet enrobage gluant.

Elle le tâta de la pointe de ses pinces.

– Qu'est-ce que c'est ? demanda Norman.

– Une sorte de substance protéique. Collante.

– Non. Je veux dire, l'œuf, qu'est-ce que c'est ?

– Sais pas encore.

Beth poursuivait son examen quand le signal d'alarme retentit et que les lumières rouges se remirent à clignoter. Norman éprouva une soudaine appréhension.

– Sans doute encore une fausse alerte, dit Beth.

– Attention, tout l'équipage, dit Barnes dans l'intercom. Tout le monde aux postes de combat.

– Oh, merde, fit Beth.

Elle se laissa glisser agilement le long de l'échelle comme si c'était un poteau de pompiers ; Norman descendit maladroitement derrière elle. Dans le poste de communications du cylindre D, il eut l'impression de retrouver une scène familière : tout le monde était rassemblé autour de l'ordinateur, dont les panneaux arrière avaient été de nouveau retirés. Les lumières continuaient à clignoter, le signal d'alarme à hurler.

– Qu'y a-t-il ? cria Norman.

– Panne de matériel !

– Quelle panne ?

– Nous n'arrivons pas à éteindre ce fichu signal d'alarme ! cria Barnes. Il l'a enclenché, mais on ne peut plus l'arrêter ! Teeny...

– Je m'en occupe, sir !

Le gros ingénieur était accroupi derrière l'ordinateur ; Norman voyait la large courbe de son dos.

– Débranchez-moi ce fichu machin !

– Je le débranche, sir !

– Arrêtez-le, je n'arrive pas à entendre !

Entendre quoi ? se demanda Norman. À ce moment, Harry entra dans la pièce et trébucha, bousculant Norman.

– Bon Dieu...

– Alerte ! criait Barnes. Alerte ! Matelot Chan ! Sonar !

Tina était à côté de lui, calme comme toujours, en train de régler des moniteurs latéraux. Elle se mit un casque d'écoute sur les oreilles.

Norman regarda la sphère, sur le moniteur vidéo. Elle était fermée.

Beth s'approcha d'un hublot pour examiner de près la substance blanche qui le masquait. Barnes virevoltait comme un derviche sous le clignotement des lampes rouges, criant et jurant dans toutes les directions.

Soudainement, la sirène d'alarme se tut et les lumières rouges cessèrent de clignoter. Tout le monde resta silencieux. Fletcher se redressa avec un soupir.

– Je croyais que vous aviez arrangé ça... commença Harry.

– Chuuut.

On entendait le *ping !* étouffé des impulsions répétées du sonar. Tina arrondit ses mains autour des écouteurs, les sourcils froncés de concentration.

Personne ne bougeait ni ne parlait. Tout le monde écoutait, tendu, les échos du sonar.

– Il y a quelques minutes, nous avons capté un signal

de l'extérieur, dit Barnes d'une voix tranquille. Quelque chose de très gros.

– Je ne l'ai pas pour l'instant, sir, dit enfin Tina.

– Commutez en passif.

– Bien, sir. Je commute en passif.

Les impulsions du sonar se turent, aussitôt remplacées par un léger sifflement. Tina régla le volume du haut-parleur.

– Des hydrophones ? demanda Harry à voix basse.

Barnes hocha la tête.

– Des transducteurs polaires en verre. Les meilleurs au monde.

Ils tendirent tous l'oreille, mais ne perçurent rien d'autre que le sifflement indifférencié. Norman avait l'impression d'entendre le bruit de fond d'une bande magnétique, avec de temps à autre un gargouillis d'eau. S'il n'avait été aussi tendu, il aurait trouvé le son irritant.

– Ce salaud est futé, dit Barnes. Il a réussi à nous aveugler en recouvrant tous nos hublots de gélatine.

– Pas de la gélatine, dit Beth. Des œufs.

– Quoi qu'il en soit, ils recouvrent tous les hublots de l'habitat.

Le sifflement continuait sans changement. Tina tourna les boutons de commande de l'hydrophone et on entendit un léger crépitement continu, comme un froissement de cellophane.

– Qu'est-ce que c'est que ça ? demanda Ted.

– Les poissons en train de manger, dit Beth.

Barnes hocha la tête. Tina tourna de nouveau les boutons.

– Je change de fréquence.

Ils entendirent de nouveau le sifflement indifférencié, et la tension qui régnait dans la pièce se relâcha. Norman, fatigué, s'assit. Harry s'assit à côté de lui, et il remarqua que ce dernier paraissait plus pensif qu'inquiet. À l'autre bout de la pièce, Ted se tenait près de la porte en se mordant la lèvre. Il avait l'air d'un enfant apeuré.

Un léger bip électronique se mit à tinter. Sur les écrans à plasma, les lignes sautèrent.

– J'ai un signal positif sur les périphériques thermiques, dit Tina.

Barnes hocha la tête.

– Direction ?

– Est. Approchant.

Ils entendirent un *clank !* métallique, puis un autre.

– Qu'est-ce que c'est ?

– La grille. Il frappe la grille.

– Il la frappe ? On dirait qu'il est en train de la démanteler.

Norman se rappelait la grille. Elle était construite en tubes de trois pouces de diamètre.

– Un gros poisson ? Un requin ? demanda Beth.

Barnes secoua la tête.

– Il ne se déplace pas à la manière d'un requin. Et il est trop gros.

– Thermiques positifs sur le périmètre intérieur, dit Tina. Il continue d'approcher.

– Passez en mode actif, dit Barnes.

Le *ping !* du sonar résonna de nouveau dans la pièce.

– Cible localisée. Cent mètres.

– Donnez-nous une image.

– SFO activé, sir.

Il y eut une rapide succession d'impulsions sonar : *ping ! ping ! ping ! ping !* puis un silence, et les impulsions reprirent : *ping ! ping ! ping ! ping !*

Norman parut déconcerté. Fletcher se pencha vers lui et chuchota :

– Le sonar à fausse ouverture fournit une image détaillée à partir de plusieurs émetteurs situés à l'extérieur. Ça permet d'en avoir une bonne image.

Son haleine sentait l'alcool. Norman se demanda où elle avait bien pu se fournir.

Ping ! ping ! ping ! ping !

– Construction de l'image. Quatre-vingt-dix mètres.

Ping ! ping ! ping ! ping !

– Image affichée.

Ils se tournèrent tous vers les écrans. Norman vit une tache amorphe, rayée, à laquelle il ne trouva pas grande signification.

– Bon Dieu, dit Barnes. Regardez la taille de ce truc !

Ping ! ping ! ping ! ping !

– Quatre-vingts mètres.

Ping ! ping ! ping ! ping !

Une autre image apparut. La tache avait maintenant une forme différente, les rayures une autre direction. Les contours en étaient plus nets, mais elle ne représentait toujours rien pour Norman. Une grosse tache avec des rayures...

228

– Bon Dieu ! s'exclama Barnes. Il doit faire dix ou douze mètres de diamètre.

– Il n'existe pas au monde de poisson aussi gros, dit Beth.

– Une baleine ?

– Ce n'est pas une baleine.

Norman vit que Harry transpirait. Ce dernier retira ses lunettes pour les essuyer sur sa combinaison, puis les remit et les poussa sur l'arête de son nez. Elles glissèrent de nouveau. Il lança un regard à Norman en haussant les épaules.

– Cinquante mètres, approchant, dit Tina.

Ping ! ping ! ping ! ping !

– Trente mètres.

Ping ! ping ! ping ! ping !

– Immobile à trente mètres, sir.

Ping ! ping ! ping ! ping !

– Toujours immobile.

– Arrêtez le mode actif.

Ils entendirent de nouveau le sifflement des hydrophones, puis un cliquètement distinct. Norman, qui sentait ses yeux le brûler, essuya sur la manche de sa combinaison la sueur qui ruisselait de son front. Les autres transpiraient aussi, et la tension était insupportable. Il regarda de nouveau le moniteur vidéo. La sphère était toujours fermée.

Il entendit le sifflement des hydrophones, suivi d'un raclement feutré, comme si on traînait un sac pesant sur un plancher de bois. Puis le sifflement reprit.

– Vous voulez de nouveau une image ? chuchota Tina.

– Non, répondit Barnes.

On entendit d'autres raclements, puis il y eut un nouveau silence suivi d'un gargouillis sonore, tout proche.

– Bon Dieu, chuchota Barnes. Il est juste à l'extérieur.

Un coup sourd ébranla le flanc de l'habitat.

L'écran s'illumina.

JE SUIS ICI.

Le premier impact les surprit, leur faisant perdre l'équilibre et les culbutant sur le sol. Tout autour d'eux, l'habitat se mit à grincer et gémir avec une sonorité effrayante. Norman, qui se redressait à quatre pattes, vit que Fletcher saignait au front. Un second impact le projeta de côté contre la cloison, que sa tête heurta avec un bruit métallique. Il ressentit une douleur vive, puis Barnes tomba sur lui, grommelant et jurant, et lui posa la main sur le visage dans l'effort qu'il fit pour se relever. Norman retomba sur le sol tandis qu'un moniteur vidéo se fracassait à son côté en crachant des étincelles.

L'habitat oscillait comme un bâtiment secoué par un tremblement de terre. Tout le monde se cramponnait aux consoles, aux panneaux, aux montants des portes pour garder son équilibre. Mais ce que Norman trouvait le plus effrayant était le bruit – les grincements et les craquements d'une incroyable intensité qu'émettaient les cylindres ballottés sur leurs ancrages.

La *chose* secouait l'habitat tout entier.

Barnes était maintenant de l'autre côté de la pièce, où il tentait de gagner la porte de communication. Il avait une estafilade ensanglantée à un bras et lançait des ordres, mais Norman n'entendait rien d'autre que le bruit terrifiant de métal déchiré. Il vit Fletcher se glisser par l'ouverture, suivie de Tina, puis de Barnes qui avait enfin atteint la porte et laissa derrière lui une empreinte sanglante sur le métal.

Il ne voyait pas Harry, mais Beth arriva sur lui en titubant, la main tendue.

– Norman ! Norman ! Il faut que nous...

Elle le heurta et il tomba en arrière sur le sol, glissant sous la couchette contre la froide paroi extérieure du cylindre. Il se rendit compte avec horreur que la moquette était humide.

L'habitat fuyait.

Il devait faire quelque chose. Il se remit péniblement sur ses pieds, en plein dans le crépitement de l'eau finement pulvérisée qui jaillissait d'une soudure de la cloison. Regardant autour de lui, il vit d'autres fuites au plafond et dans les murs.

Cet endroit va être complètement démantelé.

Beth l'agrippa et rapprocha sa tête.

– L'habitat fuit ! cria-t-elle. Bon sang, l'habitat fuit !

– Je sais, dit Norman.

– Pression positive ! cria Barnes dans l'intercom. Mettez les cylindres sous pression positive !

Norman vit Ted sur le sol juste avant de trébucher sur lui et de tomber lourdement contre la console de l'ordinateur. Le visage tout près de l'écran, il vit en gros plan les lettres lumineuses.

N'AYEZ PAS PEUR.

— Jerry ! cria Ted. Arrêtez ça, Jerry ! Jerry !

Le visage de Harry apparut soudain à côté de celui de Ted, les lunettes de guingois.

— Économisez votre salive, il va nous tuer tous !

— Il ne comprend pas ! cria Ted avant de tomber à la renverse sur la couchette en battant des bras.

La puissante torsion du métal contre le métal continuait sans répit, projetant Norman d'un côté sur l'autre. Il essayait constamment de trouver une prise, mais ses mains étaient humides et il avait l'impression de ne rien pouvoir saisir.

— Maintenant, écoutez, dit Barnes dans l'intercom. Chan et moi allons sortir ! Fletcher assure le commandement !

— Ne sortez pas ! cria Harry. N'allez pas dehors !

— Nous ouvrons le sas, dit Barnes, laconique. Tina, vous me suivez.

— Vous allez être tués ! cria Harry.

Ce dernier se trouva projeté contre Beth. Norman, retombé à terre, se cogna la tête contre un des pieds de la couchette.

— Nous sommes à l'extérieur, dit Barnes.

Les coups cessèrent brusquement. L'habitat retrouva son immobilité, les laissant dans des positions disgracieuses tout autour de la pièce. Aucun d'eux ne bougea. Tandis que l'eau jaillissait en brouillard par une douzaine de fuites, ils écoutaient, les yeux fixés sur le haut-parleur de l'intercom.

— Nous nous éloignons du sas, dit Barnes. Bonnes conditions. Armement : flèches à têtes explosives J-9 avec charges Taglin-50. Nous allons montrer un ou deux tours à ce salaud.

Silence.

— L'eau... La visibilité est médiocre. Moins d'un mètre cinquante. On dirait... des sédiments soulevés du fond et... très noir, sombre. Nous avançons à tâtons le long des bâtiments.

Silence.

— Côté nord. Vers l'est, maintenant. Tina ?

Silence.

— Tina ?

– Derrière vous, sir.

– Bien. Posez la main sur mon réservoir pour... Bon.
Très bien. Silence.

Dans le cylindre, Ted soupira.

– Je ne pense pas qu'ils devraient le tuer, dit-il à voix basse.

Je ne pense pas qu'ils puissent, songea Norman.

Personne d'autre ne dit rien. Ils écoutaient la respiration amplifiée de Barnes et de Tina.

– Angle nord-est... Tout va bien. Je sens des courants assez forts. L'eau est agitée... quelque chose pas loin... Je ne vois pas... visibilité inférieure à un mètre cinquante. Je vois à peine la béquille d'ancrage à laquelle je me tiens. Mais je sens la présence de notre adversaire. Il est gros, et proche. Tina ?

Silence.

Un crépitement sonore, des parasites. Puis de nouveau le silence.

– Tina ? Tina ?

Silence.

– J'ai perdu Tina.

Un autre silence, très long.

– Je ne sais pas ce qu'il... Tina, si vous m'entendez, restez où vous êtes, je continue seul... Très bien... Il est tout près... je le sens bouger... Il remue une masse d'eau, cet énergumène. Un vrai monstre.

Nouveau silence.

– Si seulement je voyais mieux.

Silence.

– Tina ? Est-ce...

On entendit un coup étouffé qui aurait pu être une explosion. Ils se dévisagèrent, essayant de savoir ce que signifiait ce bruit, mais l'habitat recommença soudain à osciller et à se tordre. Norman, qui ne s'y attendait pas, fut projeté de côté contre l'arête vive de la porte, et le monde plongea dans la grisaille. Il vit Harry frapper la paroi à côté de lui. Les lunettes de ce dernier tombèrent sur sa poitrine et il tendit la main pour les ramasser, car Harry avait besoin de ses lunettes. Puis tout devint noir et il perdit conscience.

APRÈS L'ATTAQUE

Une fine pluie chaude se déversait sur Norman, qui en inhalait la vapeur. *Je ressemble à un survivant de catastrophe aérienne*, songea-t-il en abaissant les yeux sur son corps, debout sous la douche. *Un de ceux dont je m'émerveillais qu'ils fussent encore en vie.*

Les bosses qu'il avait sur la tête l'élançaient. Sa poitrine était à vif sur une grande largeur, jusqu'à l'abdomen. Sa cuisse gauche était rouge violacé, sa main droite enflée et douloureuse.

Tout, d'ailleurs, était douloureux. Il gémit en tournant son visage vers l'eau pulvérisée.

– Hé ! appela Harry. On peut en profiter ?

– D'accord.

Norman sortit de la douche, et Harry prit sa place. Son corps mince était couvert d'ecchymoses et d'éraflures. Norman tourna les yeux vers Ted, allongé sur le dos dans l'une des couchettes. Il s'était disloqué les deux épaules, et il avait fallu une demi-heure à Beth pour les remettre en place, même après lui avoir administré une piqûre de morphine.

– Comment ça va, maintenant ? lui demanda-t-il.

– Ça va.

Ted avait un air engourdi, figé. Son exubérance avait disparu. Norman se dit qu'il avait souffert une blessure plus grave que ses épaules disloquées. Par de nombreux côtés, Ted était un enfant naïf, et il avait dû subir un choc profond en découvrant que cette intelligence extra-terrestre était hostile.

– Ça fait très mal ?

– Ça va.

Norman s'assit lentement sur sa couchette, et ressentit un élancement de douleur dans la colonne vertébrale. *Cinquante-trois ans*, songea-t-il. *Je devrais être en train de jouer au golf. En fait, je devrais être à peu près n'importe où dans le monde, sauf ici.* Il grimaça en glissant précautionneusement son pied droit blessé dans une chaussure. Sans trop savoir pourquoi, il se rappela les orteils nus de

233

Levy, la couleur morte de la peau, le pied frappant sa visière.

— A-t-on retrouvé Barnes ? demanda Ted.

— Je n'ai rien entendu dire. Je ne pense pas.

Norman finit de s'habiller et se dirigea vers le cylindre D, enjambant les flaques d'eau qui parsemaient la coursive. Tous les meubles du cylindre D étaient trempés, les consoles humides et les murs couverts de taches irrégulières là où Fletcher avait bouché les fissures avec de la mousse polyuréthane.

La technicienne se tenait au milieu de la pièce, la bombe de mousse à la main.

— Ce n'est pas aussi joli qu'avant, dit-elle.

— Ça tiendra ?

— Bien sûr, mais je peux vous assurer une chose : nous ne pourrions pas survivre à une autre attaque comme celle-là.

— Et les systèmes électroniques. Ils fonctionnent ?

— Je n'ai pas vérifié, mais ça devrait aller. Tous les appareils sont étanchéifiés.

Norman hocha la tête.

— Un signe quelconque du capitaine Barnes ? demanda-t-il en regardant l'empreinte de main sanglante sur la paroi.

— Non, sir. Aucun signe du capitaine, répondit Fletcher. Je vais tout nettoyer dans un instant, sir, ajouta-t-elle en suivant le regard qu'il avait posé sur le mur.

— Où est Tina ?

— Elle se repose. Dans le cylindre E.

— Le cylindre E est plus sec que celui-ci ?

— Oui. C'est bizarre. Il n'y avait personne dans le cylindre E pendant l'attaque, et il est resté complètement sec.

— Des nouvelles de Jerry ?

— Aucun contact, sir, non.

Norman alluma l'une des consoles de l'ordinateur.

— Jerry, vous êtes là ?

L'écran resta vide.

— Jerry ?

Norman attendit un moment, puis éteignit la console.

— Regardez comment c'est maintenant, dit Tina.

Elle s'assit et repoussa la couverture pour exposer sa

jambe gauche. La blessure avait beaucoup plus mauvais aspect que quand ils l'avaient entendue hurler et s'étaient précipités dans le cylindre A pour la tirer du sas. Une série de marques en forme de soucoupes, violettes et boursouflées au centre, courait en diagonale tout au long de sa jambe.

– Ça a beaucoup enflé depuis une heure.

Norman examina les blessures. De fines empreintes de dents entouraient les zones enflées.

– Vous rappelez-vous ce que vous avez ressenti ? demanda-t-il.

– C'était horrible. C'était collant, vous savez, comme de la glu ou quelque chose du même genre. Et chaque plaque ronde me brûlait. Très fort.

– Et qu'avez-vous pu voir, de la chose elle-même ?

– Juste... c'était une espèce de longue chose en forme de spatule. On aurait dit une feuille géante. Elle s'est avancée et s'est enroulée autour de moi.

– Une couleur quelconque ?

– Vaguement brunâtre. Je n'ai pas vraiment pu voir.

Norman resta un moment silencieux, puis demanda :

– Et le capitaine Barnes ?

– Dans le cours de l'action, je me suis trouvée séparée du capitaine Barnes, sir.

Tina avait parlé d'un ton officiel, avec une expression impénétrable. *N'entrons pas dans ces détails pour l'instant*, se dit Norman. Si *vous avez pris la fuite, ça ne me regarde pas.*

– Beth a vu cette blessure, Tina ?

– Oui, sir. Elle était ici il y a quelques minutes.

– Très bien. Reposez-vous, maintenant.

– Sir ?

– Oui, Tina ?

– Qui va rédiger le rapport, sir ?

– Je ne sais pas. Ne nous soucions pas de rapports pour l'instant. Occupons-nous de sortir de cette situation.

– Oui, sir.

En approchant du laboratoire de Beth, Norman entendit la voix enregistrée de Tina qui disait :

« Pensez-vous qu'ils arriveront jamais à ouvrir cette sphère ?

– Peut-être, dit Beth. Je n'en sais rien.

– Ça me fait peur. »

Puis la voix de Tina répéta :

« Pensez-vous qu'ils arriveront jamais à ouvrir cette sphère ?

– Peut-être. Je n'en sais rien.

– Ça me fait peur. »

Dans le laboratoire, Beth, penchée sur la console, observait la scène enregistrée sur bande.

– Encore là-dessus, hein ? dit Norman.

– Oui.

Sur la bande, Beth finissait son gâteau en disant :

« Je ne pense pas qu'il y ait de raison d'avoir peur.

– C'est l'inconnu, dit Tina.

– Bien sûr, dit Beth sur l'écran, mais il est peu probable qu'une chose inconnue soit dangereuse ou effrayante. Il y a plus de chances pour qu'elle soit tout simplement inexplicable. »

– Les fameuses dernières paroles, dit Beth en s'observant.

– Sur le moment, ça paraissait la bonne chose à faire pour qu'elle garde son calme.

Sur l'écran, Beth disait à Tina : « Vous avez peur des serpents ?

– Les serpents ne me dérangent pas, dit Tina.

– Moi je ne peux pas les supporter. »

Beth arrêta la bande et se tourna vers Norman.

– Ça semble loin dans le passé, hein ?

– C'est justement ce que je pensais.

– Est-ce que ça veut dire que nous vivons la vie au maximum de son intensité ?

– Je pense que ça veut dire que nous sommes en danger de mort. Pourquoi vous intéressez-vous tellement à cette bande ?

– Parce que je n'ai rien de mieux à faire. Et si je ne me tiens pas occupée, je vais me mettre à hurler et faire une de ces traditionnelles scènes féminines. Vous m'avez déjà vue le faire une fois, Norman.

– Vraiment ? Je ne me rappelle aucune scène.

– Merci.

Norman remarqua une couverture sur un divan, dans un angle du laboratoire. Beth avait retiré l'une des lampes de la paillasse et l'avait montée sur le mur, au-dessus des couvertures.

– Vous dormez ici, maintenant ?

– Oui, j'aime bien être ici, tout en haut du cylindre. J'ai l'impression d'être la reine des enfers, dit-elle avec un sourire. Un peu comme les cabanes dans les arbres de votre enfance. Avez-vous jamais eu une cabane dans un arbre quand vous étiez enfant ?

– Non, jamais.

– Moi non plus. Mais c'est comme ça que je l'imagine, si j'en avais eu.

– Ça paraît bien douillet, Beth.

– Vous pensez que je suis en train de craquer ?

– Non. J'ai seulement dit que ça paraissait douillet.

– Si vous pensez que je suis en train de craquer, vous pouvez me le dire.

– Je pense que vous allez bien, Beth. Et Tina ? Vous avez vu sa blessure ?

– Oui, dit Beth en fronçant les sourcils. Et j'ai vu ça, ajouta-t-elle en lui montrant sur la paillasse un récipient de verre qui contenait des œufs blancs.

– D'autres œufs ?

– Ils étaient collés à la combinaison de Tina quand elle est revenue. La nature de sa blessure concorde avec ces œufs, de même que l'odeur. Vous vous souvenez de l'odeur, quand nous l'avons tirée à l'intérieur ?

Norman s'en souvenait très bien. Tina dégageait une forte odeur d'ammoniac. On aurait dit qu'elle avait été trempée dans des sels.

– Autant que je le sache, il n'y a qu'un seul animal qui sente l'ammoniac de cette façon. L'*Architeuthis sanstipauli*.

– Qui est ?

– L'une des espèces de calmars géants.

– C'est ce qui nous a attaqués ?

– Je le pense, oui.

Elle lui expliqua qu'on connaissait peu de chose des calmars géants, parce que les seuls spécimens qu'on avait étudiés étaient des cadavres rejetés sur la côte, généralement dans un état de décomposition avancée et empestant l'ammoniac. Durant la plus grande partie de l'histoire humaine, le calmar géant avait été considéré comme un monstre mythique, à l'égal du kraken. Mais en 1861 étaient apparus les premiers rapports scientifiques dignes de confiance, après qu'un vaisseau de guerre français eut réussi à remonter des fragments d'un cadavre d'animal. Et de nombreuses baleines tuées présentaient des cicatrices de blessures causées par des ventouses géantes, témoignages de combats sous-marins. Les baleines étaient les seuls prédateurs connus du calmar géant, les seuls animaux assez gros pour l'être.

– De nos jours, dit Beth, on a observé des calmars géants dans tous les principaux océans du monde. Il y en a au moins trois différentes espèces. Ces animaux atteignent une grande taille et peuvent peser une demi-tonne ou plus. La tête, longue d'environ six mètres, porte une couronne de huit bras. Chaque bras, qui mesure environ trois mètres, est muni de longues rangées de ventouses. Au centre de la couronne se trouve une bouche armée d'un bec pareil à celui du perroquet, sauf que les mâchoires ont près de vingt centimètres de long.

– La combinaison déchiquetée de Levy ?

Beth hocha la tête.

– Oui. Le bec est monté dans un anneau de muscles, de manière à pouvoir pivoter tout en mordant. Et la radula, la langue du calmar, a une surface râpeuse, comme celle d'une lime.

– Tina a parlé de quelque chose qui ressemblait à une feuille, une feuille brune.

– Le calmar a deux tentacules qui sont beaucoup plus longs que les bras, jusqu'à douze mètres chez le calmar géant. Chacun de ces tentacules se termine par une « main » aplatie qui ressemble beaucoup à une grosse feuille. Ce sont ces mains qu'utilise en fait le calmar pour attraper ses proies. Les ventouses sont entourées d'un petit anneau de chitine ; c'est ce qui a provoqué les empreintes de dents circulaires que vous avez pu voir autour de la blessure.

– Comment pourrait-on lutter contre un tel animal ?

– Eh bien, en théorie, et malgré sa taille, le calmar géant n'est pas particulièrement fort.

– Au temps pour la théorie.

– Personne ne connaît évidemment leur force, puisqu'on n'en a jamais trouvé de spécimen vivant. Nous avons le douteux privilège d'être les premiers.

– Mais peut-on le tuer ?

– Assez facilement, je pense. Son cerveau est situé derrière l'œil, qui fait environ trente-cinq centimètres de diamètre, la taille d'un grand plat. En dirigeant une charge explosive vers cette région de l'animal, on désorganiserait très certainement son système nerveux et il mourrait.

– Pensez-vous que Barnes l'ait tué ?

Beth haussa les épaules.

– Je ne sais pas.

– Y en a-t-il généralement plus d'un dans la même région ?

– Je ne sais pas.

– En reverrons-nous un ?

– Je ne sais pas.

LE VISITEUR

Norman descendit au centre de communications pour essayer de parler à Jerry, mais ce dernier ne répondait pas. Il avait dû ensuite s'assoupir dans le fauteuil de la console, car il leva soudain les yeux, surpris de découvrir derrière lui un marin noir sanglé dans un uniforme impeccable, en train de regarder les écrans par-dessus son épaule.

– Comment vont les choses, sir ? demanda le marin.

Il semblait très calme, et son uniforme était soigneusement repassé.

Norman se sentit transporté de joie. L'arrivée de cet homme dans l'habitat ne pouvait signifier qu'une chose : les navires de surface devaient être de retour ! Les bateaux étaient revenus, et les sous-marins avaient été envoyés pour les évacuer ! Ils allaient tous être sauvés !

– Matelot, dit-il en serrant la main de l'homme avec effusion, je suis fichtrement content de vous voir.

– Merci, sir.

– Quand êtes-vous arrivé ?

– À l'instant, sir.

– Les autres sont au courant ?

– Les autres, sir ?

– Oui. Nous sommes, heu, six survivants. Les autres savent-ils que vous êtes ici ?

– Je ne saurais vous répondre, sir.

Il y avait chez cet homme une absence de relief que Norman trouva bizarre. Le marin parcourait l'habitat des yeux, et Norman vit un instant le décor tel qu'il devait lui apparaître : l'humidité, les consoles endommagées, les murs éclaboussés de mousse. On aurait dit qu'une guerre s'y était déroulée.

— Nous avons passé un mauvais moment, dit-il.

— Je le vois, sir.

— Trois d'entre nous sont morts.

— Désolé de l'apprendre, sir.

De nouveau cette absence de relief, cette neutralité. Était-ce de la réserve ? S'inquiétait-il de passer en conseil de guerre ? Était-ce tout autre chose ?

— D'où êtes-vous venu ? demanda Norman.

— Venu, sir ?

— De quel bateau ?

— Ah ! Le *Sea Hornet*, sir.

— Il est là-haut en ce moment ?

— Oui, sir. Il est là.

— Alors mettons-nous en route. Prévenez les autres que vous êtes ici.

— Oui, sir.

Le marin s'éloigna, et Norman se leva en criant :

— Youpie ! Nous sommes sauvés !

— Du moins ce n'était pas une illusion, dit Norman en regardant fixement l'écran. Il est là, bien vivant, sur le moniteur.

— Oui, il est là. Mais où est-il allé ? dit Beth.

Depuis une heure, ils avaient fouillé l'habitat de fond en comble sans trouver aucune trace du marin noir. Il n'y avait aucun signe de sous-marin à l'extérieur, aucun indice de la présence de navires en surface. Le ballon qu'ils avaient envoyé avait relevé des vents de quatre-vingts nœuds et des vagues de neuf mètres avant que le fil se rompît.

Alors d'où était venu cet homme ? Et où était-il allé ?

Fletcher, qui s'activait aux consoles, fit apparaître un affichage de données.

— Que dites-vous de ça ? Le répertoire des navires en service ne mentionne aucun bâtiment actuellement appelé *Sea Hornet*.

— Que diable se passe-t-il ici ? dit Norman.

— C'était peut-être une illusion, dit Ted.

— Les illusions ne s'enregistrent pas sur une bande vidéo, dit Harry. De plus, je l'ai vu aussi.

– Vraiment ?

– Oui. Je venais de me réveiller. J'avais rêvé qu'on venait à notre secours, et j'étais allongé dans mon lit quand j'ai entendu des pas. Il est entré dans la pièce.

– Vous lui avez parlé ?

– Oui, mais il était bizarre, inexpressif. Insipide, en quelque sorte.

Norman hocha la tête.

– On voyait qu'il avait quelque chose d'anormal.

– Exactement.

– Mais d'où était-il venu ? dit Beth.

– Je ne vois qu'une possibilité, dit Ted. Il est venu de la sphère. Ou du moins, il a été créé par la sphère. Par Jerry.

– Pourquoi Jerry ferait-il ça ? Pour nous espionner ? Ted secoua la tête.

– J'y ai réfléchi. J'ai l'impression que Jerry a le pouvoir de créer des choses, des animaux. Je ne pense pas que Jerry soit un calmar géant, mais il a créé le calmar géant qui nous a attaqués. Je ne pense pas que Jerry veuille nous attaquer, mais d'après ce que nous a dit Beth, une fois que le calmar a été créé, ce calmar lui-même pourrait avoir attaqué l'habitat en pensant que les cylindres étaient son ennemi mortel, la baleine. L'attaque s'est donc produite comme une sorte d'accident de création.

Ils écoutaient en fronçant les sourcils. Pour Norman, l'explication était un peu trop commode.

– Je pense qu'il y a une autre possibilité. C'est que Jerry soit hostile.

– Je n'y crois pas, dit Ted. Je ne crois pas que Jerry soit hostile.

– Son comportement est indéniablement hostile, Ted.

– Mais je ne pense pas qu'il soit dans son intention d'être hostile.

– Quelle que soit son intention, dit Fletcher, il vaut mieux ne pas subir d'autre attaque. Parce que la construction ne le supporterait pas, ni les biosystèmes.

« Après la première attaque, j'ai dû augmenter la pression positive afin de réparer les fuites. Pour empêcher provisoirement l'eau d'entrer, j'ai dû accroître la pression de l'air à l'intérieur de l'habitat de façon qu'elle soit supérieure à la pression de l'eau à l'extérieur. Ça a stoppé les fuites, mais ça veut dire que de l'air s'est échappé par toutes les fissures. Comme une heure de réparation a consommé presque seize heures de notre réserve, j'ai craint que nous ne finissions par manquer d'air.

Il y eut un silence, tout le monde réfléchissant à ce que cela impliquait.

– Pour compenser, j'ai baissé la pression intérieure de quarante millibars. Nous sommes maintenant légèrement négatifs, et ça devrait aller. Nous aurons assez d'air. Mais une autre attaque dans ces conditions, et nous nous écraserons comme une boîte de bière vide.

Norman ne trouvait pas ces nouvelles réjouissantes, mais en même temps il était impressionné par la compétence de Fletcher. Il songea qu'elle constituait une ressource dont ils devraient tirer parti.

– Teeny, avez-vous des suggestions au cas où il y aurait une autre attaque ?

– Eh bien, nous avons quelque chose dans le cylindre B qu'on appelle SDHT.

– Et qui est ?

– Un système de défense à haute tension. Il y a dans B une petite boîte qui électrifie les parois des cylindres en permanence, pour éviter la corrosion électrolytique. C'est une charge très légère, dont vous n'avez même pas conscience. Quoi qu'il en soit, il y a une autre boîte, verte celle-là, connectée à la première. C'est le SDHT. C'est essentiellement un survolteur sous faible intensité qui envoie deux millions de volts à la surface des cylindres. Ça devrait être désagréable pour n'importe quel animal.

– Pourquoi ne l'avons-nous pas utilisé plus tôt ? demanda Beth. Pourquoi Barnes ne l'a-t-il pas utilisé, au lieu de risquer...

– Parce qu'il y a des problèmes avec cette boîte verte. D'une part, son utilité est à vrai dire plutôt théorique. Autant que je le sache, elle n'a jamais été effectivement employée dans une situation réelle de travaux sous-marins.

– Non, mais elle a bien dû être testée.

– Oui. Et au cours de tous les tests, elle a provoqué des débuts d'incendie à l'intérieur de l'habitat.

Il y eut un autre silence tandis qu'ils considéraient cette information.

– Des incendies graves ? demanda enfin Norman.

– Le feu tend à brûler l'isolation, le capitonnage des parois.

– Le feu enlève le capitonnage !

– Nous mourrions par perte de chaleur en quelques minutes.

– Quelle gravité pourrait avoir un feu de ce genre ? demanda Beth. Un feu a besoin d'oxygène pour brûler, et nous n'avons que 2 pour 100 d'oxygène, ici.

– C'est vrai, docteur Halpern, dit Fletcher, mais le pourcentage réel d'oxygène varie. Les systèmes de l'habitat envoient des impulsions qui atteignent jusqu'à 16 pour 100 pendant de brèves périodes, quatre fois par heure. C'est automatiquement contrôlé, on ne peut pas les shunter. Et si le pourcentage d'oxygène est élevé, le feu brûlera parfaitement – trois fois plus vite qu'à la surface. Il pourrait échapper facilement à tout contrôle.

Norman regarda autour de lui, et repéra trois extincteurs montés sur les murs. Maintenant qu'il y pensait, il se rappela qu'il y avait des extincteurs dans tout l'habitat, mais il n'y avait jamais vraiment prêté attention jusque-là.

– Même si nous arrivons à maîtriser les feux, ils sont catastrophiques pour les systèmes, poursuivit Fletcher. Les conditionneurs d'air ne sont pas faits pour absorber la suie et les déchets supplémentaires d'oxyde de carbone.

– Alors que faisons-nous ?

– En dernier recours seulement. C'est l'avis que je peux vous donner.

Ils s'entre-regardèrent, et hochèrent la tête.

– D'accord, dit Norman. En dernier recours seulement.

– Espérons simplement qu'il n'y aura pas d'autre attaque.

– Une autre attaque...

Il y eut un long silence tandis qu'ils réfléchissaient. Puis les affichages des écrans au plasma se mirent à sautiller, et de faibles impulsions sonores envahirent la pièce.

– Nous avons un contact sur les capteurs thermiques de la périphérie, dit Tina d'une voix unie.

– Où ? demanda Fletcher.

– Nord. Approchant.

Sur le moniteur apparurent les mots :
JE VIENS.

Ils éteignirent l'éclairage intérieur et extérieur, et Norman regarda par le hublot, s'efforçant de distinguer quelque chose dans l'obscurité. Ils avaient appris depuis longtemps que l'obscurité, à cette profondeur, n'était pas absolue ; les eaux du Pacifique étaient si claires que, même à trois cents mètres, un peu de lumière filtrait jusqu'au fond. Elle était très faible – Edmunds l'avait comparée à la clarté des étoiles – mais Norman savait qu'à la surface on pouvait voir à la seule lueur des étoiles.

Il mit ses mains en coupe autour de son visage pour s'isoler de la faible lueur qui venait des consoles de Tina, et attendit que ses yeux se fussent accoutumés. Derrière lui, Tina et Fletcher s'affairaient sur les moniteurs. Il entendit le sifflement des hydrophones.

Tout recommençait.

– Jerry, vous m'entendez ? Jerry, vous écoutez ? appelait Ted, debout près du moniteur.

Mais ses appels restaient sans réponse.

Beth s'approcha de Norman qui regardait par le hublot.

– Vous voyez quelque chose ?

– Pas encore.

– Quatre-vingts mètres, approchant... dit Tina, derrière eux. Soixante mètres. Vous voulez le sonar ?

– Pas de sonar, dit Fletcher. Rien qui puisse nous rendre intéressants pour lui.

– Dois-je éteindre tous les appareils électroniques ?

– Éteignez tout.

Les lumières de la console s'éteignirent, et il ne resta plus que la lueur rouge des radiateurs, au-dessus d'eux. Ils attendaient dans le noir, les yeux fixés sur l'extérieur. Norman essaya de se souvenir combien de temps demandait l'accommodation visuelle à l'obscurité. Jusqu'à trois minutes, se rappela-t-il.

Il commençait à distinguer des formes : le contour de la grille posée sur le fond et, vaguement, la haute dérive du vaisseau spatial dressée verticalement.

Puis autre chose.

Une lueur verte au loin. À l'horizon.

– On dirait un lever de soleil vert, dit Beth.

La lueur crût en intensité, puis ils distinguèrent une masse verte informe aux flancs rayés. *C'est exactement l'image que nous avions déjà vue*, songea Norman. Exactement le même aspect. Il ne pouvait pas en distinguer vraiment les détails.

– C'est un calmar ? demanda-t-il.

– Oui, dit Beth.

– Je ne vois pas...

– Vous le voyez par l'extrémité. Le corps est dirigé vers nous, les tentacules de l'autre côté, partiellement cachés. C'est pour ça que vous ne les voyez pas.

Le calmar grandit. Il venait indéniablement vers eux. Ted se précipita du hublot vers les consoles.

– Jerry, vous écoutez ? Jerry ?

– Les circuits électroniques sont coupés, docteur Fielding, dit Fletcher.

– Essayons de lui parler, pour l'amour de Dieu.

– Je pense que nous avons passé le stade de la conversation, sir.

Norman distinguait maintenant une arête verticale très nette dans le corps du calmar, d'un vert foncé légèrement lumineux. Les bras et les tentacules mouvants apparaissaient clairement. La silhouette grandit. Le calmar se déplaçait de côté.

– Il contourne la grille.

– Oui, dit Beth. C'est un animal intelligent, capable de tirer des leçons de son expérience. Il n'a sans doute pas aimé sa première rencontre avec la grille, et il s'en souvient.

Le calmar dépassa la dérive du vaisseau spatial, et ils purent évaluer sa taille. *Il est aussi gros qu'une maison*, se dit Norman. L'animal fendait l'eau en douceur dans leur direction. Malgré son cœur qui battait la chamade, Norman éprouvait une certaine admiration.

– Jerry ? *Jerry !*

– Épargnez votre salive, Ted.

– Trente mètres, dit Tina. Approchant toujours.

Comme le calmar approchait, Norman put compter les bras et vit les deux longs tentacules, lignes luisantes qui se prolongeaient loin du corps. Bras et tentacules semblaient se mouvoir lâchement dans l'eau tandis que les muscles du corps se contractaient rythmiquement. Le calmar se propulsait par jets d'eau, sans se servir de ses bras pour nager.

– Vingt mètres.

– Bon Dieu, il est énorme, dit Harry.

– Vous savez, dit Beth, que nous sommes les premières personnes de l'histoire humaine à voir un calmar géant en liberté. Ça devrait être un grand moment.

Les hydrophones leur transmettaient le gargouillis des remous provoqués par l'approche du calmar.

– Dix mètres.

Le grand animal se tourna un moment de côté par rapport à l'habitat, et ils le virent de profil : l'immense corps luminescent long de dix mètres, avec un œil démesuré qui ne cillait pas, le cercle des bras qui ondulaient comme des serpents malveillants, les deux longs tentacules terminés par une paume aplatie en forme de feuille.

Le calmar continua de tourner jusqu'à ce que ses bras et ses tentacules fussent dirigés vers l'habitat, et ils entrevirent la bouche, le bec mâchonnant aux arêtes vives logé dans une masse de muscles verts luminescents.

– Oh, bon sang !...

Le calmar avança. Ils se voyaient les uns les autres dans la lueur qui se déversait par les hublots. *Ça commence*, songea Norman. *Ça commence, et cette fois nous n'y survivrons pas.*

Un tentacule vint frapper l'habitat avec un coup sourd.

– Jerry ! cria Ted d'une voix aiguë chargée de tension.

Le calmar s'interrompit. Son corps se déplaça latéralement, et ils virent l'œil énorme qui les regardait fixement.

– Jerry ! Écoutez-moi !

Le calmar parut hésiter.

– Il écoute ! cria Ted.

Saisissant une lampe torche sur un support mural, il la braqua sur le hublot et lança un éclair lumineux.

Le corps imposant du calmar devint momentanément sombre, puis retrouva sa lueur verte.

– Il écoute, dit Beth.

– Bien sûr qu'il écoute. Il est intelligent.

Ted fit clignoter rapidement la lampe, deux fois.

Le calmar clignota deux fois.

– Comment peut-il faire cela ? demanda Norman.

– Grâce à des cellules de la peau appelées chromatophores, dit Beth. Il peut les ouvrir et les fermer à volonté, et occulter la lumière.

Ted fit clignoter trois fois sa lampe.

Le calmar clignota trois fois.

– Il le fait rapidement, dit Norman.

– Oui, rapidement.

– Il est intelligent, dit Ted. Je n'arrête pas de vous le dire. Il est intelligent, et il veut parler.

Ted émit un éclair long, puis deux courts.

Le calmar répéta le signal.

– Bon garçon, dit Ted. Continue à me parler, Jerry.

Il émit une séquence plus complexe. Le calmar répondit, mais se déplaça vers la gauche.

– Il faut que je continue à le faire parler, dit Ted.

Il se déplaça avec le calmar, passant d'un hublot à l'autre tout en actionnant sa lampe. Le calmar continuait à répondre en faisant clignoter son corps luminescent, mais Norman sentit qu'il avait maintenant un autre objectif.

Du cylindre D au cylindre C, ils suivirent Ted qui actionnait continuellement sa lampe. Le calmar répondait toujours, mais continuait à se déplacer.

– Que fait-il ?

– Peut-être qu'il nous conduit...

– Pourquoi ?

Ils entrèrent dans le cylindre B, qui abritait les biosystèmes mais ne comportait aucun hublot. Ted passa dans le cylindre A, celui du sas, aussi dépourvu de hublot. Il sauta aussitôt dans le bas du compartiment et ouvrit le panneau du fond, révélant la surface de l'eau noire.

– Attention, Ted.

– Je vous dis qu'il est intelligent.

Aux pieds de Ted, une faible lueur verte colora l'eau.

– Le voilà.

Ils ne voyaient pas encore le calmar, seulement la lueur. Ted fit clignoter sa lampe en direction de l'eau. La lueur verte clignota en retour.

– Il parle toujours, dit Ted. Et tant qu'il parle...

Avec une rapidité étourdissante, un tentacule jaillit de l'eau et décrivit un arc à l'intérieur du sas. Norman entrevit un tronc luminescent épais comme le corps d'un homme, et une grande feuille longue d'un mètre cinquante qui balaya aveuglément l'espace à sa hauteur. Comme il se baissait, il vit frapper Beth et la renverser sur le côté. Tina hurlait de terreur. Des vapeurs d'ammoniac leur brûlaient les yeux. Le tentacule se balança de nouveau vers Norman, qui leva les mains pour se protéger. Il sentit le contact d'une chair froide et visqueuse quand le bras géant le fit tourner sur lui-même et le projeta contre la paroi métallique du sas. L'animal avait une force incroyable.

– Sortez! Tout le monde dehors, à l'écart du métal!
crìa Fletcher.

Ted escaladait l'échelle, fuyant l'ouverture du sas et
le bras mouvant. Il avait presque atteint la porte supérieure quand la feuille se rabattit sur lui, enveloppant la
plus grande partie de son corps. Il émit un grognement
en repoussant la feuille de ses mains, les yeux écarquillés d'horreur.

Norman se précipita en avant, mais Harry le retint.

– Laissez-le! Vous ne pouvez rien faire pour l'instant!

Ted, balancé en tous sens à l'intérieur du sas, rebondis-
sait de paroi en paroi, la tête ballante. Du sang coulait de
son front sur le tentacule luisant qui n'en poursuivait pas
moins son mouvement, le cylindre résonnant comme un
gong à chaque impact.

– Sortez! criait Fletcher. Tout le monde dehors!

Beth les dépassa, grimpant à quatre pattes. Harry tira
Norman à l'instant même où le second tentacule surgis-
sait au-dessus de l'eau pour enserrer Ted dans un étau.

– Écartez-vous du métal! À l'écart du métal, bon
sang! cria Fletcher comme ils posaient les pieds sur la
moquette du cylindre B.

Elle manœuvra l'interrupteur de la boîte verte fixée au
mur. Les générateurs émirent un bourdonnement, et les
batteries de chauffage infrarouge s'obscurcirent tandis
qu'un courant de deux millions de volts se déversait dans
les parois de l'habitat.

La réaction fut instantanée. Le plancher oscilla sous
leurs pieds tandis qu'une force énorme ébranlait le
cylindre; Norman aurait juré entendre un hurlement,
bien que ce ne fût peut-être qu'un bruit de métal déchiré.
Les tentacules se retirèrent vivement du sas, et ils entrevirent une dernière fois le corps de Ted entraîné sous
l'eau noire. D'un geste sec, Fletcher rabaissa le levier de
la boîte verte, mais les sonneries d'alarme avaient déjà
commencé à résonner et les signaux lumineux s'étaient
allumés.

– Au feu! cria-t-elle. Incendie dans le cylindre E!

Elle leur distribua des masques à gaz. Celui de Norman glissait sur son front, l'aveuglant partiellement.
Quand ils atteignirent le cylindre D, la fumée était

dense. Toussant, trébuchant, ils se cognaient aux consoles.

– Baissez-vous, leur dit Tina en se mettant à quatre pattes.

C'était elle qui ouvrait le chemin. Fletcher était restée dans le cylindre B. Devant eux, plus haut, une lueur rougeâtre soulignait l'encadrement de la porte donnant accès au cylindre E. Tina empoigna un extincteur et franchit la porte, suivie de Norman. Ce dernier crut d'abord que tout le cylindre était en feu. Des flammes ardentes léchaient le capitonnage des parois, et des nuages de fumée dense montaient en tourbillonnant vers le plafond. La chaleur était presque palpable. Faisant pivoter son extincteur, Tina commença à pulvériser de la mousse blanche. À la lumière des flammes, Norman vit un autre extincteur ; il l'empoigna, mais le métal était brûlant et il le laissa tomber sur le sol.

– Incendie dans le D, dit Fletcher dans l'intercom. Incendie dans le D.

Bon Dieu, se dit Norman. Malgré le masque, la fumée âcre le faisait tousser. Il ramassa l'extincteur, qu'il mit en action, et le réservoir devint aussitôt plus froid. Tina lui cria quelque chose, mais il n'entendit rien que le rugissement des flammes. Bien que le feu cédât du terrain, une grande surface continuait à brûler près de l'un des hublots. Il se retourna, dirigeant le jet de mousse sur le sol qui brûlait à ses pieds.

Il ne s'attendait pas à l'explosion, dont le choc lui ébranla douloureusement les oreilles. Se retournant, il crut d'abord qu'une lance à incendie avait été mise en batterie dans la pièce, puis il se rendit compte que l'un des petits hublots avait été pulvérisé ou consumé et que l'eau s'engouffrait par l'ouverture avec une force incroyable.

Cherchant Tina des yeux, il s'aperçut qu'elle avait été renversée et qu'elle se relevait en lui criant quelque chose. Puis elle glissa et retomba dans le flot sifflant, qui la projeta si fort contre la paroi opposée qu'il sut aussitôt qu'elle devait être morte. Quand il abaissa les yeux, il la vit flotter sur le ventre dans l'eau qui emplissait rapidement la pièce. L'arrière de son crâne était fendu, et il distingua la chair rose et molle de son cerveau.

Norman pivota sur lui-même et s'enfuit. Un filet d'eau franchissait déjà le seuil de la cloison quand il repoussa la lourde porte étanche avant d'en actionner le volant de verrouillage.

Dans le cylindre D, la fumée qui s'était épaissie l'empêcha de rien voir. Il distingua vaguement les taches rouges des flammes, floues à travers la fumée, et il entendit le sifflement des extincteurs. Où était le sien ? Il avait dû le laisser dans le cylindre E. Comme un aveugle, il tâtonna le long des parois à la recherche d'un autre extincteur, toussant dans la fumée. Ses yeux et ses poumons le brûlaient en dépit du masque.

À cet instant, un grand gémissement métallique se fit entendre et le martèlement commença, l'habitat oscillant sous les coups du calmar. Norman entendit Fletcher dans l'intercom, mais sa voix était brouillée. Le martèlement continuait, ainsi que les horribles grincements de métal. *Nous allons mourir*, songea Norman. *Cette fois, nous allons mourir.*

Il ne trouvait pas d'extincteur, mais sa main rencontra une saillie métallique sur la paroi. Il tâtonna dans l'obscurité enfumée, se demandant ce qu'était cette protubérance, quand deux millions de volts jaillirent par ses membres jusque dans son corps. Il poussa un hurlement et tomba en arrière.

CONTRECOUP

Une rangée de lumières lui apparaissait sous une perspective bizarre. Il se redressa au prix d'une douleur aiguë, et regarda autour de lui. Il était assis sur le sol du cylindre D. Une légère brume fumeuse flottait dans l'air, et les murs capitonnés étaient noircis et carbonisés en plusieurs endroits.

Regardant les dommages avec étonnement, il se dit qu'un incendie avait dû se déclarer. Quand cela s'était-il passé ? Où se trouvait-il à ce moment-là ?

Il se releva lentement sur un genou, puis se mit sur ses pieds et se tourna vers le cylindre E dont la porte d'accès, pour une raison quelconque, était fermée. S'efforçant de tourner le volant pour la déverrouiller, il constata qu'elle était bloquée.

Il ne vit personne. Où étaient les autres ? Puis il se

rappela quelque chose à propos de Ted. Ted était mort. Il se rappela le calmar faisant virevolter son corps dans le sas. Puis Fletcher leur avait dit de se reculer, et elle avait enclenché la haute tension...

Tout commençait à lui revenir. Le feu. Il y avait eu un incendie dans le cylindre E, et il y était allé avec Tina pour l'éteindre. Il se souvint d'être entré dans la pièce, d'avoir vu les flammes lécher l'intérieur des parois... Après cela, il ne savait plus trop.

Où étaient les autres ?

Avec horreur, il crut un instant être le seul survivant, mais il entendit alors une toux dans le cylindre C et se dirigea vers la source du bruit. Ne voyant personne, il passa dans le cylindre B.

Fletcher n'y était pas. Une large traînée de sang maculait les tuyaux métalliques, et l'une de ses chaussures gisait sur la moquette. C'était tout.

Une autre toux, venue d'entre les tuyaux.

– Fletcher ?

– Une minute...

Zébrée de taches de graisse, Beth émergea de l'entrelacs de tuyaux.

– Bon, vous êtes debout. Je crois que j'ai remis la plupart des systèmes en marche. Dieu merci, la Marine fait imprimer les instructions sur les boîtiers. De toute façon, la fumée s'éclaircit et les relevés indiquent que la qualité de l'air est correcte – pas merveilleuse, mais correcte. Et tous les éléments vitaux semblent intacts : nous avons de l'air, de l'eau, de la chaleur et du courant. J'essaie de savoir combien il nous reste d'air et d'électricité.

– Où est Fletcher ?

– Je ne la trouve nulle part, dit Beth en montrant la chaussure et la traînée de sang.

– Et Tina ?

Norman ne sentait inquiet à l'idée d'être pris au piège dans l'habitat sans aucun personnel de la Marine.

– Tina était avec vous, dit Beth en fronçant les sourcils.

– Je n'arrive pas à me rappeler.

– Vous avez sans doute reçu une décharge de courant. Ça peut provoquer une amnésie rétrograde, et vous ne vous rappellerez pas les dernières minutes avant le choc. Je ne trouve pas Tina non plus, mais d'après les capteurs de situation, le cylindre E est noyé et isolé. Vous y étiez avec elle. Je ne sais pas pourquoi il est noyé.

– Et Harry ?

– Je crois qu'il a aussi reçu une décharge. Vous avez de la chance que l'intensité n'ait pas été plus forte, ou vous auriez été grillés tous les deux. Quoi qu'il en soit, il est étendu sur le plancher du cylindre C, endormi ou inconscient. Vous feriez peut-être bien de l'examiner. Je n'ai pas voulu prendre le risque de le déplacer, alors je l'ai laissé où il était.

– Il s'est éveillé ? Il vous a parlé ?

– Non, mais il a l'air de respirer sans problème. Ses couleurs sont bonnes, et tout ça. De toute façon, je me suis dit qu'il était plus urgent de remettre en route les biosystèmes.

Elle essuya la graisse qui lui maculait la joue.

– Je veux dire, il n'y a plus que nous trois, maintenant, Norman.

– Vous, moi, et Harry ?

– Exactement. Vous, moi et Harry.

Harry dormait paisiblement sur le sol entre les couchettes. Norman se pencha, lui souleva une paupière et projeta un faisceau de lumière sur la pupille, qui se contracta.

– Ça ne peut pas être le paradis, dit Harry.

– Pourquoi pas ? demanda Norman.

Il projeta le faisceau de la lampe sur l'autre pupille, qui se contracta elle aussi.

– Parce que vous êtes ici. On ne laisse pas les psychologues entrer au paradis, dit Harry avec un pâle sourire.

– Pouvez-vous bouger vos orteils ? Vos mains ?

– Je peux tout bouger. Je suis monté ici à pied, Norman, depuis le cylindre C. Je vais bien.

Norman se redressa.

– Je suis content que vous soyez intact, Harry.

Il était sincère : il avait redouté que Harry ne fût blessé. Depuis le début de l'expédition, ils avaient tous dépendu de lui. À chaque moment critique, il avait fourni la solution, l'entendement nécessaire. En cet instant même, Norman se sentait réconforté à l'idée que, si Beth ne parvenait pas à comprendre le fonctionnement des biosystèmes, Harry le pourrait.

252

– Oui, je vais bien, dit Harry, qui referma les yeux et soupira. Qui reste-t-il ?

– Beth, moi, vous.

– Bon Dieu.

– Oui. Vous voulez vous lever ?

– Oui, je vais m'installer dans la couchette. Je suis vraiment fatigué, Norman. Je pourrais dormir pendant un an.

Norman l'aida à se lever, et il se laissa tomber sur la couchette la plus proche.

– Ça ne vous dérange pas si je dors un moment ?

– Pas du tout.

– C'est bon. Je suis vraiment fatigué, Norman. Je pourrais dormir pendant un an.

– Oui, vous l'avez déjà...

Norman ne termina pas sa phrase. Harry ronflait déjà. Il se pencha sur lui pour enlever un carnet froissé coincé entre sa tête et l'oreiller.

C'était le bloc-notes de Ted Fielding.

Norman se sentit soudain accablé. Il s'assit sur sa couchette, tenant le carnet entre ses mains, et finit par feuilleter quelques pages emplies du large griffonnage enthousiaste de Ted. Une photographie tomba sur ses genoux. Il la retourna. C'était la photo d'une Corvette rouge. Submergé tout à coup par ses sentiments, il ne savait pas s'il pleurait sur Ted ou sur lui-même, parce qu'il lui semblait évident que, un par un, ils étaient tous en train de mourir. Il était très triste, et il avait très peur.

Beth était dans le cylindre D à la console de communications, en train d'allumer tous les moniteurs.

– Ils ont joliment bien conçu cet endroit, dit-elle. Tout est marqué. Il y a des instructions partout, et des fichiers d'aide informatiques. Un crétin pourrait s'y retrouver. Je ne vois qu'un problème.

– Qu'est-ce que c'est ?

– La cuisine était dans le cylindre E, et le cylindre E est noyé. Nous n'avons pas de nourriture, Norman.

– Pas du tout ?

– Je ne crois pas.

– De l'eau ?

– Oui, quantité d'eau, mais pas de nourriture.

– Bah, nous pourrons nous débrouiller sans nourriture. Combien de temps nous reste-t-il à passer ici ?

– Encore deux jours, apparemment.

– Nous pourrons tenir, dit Norman en pensant : *Bon sang, deux jours. Encore deux jours dans cet endroit.*

– En présumant que la tempête se calme dans les délais prévus, ajouta Beth. J'ai essayé de savoir comment faire monter un ballon à la surface, pour voir ce qui se passe là-haut. Tina tapait un code spécial pour lâcher un ballon.

– Nous pourrons tenir, répéta Norman.

– Oh, certainement. Si ça allait vraiment mal, nous pourrions toujours nous approvisionner en nourriture dans le vaisseau spatial. Il y a largement de quoi.

– Vous pensez que nous pouvons prendre le risque de sortir à l'extérieur ?

– Il le faudra, dit Beth en lançant un regard aux écrans. Dans moins de trois heures.

– Pourquoi ?

– Le minisub. Il a un minuteur qui le fera remonter automatiquement, à moins que quelqu'un n'aille appuyer sur le bouton.

– Au diable, le sous-marin. Laissons-le partir.

– Ne soyez pas trop pressé. Ce sous-marin peut transporter trois personnes.

– Vous voulez dire que nous pourrions tous partir d'ici à son bord ?

– Oui, c'est ce que je veux dire.

– Bon Dieu. Allons-y tout de suite.

– Ça pose deux problèmes, dit Beth en montrant les écrans. J'ai passé en revue les caractéristiques techniques. Premièrement, le sous-marin est instable en surface. S'il y a de grosses vagues là-haut, il va nous secouer beaucoup plus durement que tout ce que nous avons enduré ici. Le second problème, c'est que nous devons nous connecter avec un caisson de décompression à la surface. N'oubliez pas que quatre-vingt-seize heures de décompression nous attendent à notre arrivée.

– Et si nous ne passons pas par la décompression ?

Montons à la surface à bord du minisub, songeait Norman, *et ouvrons le panneau du sas pour voir les nuages, le ciel, respirer l'air normal de la Terre.*

– Nous devons passer en décompression, dit Beth.

254

Notre sang est saturé d'hélium en solution. Pour l'instant, nous sommes sous pression et tout va bien. Mais si vous relâchiez brusquement cette pression, ce serait comme d'ouvrir une bouteille d'eau gazeuse. En se détendant, l'hélium bouillonnerait de manière explosive pour sortir de votre système. Vous mourriez instantanément.

– Oh !

– Quatre-vingt-seize heures. C'est le temps qu'il faut pour éliminer l'hélium qui est en vous.

– Oh !

Norman s'approcha d'un hublot pour regarder en direction de HSM-7 et du minisub, qui se trouvaient à une centaine de mètres de là.

– Vous pensez que le calmar va revenir ?

Elle haussa les épaules.

– Demandez à Jerry.

Elle ne parle plus de Geraldine, songea Norman. Ou peut-être préférait-elle considérer cette entité malveillante comme masculine ?

– C'est sur quel moniteur ?

– Celui-ci, dit Beth en actionnant un interrupteur.

L'écran s'éclaira.

– Jerry, êtes-vous là ? demanda Norman.

Pas de réponse.

Il tapa : **JERRY ? ÊTES-VOUS LÀ ?**

Toujours pas de réponse.

– Je dois vous dire quelque chose à propos de Jerry, dit Beth. Il ne peut pas vraiment lire les pensées. Quand nous lui parlions, l'autre fois, je lui ai adressé une pensée et il n'a pas réagi.

– Moi aussi. J'ai envoyé à la fois des messages et des images. Il n'a jamais réagi.

– Si nous parlons, il répond, mais si nous nous contentons de penser il ne répond pas. Alors il n'est pas tout-puissant. Il se comporte en fait comme s'il nous entendait.

– Exactement. Bien qu'il ne semble pas nous entendre en ce moment.

– Non. J'ai essayé un peu plus tôt, moi aussi.

– Je me demande pourquoi il ne répond pas.

– Vous avez dit qu'il était émotionnel. Peut-être qu'il boude.

Ce n'était pas l'avis de Norman. Les enfants rois ne

boudent pas. Ils sont vindicatifs et capricieux, mais ils ne boudent pas.

— Au fait, poursuivit Beth en tendant à Norman une liasse d'états imprimés, vous aimeriez peut-être jeter un coup d'œil là-dessus. Ce sont les enregistrements de tous les échanges que nous avons eus avec lui.

— Ils peuvent nous fournir un indice, dit Norman en feuilletant le paquet sans véritable enthousiasme.

Il se sentait soudain fatigué.

— De toute façon, ça vous occupera l'esprit.

— C'est vrai.

— Personnellement, dit Beth, j'aimerais retourner au vaisseau.

— Pour quoi faire ?

— Je ne suis pas convaincue que nous ayons découvert tout ce qu'il y avait à y découvrir.

— Le vaisseau est loin.

— Je sais. Mais si nous avons un moment de liberté sans la présence du calmar, j'aimerais essayer.

— Juste pour vous occuper l'esprit ?

— Je suppose que c'est un peu ça, dit-elle en consultant sa montre. Norman, je vais dormir une heure ou deux. Ensuite, nous pourrons tirer à la courte paille pour savoir qui ira au sous-marin.

— D'accord.

— Vous paraissez déprimé, Norman.

— Je le suis.

— Moi aussi. Cet endroit me donne l'impression d'être dans une tombe — et d'avoir été enterrée prématurément.

Elle gravit l'échelle qui menait à son laboratoire. Mais elle ne s'endormit apparemment pas, parce que Norman entendit au bout d'un moment la voix enregistrée de Tina qui disait :

« Pensez-vous qu'ils arriveront jamais à ouvrir cette sphère ? Et Beth qui répondait :

— Peut-être. Je n'en sais rien.

— Ça me fait peur. »

Le sifflement du rembobinage, une courte pause, puis :

« Pensez-vous qu'ils arriveront jamais à ouvrir cette sphère ?

— Peut-être. Je n'en sais rien.

— Ça me fait peur. »

256

La bande vidéo était devenue une obsession pour Beth.

Norman contempla les états imprimés posés sur ses genoux, puis il leva les yeux vers l'écran.

– Jerry? dit-il. Vous êtes là?

Jerry ne répondit pas.

LE SOUS-MARIN

Beth secouait doucement son épaule. Norman ouvrit les yeux.

– Il est temps.

– Très bien.

Il bâilla. Dieu qu'il était fatigué.

– Combien de temps reste-t-il?

– Une demi-heure.

Depuis la console de communications, Beth mit sous tension le réseau de capteurs et en ajusta les réglages.

– Vous savez comment faire fonctionner tous ces trucs? demanda Norman. Les capteurs?

– Assez bien. J'ai appris.

– Alors je devrais aller au sous-marin.

Il savait que Beth n'accepterait jamais, qu'elle insisterait pour se charger des missions actives, mais il voulait faire l'effort.

– D'accord, dit-elle. Vous y allez. C'est le plus logique.

Il dissimula sa surprise.

– C'est aussi ce que je pense.

– Il faut que quelqu'un surveille le réseau. Et je pourrai vous prévenir si le calmar vient dans les parages.

– Effectivement, dit Norman en songeant : *Diable, elle parle sérieusement.* Je pense que ce n'est pas un travail pour Harry.

– Non, Harry n'est pas très porté sur l'exercice physique. Et il dort encore. À mon avis, il vaut mieux le laisser à son sommeil.

– Vous avez raison.

– Vous aurez besoin d'aide pour votre combinaison de plongée.

– Oh, c'est vrai, ma combinaison, dit Norman. Le ventilateur est fichu.

– Fletcher vous l'a réparé.

– J'espère qu'elle l'a bien fait.

– Peut-être que je devrais y aller.

– Non, non. Surveillez les écrans. J'y vais. Ce n'est qu'à une centaine de mètres, de toute façon. Ce n'est pas grand-chose.

– Tout est clair pour l'instant, dit Beth en jetant un regard aux moniteurs.

– Très bien.

Son casque se verrouilla avec un déclic, et Beth donna une tape sur sa visière, accompagnée d'un regard interrogateur : *Tout va bien ?*

Norman hocha la tête. Elle lui ouvrit le panneau d'accès à l'océan, et il lui fit au revoir de la main avant de sauter dans l'eau noire glaciale. Arrivé au fond, il resta un moment sous la trappe pour s'assurer qu'il entendait fonctionner son ventilateur de circulation, puis il quitta l'abri du cylindre.

Il n'y avait que quelques lumières allumées dans l'habitat, et il distingua de fines colonnes de bulles qui montaient en grand nombre des cylindres fissurés.

– Comment ça va ? demanda Beth dans l'intercom.

– Bien. Vous savez que les cylindres fuient ?

– Ça paraît pire que ça ne l'est vraiment. Faites-moi confiance.

Norman atteignit l'extrémité de l'habitat et contempla les cent mètres de terrain découvert qui le séparaient de HSM-7.

– Comment se présente la situation ? Toujours rien en vue ?

– Rien en vue, répondit Beth.

Norman se mit en route. Il marchait aussi vite qu'il le pouvait, mais il avait l'impression que ses pieds se mouvaient au ralenti. Bientôt hors d'haleine, il jura.

– Qu'y a-t-il ?

– Je ne vais pas bien vite.

Il regardait constamment vers le nord, s'attendant à voir approcher d'un instant à l'autre la lueur verdâtre du calmar, mais l'horizon demeurait obscur.

– Vous vous débrouillez bien, Norman. Toujours rien en vue.

Il était maintenant à cinquante mètres de l'habitat – à mi-chemin du but. Il voyait se profiler devant lui HSM-7, un unique cylindre haut de douze mètres, beaucoup plus petit que leur habitat et presque dépourvu de hublots. Sur un côté se trouvaient le dôme et le minisub.

– Vous y êtes presque, dit Beth. Bon travail.

Norman, qui commençait à se sentir pris de vertige, ralentit l'allure. Il distinguait maintenant des signes sur la surface grise de l'habitat : toutes sortes d'instructions de la Marine peintes au pochoir.

– La côte est toujours dégagée, dit Beth. Félicitations. On dirait que vous y êtes arrivé.

Il alla sous le cylindre HSM-7 et leva les yeux vers le panneau d'accès. Ce dernier était fermé. Il donna quelques tours de volant, puis le repoussa vers le haut. La plupart des lumières étant éteintes, il ne distingua presque rien, mais il voulait jeter un coup d'œil à l'intérieur. Il pourrait y trouver quelque chose, une arme quelconque qu'il leur serait possible d'utiliser.

– Le sub d'abord, dit Beth. Il ne vous reste que dix minutes pour presser le bouton.

– D'accord.

Norman se dirigea vers le sous-marin. Debout derrière les hélices jumelles, il lut le nom inscrit sur la coque : *Deepstar III*. L'appareil était jaune, comme celui à bord duquel il était descendu, mais sa configuration était différente. Ayant trouvé des prises sur le flanc, il se hissa dans la poche d'air emprisonnée sous le dôme jusqu'à la verrière d'habitacle en plastique qui surmontait la coque. Puis il ouvrit le panneau qui se trouvait à l'arrière et se glissa à l'intérieur.

– Je suis dans le sub.

Beth ne répondit pas. Elle ne pouvait sans doute pas l'entendre, entouré comme il l'était par tout ce métal. Il parcourut des yeux l'habitacle en songeant : *Je suis trempé*. Mais qu'était-il censé faire, essuyer ses chaussures avant d'entrer ? La pensée le fit sourire. Il trouva les bandes entreposées dans un compartiment à l'arrière. Il y avait largement assez d'espace pour en mettre d'autres, et largement assez d'espace pour trois personnes. Mais Beth avait raison quand elle parlait des difficultés qu'ils auraient en surface : l'intérieur était bourré d'instruments et d'angles vifs. Il ne devait pas être agréable de se trouver ballotté dans un tel endroit.

Où était le bouton de remise à zéro ? Il examina le tableau de bord obscur et vit un voyant rouge clignotant au-dessus d'un bouton marqué « ARRÊT MINUTEUR ». Il pressa le bouton.

Le voyant rouge cessa de clignoter et se mit à briller de façon continue. Un petit écran ambré s'alluma.

Réinitialisation minuteur – Comptage 12:00:00

Les chiffres se mirent aussitôt à défiler à rebours. Il se dit qu'il avait dû faire ce qu'il fallait. L'écran s'éteignit.

Les yeux toujours fixés sur les instruments, il lui vint une pensée : en cas d'urgence, pourrait-il piloter ce sous-marin ? Il se glissa dans le siège de pilotage, face aux cadrans et aux boutons mystérieux du panneau de commandes. Il ne semblait y avoir aucun système de direction, pas de roue ni de manche à balai. Comment manœuvrait-on ce maudit engin ?

L'écran vidéo s'alluma :

DEEPSTAR III – MODULE DE COMMANDE
Avez-vous besoin d'aide ?
Oui   Non   Annuler

Oui, se dit-il. *J'ai besoin d'aide.* Il chercha un bouton marqué « OUI » au voisinage de l'écran, mais n'en vit aucun. Finalement, il lui vint à l'idée de poser son doigt sur l'écran à l'endroit du « OUI ».

DEEPSTAR III – CHOIX DES LISTES
DE CONTRÔLE
Descente	**Montée**
Amarrage	**Fermeture**
Moniteur	**Annulation**

Il pressa sur « MONTÉE ». Sur l'écran apparut l'image du tableau de bord, dont une partie clignotait. Au-dessous du dessin figurait le texte :

DEEPSTAR III – LISTE DE CONTRÔLE MONTÉE
1. Purgeurs de ballast : enclencher
Suite   Annulation

Voilà donc comment fonctionnait l'appareil. Une liste de contrôle en pas à pas emmagasinée dans l'ordinateur de bord. Il suffisait de suivre les instructions, ce dont il était capable.

Un petit remous secoua le sous-marin, le faisant osciller au bout de son amarre.

Norman pressa le mot « ANNULATION ». L'écran s'effaça, puis afficha en caractères clignotants :

Réinitialisation minuteur – Comptage 11:53:04

Le minuteur poursuivait son compte à rebours. *Il y a vraiment sept minutes que je suis ici ?* se dit-il. Un autre remous secoua de nouveau le sous-marin. Il était temps.

Il se dirigea vers le panneau d'accès, sortit sous le dôme, et referma derrière lui avant de se laisser glisser à l'extérieur de la coque. Dès qu'il eut quitté l'abri métallique, sa radio se mit à grésiller.

– ...êtes là ? Norman, vous êtes là ? Répondez, s'il vous plaît !

C'était Harry.

– Je suis là.

– Norman, pour l'amour de Dieu...

À cet instant, Norman vit la lueur verdâtre et comprit pourquoi le sous-marin s'était balancé sur ses amarres. Le calmar n'était qu'à dix mètres de là. Ses tentacules luminescents ondulaient dans sa direction, brassant les sédiments du fond de l'océan.

– ...Norman, allez-vous...

Norman n'avait pas le temps de réfléchir. Il fit trois pas, bondit, et se glissa par l'orifice ouvert du sas de HSM-7.

Il claqua le panneau derrière lui, mais un tentacule aplati en forme de pelle se glissait déjà à l'intérieur. Bien que Norman l'eût coincé sous le capot à demi refermé, le membre incroyablement musclé ne se retira pas. Il le voyait s'agiter, distinguait les ventouses pareilles à de petites bouches froncées qui s'ouvraient et se refermaient. Il frappa à coups de pied sur le capot pour essayer de forcer l'animal à se retirer, mais une détente musculaire rabattit le panneau et le projeta en arrière. Le tentacule s'avança à l'intérieur de l'habitat, répandant une forte odeur d'ammoniac.

Alors que Norman essayait de fuir vers le haut du cylindre, le second tentacule creva la surface de l'eau et se mit à sa recherche, décrivant des cercles au-dessous de lui en compagnie du premier. Parvenu à la hauteur d'un hublot, Norman regarda à l'extérieur et vit le gigantesque corps de l'animal, l'énorme œil rond qui regardait fixement. Il monta plus haut pour échapper aux tentacules. La plus grande partie du cylindre, qui semblait consacré à l'entreposage, était encombrée de matériel, de réservoirs, de boîtes dont beaucoup portaient des inscriptions rouge vif au pochoir : « DÉFENSE DE FUMER OU DE FAIRE FONCTIONNER DES APPAREILS ÉLECTRONIQUES – EXPLOSIFS TEVAC ». Il se dit tout en poursuivant son ascension trébuchante que cet endroit regorgeait d'explosifs.

Les tentacules montèrent un peu plus haut derrière lui. Quelque part, dans une région logique et détachée de son cerveau, il pensait : *Le cylindre n'a que douze mètres de haut, et les tentacules font au moins douze mètres de long. Il n'y a aucun endroit où je pourrai me cacher.*

Il buta, se cogna le genou, reprit sa route. Il entendait le claquement des tentacules qui frappaient les parois en s'agitant dans sa direction.

Une arme, se dit-il. *Il me faut une arme.*

Il atteignit la petite coquerie – un comptoir métallique, quelques ustensiles de cuisine – et ouvrit hâtivement les tiroirs à la recherche d'un couteau. Il ne trouva qu'un petit couteau à découper, qu'il rejeta d'un air dégoûté. Il entendait les tentacules s'approcher quand un coup le renversa, faisant cogner son casque sur le sol. Il se remit sur ses pieds, esquiva le tentacule, reprit son ascension.

Une section de communications : appareil radio, ordinateur, deux moniteurs. Les tentacules le talonnaient, rampant derrière lui comme des vignes cauchemardesques. Les vapeurs d'ammoniac lui brûlaient les yeux.

Il atteignit les couchettes, un espace étroit proche du sommet du cylindre.

Aucun endroit où me cacher. Pas d'armes, et aucun endroit où me cacher.

Les tentacules atteignirent le plafond du cylindre, frappèrent la surface supérieure incurvée, oscillèrent. Dans un instant, ils seraient sur lui. Norman prit un matelas dans l'une des couchettes pour s'en faire une protection dérisoire, et il esquiva le premier des deux bras qui se balançaient maintenant au hasard autour de lui.

Avec un claquement, le second l'enveloppa, l'emprisonnant avec le matelas dans une étreinte froide et visqueuse. Il sentit une lente pression écœurante, les douzaines de ventouses agrippant son corps et lui entamant la peau, et il laissa échapper un gémissement d'horreur. Le second tentacule se rabattit pour l'empoigner avec le premier. Il était pris dans un étau.

Mon Dieu.

Les tentacules s'écartèrent du mur, le soulevant haut dans l'air jusqu'au milieu du cylindre. *Ça y est*, se dit-il. Mais un instant plus tard, il se sentit glisser le long du matelas, échapper à l'étreinte et tomber dans le vide. Il s'agrippa aux tentacules pour se retenir, puis se laissa glisser le long des énormes tiges méphitiques et s'abattit près de la coquerie, où sa tête heurta violemment le pont métallique. Il roula sur le dos.

Il vit au-dessus de lui les deux tentacules presser le matelas et le tordre. Le calmar se rendait-il compte de ce qui se passait, savait-il qu'il s'était libéré ?

Norman regarda désespérément autour de lui. *Une arme, une arme.* Il était dans un habitat de la Marine, il devait y avoir une arme quelque part.

Les tentacules déchirèrent le matelas, envoyant des fragments de bourre blanche voleter dans le cylindre, puis ils le lâchèrent et les lambeaux tombèrent à leur tour. Les deux tentacules se remirent à osciller tout autour de la pièce.

À sa recherche.

Il sait, se dit Norman. *Il sait que j'ai échappé, et que je suis encore quelque part par ici. Il me traque.*

Mais comment le savait-il ?

Norman se baissa derrière la coquerie au moment où l'un des tentacules aplatis s'abattait parmi les ustensiles de cuisine, balayant la pièce en tous sens. En se redressant, Norman se cogna à une grosse plante en pot tandis que le tentacule qui continuait à le chercher s'agitait sur le sol en bousculant les casseroles. Il poussa la plante en avant. Le tentacule l'agrippa, puis la déracina sans peine avant de l'enlever dans les airs.

Cette diversion permit à Norman de foncer en avant. Abaissant les yeux vers le point de chute du matelas, il vit, alignées sur le mur près du panneau d'accès inférieur, une série de barres verticales argentées. Des fusils à harpon ! Il n'avait pas dû les remarquer en montant.

La pointe de chaque fusil se terminait par un bulbe épais qui ressemblait à une grenade. Des têtes explosives ? Il se mit à descendre.

Les tentacules glissaient eux aussi vers le bas, à sa suite. Comment le calmar savait-il où il était ? Puis en passant devant un hublot, il aperçut l'œil à l'extérieur. *Il me voit, sacré nom.*

Rester à l'écart des hublots.

Il n'arrivait pas à penser clairement. Tout se passait trop vite. Il descendit en rampant dans la soute, dépassa les caisses d'explosifs tout en se disant : *j'ai intérêt à ne pas manquer mon coup*, et atterrit avec un claquement métallique sur le pont du sas.

Les bras glissaient vers le bas du cylindre dans sa direction. Saisissant l'un des fusils, il s'aperçut qu'il était retenu au mur par un cordon en caoutchouc. Tandis que les tentacules se rapprochaient, il tira sur l'arme pour essayer de la libérer et donna un coup sec sur le caoutchouc, mais celui-ci refusait de céder. Qu'avaient donc ces fermoirs ?

Les tentacules, de plus en plus proches, descendaient rapidement.

Norman se rendit compte alors que les cordons étaient munis de crans de sûreté : il fallait tirer le fusil de côté, pas de face. Il fit un essai, et le caoutchouc se libéra. Le fusil à la main, il faisait demi-tour quand le tentacule le renversa. Se retournant sur le dos, il vit la grande paume à ventouses s'abattre droit sur lui, puis le tentacule se lova autour de son casque. Tout devint noir, et il fit feu.

Il ressentit aussitôt une douleur intense dans la poitrine et l'abdomen. Un instant horrifié, il pensa que le projectile l'avait atteint, mais il se rendit compte avec un hoquet que ce n'était que la secousse. Sa poitrine le brûlait, mais le calmar le lâcha.

Toujours aveuglé, il arracha de son visage la paume qui tomba lourdement sur le pont en se tordant, sectionnée du tentacule. Les parois intérieures de l'habitat étaient éclaboussées de sang. L'un des tentacules s'agitait encore, mais l'autre n'était plus qu'un moignon déchiqueté et sanglant. Tous deux se retirèrent par l'ouverture et disparurent sous l'eau.

Norman se précipita vers le hublot ; le calmar s'éloignait rapidement et la lueur verte s'estompait. Il avait réussi ! Il l'avait battu.

Il avait réussi.

HSM-8

– Combien en avez-vous apporté ? demanda Harry en faisant tourner le fusil à harpon entre ses mains.

– Cinq, répondit Norman. C'est tout ce que je pouvais porter.

Harry était en train d'examiner le bulbe de la tête explosive.

– Mais ça a marché ?

– Oui, ça a marché. Tout le tentacule a sauté.

– J'ai vu le calmar s'en aller. Je me suis dit que vous aviez dû faire quelque chose.

– Où est Beth ?

– Je ne sais pas. Sa tenue de plongée n'est pas là. Je pense qu'elle a dû aller au vaisseau.

– Aller au vaisseau ? fit Norman en fronçant les sourcils.

– Tout ce que je sais, c'est qu'elle était partie quand je me suis réveillé. Je me suis dit que vous étiez dans l'autre habitat, et j'ai essayé de vous joindre par radio quand j'ai vu le calmar, mais je suppose que les parois métalliques ont dû bloquer la transmission.

– Beth est sortie ?

Norman se sentait pris de colère. Beth était censée rester à la console de communications pour surveiller les capteurs pendant qu'il se trouvait à l'extérieur. Au lieu de cela, elle était allée dans le vaisseau ?

– Sa combinaison n'est pas là, répéta Harry.

– Nom d'un chien !

Norman était soudain furieux – réellement et profondément furieux. Il donna un coup de pied dans la console.

– Attention à ça, dit Harry.

– Sacré nom !

– Ne vous énervez pas, Norman. Allons, ne vous énervez pas.

– Où diable se croit-elle ?

– Allons, asseyez-vous, Norman, dit Harry en le poussant vers un fauteuil. Nous sommes tous fatigués.

– Vingt dieux, oui, que nous sommes fatigués !

– Du calme, Norman, du calme... Pensez à votre tension.

– Ma tension se porte bien !

– Pas en ce moment. Vous êtes violet.

– Comment a-t-elle pu me laisser sortir, et puis s'en aller ?

– Pis. Elle est sortie aussi, précisa Harry.

– Mais elle ne surveillait plus les environs pour moi, dit Norman.

Et il comprit pourquoi il était si furieux. Il était furieux parce qu'il avait peur. Dans un moment de grand danger personnel, Beth l'avait abandonné. Ils n'étaient plus que trois au fond, et ils avaient besoin les uns des autres – ils avaient besoin de pouvoir compter les uns sur les autres. Mais on ne pouvait pas se fier à Beth, et cela provoquait sa peur. Et sa colère.

– M'entendez-vous ? demanda la voix de Beth dans l'intercom. Quelqu'un m'entend ?

Norman tendit la main vers le microphone, mais Harry s'en empara.

– Je m'en occupe, dit-il. Oui, Beth, nous vous entendons.

– Je suis dans le vaisseau, dit-elle, sa voix grésillant dans l'intercom. J'ai trouvé un autre compartiment à l'arrière, derrière les couchettes de l'équipage. C'est tout à fait intéressant.

Tout à fait intéressant, songea Norman. *Bon Dieu, tout à fait intéressant.* Il arracha le micro des mains de Harry.

– Beth, que diable faites-vous là-bas ?

– Oh, salut, Norman. Vous êtes rentré sans problème, hein ?

– Tout juste.

– Vous avez eu des ennuis ?

La voix de Beth ne trahissait aucune préoccupation pour le sort de Norman.

– Oui, j'en ai eu.

– Vous allez bien ? Vous paraissez furieux.

– Vous parlez si je suis furieux ! Beth, pourquoi êtes-vous partie pendant que j'étais dehors ?

– Harry a dit qu'il me relèverait.

– Il a dit quoi ?

Norman regarda Harry, qui fit un signe de tête négatif.

– Harry a proposé de me relever à la console. Il m'a dit que je pouvais aller au vaisseau. Comme il n'y avait pas de calmar dans les parages, ça paraissait être le bon moment.

Norman couvrit le micro de sa main.

– Je ne me rappelle rien de pareil, dit Harry.

– Vous lui avez parlé ?

– Je ne me rappelle pas lui avoir parlé.

– Demandez-le-lui, Norman, dit Beth. Il vous le dira.

– Il affirme qu'il n'a jamais dit ça.

– Alors il déraille. Que croyez-vous, que je vous laisserais tomber pendant que vous êtes dehors, sacré nom ?... Je ne ferais jamais ça, ajouta-t-elle après un silence.

– Je vous jure que je n'ai jamais eu aucune conversation avec Beth, dit Harry. Je ne lui ai jamais parlé. Je vous dis qu'elle était partie quand je me suis réveillé. Il n'y avait personne ici. Si vous voulez mon avis, elle avait déjà décidé d'aller au vaisseau.

Norman se rappela avec quel empressement Beth avait accepté de le laisser aller au sous-marin, et se souvint de la surprise qu'il en avait éprouvée. Peut-être Harry avait-il raison. Peut-être Beth avait-elle tout arrangé depuis le début.

– Vous savez ce que je pense ? dit Harry. Je pense qu'elle est en train de craquer.

– Alors les gars, vous avez tout éclairci ? demanda Beth dans l'intercom.

– Oui, Beth, je le pense, répondit Norman.

– Bien. Parce que j'ai fait une découverte, ici dans le vaisseau.

– Qu'est-ce que c'est ?

– J'ai trouvé l'équipage.

– Vous êtes venus tous les deux, dit Beth.

Elle était assise sur une console dans la confortable cabine de pilotage aux tons beiges.

– Oui, répondit Norman en la dévisageant.

Elle avait bon aspect, et semblait même plus en forme que jamais. Plus forte, plus claire. Il la trouvait en fait plutôt belle.

– Harry a estimé que le calmar ne reviendrait pas.

– Le calmar est venu là-bas ?

Norman lui raconta succinctement l'attaque qu'il avait subie.

– Mon Dieu, je suis désolée, Norman. Je ne serais jamais partie si je m'en étais doutée.

Norman se dit qu'elle n'avait manifestement pas l'air de quelqu'un sur le point de craquer. Ses paroles avaient un ton juste et sincère.

– Quoi qu'il en soit, conclut-il, je l'ai blessé, et Harry a pensé qu'il ne reviendrait pas.

– Et comme nous n'avons pu décider qui allait rester, nous sommes venus tous les deux, dit Harry.

– Eh bien, venez par ici, dit Beth.

Elle les entraîna par le poste d'équipage et ses vingt couchettes, puis la vaste coquerie. Norman s'y arrêta, de même que Harry.

– J'ai faim, dit ce dernier.

– Mangez quelque chose, lui dit Beth. Je l'ai fait. Il y a des sortes de barres aux noix, elles sont bonnes.

Elle ouvrit un tiroir de la coquerie, en sortit des barres enveloppées de papier métallique et leur en tendit une chacun. Déchirant l'emballage, Norman vit quelque chose qui ressemblait à du chocolat. Le goût était sec.

– Il y a quelque chose à boire ?

– Bien sûr, dit-elle en ouvrant un réfrigérateur. Du Coca sans sucre ?

– Vous plaisantez...

– La présentation de la boîte est différente, et j'ai peur qu'il ne soit un peu tiède, mais c'est bien du Coca sans sucre.

– Je vais acheter des actions de cette compagnie, dit Harry. Maintenant que nous savons qu'elle existera encore dans cinquante ans.

Il lut ce qui était inscrit sur la boîte.

« Boisson officielle de l'expédition du *Star Voyager*. »

– Oui, c'est une promo, dit Beth.

Harry retourna la boîte. L'autre côté était écrit en japonais.

– Je me demande ce que ça veut dire.

– Ça veut dire que vous ne devriez peut-être pas acheter ces actions, après tout, dit Beth.

Norman but une gorgée de Coca avec une vague impression de malaise. La coquerie lui semblait avoir subtilement changé depuis sa visite précédente. Il n'en était pas sûr, car il n'avait fait qu'y jeter un bref regard à son premier passage, mais il avait généralement une bonne mémoire de l'agencement des pièces, et sa femme l'avait toujours plaisanté en affirmant qu'il pourrait trouver son chemin dans n'importe quelle cuisine.

– Vous savez, dit-il, je ne me rappelle pas avoir vu de réfrigérateur dans la coquerie.

– Je ne l'avais pas remarqué non plus, dit Beth.

– En fait, toute cette pièce me paraît différente. Elle paraît plus grande, et... je ne sais pas... différente.

– C'est parce que vous avez faim, dit Harry avec un sourire.

– Possible.

Harry avait peut-être effectivement raison. Dans les années 60, un certain nombre d'études portant sur la perception visuelle avaient montré que les sujets interprétaient des diapositives floues selon leurs prédispositions. Les gens qui avaient faim voyaient de la nourriture dans toutes les projections.

Mais cette pièce avait effectivement un aspect différent. Dans son souvenir, par exemple, la porte de la coquerie n'était pas située sur la gauche, comme elle l'était maintenant. Il se rappelait l'avoir vue au centre de la cloison séparant la coquerie des couchettes.

– Par ici, dit Beth en les entraînant plus loin vers l'arrière. En fait, c'est le réfrigérateur qui m'a fait réfléchir. C'est une chose d'entreposer des masses de nourriture sur un vaisseau d'essai envoyé à travers un trou noir. Mais installer un réfrigérateur... pourquoi prendre cette peine ? Ça m'a fait penser qu'il devait y avoir un équipage, après tout.

Ils entrèrent dans un court tunnel aux parois de verre. Des lampes projetaient sur eux une lueur violet foncé.

– Ultraviolets, dit Beth. Je ne sais pas à quoi ça sert.

– Désinfection ?

– Peut-être.

– À moins que ce ne soit pour bronzer, dit Harry. Vitamines D.

Ils passèrent dans une grande salle comme Harry n'en avait jamais vu. Le sol émettait une lueur violette, baignant la pièce dans les rayons ultraviolets venus d'en dessous. Sur les quatre murs étaient montés de larges tubes de verre, à l'intérieur de chacun desquels se trouvait un matelas argenté. Tous semblaient vides.

– Par ici, dit Beth.

Ils contemplèrent l'un des tubes. La femme nue avait été belle autrefois, c'était encore évident. Sa peau était d'un brun foncé et profondément ridée. Son corps était desséché.

– Momifiée ? demanda Harry.

Beth hocha la tête.

– C'est ce que je pense. Je n'ai pas ouvert le tube, vu les risques d'infection.

Harry regarda autour de lui.

– Qu'était cette salle ?

– Ça doit être une sorte de salle d'hibernation. Chaque tube est connecté séparément à un biosystème – énergie, air conditionné, chauffage, tout le bataclan – installé dans la salle voisine.

Harry compta.

– Vingt tubes, dit-il.

– Et vingt couchettes, dit Norman.

– Alors où sont les autres ?

Beth secoua la tête.

– Je ne sais pas.

– Cette femme est la seule qui reste ?

– On le dirait. Je n'ai trouvé personne d'autre.

– Je me demande comment ils sont tous morts, dit Harry.

– Êtes-vous allée à la sphère ? demanda Norman en s'adressant à Beth.

– Non. Pourquoi ?

– Je me posais la question, c'est tout.

– Vous vous demandez si l'équipage est mort après avoir recueilli la sphère, c'est ça ?

– Essentiellement, oui.

– Je ne pense pas que la sphère soit agressive ou dangereuse d'une manière quelconque. Il est possible que l'équipage soit mort de causes naturelles au cours du voyage lui-même. Cette femme, par exemple, est si bien préservée qu'on peut se demander si elle n'a pas reçu une forte dose de radiations. Il y a un champ de radiations extrêmement intense, autour d'un trou noir.

– Vous pensez que l'équipage est mort de son passage à travers le trou noir, et que la sphère a été recueillie automatiquement plus tard par le vaisseau spatial ?

– C'est possible.

– Elle est bigrement jolie, dit Harry en regardant à

travers le verre. Bon sang, les reporters en seraient fous, non ? Femme sensuelle du futur découverte nue et momifiée. Séance à onze heures.

– Et elle est grande, dit Norman. Elle dépasse un mètre quatre-vingts.

– Une amazone, dit Harry. Avec des seins magnifiques.

– Ça suffit, dit Beth.

– Qu'est-ce qui ne va pas – je vous choque ? demanda Harry.

– Je ne pense pas qu'il soit besoin de commentaires de ce genre.

– En fait, Beth, elle vous ressemble un peu.

Beth fronça les sourcils.

– Je suis sérieux. Vous l'avez regardée ?

– Ne soyez pas ridicule.

Norman regarda à travers le verre, occultant de sa main la réflexion des tubes UV disposés sous le sol. La femme momifiée ressemblait effectivement à Beth – plus jeune, plus grande, plus forte, mais il y avait une ressemblance.

– Il a raison, dit-il.

– C'est peut-être vous, du futur, dit Harry.

– Non, elle a manifestement une vingtaine d'années.

– C'est peut-être votre petite-fille.

– Très peu vraisemblable.

– On ne sait jamais. Jennifer vous ressemble-t-elle ?

– Pas vraiment. Mais elle est à l'âge ingrat. Et elle ne ressemble pas à cette femme, pas plus que moi.

Norman fut frappé par la conviction avec laquelle Beth niait toute ressemblance ou association avec la femme momifiée.

– Beth, dit-il, que s'est-il passé ici à votre avis ? Pourquoi cette femme est-elle la seule qui reste ?

– Je pense qu'elle avait un rôle important dans l'expédition, répondit Beth. Peut-être était-elle même le commandant de bord ou le second. Les autres étaient des hommes pour la plupart et ils ont fait quelque chose d'idiot... je ne sais pas... quelque chose contre quoi elle les avait mis en garde, et ils en sont tous morts. Elle est restée la seule survivante à bord de ce vaisseau, et elle l'a ramené à son point de départ. Mais quelque chose en elle n'allait pas, une chose contre laquelle elle ne pouvait rien, et elle est morte.

– Qu'est-ce qu'elle avait ?

– Je ne sais pas. Quelque chose.

Fascinant, songea Norman. Il ne l'avait jamais réellement envisagé sous cet aspect, mais cette salle – et en fait le vaisseau spatial tout entier – était un vaste test de Rorschach. Ou, plus précisément, un TAT. Le test psychologique d'aperception thématique consistait en une série d'images ambiguës que les sujets devaient interpréter. Comme les images ne décrivaient aucune histoire définie, celle-ci était fournie par les sujets. Et les histoires en disaient beaucoup plus sur ceux qui les racontaient que sur la nature des images.

Beth leur racontait maintenant sa vision de ce qui s'était passé là : une femme avait dirigé l'expédition, les hommes n'avaient pas suivi ses conseils, ils étaient morts, et elle seule avait survécu.

Cela ne leur disait pas grand-chose du vaisseau spatial, mais leur en apprenait beaucoup sur Beth.

– Je comprends, dit Harry. Vous voulez dire que c'est elle qui a commis l'erreur et qu'elle a piloté le vaisseau trop loin dans le passé. Tout à fait la femme au volant.

– Faut-il que vous tourniez tout à la plaisanterie ?

– Faut-il que vous preniez tout tellement au sérieux ?

– Ceci *est* sérieux, dit Beth.

– Je vais vous raconter une histoire différente. Cette femme a tout bousillé. Elle était censée faire quelque chose, et elle a oublié de le faire, ou elle a commis une erreur. Et puis elle s'est mise en hibernation. À cause de son erreur, le reste de l'équipage est mort, et elle ne s'est jamais réveillée de son hibernation. Elle ne s'est jamais rendu compte de ce qu'elle avait fait, parce qu'elle était totalement inconsciente de ce qui se passait en réalité.

– Je suis sûre que vous préférez cette histoire, dit Beth. Elle convient à votre mépris typique du mâle noir pour les femmes.

– Doucement, dit Norman.

– Vous vous offusquez de la puissance féminine.

– Quelle puissance ? Vous appelez puissance le fait de soulever des haltères ? Ce n'est que de la force, et elle vient d'un sentiment de faiblesse, pas de puissance.

– Espèce de petite fouine maigrichonne.

– Qu'allez-vous faire, me rosser ? C'est ça, votre idée de la puissance ?

– Je sais ce qu'est la puissance, dit Beth en le foudroyant du regard.

– Du calme, du calme, intervint Norman. Laissez tomber.

– Qu'en pensez-vous, Norman ? demanda Harry. Cette salle vous suggère-t-elle une histoire, à vous aussi ?

– Non, pas du tout.

– Oh, allons, je parie le contraire.

– Non, répéta Norman. Et je ne vais pas servir d'arbitre entre vous deux. Il faut que nous restions tous unis dans cette situation. Tant que nous sommes ici au fond, nous devons travailler en équipe.

– C'est Harry qui sème la discorde, dit Beth. Depuis le début de cette expédition, il essaie de s'en prendre à tout le monde. Toutes ces petites remarques insidieuses...

– Quelles petites remarques insidieuses ? fit Harry.

– Vous savez très bien quelles petites remarques insidieuses, rétorqua Beth.

Norman se dirigea vers la sortie de la salle.

– Où allez-vous ?

– Votre auditoire s'en va.

– Pourquoi ?

– Parce que vous êtes tous les deux ennuyeux.

– Oh, fit Beth, monsieur le psychologue imperturbable a décidé que nous étions ennuyeux ?

– Exactement, dit Norman en s'engageant dans le tunnel de verre sans se retourner.

– Quand cesserez-vous d'émettre tous ces jugements sur les autres ? lui cria Beth.

Il poursuivit son chemin.

– Je vous parle ! Ne me tournez pas le dos quand je vous parle, Norman !

De retour dans la coquerie, il se mit à ouvrir les tiroirs à la recherche des barres aux noix. Il avait faim de nouveau, et cette fouille lui permit d'oublier ses deux compagnons. Il devait admettre qu'il était préoccupé par le tour que prenaient les événements. Ayant trouvé une barre, il déchira le papier métallique et la mangea.

Préoccupé, mais pas surpris. Dans ses études sur la dynamique de groupe, il avait depuis longtemps vérifié le vieil adage : « Deux n'ont que faire d'un tiers. » Dans une situation très tendue, les groupes de trois étaient inévitablement instables. À moins que chacun n'ait des responsabilités clairement définies, le groupe tendait à former des alliances intérieures changeantes, deux contre un. C'était ce qui se passait en ce moment.

Il termina sa barre aux noix, et en entama aussitôt une autre. Combien de temps leur restait-il à passer au fond ? Au moins trente-six heures. Il chercha un endroit où transporter des barres de réserve, mais sa combinaison en polyester n'avait pas de poches.

Beth et Harry entrèrent dans la coquerie, l'air tout piteux.

– Vous voulez une barre aux noix ? leur demanda-t-il tout en mastiquant.

– Nous venons vous présenter des excuses, dit Beth.

– Pourquoi ?

– Pour nous êtres comportés comme des enfants, dit Harry.

– Je suis gênée, dit Beth. Je suis terriblement embarrassée de m'être emportée de cette façon. Je me sens totalement idiote...

Beth penchait la tête, les yeux fixés sur le sol. Norman trouva intéressante la façon dont elle passait brusquement d'une assurance agressive à l'attitude complètement opposée, l'auto-accusation la plus abjecte. Aucune transition entre les deux.

– Ne poussons pas cela trop loin, dit-il. Nous sommes tous fatigués.

– Je me sens abominable, reprit Beth. Vraiment abominable. J'ai l'impression de vous avoir laissé tomber tous les deux. Je ne devrais pas être ici de toute façon. Je ne suis pas à la hauteur de ce groupe.

– Beth, prenez une barre aux noix et cessez de vous apitoyer sur vous-même, dit Norman.

– Oui, renchérit Harry. Je crois que je vous préfère en colère.

– Je suis écœurée de ces barres aux noix, dit Beth. Avant que vous arriviez, j'en ai mangé onze.

– Alors prenez-en une autre pour faire la douzaine, dit Norman, et nous retournerons tous à l'habitat.

Ils parcoururent en sens inverse le fond de l'océan, tendus, guettant l'arrivée éventuelle du calmar. Mais Norman se sentait rassuré par le fait qu'ils étaient armés. Et il y avait autre chose : une assurance intérieure venue de son affrontement avec le calmar.

– Vous tenez ce fusil comme si vous aviez l'intention de vous en servir, dit Beth.

– Oui, je suppose.

Toute sa vie, Norman avait été un intellectuel, un chercheur universitaire, et il ne s'était jamais considéré comme un homme d'action, du moins pas plus que pour une occasionnelle partie de golf. Maintenant, tenant le fusil à harpon prêt à tirer, il s'apercevait que la sensation lui plaisait assez.

Tout en marchant, il remarqua la profusion de gorgones qui se dressaient sur le chemin entre le vaisseau spatial et l'habitat. Ils étaient obligés de contourner les polypiers, hauts parfois d'un mètre vingt à un mètre cinquante, dont les lampes révélaient les violets et les bleus éclatants. Il était à peu près sûr que les gorgones n'étaient pas là quand ils étaient arrivés la première fois à l'habitat.

À présent, il y avait non seulement les gorgones colorées, mais aussi des bancs de gros poissons. La plupart de ces derniers étaient noirs, avec une bande rougeâtre sur le dos. Beth leur dit que c'étaient des acanthuridés du Pacifique, ou poissons-chirurgiens, dont la présence était normale dans la région.

Tout change, se dit Norman. *Tout change autour de nous*. Mais il n'en était pas trop sûr. Ici au fond, il ne faisait plus réellement confiance à sa mémoire. Trop d'autres choses altéraient sa perception – l'atmosphère sous haute pression, les blessures qu'il avait reçues, la tension et la peur permanentes qui mettaient les nerfs à vif.

Un reflet pâle attira son regard. Abaissant le faisceau de sa lampe vers le fond, il vit onduler une bande blanche rayée de noir, munie d'une longue et fine nageoire. Il crut d'abord que c'était une anguille, mais il distingua la tête minuscule et la bouche.

– Attendez, dit Beth en le retenant du bras.

– Qu'est-ce que c'est ?

– Un serpent marin.

– Ils sont dangereux ?

– En général, non.

– Venimeux ? demanda Harry.

– Très venimeux.

Le serpent resta près du fond, apparemment en quête de nourriture, et parut ignorer totalement leur présence. Norman trouva le spectacle assez beau, surtout quand l'animal s'éloigna.

– Ça me donne la chair de poule, dit Beth.

– Savez-vous de quelle espèce il est ? demanda Norman.

– Ça pourrait être un belcher. Les serpents marins du Pacifique sont tous venimeux, mais le belcher l'est plus que tous les autres. En fait, certains chercheurs estiment que c'est le reptile le plus venimeux qui soit au monde. Son venin est cent fois plus puissant que celui du cobra royal ou de la vipère-tigre noire.

– Alors s'il mord...

– Deux minutes, et hop.

Ils regardèrent le serpent s'éloigner en se faufilant parmi les gorgones, puis disparaître.

– Les serpents marins ne sont généralement pas agressifs. Il y a même certains plongeurs qui les touchent et qui jouent avec eux, mais je ne le ferais jamais. Seigneur, des serpents.

– Pourquoi sont-ils aussi venimeux ? Pour immobiliser leurs proies ?

– Vous savez, c'est intéressant, mais les animaux les plus venimeux au monde sont tous des animaux marins. Le venin des animaux terrestres n'est rien en comparaison. Et même parmi les animaux de la terre ferme, le poison le plus mortel est dérivé de celui d'un amphibie, un crapaud appelé *Bufotene marfensis*. Dans la mer, il y a des poissons venimeux, comme le triodon, qui sont un mets recherché au Japon ; il y a des mollusques venimeux, comme le cône étoilé, l'*Alaverdis lotensis*. Un jour, à Guam, j'étais sur un bateau et une femme en a ramené un. Le coquillage est très beau, mais elle ne savait pas qu'il faut se garder d'en toucher la pointe. L'animal a fait jaillir son épine venimeuse et l'a piquée dans la paume de la main. Elle a fait trois pas avant de s'effondrer, prise de convulsions, et elle est morte dans l'heure. Il y a aussi des plantes venimeuses, des éponges venimeuses, des coraux venimeux. Et puis les serpents. Même le plus faible des serpents marins est invariablement mortel.

– Merveilleux, dit Harry.

– Il faut reconnaître que l'océan est un milieu de vie

beaucoup plus ancien que la terre ferme. La vie existe dans les océans depuis trois milliards et demi d'années, beaucoup plus longtemps que sur les continents. Les méthodes de compétition et de défense y sont beaucoup plus développées, parce que les animaux y ont disposé de plus de temps.

– Vous voulez dire que dans quelques milliards d'années il y aura aussi des animaux extrêmement venimeux sur les continents ?

– Si nous arrivons jusque-là.

– Contentons-nous de retourner à l'habitat, dit Harry.

L'habitat était maintenant tout près. Ils pouvaient distinguer les filets de bulles qui s'élevaient des fissures.

– Il fuit tant qu'il peut.

– Je pense que nous avons assez d'air.

– Je pense que je vais le vérifier.

– Je vous en prie, dit Beth. Mais je l'ai déjà fait à fond.

Norman se dit qu'une autre dispute était sur le point de commencer, mais Beth et Harry ne poussèrent pas la discussion plus loin. Ils atteignirent bientôt l'ouverture du sas et se hissèrent à l'intérieur de HSM-8.

LA CONSOLE

– Jerry ?

Norman gardait les yeux fixés sur l'écran de la console, qui demeura vide. Seul apparaissait le curseur clignotant.

– Jerry, êtes-vous là ?

L'écran était vide.

– Je me demande pourquoi vous ne nous dites rien, Jerry.

L'écran resta vide.

– On essaie un peu de psychologie ? dit Beth, qui vérifiait les commandes des capteurs extérieurs en passant les diagrammes en revue. Si vous voulez mon avis, c'est à Harry que vous devriez appliquer votre psychologie.

– Que voulez-vous dire ?

– Ce que je veux dire, c'est qu'à mon avis Harry ne

devrait pas tripoter nos biosystèmes. Je ne pense pas qu'il soit très stable.

– Stable ?

– C'est un truc de psychologue, hein ? Répéter le dernier mot d'une phrase. C'est un moyen d'obliger la personne à continuer de parler.

– De parler ? fit Norman en lui souriant.

– D'accord, je suis peut-être un peu surmenée. Mais, Norman, sérieusement – avant que je parte pour le vaisseau, Harry est venu dans cette pièce et m'a dit qu'il me relèverait. Je lui ai expliqué que vous étiez au sous-marin, mais qu'il n'y avait aucun calmar alentour et que je voulais aller au vaisseau. Il a répondu qu'il n'y avait pas de problème, qu'il prendrait la relève. Alors je suis partie. Et maintenant il ne se rappelle rien de tout ça. Ça ne vous paraît pas un peu tordu ?

– Tordu ?

– Arrêtez, soyez sérieux.

– Sérieux ?

– Vous essayez d'esquiver cette conversation ? J'ai remarqué que vous évitiez ce dont vous ne vouliez pas parler. Vous maintenez tout le monde sur un même pied, vous dirigez la conversation à l'écart des sujets délicats. Mais je pense que vous devriez écouter ce que je vous dis, Norman. Il y a un problème avec Harry.

– J'écoute ce que vous me dites, Beth.

– Et ?

– Je n'étais pas présent lors de cet épisode particulier, alors je ne sais pas vraiment. Ce que je vois actuellement de Harry ressemble au même vieux Harry – arrogant, dédaigneux, et très, très intelligent.

– Vous ne pensez pas qu'il est en train de craquer ?

– Pas plus que le reste d'entre nous.

– Bon Dieu ! Que dois-je faire pour vous convaincre ? J'ai eu toute une conversation avec lui, et maintenant il le nie. Vous pensez que c'est normal ? Vous pensez que nous pouvons faire confiance à ce genre de personne ?

– Beth, je n'étais pas là.

– Vous voulez dire que ça pourrait venir de moi ?

– Je n'étais pas là.

– Vous pensez que c'est peut-être moi qui suis en train de craquer ? Que je parle d'une conversation qui n'a jamais eu lieu en réalité ?

– Beth...

– Norman, je vous le dis. Il y a un problème avec Harry, et vous ne voulez pas l'affronter.

Ils entendirent des pas approcher.

– Je vais à mon labo, dit Beth. Réfléchissez à ce que je vous ai dit.

Elle gravissait l'échelle quand Harry entra.

– Vous savez, Beth a fait un excellent travail sur les biosystèmes. Tout paraît en ordre. Nous avons encore de l'air pour cinquante-deux heures à notre rythme actuel de consommation, et nous ne devrions pas avoir de problème. Vous êtes en train de parler à Jerry ?

– Quoi ? fit Norman.

Harry lui montra l'écran.

BONJOUR, NORMAN.

– Je ne sais pas quand il est revenu. Il ne parlait pas tout à l'heure.

– Eh bien, il parle maintenant.

BONJOUR, HARRY.

– Comment allez-vous, Jerry ? répondit Harry.

TRÈS BIEN, MERCI. COMMENT ALLEZ-VOUS ? JE VOUDRAIS TELLEMENT PARLER À VOS ENTITÉS. OÙ EST L'ENTITÉ DE COMMANDEMENT HARALD C. BARNES ?

– Vous ne le savez pas ?

JE NE PERÇOIS PAS CETTE ENTITÉ ACTUELLEMENT.

– Il est, heu, parti.

JE VOIS. IL N'ÉTAIT PAS SYMPATHIQUE. IL N'AIMAIT PAS PARLER AVEC MOI.

Que veut-il dire ? se demanda Norman. Jerry s'était-il débarrassé de Barnes parce qu'il ne le trouvait pas sympathique ?

– Jerry, dit-il, qu'est-il arrivé à l'entité de commandement ?

IL N'ÉTAIT PAS SYMPATHIQUE. JE NE L'AIMAIS PAS.

– Oui, mais que lui est-il arrivé ?

IL N'EST PAS MAINTENANT.

– Et les autres entités ?

ET LES AUTRES ENTITÉS. ELLES N'AIMAIENT PAS PARLER AVEC MOI.

– À votre avis, il veut dire qu'il s'en est débarrassé ?

JE NE SUIS PAS HEUREUX DE PARLER AVEC EUX.

– Alors il s'est débarrassé de tous les gens de la Marine ? dit Harry.

Ce n'est pas tout à fait exact, songea Norman. *Il s'est*

279

aussi débarrassé de Ted, et Ted essayait de communiquer avec lui, ou avec le calmar. Le calmar était-il directement lié à Jerry ? Comment pourrait-il le lui demander ?

– Jerry...

OUI, NORMAN. JE SUIS LÀ.

– Parlons.

BIEN. J'AIME BEAUCOUP ÇA.

– Parlez-nous du calmar, Jerry.

L'ENTITÉ CALMAR EST UNE MANIFESTATION.

– D'où est-il venu ?

VOUS L'AIMEZ BIEN ? JE PEUX LE MANIFESTER ENCORE POUR VOUS.

– Non, non, ne faites pas ça ! dit vivement Norman.

VOUS NE L'AIMEZ PAS ?

– Si, si. Nous l'aimons bien, Jerry.

C'EST VRAI ?

– Oui, c'est vrai. Nous l'aimons bien. Vraiment.

BON. JE SUIS CONTENT QUE VOUS L'AIMIEZ. C'EST UNE ENTITÉ DE GRANDE TAILLE, TRÈS IMPRESSIONNANTE.

– Effectivement, dit Norman, essuyant la sueur de son front.

Seigneur, se dit-il, *j'ai l'impression de parler à un enfant qui aurait un fusil chargé.*

IL EST DIFFICILE POUR MOI DE MANIFESTER CETTE GRANDE ENTITÉ. JE SUIS CONTENT QUE VOUS L'AIMIEZ.

– Très impressionnante, reconnut Norman. Mais vous n'avez pas besoin de répéter cette entité pour nous.

VOUS VOULEZ UNE NOUVELLE ENTITÉ MANIFESTÉE POUR VOUS ?

– Non, Jerry. Rien pour l'instant, merci.

MANIFESTER EST HEUREUX POUR MOI.

– Oui, j'en suis sûr.

J'AIME BIEN MANIFESTER POUR VOUS, NORMAN, ET AUSSI POUR VOUS, HARRY.

– Merci, Jerry.

J'AIME AUSSI VOS MANIFESTATIONS.

– *Nos* manifestations ? dit Norman avec un regard à Harry.

Jerry pensait apparemment que les gens de l'habitat manifestaient quelque chose en retour. Il semblait le considérer comme une sorte d'échange.

OUI, J'AIME AUSSI VOS MANIFESTATIONS.

– Parlez-nous de nos manifestations, Jerry, dit Norman.

LES MANIFESTATIONS SONT PETITES, ET ELLES NE S'ÉTENDENT PAS AU-DELÀ DE VOS ENTITÉS, MAIS ELLES SONT NOUVELLES POUR MOI. ELLES SONT HEUREUSES POUR MOI.

– De quoi parle-t-il ? demanda Harry.

VOS MANIFESTATIONS HARRY.

– Quelles manifestations, pour l'amour de Dieu ?

– Ne vous énervez pas, dit Norman. Restez calme.

J'AIME BIEN CE HARRY-LÀ. FAITES-EN UN AUTRE.

Lit-il les émotions ? se demanda Norman. *Considère-t-il nos émotions comme des manifestations ?* Mais ça n'avait pas de sens. Jerry ne pouvait pas lire leurs pensées, ils l'avaient déjà constaté. Peut-être ferait-il bien de le vérifier de nouveau. *Jerry*, pensa-t-il, *m'entendez-vous ?*

J'AIME BIEN HARRY. SES MANIFESTATIONS SONT ROUGES. ELLES SONT SPIRITUELLES.

– Spirituelles ?

SPIRITUEL = PLEIN D'ESPRIT ?

– Je vois, dit Harry. Il nous trouve drôles.

DRÔLE = PLEIN DE DRÔLERIE ?

– Pas exactement, dit Norman. Nous, entités, avons le concept de...

Il ne finit pas sa phrase. Comment allait-il expliquer « drôle » ? Qu'était une plaisanterie, de toute façon ?

– Nous, entités, avons le concept d'une situation qui cause une gêne, et nous qualifions cette situation de drôle.

JE VOIS. VOS MANIFESTATIONS SONT DRÔLES. L'ENTITÉ CALMAR FAIT BEAUCOUP DE MANIFESTATIONS DRÔLES DE VOUS.

– Nous ne le pensons pas, dit Harry.

JE LE PENSE.

Norman, assis à la console, se dit que cela résumait à peu près la situation. Il fallait qu'il fasse comprendre à Jerry, d'une façon ou d'une autre, le caractère sérieux de ses actes.

– Jerry, expliqua-t-il, vos manifestations endommagent nos entités. Certaines de nos entités ont déjà disparu.

OUI, JE SAIS.

– Si vous continuez vos manifestations...

OUI, J'AIME MANIFESTER, C'EST DRÔLE POUR VOUS.

– ...toutes nos entités auront bientôt disparu. Et il ne restera personne pour vous parler.

JE NE DÉSIRE PAS CELA.

– Je le sais. Mais beaucoup d'entités ont déjà disparu.

RAMENEZ-LES.

– Nous ne le pouvons pas. Elles ont disparu pour toujours.

POURQUOI ?

– Nous ne pouvons pas les ramener.

POURQUOI ?

Comme un gamin, se dit Norman. *Exactement comme un gamin. Quand on lui dit qu'on ne peut pas faire ce qu'il veut, qu'on ne peut pas jouer comme il veut, il refuse de l'accepter.*

– Jerry, nous n'avons pas le pouvoir de les ramener.

JE DÉSIRE QUE VOUS RAMENIEZ LES AUTRES ENTITÉS MAINTENANT.

– Il croit que nous refusons de jouer, dit Harry.

RAMENEZ L'ENTITÉ TED.

– Nous ne le pouvons pas, Jerry, dit Norman. Nous le ferions si nous le pouvions.

J'AIME BIEN L'ENTITÉ TED, ELLE EST TRÈS DRÔLE.

– Oui, dit Norman. Ted vous aimait bien aussi. Ted essayait de vous parler.

OUI. J'AIME SES MANIFESTATIONS. RAMENEZ TED.

– Nous ne le pouvons pas.

Il y eut un long silence.

JE VOUS SUIS OFFENSÉ ?

– Non, pas du tout.

NOUS SOMMES AMIS NORMAN ET HARRY.

– Oui, nous le sommes.

LORS RAMENEZ LES ENTITÉS.

– Il refuse vraiment de comprendre, dit Harry. Jerry, pour l'amour de Dieu, nous ne pouvons pas le faire !

VOUS ÊTES DRÔLE HARRY. REFAITES-LE.

Il interprète indéniablement les réactions émotionnelles intenses comme une sorte de manifestation, se dit Norman. Était-ce là l'idée qu'il se faisait du jeu : provoquer son adversaire, puis s'amuser de ses réactions ? Se délectait-il de voir les émotions intenses déclenchées par le calmar ? Considérait-il cela comme un divertissement ?

HARRY REFAITES-LE. HARRY REFAITES-LE.

– Eh, vieux, dit Harry d'un ton irrité, fous-moi la paix !

MERCI. J'AIME ÇA. C'ÉTAIT ROUGE AUSSI. MAINTENANT VEUILLEZ RAMENER LES ENTITÉS DISPARUES.

Norman eut une idée.

– Jerry, dit-il, si vous voulez que les entités reviennent, pourquoi ne les ramenez-*vous* pas ?

JE NE SUIS PAS HEUREUX DE LE FAIRE.

– Mais vous pourriez le faire, si vous le vouliez.

JE PEUX FAIRE N'IMPORTE QUOI.

– Oui, bien sûr, vous le pouvez. Alors pourquoi ne ramenez-vous pas les entités que vous désirez ?

NON. JE NE SUIS PAS HEUREUX DE LE FAIRE.

– Pourquoi ? demanda Harry.

EH, VIEUX, FOUS-MOI LA PAIX.

– Ne vous froissez pas, Jerry, dit vivement Norman.

Aucune réponse n'apparut sur l'écran.

– Jerry ?

L'écran ne répondit pas.

– Il est reparti, dit Harry en secouant la tête. Dieu sait ce que ce petit chameau va faire maintenant.

ANALYSE COMPLÉMENTAIRE

Norman monta au laboratoire pour voir Beth, mais elle dormait, lovée sur sa couchette. Dans son sommeil, elle paraissait assez belle. Après tout ce temps passé au fond de l'océan, il était étrange qu'elle eût un air aussi rayonnant. On aurait dit que toute dureté avait quitté ses traits. Son nez ne semblait plus aussi pointu, la ligne de sa bouche était plus douce, plus pleine. Il regarda ses bras, qui avaient été musclés, avec des veines saillantes. Les muscles semblaient plus lisses, en quelque sorte plus féminins.

Qui sait ? songea-t-il. *Après tant d'heures passées ici en bas, on n'est plus juge de rien.* Il redescendit l'échelle et gagna sa couchette. Harry était déjà là, ronflant bruyamment.

Norman décida de prendre une autre douche. Comme il s'avançait sous le jet, il fit une découverte étonnante.

Les bleus qui couvraient son corps avaient disparu.

Ou presque disparu, se dit-il en abaissant les yeux vers les quelques plaques jaune et violet qui marbraient encore sa peau. Tout avait guéri en quelques heures. Il fit des mouvements des bras et des jambes, et s'aperçut que la douleur s'était dissipée elle aussi. Pourquoi ? Que s'était-il passé ? Il pensa un moment que tout cela n'était qu'un rêve, un cauchemar, puis il se dit que c'était l'atmosphère. Les coupures et les contusions guérissaient plus vite dans un milieu à haute pression. Ça n'avait rien de mystérieux. Ce n'était qu'un effet atmosphérique.

Il se sécha autant qu'il le put à l'aide d'une serviette humide, puis retourna à sa couchette. Harry ronflait toujours aussi fort.

Norman s'étendit sur le dos, les yeux fixés sur les bobinages rougeoyants du chauffage qui bourdonnaient au plafond. Il lui vint une idée. Ressortant de son lit, il alla déplacer le rectiphone de Harry, l'enlevant de la base de sa gorge pour le pousser de côté. Les ronflements se transformèrent aussitôt en un léger sifflement aigu.

Beaucoup mieux, se dit-il. Il reposa la tête sur l'oreiller humide et s'endormit presque aussitôt. Quand il se réveilla, il eut l'impression qu'aucun temps ne s'était écoulé – comme s'il n'avait dormi que quelques secondes – mais il se sentait reposé. Il s'étira et bâilla, puis sortit de son lit.

Harry dormait toujours. Norman remit le rectiphone en place, et les ronflements reprirent. Il se rendit dans le cylindre D, s'approcha de la console. Sur l'écran brillaient toujours les mots :

EH, VIEUX, FOUS-MOI LA PAIX.

– Jerry ? dit Norman. Vous êtes là, Jerry ?

L'écran ne répondit pas. Jerry n'était pas là. Norman regarda la liasse d'états imprimés posée sur le côté de la console. *Je devrais vraiment revoir tout ça*, se dit-il. Quelque chose le préoccupait au sujet de Jerry. Il ne parvenait pas à mettre le doigt dessus, mais même si on imaginait l'extraterrestre comme un enfant-roi capricieux, le comportement de Jerry n'avait ni sens ni raison. Y compris le dernier message.

EH, VIEUX, FOUS-MOI LA PAIX.

Langage de la rue ? Ou bien ne faisait-il qu'imiter Harry ? De toute façon, ce n'était pas son mode habituel de communication. Jerry était généralement agrammatical et quelque peu éthéré, parlait d'entités et de conscience. Mais de temps à autre, il lui arrivait de verser dans un style extrêmement familier. Norman feuilleta la liasse.

À TOUT DE SUITE SUR LES ONDES APRÈS UNE PETITE PAUSE POUR CES QUELQUES MESSAGES DE NOTRE SPONSOR.

C'en était un exemple. D'où était-il venu ? On aurait dit Johnny Carson. Alors pourquoi Jerry ne s'exprimait-il pas tout le temps comme Johnny Carson ? Qu'est-ce qui causait le changement ?

Il y avait aussi la question du calmar. Si Jerry aimait leur faire peur, s'il trouvait amusant de secouer leur cage et de les voir sauter, pourquoi utiliser un calmar ? D'où était venue l'idée ? Et pourquoi seulement un calmar ? Jerry semblait aimer se manifester sous différents aspects. Alors pourquoi n'avait-il pas produit une fois un calmar géant, une autre fois d'énormes requins blancs, et ainsi de suite ? Cela ne fournirait-il pas un défi plus élevé à ses aptitudes ?

Et il y avait enfin le problème de Ted. Ted jouait avec Jerry au moment où il avait été tué. Si Jerry aimait tellement jouer, pourquoi tuerait-il un joueur ? Ça n'avait aucun sens.

À moins que ?...

Norman soupira. Le problème résidait dans ses suppositions. Il présumait que l'extraterrestre utilisait des processus logiques identiques aux siens, mais ce n'était peut-être pas le cas. D'une part, son rythme métabolique était peut-être beaucoup plus rapide, ce qui lui donnerait une différente perception du temps. Les enfants cessaient de s'amuser avec un jouet quand ils en étaient fatigués, puis passaient à un autre. Les heures qui semblaient si douloureusement longues à Norman n'étaient peut-être que quelques secondes dans la conscience de Jerry. Peut-être ne jouait-il avec le calmar que quelques instants, jusqu'au moment où il l'abandonnait pour un autre jouet.

Les enfants ne savaient pas non plus très clairement ce que signifiait casser les choses. Si Jerry ne savait rien de la mort, peu lui importait de tuer Ted, parce qu'il considérerait la mort comme un événement temporaire, une manifestation « drôle » de Ted. Peut-être ne se rendait-il pas compte qu'il brisait ses jouets.

Il était également vrai, en y réfléchissant, que Jerry s'était manifesté sous divers aspects, en présumant que les méduses, les crevettes, les gorgones, puis le serpent marin étaient ses manifestations. L'étaient-ils ? Ou n'étaient-ce que des aspects normaux de l'environnement ? Y avait-il un moyen de le savoir ?

Il se rappela soudain le marin en uniforme. Il ne fallait pas l'oublier. D'où était-il venu ? Était-ce une autre des manifestations de Jerry ? Ce dernier pouvait-il faire apparaître ses partenaires à volonté ? Dans ce cas, il lui importerait vraiment peu de les tuer tous.

Mais je pense que c'est clair. Peu importe à Jerry de nous tuer tous. Il veut jouer, c'est tout, et il ne connaît pas sa force.

Il y avait pourtant autre chose. En parcourant les feuilles imprimées, Norman percevait instinctivement une organisation sous-jacente de tous les éléments. Quelque chose lui échappait, quelque connexion qu'il n'arrivait pas à établir.

En y réfléchissant, il revenait sans cesse à la même question. Pourquoi un calmar ? Pourquoi un calmar ?

Bien sûr. Ils avaient parlé de calmar durant le dîner. Jerry avait dû capter leur conversation. Il avait dû décider qu'un calmar constituerait une manifestation provocante. Et il ne s'était pas trompé.

En feuilletant la liasse, Norman retrouva le tout premier message qu'avait décodé Harry.

BONJOUR. COMMENT ALLEZ-VOUS ? JE VAIS BIEN. COMMENT VOUS APPELEZ-VOUS ? JE M'APPELLE JERRY.

Autant commencer par là. Norman se dit que Harry avait réalisé un exploit en le décodant. S'il n'y était pas parvenu, ils n'auraient jamais pu parler à Jerry.

Norman s'assit à la console, les yeux fixés sur le clavier. Qu'avait dit Harry ? Le clavier était une spirale : la lettre G était 1, le B était 2, et ainsi de suite. Très astucieux de l'avoir deviné. Norman ne l'aurait jamais découvert en une éternité. Il se mit en devoir de retrouver les lettres dans la première séquence.

000226080926101324 15263333210805 3625252129120726102216 0921 07361822 0218210824 15263333210805 07261022 363434212521 29120726102216 0921 332836343421252521 033613130424

Voyons... Harry avait dit que le 00 marquait le début du message. 02 était B. Et puis 26, c'était O, 08 était N, et juste au-dessus, 09, c'était J. 26, un autre O, 10 était U, et enfin 13 était R...

BONJOUR.

Oui, tout concordait. Il continua de traduire. 15263333210805 était COMMENT...

COMMENT ALLEZ-VOUS ?

Jusque-là, pas de problème. Norman en tirait un certain plaisir, presque comme s'il le décodait lui-même pour la première fois. Maintenant, 09. C'était J...

JE VAIS BIEN.

Il alla plus vite, écrivant les lettres au fur et à mesure.

COMMENT VOUS APPELEZ-VOUS ?

Maintenant, 0921 était JE... JE M'APPELLE... Mais il découvrit une erreur dans une lettre. Était-ce possible ? Il continua, trouva une seconde erreur. Ayant écrit le message, il le contempla avec une stupéfaction grandissante.

JE M'APPELLE HARRY.

– Bon Dieu ! fit-il.

Il vérifia de nouveau la séquence, mais il n'y avait pas d'erreur. Pas de sa part. Le message était parfaitement clair.

BONJOUR. COMMENT ALLEZ-VOUS ? JE VAIS BIEN. COMMENT VOUS APPELEZ-VOUS ? JE M'APPELLE HARRY.

LE POUVOIR

L'OMBRE

Beth se redressa dans sa couchette du laboratoire et contempla le message que Norman venait de lui donner.

– Oh, mon Dieu, dit-elle en écartant ses épais cheveux noirs de son visage. Comment est-ce possible ?

– Tout concorde, dit Norman. Réfléchissez. Quand ont commencé les messages ? Après que Harry est ressorti de la sphère. Quand le calmar et les autres animaux sont-ils apparus pour la première fois ? Après que Harry est ressorti de la sphère.

– Oui, mais...

– Il y a d'abord eu de petits calmars. Mais au moment où nous allions les manger sont apparues soudain des crevettes. Juste à temps pour dîner. Pourquoi ? Parce que Harry n'aime pas le calmar.

Beth écoutait sans rien dire.

– Et qui, enfant, a été terrifié par le calmar géant de *Vingt Mille Lieues sous les mers* ?

– Harry. Je me souviens qu'il en a parlé.

– Et quand Jerry apparaît-il sur l'écran ? poursuivit vivement Norman. Quand Harry est présent. Jamais aux autres moments. Et quand Jerry nous répond-il si nous lui parlons ? Quand Harry est dans la pièce pour entendre ce que nous disons. Et pourquoi Jerry ne peut-il lire nos pensées ? Parce que Harry ne peut pas lire nos pensées. Et rappelez-vous comment, quand Barnes insistait pour savoir le nom, Harry refusait de le demander. Pourquoi ? Parce qu'il avait peur que l'écran ne dise « Harry », et non pas « Jerry ».

– Et le marin en uniforme...

– Exactement. Le marin noir. Qui apparaît juste au moment où Harry rêve qu'on vient à notre secours ? Un marin noir venu de l'extérieur.

Beth réfléchissait en fronçant les sourcils.

– Et le calmar géant ?

– Au milieu de l'attaque, Harry s'est cogné la tête et a perdu connaissance. Le calmar a disparu aussitôt. Il n'est pas revenu avant que Harry se réveille de son somme et vous dise qu'il prendrait la relève.

– Mon Dieu !

– Oui. Ça explique beaucoup de choses.

Beth resta silencieuse un moment, les yeux fixés sur le message.

– Mais comment fait-il cela ?

– Je doute qu'il le fasse. Du moins pas consciemment, répondit Norman, qui avait réfléchi à la question. Présumons que quelque chose soit arrivé à Harry quand il est entré dans la sphère, qu'il ait acquis un pouvoir quelconque pendant qu'il était à l'intérieur.

– De quel genre ?

– Le pouvoir de faire arriver les choses par le simple fait de les penser. Le pouvoir de transformer ses pensées en réalité.

Beth fronça les sourcils.

– Transformer ses pensées en réalité...

– Ce n'est pas si étrange que ça. Imaginez que vous soyez sculpteur : vous commencez par avoir une idée, puis vous la sculptez dans la pierre ou dans le bois pour la transformer en réalité. L'idée vient d'abord, puis l'exécution suit, avec l'addition d'un effort pour créer une réalité qui reflète vos pensées préalables. C'est de cette façon que le monde fonctionne pour nous. Nous imaginons quelque chose, puis nous essayons de le faire arriver. Parfois, la façon dont nous le faisons arriver est inconsciente, comme le type qui rentre inopinément chez lui à l'heure du déjeuner et qui surprend sa femme au lit avec un autre homme. Il ne l'a pas prévu consciemment. Ça se passe en quelque sorte de soi-même.

– Ou la femme qui surprend le mari au lit avec une autre femme, dit Beth.

– Oui, bien sûr. Ce que je veux dire, c'est que nous

parvenons continuellement à faire arriver des choses sans y penser outre mesure. Je ne pense pas à chacune de mes paroles quand je vous parle. Je me propose seulement de vous dire quelque chose, et les paroles viennent d'elles-mêmes.

– Oui...

– Alors nous pouvons créer des choses compliquées, telles que des phrases, sans effort. Mais nous ne pouvons pas créer des sculptures sans effort. Nous croyons être obligés de faire quelque chose, outre le fait d'avoir simplement une idée.

– Et c'est vrai.

– Oui, mais pas pour Harry. Il a franchi une autre étape. Il n'a plus besoin de sculpter la statue. Il lui suffit d'avoir une idée, et les choses arrivent d'elles-mêmes. Il fait se manifester les choses.

– Harry imagine un calmar terrifiant, et nous nous retrouvons tout à coup avec un calmar terrifiant derrière nos hublots ?

– Exactement. Et quand il perd conscience, le calmar disparaît.

– Et il a obtenu ce pouvoir de la sphère ?

– Oui.

Beth fronça les sourcils.

– Pourquoi fait-il ça ? Il essaie de nous tuer ?

Norman secoua la tête.

– Non. Je pense qu'il est dépassé.

– Que voulez-vous dire ?

– Eh bien, nous avons envisagé toutes sortes de possibilités sur la nature de la sphère venue d'une autre civilisation. Ted pensait que c'était un trophée ou un message, il la considérait comme un présent. Harry pensait qu'il y avait quelque chose à l'intérieur, il la considérait comme un récipient. Mais je me demande si ça ne pourrait pas être une mine.

– Vous voulez dire un explosif ?

– Pas exactement, mais un moyen de défense, ou un test. Une civilisation extraterrestre pourrait avoir disséminé ces objets à travers la Galaxie, et toute intelligence qui les recueillerait ferait l'expérience du pouvoir de la sphère – qui est de rendre réel tout ce qu'on pense. Si vous avez des pensées positives, vous aurez de délicieuses crevettes pour le dîner. Si vous avez des pensées négatives, vous vous retrouverez face à des monstres

293

prêts à vous tuer. C'est le même processus, ce n'est qu'une question de contenu.

— Alors, de la même manière qu'une mine explose si on marche dessus, la sphère détruit les gens s'ils ont des pensées négatives ?

— Ou plus simplement s'ils ne savent pas contrôler leurs pensées. Parce que si vous contrôlez vos pensées, la sphère n'aura pas d'effet particulier. Dans le cas contraire, elle vous détruira.

— Comment contrôler une pensée négative ? demanda Beth, qui semblait soudain profondément troublée. Comment pouvez-vous dire à quelqu'un : « Ne pensez pas à un calmar géant » ? À l'instant où vous le dites, il pensera automatiquement au calmar par son effort même pour ne pas y penser.

— Il est possible de contrôler ses pensées.

— Peut-être pour un yogi, ou quelqu'un du même genre.

— Pour n'importe qui. Il est possible de détourner son attention des pensées indésirables. Comment les gens arrêtent-ils de fumer ? Comment change-t-on d'avis à propos de quoi que ce soit ? En contrôlant ses pensées.

— Je ne vois toujours pas pourquoi Harry fait cela.

— Vous vous rappelez avoir dit que la sphère pourrait nous frapper au-dessous de la ceinture ? De la même façon que le virus du SIDA frappe notre système immunitaire au-dessous de la ceinture ? Le SIDA nous frappe à un niveau pour lequel nous ne sommes pas préparés. En un sens, c'est ce que fait la sphère, parce que nous croyons pouvoir penser n'importe quoi sans conséquence. Nous avons des dictons comme « La pierre blesse, la parole glisse », qui soulignent cette manière de penser. Mais voilà tout à coup que la parole devient aussi réelle que la pierre, et qu'elle peut nous blesser de la même façon. Nos pensées se matérialisent – quel prodige merveilleux ! –, mais ce sont toutes nos pensées qui se matérialisent, les bonnes et les mauvaises. Et nous ne sommes tout simplement pas préparés à contrôler nos pensées. Nous n'avons jamais eu à le faire auparavant.

— Quand j'étais enfant, dit Beth, j'en voulais à ma mère. Et quand elle a eu un cancer, je me suis sentie terriblement coupable...

— Oui. Les enfants pensent de cette façon. Tous les enfants croient que leurs pensées ont un pouvoir, mais nous leur apprenons patiemment qu'ils ont tort de penser ainsi. Évidemment, il y a toujours eu une autre tradition de croyances à propos de la pensée. La Bible nous dit que nous ne devons pas convoiter la femme de notre voisin, ce que nous interprétons comme une interdiction de l'adultère. Mais ce n'est pas réellement ce que dit la Bible. Elle dit que la pensée de l'adultère est aussi interdite que l'acte lui-même.

– Et Harry ?

– Connaissez-vous quelque chose de la psychologie jungienne ?

– Je ne l'ai jamais trouvée très pertinente.

– Pourtant, elle l'est maintenant. Jung a rompu avec Freud au début du siècle, expliqua Norman, et il a développé sa propre psychologie. Il soupçonnait l'existence dans le psychisme humain d'une structure sous-jacente qui reflétait une similitude avec nos mythes et nos archétypes. L'une de ses idées était qu'il y a dans la personnalité de tout un chacun un côté obscur qu'il appelle « l'ombre ». L'ombre contient tous les aspects de la personnalité non reconnus, les parties haineuses, les parties sadiques, et ainsi de suite. Jung estimait que les gens avaient l'obligation de se familiariser avec leur côté obscur. Mais peu de gens le font. Nous préférons tous penser que nous sommes de braves gens et que nous n'avons jamais le désir de tuer, de mutiler, de violer, de piller.

– Oui.

– Selon Jung, si vous ne reconnaissez pas votre côté obscur, c'est lui qui vous gouverne.

– Alors ce que nous voyons est le côté obscur de Harry ?

– En un sens, oui. Harry a besoin de se présenter comme l'Homme-noir-arrogant-qui-sait-tout.

– C'est assurément ce qu'il fait.

– Alors s'il est effrayé d'être ici au fond dans cet habitat – et qui ne l'est pas ? –, il ne peut pas admettre sa peur. Mais il l'a de toute façon, qu'il l'admette ou non, de sorte que son côté obscur justifie la peur – en créant des choses qui prouvent sa validité.

– Le calmar existe pour justifier sa peur ?

– Quelque chose dans ce goût-là, oui.

– Je ne sais pas.

Beth reposa la tête sur son oreiller, le visage tourné vers le plafond, et ses hautes pommettes accrochèrent la lumière. Elle avait presque l'air d'un mannequin, élégante, belle et forte.

– Je suis zoologue, Norman. Je veux toucher les choses, les tenir dans mes mains et vérifier qu'elles sont réelles. Toutes ces théories à propos de manifestations, elles ne... Elles sont tellement... psychologiques.

– Le monde de l'esprit est tout aussi réel, et suit des règles tout aussi rigoureuses, que le monde de la réalité extérieure.

– Oui, je suis sûre que vous avez raison, mais... Elle haussa les épaules... je ne trouve pas cela très satisfaisant.

– Vous savez tout ce qui s'est passé depuis que nous sommes descendus ici. Donnez-moi une autre hypothèse qui explique tout.

– Je ne le peux pas, admit-elle. J'ai essayé, pendant tout le temps que vous parliez, mais je ne peux pas.

Elle plia le papier dans ses mains et le contempla un moment.

– Vous savez, Norman, je pense que vous avez fait une brillante série de déductions. Absolument brillante. Je vous vois sous une lumière toute différente.

Norman sourit de plaisir. Durant la plus grande partie de son séjour dans l'habitat, il s'était senti comme la cinquième roue du carrosse, comme un membre inutile au sein du groupe. Quelqu'un reconnaissait maintenant sa contribution, et il en était heureux.

– Merci, Beth.

Elle le regarda, ses grands yeux clairs pleins de douceur.

– Vous êtes un homme très séduisant, Norman. Je ne pense pas l'avoir jamais vraiment remarqué avant.

Elle effleura distraitement ses seins, serrés sous la combinaison collante. Ses mains pressèrent le tissu, soulignant les mamelons fermes. Puis elle se leva soudain et l'étreignit, son corps serré contre le sien.

– Il faut que nous restions ensemble dans tout cela, dit-elle. Il faut que nous restions unis, vous et moi.

– Oui, il le faut.

– Parce que si ce que vous dites est vrai, Harry est un homme très dangereux.

– Oui.

– Le seul fait qu'il soit dans les parages, pleinement conscient, le rend dangereux.

– Oui.

– Qu'allons-nous faire à son sujet?

– Eh, vous autres, dit Harry, débouchant de l'escalier, c'est une fête privée, ou est-ce que tout le monde est admis?

– Bien sûr, répondit Norman en s'écartant de Beth. Montez, Harry.

– J'ai interrompu quelque chose?

– Non, non.

– Je ne veux m'immiscer dans la vie sexuelle de personne.

– Oh, Harry, dit Beth.

Elle alla s'asseoir devant la paillasse du laboratoire, loin de Norman.

– En tout cas, il y a apparemment quelque chose qui vous a remontés tous les deux.

– Vraiment? fit Norman.

– Oui, surtout Beth. J'ai l'impression que chaque jour qu'elle passe ici la rend un peu plus belle.

– Je l'ai remarqué aussi, dit Norman avec un sourire.

– J'en suis sûr. Une femme amoureuse. Vous avez de la chance.

Harry se tourna vers Beth.

– Pourquoi me regardez-vous fixement comme ça?

– Je ne vous regarde pas fixement.

– Mais si.

– Harry, je ne vous regarde pas fixement.

– Je sais voir quand quelqu'un me regarde fixement, bon sang!

– Harry... commença Norman.

– Je veux savoir pourquoi vous me regardez tous les deux de cette façon. Vous me regardez comme si j'étais un criminel, ou quelque chose du même genre.

– Ne soyez pas paranoïaque, Harry.

– Blottis tous les deux ici, en train de chuchoter...

– Nous n'étions pas en train de chuchoter.

– Vous chuchotiez, répéta Harry en parcourant la pièce du regard. Alors il y a deux Blancs et un Noir, maintenant, c'est ça?

– Oh, Harry...

– Je ne suis pas stupide, vous savez. Il se passe quelque chose entre vous. Je le vois.

– Harry, dit Norman, il ne se passe rien du tout.

Ils entendirent alors un long *bip* insistant venu de la console de communications du niveau inférieur. Ils échangèrent un regard, puis descendirent voir ce qui se passait.

L'écran de la console affichait lentement des groupes de lettres.

COX VDX MOP LKI

— C'est Jerry? demanda Norman.

— Je ne pense pas, dit Harry. Je ne pense pas qu'il reviendrait à l'utilisation d'un code.

— C'est un code?

— Je crois pouvoir l'affirmer.

— Pourquoi est-ce si lent? demanda Beth.

Une nouvelle lettre venait s'ajouter au bout de quelques secondes à un rythme régulier.

— Je ne sais pas.

— D'où vient-il?

Harry fronça les sourcils.

— Je ne sais pas, mais l'élément le plus intéressant est la vitesse de transmission. La lenteur. Intéressant.

Norman et Beth attendirent qu'il émît une hypothèse. *Comment pourrions-nous jamais nous passer de Harry? Nous avons besoin de lui. Il est à la fois l'intelligence la plus importante qui soit ici, et la plus dangereuse. Mais nous avons besoin de lui.*

COX VDX MOP LKI XXC VRW TGK PIU YQA

— Intéressant, dit Harry. Les lettres apparaissent à peu près toutes les cinq secondes. Alors je pense pouvoir affirmer que ça vient du Wisconsin.

— Du Wisconsin? fit Norman, totalement ahuri.

— Oui. C'est une transmission de la Marine. Elle ne nous est peut-être pas adressée, mais elle vient du Wisconsin.

— Comment le savez-vous?

— Parce que c'est le seul endroit au monde d'où elle peut venir. Vous savez quelque chose de l'ELF? Non? Je vais vous expliquer. On peut envoyer des ondes radio dans l'air où, comme vous le savez, elles voyagent assez bien. Mais on ne peut pas envoyer d'ondes radio très loin à travers l'eau. L'eau est un mauvais milieu pour la transmission, de sorte qu'il faut envoyer un signal d'une force incroyable, même pour une courte distance.

— Oui...

— Mais la capacité de pénétration est fonction de la

longueur d'onde. Une onde radio ordinaire est courte – ondes courtes, et tout ça, qui mesurent de quelques centimètres à quelques mètres. Mais on peut aussi produire des ELF, des ondes à fréquence très basse, qui sont beaucoup plus longues : chaque onde mesure plusieurs kilomètres. Et ces ondes, une fois émises, peuvent franchir sans difficulté de grandes distances dans l'eau – des milliers de kilomètres. Le seul ennui est que, du fait de leur longueur, la transmission est lente. C'est pourquoi nous ne recevons qu'un caractère toutes les cinq secondes. Comme la Marine avait besoin d'un moyen de communiquer avec ses sous-marins en plongée, on a construit une grande antenne ELF dans le Wisconsin pour envoyer ces ondes longues. Et c'est ce que nous recevons.

– Et le code ?

– Ça doit être un code de compression – des groupes de trois lettres qui représentent une longue portion de message prédéfini. Cela permet de transmettre un message plus rapidement. Si on envoyait le texte complet, il faudrait des heures.

CQX VDX MOP LKI XXC VRW TGK PIU YQA IYT EEQ FVC ZNB TMK EXE MMN OPW GEW

La transmission s'interrompit.

– On dirait que c'est fini, dit Harry.

– Comment allons-nous le traduire ? demanda Beth.

– En présumant que c'est une transmission de la Marine, nous ne le pouvons pas.

– Il y a peut-être un manuel de codage par ici quelque part.

– Attendez un instant.

L'affichage changea, et les groupes furent traduits l'un après l'autre.

2340 H 07-7 COMMANDEMENT EN CHEF DU PACIFIQUE À BARNES HSM-8

– C'est un message pour Barnes, dit Harry.

Ils regardèrent les autres groupes de lettres se traduire tour à tour.

VAISSEAUX D'ASSISTANCE EN SURFACE FONT ROUTE VERS VOUS DEPUIS NANDI ET VIPATI ARRIVÉE PRÉVUE 1600 HEURES 08-7 AUTO-INITIALISATION REPLI SOUS-MARIN ACCUSEZ RÉCEPTION BONNE CHANCE SPAULDING FIN

– Cela signifie-t-il ce que je pense ? demanda Beth.

– Oui, répondit Harry. La cavalerie est en route.

– Nom de nom ! fit Beth en frappant dans ses mains.

– La tempête doit se calmer. Les vaisseaux de surface seront ici dans un peu plus de seize heures.

– Et l'auto-initialisation ?

Ils eurent aussitôt la réponse. Tous les écrans de l'habitat s'allumèrent. Dans l'angle supérieur droit de chacun d'eux apparut un petit cadre contenant des chiffres, 16:20:00, qui se mirent à défiler en régressant.

– C'est un compte à rebours automatique.

– Sommes-nous censés suivre un compte à rebours particulier pour quitter l'habitat ? demanda Beth.

Norman observa les chiffres qui se déroulaient à l'envers, comme dans le sous-marin.

– Et le sous-marin ? dit-il.

– Que nous importe le sous-marin ? fit Harry.

– Je pense que nous devrions le garder avec nous, dit Beth en consultant sa montre. Il nous reste quatre heures avant de le remettre à zéro.

– Largement le temps.

– Oui.

En son for intérieur, Norman essayait d'évaluer leurs chances de survivre seize heures de plus.

– C'est une nouvelle fantastique ! dit Harry. Pourquoi avez-vous cet air de chien battu, tous les deux ?

– Je me demandais si nous tiendrions jusque-là, dit Norman.

– Et pourquoi pas ?

– Jerry pourrait faire des siennes avant, dit Beth.

Norman ressentit un élan de colère. Ne se rendait-elle pas compte qu'en disant cela elle en faisait naître l'idée dans l'esprit de Harry ?

– Nous ne pourrions pas survivre à une autre attaque contre l'habitat, poursuivit-elle.

Silence, Beth, songea Norman. *Vous êtes en train de faire des suggestions.*

– Une attaque contre l'habitat ? fit Harry.

– Harry, intervint vivement Norman, je pense que vous et moi devrions essayer de parler à Jerry encore une fois.

– Vraiment ? Pourquoi ?

– Je veux voir si je peux le raisonner.

– Je me demande si c'est possible.

– Essayons de toute façon, insista Norman en jetant un regard à Beth. Ça vaut la peine d'essayer.

Norman savait qu'il n'allait pas vraiment parler à Jerry. Il parlerait à une partie de Harry. Une partie inconsciente, une partie obscure. Comment devait-il l'aborder ? À quoi pourrait-il faire appel ?

Il s'assit devant l'écran du moniteur en songeant : *Que sais-je réellement de Harry* ? Harry, qui avait grandi à Philadelphie – petit garçon maigre, introverti, d'une timidité maladive, prodige de mathématiques dont les dons avaient été dénigrés par ses amis et sa famille. Harry avait dit un jour que quand il s'intéressait aux mathématiques tous les autres se passionnaient pour le basket-ball. Maintenant encore, Harry détestait toute sorte de jeu ou de sport. Adolescent, il avait été humilié et négligé. Quand ses dons avaient enfin reçu l'attention méritée, de l'avis de Norman, il était trop tard. Le dommage était déjà causé. Il était assurément trop tard pour prévenir son attitude arrogante et vantarde.

JE SUIS LÀ. N'AYEZ PAS PEUR.

– Jerry.

OUI, NORMAN.

– J'ai une requête à présenter.

VOUS POUVEZ LE FAIRE.

– Jerry, beaucoup de nos entités ont disparu, et notre habitat est endommagé.

JE LE SAIS. PRÉSENTEZ VOTRE REQUÊTE.

– Voudriez-vous cesser de vous manifester ?

NON.

– Pourquoi pas ?

JE N'AI PAS ENVIE DE CESSER.

Bon, se dit Norman, *du moins les choses sont-elles claires. Nous n'avons pas perdu de temps.*

– Jerry, je sais que vous êtes resté isolé longtemps, pendant plusieurs siècles, et que vous vous êtes senti seul durant tout ce temps. Vous avez eu le sentiment que personne ne se souciait de vous, que personne ne voulait jouer avec vous ou ne partageait votre intérêt pour certaines choses.

OUI, C'EST VRAI.

– Maintenant enfin, vous pouvez vous manifester, et vous y prenez plaisir. Vous aimez nous montrer ce que vous pouvez faire, nous impressionner.

C'EST VRAI.

– Pour que nous vous prêtions attention.

OUI. J'AIME BIEN.

– Et vous avez réussi. Nous vous prêtons attention.

OUI JE LE SAIS.

– Mais ces manifestations nous nuisent, Jerry.

JE M'EN MOQUE.

– Et elles nous surprennent aussi.

J'EN SUIS CONTENT.

– Nous sommes surpris, Jerry, parce que tout ce que vous faites, c'est de jouer un jeu avec nous.

JE N'AIME PAS LES JEUX. JE NE JOUE PAS DE JEUX.

– Si. Ceci est un jeu pour vous, Jerry. C'est un sport.

NON, CE N'EST PAS VRAI.

– Si. C'est un *sport stupide*.

– Vous voulez vraiment le contredire de cette façon ? demanda Harry, debout à côté de Norman. Vous pourriez le rendre furieux. Je ne pense pas que Jerry aime être contredit.

Je suis sûr que vous n'aimez pas ça, songea Norman.

– Il faut bien que je dise à Jerry la vérité à propos de son comportement. Il ne fait rien de très intéressant.

OH ? PAS INTÉRESSANT ?

– Non. Vous vous comportez comme un enfant gâté et susceptible, Jerry.

VOUS OSEZ ME PARLER DE CETTE FAÇON ?

– Oui, parce que vous agissez de façon stupide.

– Bon Dieu ! fit Harry. Allez-y doucement avec lui.

JE PEUX FACILEMENT VOUS FAIRE REGRETTER VOS PAROLES, NORMAN.

Norman remarqua en passant que le vocabulaire et la syntaxe de Jerry étaient maintenant parfaits. Toute affectation de naïveté, de cachet extraterrestre, avait été abandonnée. Mais Norman se sentait plus fort, plus confiant, et la conversation progressait. Il savait maintenant à qui il parlait. Il ne parlait pas à un extraterrestre. Il n'y avait plus de postulats inconnus. Il parlait à la partie infantile d'un être humain.

J'AI PLUS DE POUVOIR QUE VOUS NE POUVEZ L'IMAGINER.

– Je sais que vous avez des pouvoirs, Jerry. Belle affaire.

Harry parut soudain inquiet.

– Norman, pour l'amour de Dieu. Vous allez nous faire tous tuer.

ÉCOUTEZ HARRY. IL EST SAGE.

– Non, Jerry. Harry n'est pas sage. Il a seulement peur.

HARRY N'A PAS PEUR. ABSOLUMENT PAS.

Norman décida de laisser passer le commentaire.

— C'est à vous que je parle, Jerry. Seulement à vous. C'est vous qui jouez des jeux.

LES JEUX SONT STUPIDES.

— Oui, Jerry, ils le sont. Ils ne sont pas dignes de vous.

LES JEUX NE PRÉSENTENT AUCUN INTÉRÊT POUR UNE PERSONNE INTELLIGENTE.

— Alors arrêtez, Jerry. Cessez les manifestations.

JE PEUX ARRÊTER QUAND JE VEUX.

— Je ne suis pas certain que vous le puissiez, Jerry.

OUI. JE LE PEUX.

— Alors prouvez-le. Cessez ce sport de manifestations.

Il y eut un long silence, durant lequel ils attendirent la réaction.

NORMAN, VOS TRUCS DE MANIPULATION SONT ENFANTINS ET ÉVIDENTS AU POINT D'EN ÊTRE FASTIDIEUX. IL NE M'INTÉRESSE PAS DE CONTINUER À PARLER AVEC VOUS. JE FERAI EXACTEMENT CE QUI ME PLAÎT ET JE ME MANIFESTERAI COMME JE L'ENTENDS.

— Notre habitat ne pourra pas résister à une autre manifestation, Jerry.

JE M'EN MOQUE.

— Si vous malmenez encore une fois notre habitat, Harry mourra.

— Moi et tous les autres, sacré nom, fit Harry.

JE M'EN MOQUE, NORMAN.

— Pourquoi voulez-vous nous tuer, Jerry ?

EN PREMIER LIEU, VOUS NE DEVRIEZ PAS ÊTRE ICI AU FOND. LES VÔTRES N'ONT RIEN À FAIRE ICI. VOUS ÊTES DES ÊTRES ARROGANTS QUI S'IMMISCENT PARTOUT DANS LE MONDE. VOUS AVEZ PRIS UN GROS RISQUE IMBÉCILE ET VOUS DEVEZ MAINTENANT EN PAYER LE PRIX. VOUS ÊTES UNE ESPÈCE DÉPOURVUE DE COMPASSION ET DE SENTIMENTS, QUI N'ÉPROUVE AUCUN AMOUR POUR SON PROCHAIN.

— Ce n'est pas vrai, Jerry.

NE ME CONTREDISEZ PAS ENCORE UNE FOIS, NORMAN.

— Je suis désolé, mais c'est vous qui êtes dépourvu de sentiments et de compassion, Jerry. Peu vous importe de nous nuire. Vous ne vous souciez pas de la difficulté de notre situation. C'est vous qui ignorez la compassion, Jerry. Pas nous. Vous.

ASSEZ.

— Il ne vous parlera plus, dit Harry. Il est vraiment furieux, Norman.

L'écran afficha alors :
JE VAIS VOUS TUER TOUS.

Norman transpirait. Il s'essuya le front et se détourna de l'écran qui affichait toujours : **JE VAIS VOUS TUER TOUS.**

— Je ne pense pas que vous puissiez parler à ce type, dit Beth. Je ne pense pas que vous puissiez lui faire entendre raison.

— Vous n'auriez pas dû le mettre en colère, dit Harry d'un ton presque implorant. Pourquoi l'avez-vous irrité de cette façon, Norman ?

— Il fallait que je lui dise la vérité.

— Mais vous avez été tellement acerbe avec lui que maintenant il est furieux.

— Qu'il soit furieux ou pas, ça ne change rien, dit Beth. Harry nous a attaqués avant, quand il n'était pas furieux.

— Vous voulez dire *Jerry*, lui dit Norman. Jerry nous a attaqués.

— Oui, c'est ça, Jerry.

— C'est une sacrée erreur que vous avez commise là, Beth, dit Harry.

— Vous avez raison, Harry. Je suis désolée.

Harry la regardait d'un air bizarre. *Rien ne lui échappe*, songea Norman, *et il ne va pas laisser passer ça*.

— Je ne vois pas comment vous avez pu faire cette confusion, dit Harry.

— Je sais. C'est ma langue qui a fourché. C'était stupide.

— Il me semble.

— Je suis désolée, répéta Beth. Vraiment.

— N'y pensez plus, dit Harry. C'est sans importance.

Il y avait une soudaine neutralité dans son attitude, une totale indifférence dans le ton de sa voix. *Ohoh*, se dit Norman.

Harry bâilla et s'étira.

— Vous savez, je me sens vraiment fatigué, tout d'un coup. Je crois que je vais aller faire un somme.

Sur quoi il s'éloigna vers les couchettes.

– Il faut que nous fassions quelque chose, dit Beth. Nous ne pouvons pas le dissuader par la parole.

– Vous avez raison, dit Norman. C'est impossible.

Beth tapota l'écran sur lequel brillaient les mots : **JE VAIS VOUS TUER TOUS.**

– Vous pensez qu'il parle sérieusement ?

– Oui.

Beth se leva en serrant les poings.

– Alors c'est lui ou nous.

– Oui, je le crois.

Les implications de leurs paroles demeuraient suspendues dans l'air, sous-entendues.

– Ce processus de manifestation, dit Beth. Vous pensez que Harry doit être totalement inconscient pour l'empêcher de se produire ?

– Oui.

– Ou mort.

– Oui.

Norman y avait déjà pensé. Il semblait invraisemblable que les événements prissent un tel tour dans sa vie, qu'il se trouvât à trois cents mètres sous la mer en train d'envisager le meurtre d'un être humain, et c'était pourtant ce qui se passait.

– Je n'aimerais pas le tuer, dit Beth.

– Moi non plus.

– Je veux dire que je ne saurais même pas comment m'y prendre.

– Nous n'avons peut-être pas besoin de le tuer.

– Nous n'avons peut-être pas besoin de le tuer, à moins qu'il ne commence à faire quelque chose, dit Beth, qui secoua aussitôt la tête. Oh, bon sang, Norman, nous nous faisons des illusions ! Cet habitat ne peut pas résister à une autre attaque. Nous devons le tuer. Je ne veux pas affronter cette évidence, c'est tout.

– Moi non plus.

– Nous pourrions utiliser un de ces fusils à tête explosive pour simuler un accident malheureux, puis attendre que la Marine vienne nous sortir de là.

– Je ne veux pas faire ça.

– Moi non plus. Mais que pouvons-nous faire d'autre ?

– Nous n'avons pas besoin de le tuer, dit Norman. Il suffit de le rendre inconscient.

Il s'approcha de l'armoire à pharmacie et se mit à fouiller parmi les médicaments.

– Vous pensez que vous trouverez quelque chose là-dedans ?

– Peut-être. Un anesthésique, je ne sais pas trop.

– Ça marcherait ?

– Tout ce qui provoque l'inconscience pourrait nous servir. Du moins je le pense.

– J'espère que vous avez raison. Parce que s'il se met à rêver et qu'il projette les monstres à partir de ses rêves, ce ne serait pas très heureux.

– En effet. Mais l'anesthésie produit un état d'inconscience total dépourvu de rêves, dit Norman en examinant les étiquettes des flacons. Savez-vous ce que sont ces produits ?

– Non, mais tout est sur ordinateur. Lisez-moi les noms et je chercherai pour vous.

Beth s'assit devant le clavier.

– Paralène diphényle.

Beth pressa des touches, puis parcourut un écran de texte dense.

– C'est, heu... on dirait... un truc pour les brûlures.

– Chlorhydrate d'éphédrine.

Un autre affichage.

– C'est... je crois que c'est pour le mal de mer.

– Valdomet.

– C'est pour les ulcères.

– Sintag.

– Opium synthétique. Il a une action très rapide.

– Il produit l'inconscience ?

– Non. Pas d'après ça. De toute façon, l'effet ne dure que quelques minutes.

– Tarazine.

– Un tranquillisant. Il provoque la somnolence.

– Bien, dit Norman en mettant le flacon de côté.

– Il peut causer aussi des idéations bizarres.

– Non.

Norman remit la fiole à sa place. Ils n'avaient besoin d'aucune idéation bizarre.

– Riordan ?
– Antihistaminique. Pour les piqûres.
– Oxalamine ?
– Antibiotique.
– Chloramphénicol ?
– Un autre antibiotique.
Il ne restait presque plus de fioles.
– Bon Dieu. Parasolutrine ?
– C'est un soporifique...
– Qu'est-ce que c'est ?
– Ça provoque le sommeil.
– Vous voulez dire que c'est un somnifère ?
– Non, c'est... Ils disent qu'il faut l'administrer en combinaison avec du trichlorure de paracine et l'utiliser comme anesthésique.
– Trichlorure de paracine... Oui. Je l'ai là, dit Norman.
Beth poursuivit sa lecture de l'affichage.
– Vingt cc. de parasolutrine combinés à six cc. de paracine administrés en intramusculaire provoquent un sommeil profond convenant aux interventions chirurgicales d'urgence... pas d'effets cardiaques secondaires... un sommeil d'où le sujet ne peut être tiré qu'avec difficulté... l'activité du sommeil paradoxal est supprimée...
– Combien de temps dure l'effet ?
– De trois à six heures.
– Et avec quelle rapidité agit-il ?
Beth fronça les sourcils.
– Ce n'est pas indiqué. « Une fois atteint le degré d'anesthésie approprié, il est possible de procéder aux interventions chirurgicales les plus étendues... » Mais ça ne dit pas combien de temps il met pour agir.
– Diable !
– Ça doit être rapide.
– Mais si ça ne l'est pas ? Si ça prend vingt minutes ? Et est-ce qu'on peut lutter contre l'effet ? S'empêcher de s'endormir ?
Beth secoua la tête.
– Rien à ce sujet.
Ils finirent pas se décider pour un mélange de parasolutrine, de paracine, de dulcinea et de sintag, l'opiat. Norman emplit une grande seringue des liquides clairs. La seringue était si grosse qu'on aurait dit une injection pour cheval.
– Vous pensez que ça pourrait le tuer ? demanda Beth.

– Je ne sais pas. Avons-nous le choix ?

– Non. Il faut que nous le fassions. Avez-vous déjà fait une injection ?

Norman secoua la tête.

– Et vous ?

– Seulement sur des animaux de laboratoire.

– Où dois-je l'enfoncer ?

– Faites-la dans l'épaule, pendant qu'il dort.

Norman leva la seringue face à la lumière et fit jaillir quelques gouttes de l'aiguille.

– Très bien.

– Je ferais mieux de venir avec vous, dit Beth. Pour le maintenir immobile.

– Non. S'il est éveillé et qu'il nous voie venir tous les deux, il sera soupçonneux. N'oubliez pas que vous ne dormez plus dans le dortoir.

– Mais s'il devient violent ?

– Je pense que je pourrai me débrouiller.

– Très bien, Norman, comme vous voulez.

L'éclairage de la coursive du cylindre C semblait anormalement lumineux. Norman entendait le bruit de ses pas sur la moquette, le bourdonnement perpétuel des conditionneurs d'air et des radiateurs. Il sentait le poids de la seringue dissimulée au creux de sa main quand il atteignit le poste d'équipage.

Deux femmes en uniforme de la Marine se tenaient devant la porte. Elles se mirent au garde-à-vous quand il approcha.

– Docteur Johnson, sir !

Norman s'immobilisa. Les femmes étaient belles, noires, et apparemment musclées.

– Repos, dit Norman avec un sourire.

Elles restèrent au garde-à-vous.

– Désolée, sir ! Nous avons des ordres, sir !

– Je vois. Eh bien, continuez.

Norman reprit son chemin vers les couchettes.

– Veuillez nous excuser, docteur Johnson, sir !

Elles lui barraient le chemin.

– Qu'y a-t-il ? demanda-t-il d'un air aussi innocent que possible.

– Cette zone est interdite à tout le personnel, sir !

– Mais je veux aller dormir.

— Tout à fait désolée, docteur Johnson, sir ! Personne ne doit déranger le Dr Adams pendant qu'il dort, sir !

— Je ne dérangerai pas le Dr Adams.

— Désolée, docteur Johnson, sir ! Pouvons-nous voir ce que vous avez dans la main, sir ?

— Dans la main ?

— Oui, vous avez quelque chose dans la main, sir !

Leur débit saccadé de mitrailleuse, toujours ponctué du « sir ! » à la fin, lui portait sur les nerfs. Il les toisa de nouveau. Leurs uniformes amidonnés dissimulaient des muscles puissants, et il ne pensait pas pouvoir forcer le passage. Au-delà de la porte, il voyait Harry étendu sur le dos, en train de ronfler. C'était le moment parfait pour lui faire l'injection.

— Docteur Johnson, pouvons-nous voir ce que vous avez dans la main, sir ?

— Non, bon sang, vous ne le pouvez pas.

— Très bien, sir !

Norman fit demi-tour et repartit vers le cylindre D.

— J'ai vu, dit Beth avec un signe de tête en direction du moniteur.

Norman regarda l'écran, les deux femmes debout dans la coursive. Puis il regarda le moniteur voisin, sur lequel on voyait la sphère.

— La sphère a changé ! s'exclama-t-il.

Les sillons convolutés de la porte étaient manifestement différents, leur motif plus complexe, et ils s'étendaient plus loin vers le haut. Norman était sûr qu'ils avaient changé.

— Je pense que vous avez raison, dit Beth.

— Quand est-ce arrivé ?

— Nous pourrons repasser les bandes plus tard. Pour l'instant, nous ferions mieux de nous occuper de ces deux-là.

— Comment ? demanda Norman.

— C'est simple, dit Beth en serrant de nouveau les poings. Nous avons cinq flèches à tête explosive dans le cylindre B. J'y vais, j'en prends deux, et je fais sauter les anges gardiens. Vous courez aux couchettes et vous piquez Harry.

La froide résolution de Beth aurait pu donner la chair de poule si elle n'avait paru aussi belle. Ses traits avaient maintenant quelque chose de raffiné. Elle semblait devenir plus élégante d'instant en instant.

– Les fusils à harpon sont dans le B ? demanda Norman.

– Certain. Regardez sur la vidéo, dit Beth en pressant une touche. Bon sang !

Dans le cylindre B, les fusils à harpon avaient disparu.

– Je pense que ce salaud a couvert ses arrières, dit Norman. Ce bon vieux Harry.

Beth le regarda pensivement.

– Norman, vous vous sentez bien ?

– Mais oui, pourquoi ?

– Il y a un miroir dans l'armoire à pharmacie. Allez y jeter un coup d'œil.

Norman ouvrit la boîte blanche et se regarda dans le miroir. Ce qu'il vit lui donna un choc. Non qu'il s'attendît à se trouver beau : il était accoutumé aux contours rondelets de son visage, et au chaume gris de sa barbe quand il ne se rasait pas pendant les week-ends.

Mais le visage qui lui retournait son regard était maigre, avec une barbe noire et rude. Des cernes sombres soulignaient ses yeux de braise injectés de sang. Ses cheveux, plats et gras, pendaient sur son front. Il avait l'air d'un homme dangereux.

– Je ressemble au Dr Jekyll. Ou plutôt à Mr. Hyde.

– C'est vrai, tout à fait.

– Vous devenez de plus en plus belle, dit Norman. Mais c'est moi qui me suis montré cruel à l'égard de Jerry, alors je deviens de plus en plus laid.

– Vous pensez que c'est Harry qui fait ça ?

– C'est ce que je pense.

Je l'espère, ajouta Norman en lui-même.

– Vous vous sentez différent, Norman ?

– Non, je me sens exactement le même. J'ai seulement un aspect horrible.

– Oui. Vous paraissez un peu effrayant.

– Je m'en doute.

– Vous vous sentez vraiment bien ?

– Beth...

– D'accord, dit Beth en se retournant vers les moniteurs. J'ai une dernière idée. Nous allons tous les deux dans le cylindre A, enfilons nos combinaisons, passons dans le cylindre C, et coupons l'alimentation en oxygène du reste de l'habitat. Une fois Harry inconscient, ses gardes disparaîtront et nous pourrons aller le piquer. Qu'en pensez-vous ?

– Ça vaut la peine d'essayer.

Norman posa la seringue, et ils se dirigèrent vers le cylindre A.

Dans le cylindre C, ils passèrent devant les deux gardes, qui se mirent de nouveau au garde-à-vous.

– Docteur Halpern, sir !

– Docteur Johnson, sir !

– Continuez, dit Beth.

– Oui, sir ! Pouvons-nous vous demander où vous allez, sir ?

– Tournée d'inspection ordinaire, répondit Beth.

Les gardes marquèrent une pause.

– Très bien, sir !

On leur permit de passer et ils entrèrent dans le cylindre B, encombré de tuyaux et de machines auxquels Norman jeta un regard inquiet. L'idée de tripoter les bio-systèmes ne lui plaisait pas trop, mais il ne voyait pas ce qu'ils pouvaient faire d'autre.

Il restait trois combinaisons dans le cylindre A. Norman prit la sienne.

– Vous savez ce que vous faites ? demanda-t-il.

– Oui, répondit Beth. Faites-moi confiance.

Elle enfila sa combinaison et tira la fermeture à glissière.

C'est alors que le signal d'alarme retentit dans tout l'habitat et que les voyants rouges se remirent à clignoter. Sans qu'on eût besoin de le lui dire, Norman sut qu'il s'agissait des capteurs périphériques.

Une autre attaque commençait.

15 H 20

Courant par la coursive latérale, ils repassèrent directement du cylindre B dans le cylindre D. Norman remarqua au passage que les gardes avaient disparu. Dans le cylindre D, les signaux d'alarme résonnaient et les écrans des capteurs périphériques brillaient d'un rouge vif. Norman jeta un coup d'œil aux moniteurs vidéo.

J'ARRIVE.

311

Beth parcourut vivement les écrans du regard.

– Les capteurs thermiques intérieurs sont activés. Il arrive effectivement.

Ils sentirent un coup sourd, et Norman se retourna pour regarder par le hublot. Le calmar vert était déjà là au-dehors, enroulant ses énormes bras autour de la base de l'habitat. Un tentacule se posa à plat sur le hublot, ses ventouses se déformant contre le verre.

JE SUIS LÀ.

– *Harryyy !* cria Beth.

Une légère secousse ébranla l'habitat quand les bras du calmar s'en saisirent, provoquant un lent et atroce grincement métallique.

Harry arriva dans la pièce en courant.

– Qu'est-ce que c'est ?

– Vous savez ce que c'est, Harry ! cria Beth.

– Non, non, qu'est-ce que c'est ?

– C'est le calmar, Harry !

– Oh, mon Dieu, non, gémit Harry.

L'habitat trembla violemment et l'éclairage vacilla, puis s'éteignit. Il ne restait plus que les voyants rouges clignotants du système d'alarme.

Norman se tourna vers Harry.

– Arrêtez ça, dit-il.

– Que voulez-vous dire ? fit Harry d'un ton plaintif.

– Vous savez de quoi je parle, Harry.

– Pas du tout !

– Si, Harry, vous le savez. C'est *vous*, Harry. C'est vous qui le faites.

– Non, vous vous trompez. Ce n'est pas moi ! Je jure que ce n'est pas moi !

– Si, Harry. Et si vous n'arrêtez pas, nous allons tous mourir.

L'habitat trembla de nouveau. L'un des radiateurs du plafond explosa, projetant une pluie de fragments de verre chaud et de fil métallique.

– Allons, Harry...

– Non, non !

– Il ne nous reste pas beaucoup de temps. Vous savez que c'est vous qui le faites.

– Norman, l'habitat ne pourra pas en supporter beaucoup plus, dit Beth.

– Ça ne peut pas être moi !

– Si, Harry. Affrontez la vérité, Harry. Affrontez-la maintenant.

Tout en parlant, Norman cherchait la seringue. Il l'avait laissée quelque part dans la pièce, mais des papiers glissaient de sur les bureaux, des moniteurs s'écrasaient sur le sol, c'était le chaos tout autour de lui...

Tout l'habitat fut secoué, et le fracas d'une violente explosion leur parvint depuis un autre cylindre. De nouvelles sonneries d'alarme retentirent, ainsi qu'une vibration rugissante que Norman reconnut immédiatement : l'eau, sous une pression énorme, se précipitant dans l'habitat.

— Voie d'eau dans C ! cria Beth, lisant l'affichage des consoles.

Elle se rua dans la coursive et Norman entendit le claquement métallique des portes étanches qu'elle verrouillait. La pièce était emplie d'une brume salée.

Norman poussa Harry contre le mur.

— Harry, reconnaissez la vérité et arrêtez ça !

— Ça ne peut pas être moi, ça ne peut pas être moi, gémit Harry.

Une autre secousse les fit chanceler.

— Ça ne peut pas être moi ! *Ça n'a rien à voir avec moi !*

Puis il hurla, et son corps se tordit. Norman vit Beth retirer la seringue de son épaule, l'extrémité de l'aiguille ensanglantée.

— *Que faites-vous ?* cria Harry.

Mais ses yeux étaient déjà vitreux et sans expression. Il tituba sous l'impact suivant, s'agenouilla en vacillant.

— Non, dit-il d'une voix faible. Non...

Il s'affaissa, le visage contre la moquette. Le déchirement métallique cessa aussitôt et les sonneries d'alarme se turent. Un silence inquiétant s'établit, troublé seulement par un faible gargouillement quelque part dans l'habitat.

Beth alla vivement d'un écran à l'autre.

— Capteurs intérieurs normaux. Extérieurs normaux. Tout est normal. *Tout va bien !* Tous les indicateurs sont à zéro !

Norman courut au hublot. Le calmar avait disparu. Le fond de l'océan était désert.

— Compte rendu des dommages ! cria Beth. Alimentation électrique principale coupée ! Cylindre E hors service ! Cylindre C hors service ! Cylindre B...

Norman pivota sur lui-même pour la regarder. Si le cylindre B était hors service, ils seraient privés de leur biosystème et voués à une mort certaine.

– Le cylindre B a résisté, dit enfin Beth, qui se détendit. Nous sommes saufs, Norman.

Norman s'effondra sur le tapis, épuisé. Il ressentait soudain la fatigue et la tension dans toutes les fibres de son corps.

C'était fini. La crise était passée. Tout irait bien après tout. Il sentit son corps se détendre.

C'était fini.

12 H 30

Le nez cassé de Harry avait cessé de saigner, et il semblait maintenant respirer plus régulièrement, plus facilement. Norman souleva le sac de glace pour regarder le visage enflé, puis il régla le débit du goutte-à-goutte. Après plusieurs tentatives infructueuses, Beth avait réussi à introduire l'aiguille d'alimentation intraveineuse dans le bras de Harry pour lui injecter régulièrement un mélange anesthésique. Son haleine aigre évoquait une odeur de fer-blanc, mais il allait bien – quoique totalement inconscient.

La radio grésilla.

– Je suis au sous-marin, dit Beth. Je m'apprête à monter à bord.

Regardant par le hublot en direction de HSM-7, Norman vit Beth se hisser sous le dôme à côté du sous-marin. Elle allait presser le bouton de remise à zéro pour la dernière fois. Il se retourna vers Harry.

L'ordinateur ne contenait aucune information sur les effets d'une anesthésie de douze heures, mais c'était ce qu'ils allaient devoir faire. Ou bien Harry la supporterait, ou il ne s'en tirerait pas.

C'est la même chose pour nous tous, songea Norman. Il regarda les compteurs horaires des moniteurs, qui indiquaient douze heures trente et poursuivaient leur compte à rebours, puis il posa une couverture sur Harry avant de s'approcher de la console.

La sphère était toujours là, avec son motif de sillons

modifié. Dans tout le remue-ménage, il avait presque oublié sa fascination initiale pour la sphère, sa provenance, sa signification. Ils avaient d'ailleurs compris maintenant ce qu'elle signifiait. De quoi Beth l'avait-elle qualifiée ? D'enzyme mentale. Une enzyme est un corps qui rend possible une réaction chimique sans y prendre effectivement part. Notre corps a besoin d'accomplir des réactions chimiques, mais notre température est trop basse pour que la plupart de ces réactions se fassent en douceur. Nous avons donc des enzymes pour aider le processus et l'accélérer. Ce sont les enzymes qui rendent tout possible. Et Beth avait qualifié la sphère d'enzyme mentale.

Très ingénieux, se dit-il. C'était une femme ingénieuse. Son impulsivité s'était révélée être précisément ce dont ils avaient besoin. Depuis que Harry était neutralisé, Beth avait toujours l'air aussi belle, mais Norman avait constaté avec soulagement que ses propres traits avaient retrouvé leur rondeur normale. Il vit son reflet familier dans l'écran alors qu'il contemplait l'image de la sphère sur le moniteur.

Cette sphère.

Maintenant que Harry était inconscient, il se demanda s'ils sauraient jamais exactement ce qui s'était passé, exactement ce qu'il en était. Il se rappela les lumières, pareilles à des lucioles. Et qu'avait dit Harry ? Il avait parlé d'écume. L'écume. Norman entendit un vrombissement, et regarda par le hublot.

Le sous-marin se déplaçait.

Libéré de ses amarres, le minisub jaune glissait au-dessus du fond de l'océan qu'éclairaient ses phares. Norman pressa la touche de l'intercom.

– Beth ? Beth !
– Je suis là, Norman.
– Que faites-vous ?
– Du calme, Norman.
– Que faites-vous dans le sous-marin, Beth ?
– Juste une précaution, Norman.
– Vous partez ?

Beth éclata de rire dans l'intercom. Un rire léger, détendu.

– Non, Norman. Ne vous inquiétez pas.
– Dites-moi ce que vous faites.
– C'est un secret.

— Allons, Beth.

C'était bien ce qu'il leur fallait, que Beth se mît à craquer maintenant. Il pensa de nouveau à son impulsivité, qu'il avait admirée quelques instants plus tôt. Il ne l'admirait plus.

— Beth ?

— Je vous parlerai plus tard.

Le sub vira de profil, et Norman distingua des caisses rouges dans les manipulateurs à pinces. Il ne pouvait lire les inscriptions, mais les caisses lui paraissaient vaguement familières. Il vit le sous-marin dépasser le haut aileron du vaisseau spatial, puis se poser sur le fond. Les bras lâchèrent une des caisses, qui tomba doucement sur le sol boueux. Le sous-marin repartit en dispersant les sédiments, puis glissa en avant d'une centaine de mètres. Il s'arrêta de nouveau, déposa une autre caisse, et continua ainsi tout au long du vaisseau spatial.

— Beth ?

Pas de réponse. Norman plissa les yeux pour mieux voir les caisses. Elles portaient des inscriptions, mais il ne pouvait les lire à cette distance.

Le sous-marin avait tourné et venait droit sur HSM-8, prenant Norman dans le faisceau de ses phares. Comme il se rapprochait, les capteurs déclenchèrent les sonneries et le clignotement des voyants rouges. Norman, qui détestait ce signal d'alarme, s'approcha de la console en regardant les boutons. Comment diable pouvait-on arrêter ce tintamarre ? Il se tourna vers Harry, mais ce dernier demeurait inconscient.

— Beth ? Vous êtes là ? Vous avez déclenché le maudit signal d'alarme.

— Pressez F8.

Que diable était F8 ? Regardant autour de lui, il finit par découvrir sur le clavier une rangée de touches marquées de F1 à F20. Il pressa F8, et l'alarme s'interrompit. Les lumières du sous-marin, maintenant tout proche, illuminaient les hublots. Dans la coupole transparente, Beth était clairement visible, le visage éclairé par le tableau de bord. Puis le sous-marin descendit hors de vue.

Norman alla regarder par le hublot. *Deepstar III* reposait sur le fond et déposait d'autres caisses à l'aide de ses manipulateurs à pinces. Les inscriptions étaient maintenant lisibles :

DÉFENSE DE FUMER OU DE FAIRE FONCTIONNER DES APPA-
REILS ÉLECTRONIQUES—EXPLOSIFS TEVAC.

– Beth ? Que diable êtes-vous en train de faire ?
– Plus tard, Norman.

La voix de Beth semblait normale. Était-elle en train
de craquer ? *Non*, se dit Norman. *Elle tourne rond. Sa
voix est normale. Je suis sûr qu'elle a la tête sur les
épaules.*

Mais il n'en était pas si sûr.

Le sous-marin se remettait en mouvement, la lumière
de ses phares obscurcie par les sédiments que soule-
vaient les hélices. En s'élevant devant le hublot, le nuage
bloqua momentanément toute vision.

– Beth ?
– Tout va bien, Norman. Je reviens dans une minute.

Comme les sédiments retombaient vers le fond, Norman vit de nouveau le sous-marin, qui repartait vers
HSM-7. Quelques instants plus tard, le submersible
entrait sous le dôme. Puis il vit Beth en descendre et
l'amarrer aux deux extrémités.

11 H 00

– C'est très simple, dit Beth.
– Des explosifs ? demanda Norman en montrant
l'écran. Il est indiqué là : « Le Tevac est, propor-
tionnellement à son poids, l'explosif conventionnel le
plus puissant qu'on connaisse. » Que diable avez-vous
l'intention de faire en en posant tout autour de l'habitat ?
– Du calme, Norman, dit-elle en posant une main sur
son épaule.

Son contact était doux et rassurant. Il se détendit un
peu de sentir son corps si près du sien.

– Nous aurions dû en discuter d'abord ensemble.
– Norman, je ne veux pas prendre de risque. Plus
maintenant.
– Mais Harry est inconscient.
– Il pourrait se réveiller.
– Il ne se réveillera pas, Beth.
– Je ne veux prendre aucun risque. De cette façon, si
quelque chose commence à venir de cette sphère, nous

pouvons faire sauter tout le satané vaisseau. J'ai posé des explosifs sur toute sa longueur.

– Mais pourquoi autour de l'habitat ?

– Défense.

– En quoi est-ce une défense ?

– Croyez-moi, c'en est une.

– Beth, il est dangereux d'avoir ces engins si près de nous.

– Ils ne sont pas connectés, Norman. En fait, ceux du vaisseau ne sont pas connectés non plus. Il faudra que j'aille le faire à la main.

Elle jeta un regard aux écrans.

– Je me suis dit que j'attendrai d'abord un moment. Je vais peut-être faire un somme. Êtes-vous fatigué ?

– Non, répondit Norman.

– Il y a longtemps que vous n'avez pas dormi, Norman.

– Je ne suis pas fatigué.

Elle le toisa d'un regard évaluateur.

– Je garderai Harry à l'œil, si c'est ce qui vous inquiète.

– Je ne suis pas fatigué, Beth, c'est tout.

– Très bien, à votre aise.

Du bout des doigts, elle écarta son abondante chevelure de son visage.

– Personnellement, je suis épuisée. Je vais prendre quelques heures de repos.

Elle commença à gravir l'escalier qui menait à son laboratoire, puis se pencha dans la direction de Norman.

– Vous voulez vous joindre à moi ?

– Quoi ? fit-il.

Elle lui adressa un sourire direct, entendu.

– Vous m'avez entendue, Norman.

– Plus tard, peut-être, Beth.

– Bon, comme vous voulez.

Elle reprit l'ascension de l'escalier, son corps se balançant d'un mouvement harmonieux et sensuel sous la combinaison ajustée. Elle avait belle allure dans cette combinaison, il devait l'admettre. Elle était jolie.

À l'autre bout de la pièce, Harry ronflait d'un rythme régulier. Norman vérifia le sac de glace posé sur son visage, tout en pensant à Beth. Il l'entendait se déplacer dans le laboratoire à l'étage supérieur.

– Eh, Norm ?

– Oui ?...

Il alla au pied de l'escalier et leva les yeux.

– Y en a-t-il une autre en bas ? Une propre ?

Quelque chose de bleu lui tomba dans les mains. C'était la combinaison.

– Oui, je pense qu'elles sont rangées dans le B.

– Apportez-m'en une, voulez-vous, Norm ?

– D'accord.

Tout en se rendant au cylindre B, il se sentit inexplicablement inquiet. Que se passait-il ? Il se dit qu'il savait en fait exactement ce qui se passait, mais pourquoi maintenant ? Beth exerçait sur lui une puissante attraction, et il s'en méfiait. Dans ses rapports avec les hommes, Beth provoquait l'affrontement, elle était énergique, directe, et coléreuse. La séduction n'était pas du tout sa méthode.

Ça l'est maintenant, songea-t-il en sortant une nouvelle combinaison d'un placard de rangement. Il revint au cylindre D et gravit l'échelle, du haut de laquelle tombait une étrange lumière bleutée.

– Beth ?

– Je suis là, Norm.

Arrivé en haut, il la vit étendue sur le dos, nue, sous une rampe de projecteurs à ultraviolets fixés au mur par une monture articulée. Les yeux cachés sous des coupelles opaques, elle se contorsionna d'un mouvement aguichant.

– Vous m'avez apporté la combinaison ?

– Oui.

– Merci beaucoup. Posez-la n'importe où, près de la paillasse.

– Très bien.

Il la drapa sur le fauteuil. Beth se retourna face à la lueur des lampes avec un soupir.

– Je me suis dit qu'un peu de vitamine D me ferait du bien, Norm.

– Oui...

– Vous devriez sans doute en faire autant.

– Oui, sans doute.

Mais Norman était en train de penser qu'il ne se rappelait pas avoir vu de lampes à ultraviolets dans le laboratoire. En fait, il était sûr qu'il n'y en avait pas. Il avait passé beaucoup de temps dans cette pièce, il s'en serait souvenu. Il redescendit vivement l'escalier.

L'escalier aussi était nouveau. Différent de celui qu'il connaissait, celui-ci était fait de métal noir anodisé. C'était un nouvel escalier.

– Norm ?

– Une minute, Beth.

S'approchant de la console, il pianota sur le clavier. Il se rappelait avoir vu un dossier sur les caractéristiques de l'habitat, qu'il finit par retrouver.

HABSM-8 MIPPR CARACTÉRISTIQUES DE CONSTRUCTION

5. 024A Cylindre A
5. 024B Cylindre B
5. 024C Cylindre C
5. 024D Cylindre D
5. 024E Cylindre E

Choix :

Il choisit le cylindre D, et l'affichage changea. Il choisit les plans de construction et parcourut, page après page, des dessins d'architecture, frappant nerveusement les touches, jusqu'au moment où il trouva les plans du laboratoire de biologie installé dans la partie supérieure du cylindre D.

On distinguait clairement sur les dessins une grande rampe de projecteurs à ultraviolets, articulée de façon à se replier contre la paroi. Elle avait dû être là depuis le début, mais il ne l'avait jamais remarquée. Il y avait beaucoup d'autres détails qu'il n'avait pas remarqués, comme la sortie de secours dans le dôme qui formait le plafond du laboratoire. Et le fait qu'il y avait une seconde couchette rabattable près de l'entrée. Et un escalier en métal noir anodisé.

Tu paniques, se dit-il. *Et ça n'a rien à voir avec les lampes à ultraviolets ou les dessins d'architecture. Ça n'a même rien à voir avec le sexe. Tu paniques parce que Beth est la seule qui reste à part toi, et que Beth n'est plus elle-même.*

Dans l'angle de l'écran, il regarda la petite horloge qui comptait à rebours, égrenant ses secondes avec une lenteur exaspérante. *Encore douze heures. Il suffit que je tienne encore douze heures, et tout ira bien.*

Il avait faim, mais il savait qu'il n'y avait rien à manger. Il était fatigué, mais il n'y avait aucun endroit où il pût dormir. Les cylindres E et C étaient noyés, et il ne voulait pas monter à l'étage avec Beth. Il s'étendit sur le sol du cylindre D, à côté de la couchette où dormait Harry. Le sol était froid et humide. Il mit longtemps à s'endormir.

09 H 00

Il fut réveillé en sursaut par le martèlement, ce terrifiant martèlement, et par le tremblement du sol. Roulant sur lui-même, il se mit debout, instantanément éveillé, et vit Beth près des moniteurs.

– Qu'est-ce que c'est ? cria-t-il. Qu'est-ce que c'est ?
– Qu'est-ce qui est quoi ? demanda Beth.

Elle paraissait calme et lui souriait. Norman regarda autour de lui. Les sonneries d'alarme ne s'étaient pas déclenchées, les voyants ne clignotaient pas.

– Je ne sais pas, je croyais... je ne sais pas...
– Vous pensiez qu'il y avait une autre attaque ?

Il hocha la tête.

– Qu'est-ce qui vous ferait penser ça, Norman ?

Beth le regardait de nouveau de cette façon bizarre. Un regard évaluateur, très direct et très froid. Il n'y avait pas une trace de séduction en elle. Son expression évoquait plutôt le caractère soupçonneux de l'ancienne Beth : vous êtes un homme, donc vous êtes un problème.

– Harry est toujours inconscient, n'est-ce pas ? Alors, qu'est-ce qui aurait pu vous faire penser que nous étions attaqués ?

– Je ne sais pas. Je suppose que je rêvais.

Beth haussa les épaules.

– Vous avez peut-être senti la vibration de mes pas sur le sol. De toute façon, je suis contente que vous ayez décidé de dormir.

Toujours ce regard évaluateur. Comme s'il avait quelque chose d'anormal.

– Vous n'avez pas assez dormi, Norman.
– Aucun de nous n'a assez dormi.
– Vous, en particulier.
– Vous avez peut-être raison.

Il devait admettre qu'il se sentait mieux maintenant qu'il avait dormi une heure ou deux.

– Vous avez fini tout le café et les croissants ? demanda-t-il en souriant.

– Il n'y a pas de café ni de croissants, Norman.

– Je sais.

– Alors pourquoi dites-vous ça ? demanda-t-elle d'un air sérieux.

– C'était une plaisanterie, Beth.

– Ah !

– Juste une plaisanterie. Vous savez, une réflexion humoristique sur notre condition.

– Je vois, dit-elle en réglant les écrans. Au fait, qu'avez-vous trouvé au sujet du ballon ?

– Le ballon ?

– Le ballon de surface. Vous vous rappelez que nous en avons parlé ?

Norman secoua la tête. Il ne s'en souvenait pas.

– Avant d'aller au sous-marin, je vous ai posé une question à propos des codes de commande à utiliser pour envoyer un ballon à la surface. Vous avez dit que vous consulteriez l'ordinateur pour essayer de trouver comment faire.

– J'ai dit ça ?

– Oui, Norman, vous avez dit ça.

Il réfléchit. Il se rappelait avoir soulevé avec Beth le corps inerte de Harry, étonnamment lourd, puis l'avoir posé sur la couchette. Il se rappelait avoir étanché le flot de sang qui coulait du nez de Harry tandis que Beth préparait et installait le goutte-à-goutte, technique qu'elle connaissait pour avoir travaillé avec des animaux de laboratoire. Elle avait même fait une plaisanterie, disant qu'elle souhaitait à Harry un meilleur sort que ses cobayes, qui terminaient généralement à l'état de cadavres. Puis elle s'était portée volontaire pour aller au sous-marin, et il lui avait répondu qu'il resterait avec Harry. C'était tout ce qu'il se rappelait. Rien à propos d'aucun ballon.

– Oui, répéta Beth. Le message disait que nous étions censés accuser réception, ce qui impose d'envoyer un ballon antenne à la surface. Et comme la tempête se calme, nous avons jugé que l'état de la mer permettrait au ballon de flotter sans briser le câble. Le problème était donc de lâcher le ballon, et vous avez dit que vous chercheriez les codes de commande.

– Je ne m'en souviens vraiment pas. Je suis désolé.

– Norman, il faut que nous travaillions ensemble durant ces dernières heures.

– Je suis tout à fait d'accord, Beth.

– Comment vous sentez-vous ?

– Bien. Très bien, même.

– Bon. Tenez bon, Norman. Il ne reste que quelques heures.

Elle l'étreignit avec chaleur, mais quand elle s'écarta de lui, il vit dans ses yeux le même regard détaché et évaluateur.

Une heure plus tard, ils avaient trouvé comment lâcher le ballon. Ils entendirent un lointain grésillement métallique tandis que le fil se déroulait d'un tambour extérieur, tiré par le ballon qui s'élançait vers la surface. Puis il y eut un long moment d'attente.

– Que se passe-t-il ? demanda Norman.

– Nous sommes à trois cents mètres de fond, dit Beth. Il faut un moment au ballon pour atteindre la surface.

L'écran changea enfin, et ils eurent un affichage de l'état de la mer à la surface. Le vent était descendu à quinze nœuds, les vagues avaient moins de deux mètres, la pression atmosphérique était de 1013 millibars, et on avait enregistré l'apparition du soleil.

– Bonnes nouvelles, dit Beth. Le temps est bon à la surface.

Norman contemplait l'écran, pensant au fait qu'on avait enregistré l'apparition du soleil. Jamais auparavant le soleil ne lui avait manqué. C'était drôle, tout ce qu'on tenait pour acquis. Maintenant, la pensée de voir le soleil lui apparaissait comme incroyablement agréable. Il ne pouvait imaginer de plus grande joie que de voir le soleil, les nuages, le ciel bleu.

– À quoi pensez-vous ?

– Je pense que je suis impatient de sortir d'ici.

– Moi aussi, dit Beth. Mais ce ne sera plus très long.

Ping ! Ping ! Ping ! Ping !

Norman, qui vérifiait l'état de Harry, pivota sur lui-même en entendant le bruit.

– Qu'est-ce que c'est, Beth ?

Ping ! Ping ! Ping ! Ping !

– Ne vous inquiétez pas! cria Beth depuis la console. Je suis simplement en train d'essayer de faire fonctionner ce machin.

Ping! Ping! Ping! Ping!

– De faire fonctionner quoi?

– Le sonar à visée latérale. Le sonar à fausse ouverture. Je ne sais pas pourquoi on l'appelle « à fausse ouverture ». Vous savez ce que ça veut dire?

Ping! Ping! Ping! Ping!

– Non, répondit Norman, qui trouvait le son énervant. Éteignez-le, s'il vous plaît.

– Il est marqué « SFO », ce qui veut dire, je crois, « sonar à fausse ouverture », mais je vois aussi « visée latérale ». Il y a de quoi s'y perdre.

– Beth, éteignez-le!

Ping! Ping! Ping! Ping!

– Oui, oui, bien sûr.

– Pourquoi voulez-vous savoir comment le faire marcher, de toute façon?

Norman se sentait agacé, comme si elle avait produit ce son dans l'intention de l'ennuyer.

– Juste en cas, répondit Beth.

– En cas de quoi, pour l'amour de Dieu? Vous avez dit vous-même que Harry était inconscient. Il n'y aura plus d'attaque.

– Ne vous énervez pas, Norman. Je veux être préparée, c'est tout.

07 H 20

Il ne parvenait pas à l'en dissuader. Elle insistait pour aller à l'extérieur connecter les explosifs autour du vaisseau. C'était une idée fixe.

– Mais *pourquoi*, Beth? répétait-il.

– Parce que je me sentirai mieux quand je l'aurai fait.

– Mais il n'y a aucune raison de le faire.

– Je me sentirai mieux si je le fais, insistait-elle.

En fin de compte, il n'avait pu l'en empêcher. Il la voyait maintenant, petite silhouette au casque muni d'une lampe portative, aller d'une caisse d'explosifs à la suivante. Elle ouvrait chaque caisse et en sortait de gros cônes jaunes qui ressemblaient à ceux qu'utilisent les camions de dépannage sur les autoroutes. Ces cônes étaient reliés par des fils, et une petite lampe rouge brillait à leur sommet quand la connexion était établie.

Il voyait des petites lampes rouges tout au long du vaisseau. Elles le mettaient mal à l'aise. Quand Beth était partie, il lui avait dit :

— Mais vous ne connecterez pas les explosifs autour de l'habitat ?

— Non, Norman, je ne les connecterai pas.

— Promettez-le-moi.

— Je vous l'ai dit, je ne le ferai pas. Si ça vous tracasse, je ne le ferai pas.

— Ça me tracasserait.

— D'accord, d'accord.

Une guirlande de lampes rouges festonnait maintenant toute la longueur du vaisseau, depuis la queue à peine visible qui s'élevait au-dessus du fond de corail. Beth s'éloignait vers le nord, en direction des caisses qu'elle n'avait pas encore ouvertes.

Norman regarda Harry, qui ronflait bruyamment mais demeurait inconscient. Il fit les cent pas dans le cylindre D, puis s'approcha des moniteurs.

L'écran clignota.

J'ARRIVE.

Oh, bon Dieu !

Comment cela peut-il se passer ? se demanda-t-il aussitôt. *Ce n'est pas possible.* Harry était toujours sans connaissance. Comment cela pouvait-il se passer ?

JE VIENS APRÈS VOUS.

— Beth !

— Oui, Norman.

La voix de Beth avait un son grêle dans l'intercom.

— Fichez le camp de là.

N'AYEZ PAS PEUR, dit l'écran.

— Qu'y a-t-il, Norman ?

— Je reçois quelque chose sur l'écran.

— Vérifiez l'état de Harry. Il doit être en train de se réveiller.

— Pas du tout. Revenez, Beth.

J'ARRIVE MAINTENANT.

— Très bien, Norman, je reviens.

— Vite, Beth.

Mais il n'avait pas besoin de le dire ; il voyait déjà la

lampe tressauter tandis que Beth courait sur le fond de l'océan. Elle était à au moins cent mètres de l'habitat, et il l'entendait respirer fort dans l'intercom.

— Voyez-vous quelque chose, Norman ?

— Non, rien.

Il scrutait l'horizon, du côté où le calmar était toujours apparu. Le premier signe en avait toujours été une lueur verte à l'horizon, mais il n'en voyait présentement aucune.

Beth haletait.

— Je sens quelque chose, Norman. Je sens l'eau... des remous... forts...

L'écran afficha : **JE VAIS VOUS TUER.**

— Vous ne voyez rien à l'extérieur ? demanda Beth.

— Non, je ne vois rien du tout.

Il voyait Beth, seule sur le fond boueux. La lumière de son casque était le foyer solitaire de son attention.

— Je le sens, Norman. Il est tout près. Mon Dieu ! Et les alarmes ?

— Rien, Beth.

— Bon sang !

Beth courait toujours et sa respiration devenait sifflante. Elle était en bonne forme physique, mais elle ne pouvait soutenir un tel effort dans cette atmosphère. *Pas pour longtemps*, se dit Norman. Il se rendait compte qu'elle avançait déjà moins vite, que le mouvement de sa lampe de casque s'était ralenti.

— Norman ?

— Oui, Beth. Je suis là.

— Norman, je ne sais pas si j'y arriverai.

— Vous pouvez y arriver, Beth. Ralentissez.

— Il est là, je le sens.

— Je ne vois rien, Beth.

Il entendit un cliquetis aigu et rapide. Il crut d'abord que c'étaient des parasites sur la ligne, puis il se rendit compte que c'était Beth qui claquait des dents, prise de frissons. L'effort qu'elle fournissait aurait dû la réchauffer ; au lieu de cela, elle avait froid. Il ne comprenait pas.

— ...froid, Norman.

— Ralentissez, Beth.

— Peux pas... parler... près...

Elle ralentissait malgré elle. Elle était entrée dans la zone éclairée à la périphérie de l'habitat et ne se trouvait pas à plus de dix mètres du sas, mais ses membres se mouvaient avec lenteur, maladresse.

Norman vit enfin quelque chose qui faisait tournoyer les sédiments boueux derrière elle dans l'obscurité, au-delà de la zone éclairée. On aurait dit une tornade, un nuage de boue tourbillonnant. Il ne distinguait pas ce qui se trouvait à l'intérieur du nuage, mais il sentit la puissance qui s'en dégageait.

– Près... Nor...

Beth trébucha et tomba. Le nuage tourbillonnant se rapprochait d'elle.

JE VAIS VOUS TUER MAINTENANT.

Beth se releva, regarda en arrière, vit le nuage bouillonnant qui fondait sur elle. Quelque chose dans la scène emplit Norman d'une horreur profonde, d'une horreur venue de l'enfance, de la substance des cauchemars.

– Normannnnnn !...

Norman se mit alors à courir. Il ne savait pas vraiment ce qu'il allait faire, mais il était propulsé par la vision qu'il avait eue, pensant seulement qu'il devait faire quelque chose, qu'il devait agir d'une façon ou d'une autre. Il traversa le cylindre B, atteignit le cylindre A, regarda sa combinaison, mais il n'avait pas le temps. L'eau noire, dans l'ouverture du sas, clapotait et tourbillonnait, et il vit la main gantée de Beth qui s'agitait au-dessous de la surface. Elle était juste au-dessous de lui, elle était la seule autre personne. Sans réfléchir, il sauta dans l'eau noire et s'enfonça.

Le choc du froid lui donna envie de hurler, lui déchira les poumons. Tout son corps fut immédiatement engourdi, et il se sentit pendant une seconde horriblement paralysé. Il fut ballotté dans l'eau bouillonnante comme par une immense vague, incapable de lutter, et sa tête heurta le dessous de l'habitat. Il ne voyait rien.

Il chercha Beth, tendant les bras aveuglément dans toutes les directions. Ses poumons le brûlaient. Le mouvement de l'eau le faisait culbuter et tournoyer sur lui-même.

Il la toucha, la perdit. Les remous continuaient à le faire tourner.

Il la saisit. Quelque chose. Un bras. Il perdait déjà toute sensation, se sentait de plus en plus lent et de plus en plus hébété. Il tira, et vit un cercle de lumière au-dessus de lui : l'ouverture du sas. Il essaya de se propulser d'une détente des jambes, mais n'eut pas l'impression de bouger. Le cercle ne se rapprochait pas.

Il donna un nouveau coup de jarret, tirant Beth comme un poids mort. Peut-être était-elle morte. La brûlure de ses poumons était la pire douleur qu'il eût jamais endurée. Il lutta contre la douleur, il lutta contre la fureur de l'eau bouillonnante et continua de lancer des ruades pour se rapprocher de la lumière. C'était sa seule pensée, se propulser vers la lumière, se rapprocher de la lumière, atteindre la lumière, la lumière, la lumière...

La lumière.

Les images étaient déroutantes. Le corps de Beth dans sa combinaison déclenchant des résonances métalliques à l'intérieur du sas. Son propre genou saignant sur le métal de l'ouverture, l'éclaboussement des gouttes de sang. Les mains tremblantes de Beth se tendant vers son casque, le faisant tourner, essayant de le déverrouiller. Les mains tremblantes. L'eau dans le sas, aspirant, déferlant. Des lumières dans ses yeux. Une douleur terrible quelque part. De la rouille tout près de son visage, une arête vive de métal. Du métal froid. De l'air froid. Des lumières dans ses yeux, s'estompant. S'éteignant. L'obscurité.

La sensation de chaleur était agréable. Un sifflement rugit dans ses oreilles. Il leva les yeux et vit Beth qui s'était débarrassée de sa combinaison, sa silhouette imposante dressée au-dessus de lui. Elle réglait le gros radiateur pour en augmenter la puissance. Elle frissonnait encore, mais elle mettait le chauffage à fond. Il ferma les yeux. *Nous y sommes arrivés. Nous sommes encore ensemble. Nous sommes sains et saufs. Nous y sommes arrivés.*

Il se détendit.

Il ressentait aussi un fourmillement sur tout son corps. Il se dit que c'était le froid, son corps en train de se réchauffer. Ce n'était pas une sensation agréable. Le sifflement, intermittent, n'était pas agréable non plus.

Étendu sur le sol, il sentit quelque chose glisser doucement sous son menton. Il ouvrit les yeux et vit un tube blanc argent puis, accommodant, distingua les minuscules yeux en boutons de bottine et la langue frétillante. C'était un serpent.

Un serpent de mer.

Pétrifié, il regarda vers le bas en ne bougeant que les yeux.

Tout son corps était couvert de serpents argentés.

Le fourmillement qu'il ressentait était provoqué par des dizaines de serpents qui s'enroulaient autour de ses chevilles, glissaient entre ses jambes, sur sa poitrine. Il sentit quelque chose de froid ramper sur son front. Les yeux fermés, il frémit d'horreur tandis que le serpent glissait sur son visage, le long de son nez, effleurait ses lèvres, puis s'éloignait.

Écoutant le sifflement des reptiles, il se rappela que Beth les avait qualifiés d'extrêmement venimeux. *Beth*, songea-t-il. *Où est Beth?*

Il ne bougea pas. Il sentait les serpents s'enrouler autour de son cou, glisser sur son épaule, se faufiler entre ses doigts. Il ne voulait pas ouvrir les yeux, et se sentit pris de nausée.

Bon Dieu, songea-t-il. *Je vais vomir.*

Il sentit des serpents sous son aisselle, d'autres qui glissaient le long de son aine. Couvert d'une sueur froide, il lutta contre la nausée.

Beth. Il ne voulait pas parler. *Beth*...

Il écouta le sifflement puis, quand il ne put le supporter plus longtemps, ouvrit les yeux et vit la masse de chair blanche ondulante, frémissante, les têtes minuscules, les langues fourchues frétillantes. Il referma les yeux.

Il en sentit un ramper à l'intérieur de la jambe de sa combinaison, glissant sur sa peau nue.

– *Ne bougez pas, Norman.*

C'était Beth. Il percevait la tension dans sa voix. Il leva les yeux, mais ne put la voir, ne distingua que son ombre.

Il l'entendit dire : « Oh mon Dieu, quelle heure est-il? » et songea *Au diable l'heure, qui se soucie de l'heure qu'il est?* Ça n'avait aucun sens. « Il faut que je sache quelle heure il est », disait Beth. Il entendit le martèlement de ses pieds se déplaçant sur le pont. « L'heure... »

Elle s'éloignait, le laissait seul !

Les serpents glissaient sur ses oreilles, sous son menton, contre ses narines. Leurs corps étaient humides et glissants.

Puis il entendit les pas de Beth sur le pont, un bruit métallique quand elle ouvrit le panneau du sas. Ouvrant les yeux, il la vit se pencher sur lui, saisir les serpents à pleines poignées pour les jeter dans l'eau par l'ouverture. Les serpents se tordaient entre ses mains, s'enroulaient autour de ses poignets, mais elle s'en défaisait d'une secousse, les jetait loin d'elle. Certains d'entre eux, qui n'étaient pas tombés dans l'eau, se lovaient sur le pont. Mais il n'y en avait presque plus sur son corps.

Encore un qui rampait le long de sa jambe en direction de son aine. Il le sentit repartir vivement en arrière... Beth le tirait par la queue !

– Bon sang, attention !...

Elle avait retiré le serpent, le jetait par-dessus son épaule.

– Vous pouvez vous relever, Norman.

Il se mit vivement debout, et vomit aussitôt.

07 H 00

L'atroce migraine qui lui martelait le crâne conférait un éclat désagréable aux lumières de l'habitat. Et il avait froid. Beth l'avait enveloppé dans des couvertures et l'avait installé près des gros radiateurs du cylindre D, si près que le bourdonnement des éléments électriques lui résonnait dans les oreilles, mais il avait toujours froid. Il abaissa les yeux vers elle tandis qu'elle bandait la coupure qu'il avait au genou.

– C'est comment ? demanda-t-il.

– Pas joli. Coupé jusqu'à l'os. Mais ça ira. Il ne reste plus que quelques heures.

– Oui, je... aïe !

– Désolée. C'est presque fini.

Beth suivit les instructions de premier secours données par l'ordinateur. Pour distraire ses pensées de la douleur, Norman lut l'affichage de l'écran.

COMPLICATIONS MÉDICALES MINEURES (NON MORTELLES)
7.113 Traumatisme
7.115 Microsommeil
7.118 Tremblement provoqué par l'hélium
7.119 Otite
7.121 Contamination toxique
7.143 Douleur synoviale
Choix :

– Voilà ce qu'il me faut, dit-il. Un peu de micro-sommeil. Ou mieux encore, un sérieux macrosommeil.

– Oui, nous en avons tous besoin.

Une pensée vint à Norman.

– Beth, vous vous rappelez quand vous retiriez les serpents qui étaient sur moi ? Qu'est-ce que vous disiez à propos de l'heure qu'il était ?

– Les serpents marins, comme de nombreux serpents venimeux, sont alternativement agressifs ou passifs selon des cycles de douze heures qui correspondent au jour et à la nuit. Durant le jour, quand ils sont passifs, on peut les manipuler sans qu'ils mordent. En Inde, par exemple, on n'a jamais entendu dire que le bungare rayé, qui est un reptile extrêmement venimeux, ait mordu durant la journée, même quand des enfants jouent avec lui. Mais la nuit, il faut s'en méfier. Alors j'essayais de savoir dans quel cycle étaient les serpents marins. J'ai fini par me dire que ce devait être leur cycle passif.

– Comment en êtes-vous venue à cette conclusion ?

– Parce que vous étiez encore vivant.

Elle avait alors attrapé les serpents à mains nues, sachant qu'ils ne la mordraient pas non plus.

– Avec vos mains pleines de serpents, vous ressembliez à Méduse.

– Qu'est-ce que c'est, une vedette de rock ?

– Non, c'est un personnage mythologique.

– Celle qui a tué ses enfants ? demanda Beth avec un bref regard suspicieux.

C'était la vraie Beth, toujours à l'affût d'une insulte voilée.

– Non, c'est quelqu'un d'autre. Ça, c'était Médée. Méduse était une femme mythique à la tête couverte de serpents, qui changeait en pierre les hommes qui la regardaient. Persée l'a tuée en regardant son reflet dans le métal poli de son bouclier.

– Désolée, Norman, ce n'est pas ma partie.

Norman trouvait frappant qu'il y ait eu une époque où tout Occidental cultivé connaissait intimement ces personnages mythologiques et leur histoire – aussi intimement qu'il connaissait l'histoire de sa famille et de ses amis. Les mythes avaient autrefois représenté le savoir commun de l'humanité, et ils servaient en quelque sorte de carte pour la conscience humaine.

Mais à présent, même une personne instruite comme Beth ne savait plus rien des mythes, comme si les hommes avaient décidé que la carte de la conscience humaine avait changé. Mais avait-elle vraiment changé ? Il frissonna.

– Vous avez encore froid, Norman ?

– Oui. Mais le pire, c'est le mal de tête.

– Vous êtes probablement déshydraté. Je vais voir si je peux vous trouver quelque chose à boire, dit Beth en se dirigeant vers l'armoire à pharmacie. Vous savez, c'est un sacré risque que vous avez pris, de plonger comme ça sans combinaison. Cette eau n'est qu'à un ou deux degrés au-dessus de zéro. C'était très courageux. Stupide, mais courageux. Vous m'avez sauvé la vie, Norman, ajouta-t-elle avec un sourire.

– Je l'ai fait sans réfléchir.

Norman lui expliqua alors que quand il l'avait vue à l'extérieur, poursuivie par le nuage de sédiments tourbillonnants, il avait éprouvé une vieille horreur enfantine, quelque chose sorti d'un lointain souvenir.

– Vous savez ce que c'était ? Ça m'a rappelé la tornade du *Magicien d'Oz*. Cette tornade m'avait flanqué une frousse de tous les diables quand j'étais enfant. Je ne veux pas voir ça arriver une autre fois.

Ce sont peut-être nos nouveaux mythes, se dit-il. *Dorothy et Toto, la mauvaise fée, le capitaine Nemo et le calmar géant...*

– Enfin, dit Beth, quoi qu'il en soit, vous m'avez sauvé la vie. Merci.

– À votre service, répondit Norman en souriant. Mais ne recommencez pas.

– Non, je ne ressortirai pas.

Elle lui apporta à boire dans un verre en carton. C'était doux et sirupeux.

– Qu'est-ce que c'est ?

– Un complément de glucose isotonique. Buvez-le.

Norman prit une nouvelle gorgée, mais c'était d'une douceur écœurante. À l'autre bout de la pièce, l'écran de la console affichait toujours **JE VAIS VOUS TUER MAINTENANT**. Il regarda Harry, toujours inconscient, avec l'aiguille intraveineuse du goutte-à-goutte dans le bras.

Harry était resté inconscient tout ce temps.

Norman n'avait pas encore réfléchi aux implications de cette constatation. Il était temps de le faire. Il n'en avait pas envie, mais il le fallait.

– Beth, connaissez-vous la raison de tout ça ?

– De tout quoi ?

– L'écran, qui affiche des mots. Et une autre manifestation qui vient nous attaquer.

Beth le regarda d'un air neutre.

– Qu'en pensez-vous, Norman ?

– Ce n'est pas Harry.

– Non, ce n'est pas lui.

– Alors, pourquoi est-ce que ça se passe ?

Resserrant les couvertures autour de lui, Norman se leva. Il fléchit son genou bandé – c'était douloureux, mais pas trop – puis s'approcha du hublot pour regarder à l'extérieur. Il distingua au loin la guirlande de lumières rouges des explosifs que Beth avait installés et armés. Il n'avait toujours pas compris pourquoi elle tenait à faire ça, et trouvait étrange toute son attitude à cet égard. Il abaissa les yeux vers la base de l'habitat.

Là aussi brillaient des lumières rouges, juste au-dessous du hublot. *Elle a armé les explosifs autour de l'habitat.*

– Beth, qu'avez-vous fait ?

– Fait ?

– Vous avez armé les explosifs autour de HSM-8.

– Oui, Norman.

Elle l'observait, parfaitement immobile, parfaitement calme.

– Beth, vous aviez promis de ne pas le faire.

– Je sais. Il le fallait.

– Comment sont-ils connectés ? Où est le bouton, Beth ?

– Il n'y a pas de bouton. Ils sont branchés sur des capteurs automatiques de vibrations.

– Vous voulez dire qu'ils seront déclenchés *automatiquement* ?

– Oui, Norman.

– Beth, c'est dément. Quelqu'un continue à produire ces manifestations. *Qui le fait, Beth ?*

Elle esquissa lentement un sourire paresseux, félin, comme s'il l'amusait secrètement.

– Vous ne le savez vraiment pas ?

Il le savait en effet. Oui. Il le savait, et il en frissonna.

– C'est vous qui provoquez ces manifestations, Beth.
– Non, Norman, dit-elle, toujours aussi calme. Ce n'est pas moi. C'est vous.

06 H 40

Norman remonta dans ses souvenirs à des années plus tôt, aux premiers jours de sa formation alors qu'il travaillait à l'hôpital d'État de Borrego. Il avait été envoyé par son chef de service établir un rapport sur l'évolution d'un certain patient. Il s'agissait d'un homme âgé d'un peu moins de trente ans, instruit et d'abord agréable. Norman lui parla de toutes sortes de choses : de la transmission Hydramatic d'Oldsmobile, des meilleures plages de surf, de la récente campagne présidentielle d'Adlai Stevenson, du lancer de Whitey Ford au base-ball, et même de la théorie freudienne. L'homme était tout à fait charmant, bien qu'il fumât cigarette sur cigarette et parût en proie à une tension sous-jacente. Norman finit par lui demander pourquoi il avait été admis à l'hôpital.

L'homme ne s'en souvenait pas. Il était désolé, il ne parvenait pas à s'en souvenir. Devant les questions insistantes de Norman, il devint moins charmant, plus irritable. Puis il se montra finalement menaçant et furieux, frappant sur la table et exigeant que Norman parlât d'autre chose.

C'est seulement alors que Norman prit conscience de l'identité du patient : Alan Whittier qui, adolescent, avait assassiné sa mère et sa sœur dans leur caravane à Palm Desert, puis avait tué six personnes dans un poste à essence et trois autres dans le parking d'un supermarché. Il avait fini par se constituer prisonnier en sanglotant, hystérique de remords et de culpabilité. Whittier était à l'hôpital d'État depuis dix ans, période durant laquelle il avait attaqué brutalement plusieurs infirmiers.

Tel était l'homme qui se tenait alors devant Norman, furieux, donnant des coups de pied dans la table et lançant sa chaise contre le mur. Norman était encore étudiant ; il ne savait pas comment affronter une telle situation. Il se retourna pour s'enfuir de la pièce, mais la porte était verrouillée. On l'avait enfermé, ce qui était la règle pour les entretiens avec les patients violents. Derrière lui, Whittier souleva la table et la jeta contre le mur ; il se dirigeait sur Norman. Ce dernier vécut un instant d'horrible panique jusqu'à ce qu'il entendît les verrous glisser dans leurs gâches et vît trois énormes infirmiers se précipiter dans la pièce, empoigner Whittier et l'entraîner au-dehors, hurlant et jurant.

Norman alla trouver directement son chef de service, exigeant de savoir pourquoi on lui avait tendu ce piège. Tendu un piège ? demanda le chef de service. Oui, avait répété Norman, *tendu un piège*. Mais ne vous avait-on pas donné le nom du patient avant de vous y envoyer ? demanda son chef. Le nom ne signifiait-il rien pour vous ? Norman répondit qu'il n'y avait pas véritablement prêté attention.

Vous feriez bien d'être attentif, Norman, avait dit son chef. Vous ne devez jamais baisser votre garde dans un endroit comme celui-ci. C'est trop dangereux.

Maintenant, regardant Beth qui se tenait à l'autre bout de la pièce dans l'habitat, il songea : *Sois attentif, Norman. Tu ne dois pas baisser ta garde. Parce que tu as affaire à une folle, et tu ne t'en étais pas rendu compte.*

– Je vois que vous ne me croyez pas, dit Beth, toujours très calme. Êtes-vous capable de parler ?

– Bien sûr, dit Norman.

– De faire preuve de logique, et tout ça ?

– Bien sûr, répondit-il, songeant : *Ce n'est pas moi qui suis fou, ici.*

– Très bien. Vous vous rappelez m'avoir parlé de Harry, quand vous m'avez dit que toutes les preuves l'accusaient ?

– Oui, bien sûr.

– Vous m'avez demandé si je pouvais penser à une autre explication, et je vous ai répondu non. Mais il y a bien une autre explication, Norman, certains détails que vous avez commodément laissé passer la première fois. Comme les méduses. Pourquoi des méduses ? C'est *votre* petit frère qui a été brûlé par une méduse, Norman, et c'est *vous* qui vous êtes senti coupable après coup. Et quand Jerry parle-t-il ? Quand *vous* êtes là, Norman. Et quand le calmar met-il fin à son attaque ? Quand *vous* avez été assommé, Norman. Pas Harry, *vous*.

Beth parlait d'une voix parfaitement calme et raisonnable. Il fit un effort pour prendre en considération ce qu'elle disait. Était-il possible qu'elle eût raison ?

– Prenez du recul, dit-elle. Vous êtes un psychologue, descendu en compagnie d'un groupe de scientifiques dont les travaux se rapportent à des éléments matériels. Vous n'avez rien à faire ici... vous l'avez dit vous-même. Et n'y a-t-il pas eu un moment dans votre vie où vous vous êtes senti de même professionnellement inutile ? Cela n'a-t-il pas été une époque pénible pour vous ? Ne m'avez-vous pas dit un jour que vous haïssiez cette partie de votre vie ?

– Oui, mais...

– Quand toutes ces choses étranges commencent à se produire, le problème n'est plus matériel. Désormais, c'est un problème psychologique. En plein dans votre branche, Norman, dans le domaine où vous êtes expert. Vous devenez soudain le foyer de l'attention, n'est-ce pas ?

Non, se dit-il. *Ça ne peut pas être vrai.*

– Quand Jerry commence à communiquer avec nous, qui remarque qu'il manifeste des émotions ? Qui insiste pour que nous tenions compte des émotions de Jerry ? Aucun d'entre nous ne s'intéresse aux émotions, Norman. Barnes n'est en quête que d'armement, Ted ne veut que parler science, Harry veut seulement jouer sur le plan de la logique. C'est vous qui vous intéressez aux émotions. Et qui manipule Jerry – ou ne parvient pas à le manipuler ? Vous, Norman. Toujours vous.

– Ce n'est pas possible, dit Norman.

Ses pensées étaient un tourbillon. Il s'efforça de relever une contradiction, et la trouva.

– Ça ne peut pas être moi... parce que je ne suis pas allé dans la sphère.

– Si, vous y êtes allé. Mais vous ne vous en souvenez pas.

Il avait l'impression d'être roué de coups, frappé sans répit. Il semblait incapable de recouvrer son équilibre, et les coups continuaient à pleuvoir.

– Tout comme vous avez oublié que je vous ai demandé de consulter les codes du ballon, poursuivait Beth de sa voix calme. Ou que Barnes vous avait demandé de vérifier les concentrations d'hélium dans le cylindre E.

Quelles concentrations d'hélium dans le cylindre E ? se demanda Norman. *Quand Barnes m'a-t-il demandé ça ?*

– Il y a beaucoup de choses dont vous ne vous souvenez pas, Norman.

– Quand suis-je allé dans la sphère ?

– Avant la première attaque du calmar. Après que Harry en est ressorti.

– Je dormais ! Je dormais dans ma couchette !

– Non, Norman. Vous n'y étiez pas. Parce que Fletcher est allée vous chercher, et vous étiez parti. Vous êtes resté introuvable pendant deux heures, puis vous êtes apparu en bâillant.

– Je ne vous crois pas.

– Je sais que vous ne me croyez pas. Vous préférez rejeter le problème sur quelqu'un d'autre. Et vous êtes ingénieux. Vous avez du talent pour la manipulation psychologique, Norman. Vous vous rappelez ces tests que vous pratiquiez ? Ceux qui consistaient à faire monter des gens sans méfiance dans un avion, puis à leur annoncer que le pilote avait une crise cardiaque ? Ça leur flanquait une frousse épouvantable. C'était une manipulation joliment impitoyable, Norman.

« Et ici dans l'habitat, quand toutes ces choses ont commencé à se passer, vous aviez besoin d'un monstre. Alors vous avez fait de Harry un monstre. Mais Harry n'était pas le monstre, Norman. C'est vous le monstre. C'est pourquoi votre apparence a changé, pourquoi vous êtes devenu laid. Parce que vous êtes le monstre.

– Mais, le message. Il disait : « Je m'appelle Harry. »

– Exactement. Et comme vous l'avez fait remarquer vous-même, la personne qui en était cause avait peur que le vrai nom n'apparaisse sur l'écran.

– Harry, répéta Norman. Le nom était *Harry*.

– Et comment vous appelez-vous ?

– Norman Johnson.

– Votre nom complet.

Il marqua une pause. Il était apparemment incapable de faire fonctionner ses lèvres. Son cerveau était vide.

– Je vais vous dire ce que c'est, dit Beth. Je l'ai cherché dans les registres. C'est Norman *Harrison* Johnson.

Non, se dit-il. *Non, non, non. Elle ne peut pas avoir raison*.

– C'est difficile à accepter, disait Beth de sa voix lente, patiente, presque hypnotique. Je le comprends. Mais si vous y réfléchissez vous vous rendrez compte que vous souhaitiez en arriver là. Vous vouliez que je devine la vérité, Norman. Il y a quelques minutes, vous m'avez même parlé du *Magicien d'Oz*, n'est-ce pas ? Vous m'avez aidé à comprendre quand je ne saisissais pas – du moins votre inconscient l'a fait. Êtes-vous toujours calme ?

– Bien sûr, que je suis calme.

– Bien. Restez calme, Norman. Envisageons tout cela logiquement. Allez-vous collaborer avec moi ?

– Que voulez-vous faire ?

– Je veux vous endormir, Norman. Comme Harry.

Il secoua la tête.

– Ce n'est que pour quelques heures, Norman.

Puis elle parut se décider. Elle s'avança vivement vers lui et il vit la seringue qu'elle avait à la main, l'éclair de l'aiguille. Il esquiva d'une contorsion. L'aiguille se planta dans la couverture, qu'il rejeta loin de lui avant de se ruer vers l'escalier.

– Norman ! Revenez ici !

Tout en gravissant les marches, il la vit courir vers lui armée de la seringue. Se propulsant d'une détente, il atteignit le laboratoire et rabattit le panneau avant qu'elle pût le rattraper.

– Norman !

Elle tambourina contre le panneau sur lequel il se tenait maintenant, sachant qu'elle ne pourrait jamais soulever son poids.

– Norman Johnson, cria-t-elle tout en continuant de frapper, ouvrez ce panneau immédiatement !

– Non, Beth, je suis désolé.

Il n'ajouta rien. Que pouvait-elle faire ? Rien, à son avis. Il était en sûreté là où il se trouvait. Elle ne pourrait pas l'y atteindre, ne pourrait rien lui faire tant qu'il resterait là.

Puis il vit tourner le pivot métallique qui se trouvait au centre du panneau, entre ses pieds. De l'autre côté, Beth manœuvrait le volant.

Elle l'enfermait.

06 H 00

Le seul éclairage du laboratoire tombait sur la paillasse, à côté d'une rangée de spécimens soigneusement conservés dans des flacons : calmar, crevettes, œufs de calmar géant. Il toucha distraitement les flacons, puis alluma le moniteur jusqu'à ce qu'il vît Beth en bas, sur la vidéo. Elle travaillait à la console principale du cylindre D. Sur un côté, il vit Harry étendu, toujours inconscient.

– Norman, vous m'entendez ?

– Oui, Beth, répondit-il à voix haute. Je vous entends.

– Norman, vous agissez de manière irresponsable. Vous constituez une menace pour toute l'expédition.

Il se demanda si c'était vrai. Il ne pensait pas être une menace pour l'expédition. Il n'en avait pas l'impression. Mais combien de fois dans sa vie avait-il été confronté à des patients qui refusaient de reconnaître ce qui se passait dans leur vie ? Même des exemples anodins, comme cet homme, professeur dans la même université, qui était terrifié par les ascenseurs mais affirmait obstinément qu'il empruntait toujours l'escalier parce que c'était un bon exercice. Il lui arrivait de monter quinze étages à pied, refusant tout rendez-vous dans un immeuble plus haut. Il organisait toute sa vie pour s'accommoder d'un problème dont il refusait d'admettre l'existence, et qu'il se dissimula jusqu'au jour où il finit par avoir une crise cardiaque. Ou encore cette femme, épuisée par des années de soins consacrés à sa fille perturbée, et qui donna à cette dernière une boîte de somnifères en disant que la jeune fille avait besoin de repos ; sa fille se suicida. Ou le marin novice qui fit embarquer joyeusement les membres de sa famille pour une excursion à la voile vers Catalina un jour de tempête, et faillit les tuer tous.

Des dizaines d'exemples lui venaient à l'esprit. Cet aveuglement à l'égard de soi-même était un truisme psychologique. S'imaginait-il en être à l'abri ? Trois ans plus tôt, l'université avait connu un scandale mineur quand l'un des maîtres assistants du département de psychologie s'était suicidé d'une balle dans la bouche pendant le week-end de la fête du Travail. Il y avait eu de gros titres : « UN PROFESSEUR DE PSYCHOLOGIE SE SUICIDE. " Il paraissait toujours joyeux ", déclarent ses collègues, exprimant leur surprise. »

Le doyen de la faculté, que l'événement mettait dans l'embarras pour sa collecte de fonds, avait morigéné Norman à ce sujet, mais une vérité difficile à admettre était que la psychologie connaît des limites sévères. Même avec des connaissances professionnelles et les meilleures intentions, il reste une énorme quantité de choses qu'on ne connaît jamais chez ses amis les plus proches, ses collègues, sa femme, son mari, ou ses enfants.

Et l'ignorance à l'égard de soi-même est encore plus grande. La conscience de soi est ce qu'il y a de plus difficile à réaliser. Peu de gens l'acquièrent. Ou peut-être personne ne l'a-t-il jamais acquise.

– Norman, vous êtes là ?

– Oui, Beth.

– Je pense que vous êtes un homme bon, Norman.

Il ne dit rien, se contentant de l'observer sur l'écran.

– Je pense que vous êtes intègre, et que vous croyez à la nécessité de dire la vérité. Faire face à la réalité qui vous concerne est un moment difficile pour vous. Je sais que votre esprit lutte pour trouver des excuses, pour rejeter le blâme sur quelqu'un d'autre. Mais je pense que vous pouvez y parvenir, Norman. Harry ne l'a pas pu, mais vous le pouvez. Je pense que vous pouvez admettre la dure vérité – tant que vous resterez conscient, l'expédition est menacée.

Il sentait la puissance de sa conviction, reconnaissait la force tranquille de sa voix. À mesure que Beth parlait, il avait presque l'impression que ses idées étaient des vêtements qu'on drapait sur son corps. Il commençait à voir les choses de son point de vue. Elle était si calme qu'elle devait avoir raison. Ses idées, ses pensées avaient un tel pouvoir...

– Beth, êtes-vous entrée dans la sphère ?

– Non, Norman. C'est votre esprit qui essaie de nouveau d'esquiver le véritable problème. Je ne suis pas entrée dans la sphère. Mais vous y êtes entré.

En toute honnêteté, il ne pouvait se rappeler être entré dans la sphère. Il n'en avait aucun souvenir. Et quand Harry y était entré, il s'en était souvenu par la suite. Pourquoi lui aurait-il oublié ? Pourquoi en bloquerait-il le souvenir ?

– Vous êtes un psychologue, Norman. Vous, entre tous, refusez d'admettre que vous avez un côté obscur. Croire à votre santé mentale est un enjeu professionnel. Il est évident que vous devez le nier.

Norman ne le croyait pas. Mais comment résoudre la question ? Comment déterminer si elle avait raison ou pas ? Il avait du mal à rassembler ses idées, et la coupure de son genou l'élançait douloureusement. Du moins n'y avait-il aucun doute à ce sujet : la blessure de son genou était réelle.

Vérification de la réalité.

Voilà comment résoudre le problème, se dit-il. *Vérification de la réalité*. Quelle preuve objective démontrait-elle que Norman était entré dans la sphère ? Ils avaient enregistré sur bande tout ce qui s'était passé dans l'habitat. Si Norman était allé dans la sphère des heures plus tôt, il y avait quelque part une bande le montrant seul dans le sas, en train de se vêtir et de se glisser à l'extérieur. Beth devait pouvoir la lui montrer. Où était cette bande ?

Dans le sous-marin, bien sûr.

Elle avait dû être emportée depuis longtemps au sous-marin. Norman lui-même l'y avait peut-être déposée, quand il s'y était rendu.

Pas de preuve objective.

– Norman, abandonnez. S'il vous plaît. Pour l'amour de nous tous.

Peut-être avait-elle raison. Elle semblait si sûre d'elle. S'il esquivait la vérité, s'il mettait l'expédition en péril, il devait se rendre et la laisser l'endormir. Pouvait-il lui faire confiance ? Il le faudrait. Il n'avait pas le choix.

Ça doit être moi, se dit-il. *Ça doit être vrai*. L'idée l'horrifiait tant que cela en soi était suspect. Il y résistait si violemment que ce n'était pas bon signe, à son avis. Trop de résistance.

– Norman ?

– D'accord, Beth.

– Vous le ferez ?

– Ne me pressez pas. Laissez-moi une minute, voulez-vous ?

– Bien sûr, Norman. Bien sûr.

Il regarda l'enregistreur vidéo, à côté du moniteur. Il se rappela comment Beth l'avait utilisé pour repasser la même bande, encore et encore, la bande où on voyait la sphère s'ouvrir d'elle-même. Cette bande reposait maintenant sur la console à côté de l'enregistreur. Il la glissa dans la fente, puis mit l'appareil en route. *Pourquoi me soucier de regarder ça maintenant ?* se demanda-t-il. *Je ne fais que différer. Je perds du temps.*

L'écran clignota, et il attendit l'apparition de l'image familière : Beth en train de manger du gâteau, le dos tourné vers le moniteur. Mais ce n'était pas la même bande. Celle-ci était un enregistrement direct du moniteur montrant la sphère. La sphère miroitante, posée là.

Il l'observa quelques secondes, mais rien ne se passa. La sphère était toujours aussi immobile. Polie, parfaite, immobile. Il continua de regarder un moment, mais il n'y avait rien à voir.

— Norman, si j'ouvre le panneau maintenant, descendrez-vous tranquillement ?

— Oui, Beth.

Avec un soupir, il se radossa dans le fauteuil. Combien de temps resterait-il inconscient ? Un peu moins de six heures. Ça devrait aller. Mais de toute manière, Beth avait raison. Il devait se rendre.

— Norman, pourquoi regardez-vous cette bande ?

Il regarda vivement autour de lui. Y avait-il dans la pièce une caméra vidéo qui permettait à Beth de le voir ? Oui : haut dans le plafond, près de l'écoutille supérieure.

— *Pourquoi regardez-vous cette bande, Norman ?*

— Elle était là.

— Qui vous a dit que vous pouviez la regarder ?

— Personne. Elle était là, c'est tout.

— Arrêtez cette bande, Norman. Arrêtez-la immédiatement.

Sa voix semblait avoir perdu son calme.

— Qu'y a-t-il, Beth ?

— Arrêtez cette fichue bande, Norman !

Il allait lui demander pourquoi, quand il la vit apparaître sur l'image vidéo. Elle s'immobilisa près de la sphère, ferma les yeux en serrant les poings. Les sillons convolutés s'ouvrirent, révélant l'obscurité intérieure de la sphère, et Beth y entra.

La porte de la sphère se referma sur elle.

— Vous les hommes, dit Beth d'une voix tendue et furieuse. Vous êtes tous les mêmes ; vous ne pouvez pas laisser les choses tranquilles, tous autant que vous êtes.

– Vous m'avez menti, Beth.

– Pourquoi avez-vous regardé cette bande ? Je vous ai supplié de ne pas le faire. Ça ne pouvait que vous faire du mal, Norman.

Elle n'était plus en colère ; maintenant, elle implorait, au bord des larmes. Elle passait rapidement par divers états émotionnels ; instable, imprévisible.

Et elle avait le contrôle de l'habitat.

– Beth.

– Désolée, Norman. Je ne peux plus vous faire confiance.

– Beth.

– Je coupe la communication, Norman. Je ne vais pas continuer à...

– Beth, attendez...

– ...vous écouter. Je sais à quel point vous êtes dangereux. J'ai vu ce que vous avez fait à Harry. Comment vous avez déformé les faits de façon que tout soit de sa faute. Oh oui, une fois que vous en avez eu terminé avec lui, c'était la faute de Harry. Et maintenant, vous voulez que ce soit la faute de Beth, n'est-ce pas ? Eh bien, laissez-moi vous dire, Norman, vous ne pourrez pas le faire parce que je vous ai coupé, Norman. Je n'entendrai pas vos douces paroles convaincantes. Je n'entendrai pas vos manipulations. Alors ne gaspillez pas votre salive, Norman.

Il arrêta la bande. Sur le moniteur apparut Beth, assise à la console de la pièce inférieure.

Elle pianotait sur le clavier.

– Beth ? appela-t-il.

Elle ne répondit pas, se contentant de poursuivre son activité en marmonnant à part soi.

– Vous êtes un vrai salaud, Norman, vous le savez ? Vous êtes si mal dans votre peau que vous avez besoin de rabaisser tout le monde à votre niveau.

Il se dit qu'elle parlait d'elle-même.

– Vous êtes tellement prétentieux quand vous parlez de l'inconscient, Norman. L'inconscient ceci, l'inconscient cela. Bon sang, vous me donnez la nausée. Votre inconscient veut probablement nous tuer tous, juste parce que vous voulez vous suicider en pensant que tout le monde devrait mourir avec vous.

Il se sentit pris d'un frisson glacé. Beth, avec son absence d'estime pour elle-même, sa haine de soi profondément ancrée, était entrée dans la sphère et agissait

343

maintenant avec le pouvoir de cette dernière, mais sans aucune stabilité de pensée. Elle se considérait comme une victime luttant contre son destin, toujours sans succès. Beth était brimée par les hommes, brimée par le système, brimée par la recherche, brimée par la réalité. Jamais elle n'avait pris conscience de sa propre responsabilité en ce domaine. Et Norman se rappela qu'elle avait posé des explosifs tout autour de l'habitat.

– Je ne vous laisserai pas faire, Norman. Je vais vous arrêter avant que vous nous tuiez tous.

Tout ce qu'elle disait était l'inverse de la vérité. Il commençait maintenant à discerner le schéma.

Beth avait trouvé comment ouvrir la sphère, et elle s'y était rendue en secret parce qu'elle avait toujours été attirée par le pouvoir, elle avait toujours eu l'impression d'en manquer et d'en avoir besoin. Mais elle n'était pas préparée à manier ce pouvoir, une fois en sa possession. Elle se considérait toujours comme une victime, de sorte qu'elle devait nier le pouvoir et s'arranger pour se trouver brimée par lui.

Son cas était tout différent de celui de Harry. Ce dernier avait nié ses peurs, de sorte que des images effrayantes s'étaient concrétisées. Mais Beth niait son pouvoir, alors ses manifestations prenaient l'aspect d'un nuage tourbillonnant de pouvoir informe et incontrôlé.

Harry était un mathématicien qui vivait dans un monde conscient d'abstraction, d'équations et de pensées. Une forme concrète, comme un calmar, voilà ce qu'il redoutait. Mais Beth, la zoologue qui avait affaire tous les jours à des animaux, des êtres qu'elle pouvait voir et toucher, créait une abstraction. Une puissance qu'elle ne pouvait ni voir ni toucher. Un pouvoir abstrait et sans forme qui venait à sa poursuite.

Et pour se défendre, elle avait armé l'habitat d'explosifs. Ce n'était pas une très bonne défense, de l'avis de Norman.

À moins de vouloir secrètement se suicider.

Il voyait maintenant avec clarté toute l'horreur de sa situation.

– Vous n'y arriverez pas, Norman. Je ne vous laisserai pas faire. Pas à moi.

Elle pressait des touches sur la console. Que préparait-elle ? Que pourrait-elle lui faire ? Il devait réfléchir.

L'éclairage du laboratoire s'éteignit soudain. Un

moment plus tard, le gros radiateur s'arrêta à son tour et les éléments se refroidirent, cessant peu à peu de rougeoyer.

Elle lui avait coupé le courant.

Le radiateur éteint, combien de temps pourrait-il tenir ? Il prit les couvertures du lit de Beth et s'en enveloppa. Combien de temps, sans chauffage ? *Certainement pas six heures*, songea-t-il sinistrement.

– Je suis désolée, Norman. Mais vous comprenez ma position. Tant que vous êtes conscient, je suis en danger.

Peut-être une heure, se dit *Norman. Je pourrai peut-être tenir une heure*.

– Je suis désolée, Norman, mais il faut que je le fasse.

Il entendit un sifflement étouffé, et le signal d'alarme de son badge de poitrine se mit à émettre un bip-bip ininterrompu. Abaissant les yeux vers le badge, il vit malgré l'obscurité qu'il avait viré au gris. Il sut immédiatement ce qui se passait.

Beth lui avait coupé l'air.

05 H 35

Blotti dans l'obscurité, il écoutait le bip-bip de son signal d'alarme et le sifflement de l'air qui s'échappait. La pression diminuait rapidement ; ses oreilles se débouchèrent brusquement, comme s'il était à bord d'un avion en train de décoller.

Fais quelque chose, se dit-il, sentant la panique l'envahir.

Mais il n'y avait rien qu'il pût faire. Il était enfermé dans la salle supérieure du cylindre D, et ne pouvait pas en sortir. Beth, qui détenait le contrôle de tout l'habitat, savait faire fonctionner les biosystèmes. Elle lui avait coupé le courant, supprimé le chauffage, et venait de le priver d'air. Il était pris au piège.

La pression diminuant, les bocaux de spécimens hermétiquement fermés explosèrent comme des bombes, projetant des fragments de verre à travers la pièce. Il se baissa sous les couvertures et sentit les éclats déchirer le tissu. Il avait de plus en plus de mal à respirer. Il crut d'abord que c'était à cause de la tension, puis se rendit compte que l'air était plus rare. Il allait bientôt perdre conscience.

Faire quelque chose.

Il n'arrivait pas à reprendre son souffle.

Faire quelque chose.

Il ne parvenait pas à penser à autre chose qu'à respirer. Il avait besoin d'air, besoin d'oxygène. Puis il pensa à l'armoire de premiers secours. N'y avait-il pas une bouteille d'oxygène dans l'armoire ? Il n'en était pas sûr. Il croyait se rappeler... Comme il se levait, un autre flacon explosa, et il esquiva les tessons volants.

Sa poitrine se soulevait péniblement ; il suffoquait, et des taches grises commençaient à danser devant ses yeux.

Dans l'obscurité, il tâtonna le long du mur à la recherche de l'armoire à pharmacie. Il toucha un cylindre. De l'oxygène ? Non, trop gros... ce devait être un extincteur. Où était l'armoire ? Ses mains glissaient sur le mur. Où ?

Il sentit la boîte métallique, le couvercle avec la croix en relief. Il l'ouvrit, glissa précipitamment ses mains à l'intérieur.

Les taches qui dansaient devant ses yeux se faisaient plus denses. Il ne lui restait pas beaucoup de temps.

Il toucha des petits flacons, des paquets mous qui contenaient des bandages. Pas de bouteille d'oxygène. Bon sang ! Les flacons tombèrent sur le sol, puis un objet gros et lourd atterrit sur son pied avec un bruit sourd. Il se baissa, toucha le sol, se coupa le doigt sur un éclat de verre. Sans y prêter attention, il referma la main sur un cylindre de métal froid. Le cylindre était petit, à peine plus long que la paume de sa main. À une extrémité saillait une pièce, une buse...

C'était un pulvérisateur quelconque... un fichu pulvérisateur. Il le rejeta. De l'oxygène. Il avait besoin d'oxygène !

Près du lit, il s'en souvenait maintenant. N'y avait-il pas une bouteille de secours près de chaque lit de l'habitat ? Il chercha à tâtons le lit où Beth avait coutume de dormir, explora le mur du côté de la tête. Il devait certainement y avoir de l'oxygène pas loin. La tête lui tournait, et il ne pensait plus clairement.

Pas d'oxygène.

Puis il se rappela que ce lit n'était pas un vrai lit. Il

n'était pas prévu d'y dormir, et on n'y avait pas mis d'oxygène. Bon sang ! À cet instant, sa main rencontra un cylindre métallique fixé au mur. À une extrémité dépassait quelque chose de mou. Mou...

Un masque à oxygène.

Appliquant vivement le masque sur sa bouche et sur son nez, il tâta la bouteille et tourna un bouton moleté. Il entendit un sifflement, aspira de l'air froid. Un vertige intense le saisit, puis ses idées s'éclaircirent. De l'oxygène ! Il était sauvé !

Il palpa la bouteille pour en évaluer la taille. C'était un réservoir de secours, pas plus de quelques centaines de centimètres cubes. Combien durerait-elle ? Pas longtemps, à son avis. Quelques minutes. Ce n'était qu'un répit passager.

Faire quelque chose.

Mais rien ne lui venait à l'esprit. Il n'avait aucun choix. Il était enfermé dans une pièce.

Il se rappela l'un de ses professeurs, le gros vieux Dr Temkin.

– Vous avez toujours une possibilité. Il y a toujours quelque chose à faire. Vous n'êtes jamais sans le choix.

Je le suis maintenant. Il n'y avait aucun choix. De toute façon, Temkin parlait du traitement des patients, pas des moyens de s'enfuir d'une salle hermétiquement close. Temkin n'avait aucune expérience en ce domaine, pas plus que Norman.

L'oxygène lui rendait la tête légère. À moins que la bouteille ne fût déjà en train de s'épuiser ? Il vit tous ses anciens professeurs défiler devant lui. Était-ce ainsi qu'on voyait sa vie se dérouler devant ses yeux avant de mourir ? Tous ses professeurs : Mme Jefferson, qui lui disait de faire plutôt son droit. Le vieux Joe Lamper, qui riait et disait : « Tout est sexuel. Croyez-moi. Tout se ramène toujours au sexe. » Le Dr Stein, qui avait coutume de dire : « Il n'existe pas de patient résistant. Montrez-moi un patient résistant, et je vous montrerai un thérapeute résistant. Si vous n'enregistrez aucun progrès auprès d'un patient, faites autre chose, faites n'importe quoi d'autre. Mais faites quelque chose. »

Faites quelque chose.

Stein préconisait des solutions démentes. Si vous n'arrivez pas à communiquer avec un patient, devenez fou. Habillez-vous en clown, donnez-lui des coups de pied, tirez-lui dessus avec un pistolet à eau, faites n'importe quelle idiotie qui vous passe par la tête, mais *faites quelque chose*.

– Écoutez, avait-il coutume de dire, ce que vous faites maintenant n'est pas du travail. Alors vous pourriez aussi bien faire autre chose, aussi dément que ça vous paraisse.

Norman se dit que tout cela était bien beau sur le moment. Il aurait aimé voir Stein évaluer ce problème. Que lui conseillerait-il de faire ?

Ouvrir la porte. Je ne peux pas ; elle l'a verrouillée.

Lui parler. Je ne peux pas ; elle refuse d'écouter.

Rebrancher l'air. Je ne peux pas ; elle a le contrôle du système.

Prendre le contrôle du système. Je ne peux pas ; c'est elle qui l'a.

Trouver de l'aide à l'intérieur de la pièce. Je ne peux pas ; il ne reste rien ici qui puisse m'aider.

Alors partir. Je ne peux pas ; je...

Il s'interrompit. Ce n'était pas vrai. Il pouvait sortir en brisant un hublot, ou encore en ouvrant l'écoutille du plafond. Mais il n'avait nulle part où aller. Il n'avait pas de combinaison de plongée. L'eau était glacée. Il avait séjourné dans cette eau pendant seulement quelques secondes, et avait failli en mourir. S'il quittait la pièce pour se lancer en plein océan, il mourrait presque à coup sûr. Il serait sans doute mortellement glacé avant même que la salle fût remplie d'eau. Il était sûr de mourir.

Il voyait en esprit Stein hausser ses sourcils broussailleux, esquisser son sourire railleur. *Et alors ? Vous allez mourir de toute façon. Qu'avez-vous à perdre ?*

Un plan commença à se former dans sa tête. S'il ouvrait l'écoutille du plafond, il pourrait sortir de l'habitat. Une fois dehors, peut-être pourrait-il gagner le cylindre A, rentrer par le sas et mettre sa combinaison de plongée. Là, il serait tiré d'affaire.

S'il parvenait à atteindre le sas. Combien de temps cela prendrait-il ? Trente secondes ? Une minute ? Pourrait-il retenir son souffle aussi longtemps ? Pourrait-il résister au froid aussi longtemps ?

Vous allez mourir de toute façon.

Espèce d'imbécile, se dit-il alors, *tu as une bouteille d'oxygène à la main ; tu as assez d'air si tu ne restes pas ici à perdre ton temps en vaines préoccupations. Vas-y !*

Non, il y a autre chose, quelque chose que j'oublie... Vas-y!

Il cessa donc de penser, et monta jusqu'à l'écoutille du plafond au sommet du cylindre. Il retint son souffle, banda ses muscles, et fit tourner le volant pour ouvrir le panneau.

– Norman! Norman, que faites-vous? Norman! Vous êtes fou...

Le reste se perdit dans le rugissement de l'eau glaciale qui se déversait en une formidable cascade dans l'habitat, emplissant rapidement la pièce.

Dès qu'il fut à l'extérieur, il prit conscience de son erreur. Il lui fallait des poids. Son corps, trop léger, l'entraînait vers la surface. Il aspira une dernière goulée d'oxygène, laissa tomber la bouteille et s'agrippa d'une étreinte désespérée aux tuyaux glacials qui couraient à l'extérieur de l'habitat, sachant que s'il perdait prise il n'y aurait rien pour l'arrêter, rien à saisir jusqu'à la surface. Il monterait jusqu'à l'air libre, et exploserait comme un ballon.

Cramponné au tuyau, il se hala vers le bas à la force des bras, cherchant le tube ou la saillie dont il pourrait faire sa prochaine prise. Il avait l'impression d'escalader une montagne à l'envers; s'il lâchait prise, il tomberait vers le haut et mourrait. Ses mains étaient depuis longtemps engourdies. Son corps était raidi par le froid, ses mouvements ralentis. Ses poumons le brûlaient.

Il avait très peu de temps.

Il atteignit le fond, glissa sous le cylindre D et se tira en avant, tâtonnant dans l'obscurité à la recherche du sas. Il n'y était pas! Le sas avait disparu! Puis il se rendit compte qu'il était sous le cylindre B. Il alla sous le A, sentit le rebord du sas. Celui-ci était fermé. Il imprima quelques saccades au volant, qui était serré à fond. Il tira dessus, mais ne put le bouger.

Il était bloqué à l'extérieur.

Une peur d'une intensité démesurée le saisit. Son corps était presque paralysé par le froid, et il savait qu'il ne lui restait que quelques secondes de conscience. Il devait ouvrir le panneau. Il le frappa, frappa le métal tout autour de l'ouverture sans rien sentir sous ses mains engourdies.

Le volant se mit à tourner de lui-même, et le panneau s'ouvrit. Il devait y avoir un bouton de secours, il avait dû...

Il jaillit à la surface, aspira une bouffée d'air, et retomba sous l'eau. Il remonta, mais ne put se hisser dans le cylindre. Il était trop engourdi, ses muscles étaient glacés, son corps n'obéissait plus.

Tu dois y arriver, se dit-il. *Tu dois y arriver*. Ses doigts agrippèrent le métal, glissèrent, s'agrippèrent de nouveau. *Une seule traction*. Une dernière traction. Il hissa sa poitrine par-dessus la bordure de métal, s'affala sur le pont. Il avait si froid qu'il ne sentait rien. Il se contorsionna en essayant de ramener ses jambes, et retomba dans l'eau glaciale.

Non !

Il se hissa de nouveau, une dernière fois – encore une fois par-dessus le rebord, encore une fois sur le pont, et il se contorsionna, se contorsionna, ramenant une jambe, en équilibre précaire, puis l'autre jambe, sans les sentir réellement. Et il fut enfin hors de l'eau, étendu sur le pont.

Il frissonnait. Il essaya de se lever, mais tomba. Tout son corps tremblait si fort qu'il ne pouvait pas garder son équilibre. De l'autre côté du sas, il vit sa combinaison de plongée pendue à la paroi du cylindre. Il vit le casque portant l'inscription « JOHNSON ». Le corps agité de violents tremblements, il se traîna vers la combinaison. Il essaya de se lever, mais n'y parvint pas. Les bottes de la tenue de plongée étaient juste en face de son visage. Il essaya de les empoigner, mais ses mains refusaient de se fermer. Il essaya de mordre dans la combinaison, de se hisser à la force des dents, mais elles claquaient malgré lui.

L'intercom grésilla.

– Norman ! Je sais ce que vous êtes en train de faire, Norman !

Beth risquait d'arriver d'un instant à l'autre. Il fallait qu'il enfile la combinaison de plongée. Il la regardait fixement, pendue à quelques centimètres de lui, mais ses mains tremblaient encore et il ne pouvait rien tenir. Il finit par repérer les boucles de tissu disposées au voisinage de la ceinture pour y suspendre des instruments. Crochant une main dans l'une des boucles, il réussit à se hisser en position debout et glissa un pied dans la combinaison, puis l'autre.

– Norman !

Il tendit la main vers le casque. Ce dernier battit un staccato contre le mur avant qu'il parvînt à le libérer de la patère et à se l'enfoncer sur la tête. Il le fit pivoter, entendit le déclic du ressort de verrouillage.

Il avait encore très froid. Pourquoi la combinaison ne chauffait-elle pas ? Il se rendit compte alors qu'il n'avait pas de source d'énergie. Celle-ci faisait partie de l'unité d'alimentation, avec les bouteilles d'air comprimé. Il s'y adossa et enfila le harnais, titubant sous le poids. Il lui fallait brancher l'ombilic. Il tendit la main en arrière, trouva le câble, l'empoigna... le brancher dans la combinaison... à la taille... le brancher...

Il entendit un déclic.

Le ventilateur se mit à bourdonner.

Il ressentit de longues traînées de douleur dans tout le corps. La chaleur dégagée par les éléments électriques était douloureuse contre sa peau glacée. Des fourmillements l'envahirent. Il entendait Beth parler dans l'intercom, mais ne pouvait l'écouter. Respirant avec difficulté, il s'assit lourdement sur le pont.

Il savait déjà qu'il était sauf ; la douleur diminuait, ses idées s'éclaircissaient, et il ne tremblait plus aussi violemment. Il avait souffert du froid, mais pas assez longtemps pour être glacé intérieurement. Il récupérait rapidement.

La radio grésilla.

– Vous n'arriverez jamais jusqu'à moi, Norman !

Il se leva, passa la ceinture lestée, en ferma les boucles.

– Norman !

Il ne dit rien. Il avait assez chaud, à présent, et se sentait à peu près normal.

– Norman ! Je suis entourée d'explosifs ! Si vous vous approchez de moi, je vous réduirai en charpie ! Vous mourrez, Norman ! Jamais vous ne m'approcherez !

Mais il n'allait pas du côté de Beth. Son plan était tout différent. Il entendit le sifflement de l'air comprimé tandis que la pression s'égalisait dans sa combinaison, puis replongea dans l'eau.

La sphère luisait dans la lumière. Norman vit son reflet dans la surface au poli parfait, puis son image se brisa, fragmentée par les circonvolutions quand il la contourna vers l'arrière.

Vers la porte.

On dirait une bouche, songea-t-il. Pareille à la gueule de quelque animal primitif prêt à le dévorer. Face à la sphère, face à la configuration étrangère, inhumaine, des circonvolutions, il sentit sa résolution vaciller. Il avait soudain peur, et se dit qu'il n'y arriverait pas.

Ne sois pas idiot. Harry l'a fait, Beth l'a fait. Ils ont survécu.

Il examina les circonvolutions, comme pour y chercher un réconfort. Mais il n'y avait aucun réconfort à en tirer. Ce n'étaient que des sillons incurvés dans le métal, où se réfléchissait la lumière.

Bon, finit-il par se dire. *J'y arriverai. J'ai tenu jusqu'ici, j'ai survécu à tout jusqu'à présent. Autant le faire.*

Allons-y et ouvrons-la.

Mais la sphère ne s'ouvrit pas. Elle demeura exactement telle qu'elle était, luisante, polie, de forme parfaite.

Quelle était la raison d'être de cet objet ? Il souhaitait en comprendre la raison d'être.

Il pensa de nouveau au Dr Stein. Quelle était la formule préférée de Stein ? « Comprendre est une tactique temporisatrice. » C'était une attitude qui avait coutume de l'irriter. Quand les étudiants se mettaient à rationaliser sans fin à propos de leurs patients et de leurs problèmes, il les interrompait, agacé. « Qui s'en soucie ? À qui importe-t-il que nous comprenions la psychodynamique de ce cas ? Voulez-vous comprendre comment nager, ou voulez-vous sauter dans l'eau et vous mettre à nager ? Seuls les gens qui ont peur de l'eau veulent comprendre. Les autres sautent et se mouillent. »

Très bien, se dit Norman. *Mouillons-nous.*

Il se tourna vers la sphère et pensa : *Ouvre-toi.*

La sphère ne s'ouvrit pas.

– Ouvre-toi, dit-il à voix haute.

La sphère ne s'ouvrit pas.

Il savait bien sûr que ça ne marcherait pas, puisque Ted l'avait essayé pendant des heures. Quand Beth et Harry y étaient entrés, ils n'avaient rien dit. Ils s'étaient contentés de faire quelque chose en pensée.

Il ferma les yeux, concentra son attention, et pensa : *Ouvre-toi.*

Il rouvrit les yeux et regarda la sphère. Elle était toujours fermée.

Je suis prêt pour que tu t'ouvres. Je suis prêt maintenant.

Rien ne se passa. La sphère ne s'ouvrit pas.

Norman n'avait pas envisagé qu'il lui fût impossible d'ouvrir la sphère. Après tout, deux autres l'avaient déjà fait. Comment y étaient-ils parvenus ?

Harry, avec son esprit logique, avait été le premier à trouver. Mais il n'avait trouvé qu'*après* avoir vu la bande de Beth. Harry avait donc découvert un indice sur la bande, un indice important.

Beth avait regardé la bande, l'avait repassée sans arrêt jusqu'à trouver à son tour. Quelque chose dans l'enregistrement...

Dommage qu'il ne l'ait pas eu avec lui. Mais il l'avait vu souvent et pouvait sans doute le reconstituer, le rejouer en pensée. Comment se déroulait l'action ? Il revit les images dans son esprit : Beth et Tina en train de bavarder, Beth mangeant du gâteau. Puis Tina avait dit quelque chose à propos de l'entreposage des bandes dans le sous-marin, et Beth lui avait répondu. Tina s'était alors éloignée hors du champ de la caméra, et elle avait dit : « Pensez-vous qu'ils arriveront jamais à ouvrir cette sphère ? »

« Peut-être, je n'en sais rien », avait répondu Beth, et la sphère s'était ouverte à cet instant.

Pourquoi ?

« Pensez-vous qu'ils arriveront jamais à ouvrir cette sphère ? » avait demandé Tina. En réponse à cette question, Beth avait dû imaginer la sphère ouverte, avait dû voir en esprit une image de la sphère ouverte...

Un grondement sourd se fit entendre, une vibration emplit la salle.

La sphère était ouverte, la porte béant sur l'obscurité.

C'était cela. Visualiser l'événement, et il se produisait. Ce qui signifiait que s'il visualisait la porte de la sphère fermée...

Avec un autre grondement sourd, la sphère se referma.

...ou ouverte...

La sphère s'ouvrit de nouveau.

– Je ferais mieux de ne pas trop pousser ma chance, dit-il à haute voix.

La porte était toujours ouverte. Il regarda par l'ouverture, mais ne vit qu'une obscurité profonde, indifférenciée. *C'est maintenant ou jamais*, se dit-il.

Il entra.

La sphère se referma sur lui.

Il y a les ténèbres, puis, à mesure que ses yeux s'habituent, quelque chose qui ressemble à des lucioles. C'est une écume dansante, lumineuse, des millions de points de lumière tourbillonnant autour de lui.

Qu'est-ce ? se demande-t-il. Il ne voit que l'écume. Elle est dépourvue de structure et apparemment sans limites. C'est un océan qui déferle, une mousse scintillante aux multiples facettes. Il éprouve un sentiment puissant de beauté et de paix. C'est un séjour reposant.

Il bouge les mains, puisant dans l'écume et la faisant tourbillonner. Mais il remarque alors que ses mains deviennent transparentes, qu'il voit l'écume étincelante à travers sa propre chair. Il abaisse les yeux vers son corps. Ses jambes, son torse, tout devient transparent à l'écume. Il fait partie de l'écume. La sensation est extrêmement agréable.

Il devient de plus en plus léger. Il est bientôt soulevé, et flotte dans l'océan d'écume infini. Il met ses mains derrière sa nuque et se laisse flotter. Il se sent heureux. Il sent qu'il pourrait rester là éternellement.

Il prend conscience d'autre chose dans cet océan, d'une autre présence.

– Il y a quelqu'un ?

Je suis là.

La voix est si forte qu'il en sursaute presque. Du moins

elle lui a semblé forte. Puis il se demande s'il a entendu quoi que ce soit.

– Avez-vous parlé ?

Non.

Comment communiquons-nous ? se demande-t-il.

De la façon dont tout communique avec tout le reste.

Quelle est cette façon ?

Pourquoi le demandez-vous si vous connaissez déjà la réponse ?

Mais je ne connais pas la réponse.

L'écume le berce doucement, paisiblement, mais il ne reçoit plus de réponse pendant un moment. Il se demande s'il est de nouveau seul.

Vous êtes là ?

Oui.

Je pensais que vous étiez parti.

Il n'y a nulle part où aller.

Entendez-vous par là que vous êtes emprisonné à l'intérieur de cette sphère ?

Non.

Voulez-vous répondre à une question ? Qui êtes-vous ?

Je ne suis pas un qui.

Êtes-vous Dieu ?

Dieu est un mot.

Je veux dire, êtes-vous un être supérieur, ou une conscience supérieure ?

Supérieur à quoi ?

Supérieur à moi, je suppose.

À quelle hauteur êtes-vous ?

Assez bas. Du moins je l'imagine.

Alors c'est votre problème.

Toujours flottant dans l'écume, Norman s'inquiète à l'idée que Dieu puisse se moquer de lui. Êtes-vous en train de plaisanter ? songe-t-il.

Pourquoi le demandez-vous si vous connaissez déjà la réponse ?

Suis-je en train de parler à Dieu ?

Vous n'êtes pas du tout en train de parler.

Vous prenez ce que je dis très littéralement. Est-ce parce que vous venez d'une autre planète ?

Non.

Venez-vous d'une autre planète ?

Non.

Appartenez-vous à une autre civilisation?

Non.

D'où êtes-vous?

Pourquoi le demandez-vous si vous connaissez déjà la réponse?

Norman se dit qu'en d'autres circonstances, il serait irrité par cette réponse répétitive, mais il ne ressent pour l'instant aucune émotion, n'émet aucun jugement. Il reçoit simplement de l'information, une réponse.

Mais cette sphère vient d'une autre civilisation.

Oui.

Et peut-être d'un autre temps.

Oui.

Et ne faites-vous pas partie de cette sphère?

J'en fais partie maintenant.

Alors d'où êtes-vous?

Pourquoi le demandez-vous si vous connaissez déjà la réponse?

L'écume le berce doucement, paisiblement.

Vous êtes toujours là?

Oui. Il n'y a nulle part où aller.

Je crains de ne pas avoir beaucoup de connaissances religieuses. Je suis un psychologue. Je m'occupe de la pensée des gens. Ma formation ne m'a pas appris grand-chose de la religion.

Ah, je vois.

La psychologie n'a pas grand-chose à voir avec la religion.

Bien sûr.

Alors vous êtes d'accord.

Je suis d'accord avec vous.

C'est rassurant.

Je ne vois pas pourquoi.

Qui est Je?

Qui, en effet?

Norman se laisse bercer par l'écume. Il ressent une paix profonde malgré les difficultés de la conversation.

Je suis préoccupé, songe-t-il.

Dites-moi.

Je suis préoccupé parce que vous parlez comme Jerry.

Il faut s'y attendre.

Mais Jerry était en fait Harry.

Oui.

Alors vous êtes aussi Harry?

Non. Bien sûr que non.
Qui êtes-vous ?
Je ne suis pas un qui.
Alors pourquoi parlez-vous comme Jerry ou Harry ?
Parce que nous procédons de la même source.
Je ne comprends pas.
Quand vous regardez dans le miroir, qui voyez-vous ?
Moi.
Je vois.
Ce n'est pas exact ?
Cela dépend de vous.
Je ne comprends pas.
Ce que vous voyez dépend de vous.
Je le savais déjà. Tout le monde sait cela. C'est un truisme psychologique, un cliché.
Je vois.
Êtes-vous une intelligence étrangère ?
Êtes-vous une intelligence étrangère ?
Je trouve difficile de parler avec vous. Allez-vous me donner le pouvoir ?
Quel pouvoir ?
Le pouvoir que vous avez donné à Harry et à Beth. Le pouvoir de faire arriver les choses par l'imagination. Allez-vous me le donner ?
Non.
Pourquoi pas ?
Parce que vous l'avez déjà.
Je n'ai pas l'impression de l'avoir.
Je sais.
Alors comment se fait-il que j'aie le pouvoir ?
Comment êtes-vous entré ici ?
J'ai imaginé la porte en train de s'ouvrir.
Oui.

Bercé dans l'écume, Norman attend un complément de réponse, mais il n'y a rien que le doux mouvement de l'écume, une intemporalité paisible, et une sensation de somnolence.

Je suis désolé, songe-t-il au bout d'un moment, mais j'aimerais que vous m'expliquiez et que vous cessiez de parler par énigmes.

Sur votre planète, vous avez un animal qu'on appelle l'ours. C'est un gros animal, parfois plus gros que vous, malin et ingénieux, et son cerveau est aussi gros que le vôtre. Mais l'ours diffère de vous par un aspect impor-

tant. Il ne peut pas exercer l'activité que vous appelez imaginer. Il ne peut pas créer d'images mentales sur les possibilités d'être de la réalité. Il ne peut pas envisager ce que vous appelez le passé et ce que vous appelez le futur. Cette aptitude particulière de l'imagination est ce qui a valu à votre espèce sa grandeur. Rien d'autre. Ce n'est pas votre nature d'anthropoïde, ce n'est pas votre nature d'utilisateur d'outils, ce n'est pas le langage, ni votre violence, ni l'attention que vous portez à vos enfants, ni vos groupements sociaux. Ce n'est rien de tout cela, qu'on trouve aussi chez d'autres animaux. Votre grandeur tient à votre imagination.

La capacité d'imaginer est la plus grande part de ce que vous appelez l'intelligence. Vous pensez que cette aptitude n'est qu'une étape utile dans la résolution d'un problème ou pour faire arriver quelque chose. Mais c'est l'imagination qui provoque l'événement.

C'est à la fois le don de votre espèce, et un danger, parce que vous n'avez pas choisi de contrôler votre imagination. Vous imaginez des choses merveilleuses, et vous imaginez des choses terribles, et vous ne prenez aucune responsabilité dans ce choix. Vous dites que vous avez en vous à la fois le pouvoir du bien et le pouvoir du mal, l'ange et le démon, mais en vérité vous n'avez qu'une chose en vous : la capacité d'imaginer.

J'espère que vous avez aimé ce discours, que je compte prononcer à la prochaine réunion de l'Association américaine des psychologues et des aides sociaux, qui se tiendra à Houston en mars. Je crois qu'il sera particulièrement bien accueilli.

Quoi ? se dit Norman, ébahi.

À qui croyiez-vous parler ? Dieu ?

Qui me parle ?

Vous, évidemment.

Mais vous êtes quelqu'un de différent de moi, séparé. Vous n'êtes pas moi.

Si, je le suis. Vous m'avez imaginé.

Dites-m'en plus.

Il n'y a rien de plus.

Sa joue reposait sur le métal froid. Il roula sur le dos et regarda la surface polie de la sphère qui s'incurvait au-dessus de lui. Les circonvolutions de la porte avaient de nouveau changé.

Il se leva. Il se sentait détendu et en paix, comme s'il avait dormi longtemps, comme s'il avait fait un rêve merveilleux. Il se rappelait tout avec une grande clarté.

Il repartit dans le vaisseau en direction de la cabine de pilotage, puis il suivit le couloir aux lumières ultra-violettes qui conduisait à la salle où des tubes étaient suspendus aux murs.

Il y avait un membre d'équipage dans chaque tube.

Exactement ce qu'il pensait : Beth avait provoqué la manifestation d'un unique membre d'équipage – une femme solitaire comme une sorte de mise en garde. Maintenant que Norman avait pris la relève, il trouvait la salle pleine.

Pas mal, se dit-il.

Il parcourut la salle du regard et pensa : *Disparus, un par un*.

Un à un, les membres d'équipage contenus dans les tubes disparurent sous ses yeux, jusqu'à ce qu'il n'y en ait plus un.

De retour, un par un.

Les femmes reparurent dans les tubes, se matérialisant à la demande.

Tous des hommes.

Les femmes furent changées en hommes.

Tous des femmes.

Ils redevinrent tous des femmes.

Il avait le pouvoir.

02 H 00

– *Norman*.

C'était la voix de Beth amplifiée par les haut-parleurs, sifflant dans le vide du vaisseau spatial.

– Où êtes-vous, Norman ? Je sais que vous êtes là quelque part. Je vous sens, Norman.

Norman traversait la cuisine. Il passa à hauteur des boîtes vides de Coca-Cola posées sur le comptoir, puis franchit la lourde porte qui donnait sur la cabine de pilotage. Il vit le visage de Beth sur tous les écrans de la console. Son image, répétée une douzaine de fois, semblait le regarder.

– Norman, je sais où vous êtes allé. Vous êtes entré dans la sphère, n'est-ce pas, Norman ?

Il pressa sur les consoles du plat de la main pour essayer d'éteindre les écrans, mais il n'y parvint pas. Les images demeuraient.

– Norman. Répondez-moi, Norman.

Il dépassa la cabine de pilotage, en direction du sas.

– Ça ne vous servira à rien, Norman. C'est moi qui commande, maintenant. Vous m'entendez, Norman ?

Une fois dans le sas, il remit son casque, dont le collier se verrouilla avec un déclic. L'air des bouteilles était froid et sec. Il écouta le son régulier de sa respiration.

– Norman, dit Beth dans l'intercom de son casque. Pourquoi ne me parlez-vous pas, Norman ? Vous avez peur, Norman ?

La répétition de son nom l'irritait. Il pressa les boutons qui commandaient l'ouverture du sas et l'eau jaillit du sol, montant rapidement.

– Ah, vous êtes là, Norman. Je vous vois, maintenant.

Beth éclata d'un rire aigu, saccadé. Se retournant, Norman vit la caméra montée sur le robot, qui se trouvait toujours dans le sas. Il l'écarta d'une bourrade, la faisant tourner sur elle-même.

– Ça ne vous servira à rien, Norman.

Il se retrouva à l'extérieur du vaisseau spatial, devant le sas. Les points de lumière rouge des rangées d'explosifs Tevac dessinaient des lignes capricieuses évoquant une piste d'atterrissage tracée par quelque ingénieur dément.

– Norman ? Pourquoi ne me répondez-vous pas, Norman ?

Beth était instable, changeante. Il le sentait à sa voix. Il devait la priver de ses armes, désamorcer les explosifs s'il le pouvait.

Désarmés, pensa-t-il. *Que les explosifs soient désamorcés.*

Toutes les lumières rouges s'éteignirent immédiatement.

Pas mal, se dit-il, avec un élan de satisfaction.

Un instant plus tard, les lumières rouges se rallumèrent.

– Vous n'y arriverez pas, Norman, dit Beth en riant. Pas contre moi. Je peux vous résister.

Il savait qu'elle avait raison. Ils se disputaient le pouvoir, se livraient à une épreuve de force qui consistait à désamorcer et réamorcer les explosifs. Et la dispute ne pourrait jamais être résolue. Pas de cette façon. Il devrait faire quelque chose de plus direct.

Il se dirigea vers la charge la plus proche. Vu de près, le cône lui parut plus gros qu'il ne l'avait cru ; plus d'un mètre de haut, avec une lumière rouge au sommet.

– Je vous vois, Norman... Je vois ce que vous faites...

Il y avait des inscriptions sur le cône, des lettres jaunes peintes au pochoir sur la surface grise. Il se pencha pour les lire, et distingua les mots malgré sa visière légèrement embuée.

DANGER – EXPLOSIFS TEVAC

USAGE EXCLUSIF CONSTRUCTION ET DÉMOLITION USN
SÉQUENCE DE DÉTONATION PAR DÉFAUT : 20:00
CONSULTER MANUEL USN/VV/512-A
RÉSERVÉ AU PERSONNEL AUTORISÉ

DANGER – EXPLOSIFS TEVAC

Il y avait encore d'autres inscriptions, mais elles étaient plus fines et il ne parvint pas à les déchiffrer.

– Norman ! Que faites-vous avec mes explosifs, Norman ?

Norman ne répondit pas. Il examina le câblage. Un fil fin entrait à la base du cône, et un autre en sortait. Le second courait sur le fond boueux jusqu'au cône suivant, qui ne comportait lui aussi que deux fils – une entrée et une sortie.

– Éloignez-vous de là, Norman. Vous me rendez nerveuse.

Un câble entrant, un câble sortant.

Beth avait connecté les charges en série, comme les guirlandes lumineuses d'un arbre de Noël ! En arrachant un seul câble, il pourrait déconnecter toute la ligne d'explosifs. Il se pencha et saisit le câble dans sa main gantée.

– Norman ! Ne touchez pas à ce fil, Norman !

– Du calme, Beth.

Il referma les doigts sur le câble et sentit la gaine de plastique mou, qu'il étreignit solidement.

– Norman, si vous arrachez ce câble, vous déclencherez l'explosion. Je vous le jure. Nous sauterons tous, Norman, vous, moi, Harry et tout le reste.

Il ne la croyait pas. Beth mentait. Elle avait perdu tout contrôle de soi ; elle était dangereuse, et lui mentait de nouveau.

Il tira vers lui, sentit le câble se tendre.

– Ne le faites pas, Norman...

Le câble était maintenant tendu.

– Je vais tout déconnecter, Beth.

– Pour l'amour de Dieu, Norman. Croyez-moi, voulez-vous ? Vous allez nous tuer tous !

Il hésitait encore. Était-il possible qu'elle dît la vérité ? S'y connaissait-elle en câblage d'explosifs ? Il regarda le gros cône gris qui lui montait jusqu'à la taille. Que sentirait-il si la charge explosait ? Sentirait-il quoi que ce fût ?

– Au diable, fit-il à voix haute.

Il arracha le câble du cône.

Le hurlement strident de l'alarme résonnant à l'intérieur de son casque le fit sursauter. En haut de sa visière, un petit affichage de cristaux liquides clignotait rapidement : ALERTE... ALERTE... ALERTE...

– Oh, Norman ! Sacré nom ! Vous l'avez fait.

Il entendit à peine la voix de Beth à travers le signal d'alarme. Les lumières rouges des cônes clignotaient tout au long du vaisseau. Il banda ses muscles pour se préparer à l'explosion.

Mais le signal sonore fut interrompu par une voix mâle, grave et résonnante.

– Attention, s'il vous plaît. Attention, s'il vous plaît. Tout le personnel de construction doit évacuer la zone d'explosion immédiatement. Les explosifs Tevac sont amorcés. Le compte à rebours va commencer... maintenant. Vingt minutes, compte engagé.

Sur le cône, un affichage rouge se mit à clignoter : 20:00. Puis le compte à rebours commença : 19:59... 19:58...

Le même affichage se répétait sur l'écran à cristaux liquides de son casque.

Il lui fallut un moment pour comprendre ce qui se passait. Les yeux fixés sur le cône, il relut les lettres

jaunes : USAGE EXCLUSIF CONSTRUCTION ET DÉMOLITION USN.

Bien sûr ! Les explosifs Tevac n'étaient pas des armes ; ils étaient destinés à la construction et à la démolition. Ils comportaient des minuteurs de sécurité intégrés – un délai programmé de vingt minutes avant l'explosion, pour permettre aux ouvriers de s'éloigner.

Vingt minutes pour s'éloigner. Cela lui laissait largement assez de temps.

Il fit volte-face et se dirigea à grands pas vers HSM-7, vers le sous-marin.

01 H 40

Il marchait d'un pas égal, régulier. Son souffle était aisé. Il se sentait bien dans sa combinaison de plongée, et tous les systèmes fonctionnaient en douceur.

Il partait.

– Norman, s'il vous plaît...

Maintenant, Beth le suppliait – un autre changement d'humeur imprévisible. Sans lui prêter attention, Norman poursuivit son chemin vers le sous-marin. La voix grave de l'enregistrement disait :

– Attention, s'il vous plaît. Tout le personnel de la Marine doit évacuer la zone d'explosion. Il reste dix-neuf minutes.

Norman éprouvait un sentiment puissant de résolution, de pouvoir. Il n'avait plus d'illusions. Il ne se posait pas de questions. Il savait ce qu'il devait faire.

Il devait se sauver.

– Je n'arrive pas à croire que vous fassiez cela, Norman. Je n'arrive pas à croire que vous nous abandonniez.

Croyez-le, songea-t-il. Après tout, quel choix avait-il ? Beth avait perdu le contrôle de soi, et elle était dangereuse. Il était trop tard pour la sauver maintenant – en fait, il était risqué de l'approcher. Elle était d'humeur homicide. Elle avait déjà essayé de le tuer une fois, et avait failli réussir.

Quant à Harry, il était sous anesthésie depuis treize

heures ; à l'heure qu'il était, il devait être en état de mort clinique, ses fonctions cérébrales interrompues. Norman n'avait aucune raison de rester. Il n'y avait rien qu'il pût faire.

Le sous-marin était proche, maintenant. Il distinguait les équipements extérieurs sur la coque jaune.

– Norman, s'il vous plaît... j'ai besoin de vous.

Désolé, songea-t-il. *Je fiche le camp d'ici.*

Il passa sous les hélices jumelles, contournant la coque arrondie sur laquelle était peint le nom du submersible : *Deepstar III*. Il gravit les échelons et se hissa à l'intérieur du dôme.

– Norman...

Le contact avec l'intercom était maintenant coupé. Il était seul. Ouvrant l'écoutille, il monta dans le sous-marin, puis déverrouilla son casque et le retira.

– Attention, s'il vous plaît. Il reste dix-huit minutes.

Norman s'assit dans le siège capitonné de pilotage, face aux instruments. Les cadrans s'allumèrent, et l'écran qui se trouvait devant lui s'illumina.

DEEPSTAR III – MODULE DE COMMANDES
Avez-vous besoin d'aide ?
Oui   Non   Annuler

Il pressa « OUI », et attendit qu'apparût l'écran suivant.

Tant pis pour Harry et Beth ; il était désolé de les abandonner, mais ils avaient tous deux, chacun à leur façon, négligé d'explorer leur moi intérieur, se rendant ainsi vulnérables à la sphère et à son pouvoir. Ce prétendu triomphe de la pensée rationnelle sur la pensée irrationnelle était une erreur scientifique classique. Les scientifiques refusaient de reconnaître leur côté irrationnel, refusaient de lui accorder la moindre importance. Ils ne traitaient que du rationnel. Tout avait un sens pour un scientifique ; si ça n'en avait pas, c'était rejeté au titre de ce qu'Einstein appelait le « simplement personnel ».

Le simplement personnel, songea-t-il avec un élan de mépris. Les gens s'entre-tuaient pour des raisons qui étaient « simplement personnelles ».

DEEPSTAR III – CHOIX DES LISTES DE CONTRÔLE

Descente	Montée
Amarrage	Fermeture
Moniteur	Annulation

Il pressa sur « Montée ». L'écran afficha alors le dessin du tableau de bord, avec un point clignotant. Il attendit l'instruction suivante.

Oui, c'était vrai : les scientifiques refusaient de s'occuper de l'irrationnel. Mais le côté irrationnel ne disparaissait pas pour autant dès lors qu'on refusait de lui prêter attention. L'irrationalité ne s'atrophiait pas de n'être pas utilisée. Au contraire, abandonné à lui-même, le côté irrationnel de l'homme avait crû en pouvoir et en étendue.

Et le fait de s'en plaindre ne servait à rien non plus. Tous ces scientifiques qui se lamentaient en levant les bras au ciel dans les suppléments du dimanche à propos du penchant inné de l'homme pour la destruction et pour la violence, ce n'était pas non plus une manière de traiter le côté irrationnel. Ce n'était qu'une manière formelle de reconnaître qu'ils renonçaient à le comprendre.

L'écran changea de nouveau.

DEEPSTAR III – LISTE DE CONTRÔLE MONTÉE

1. Purgeurs de ballasts : enclencher	
Suite	Annulation

Norman pressa des touches au tableau de bord pour enclencher les purgeurs de ballasts, et attendit l'affichage suivant.

Après tout, comment les scientifiques envisageaient-ils leur propre recherche ? Ils étaient tous d'accord : la recherche scientifique ne peut être arrêtée. Si nous ne construisons pas la bombe, quelqu'un d'autre le fera. Mais la bombe se retrouva bientôt entre les mains de gens nouveaux qui dirent : si nous n'utilisons pas la bombe, quelqu'un d'autre le fera.

À ce point, les scientifiques s'écrièrent : ces gens sont affreux, ils sont irrationnels et irresponsables. Nous, les scientifiques, sommes des gens raisonnables, mais ceux-là représentent un vrai problème.

La vérité, cependant, était que la responsabilité commence avec chaque individu, et avec les choix qu'il fait. Chaque individu a le choix.

Norman se dit encore une fois qu'il ne pouvait plus rien faire pour Harry ni pour Beth. Il devait se sauver lui-même.

Il entendit le ronflement grave des générateurs qui se mettaient en route, puis le battement des hélices. L'écran afficha :

DEEPSTAR III – INSTRUMENTS DE PILOTAGE SOUS TENSION

Et voilà, songea-t-il en posant les mains d'un geste assuré sur les commandes. Il sentit le sous-marin réagir sous lui.

– Attention, s'il vous plaît. Il reste dix-sept minutes.

Des sédiments boueux tournoyèrent autour du cockpit quand les hélices se mirent à brasser l'eau, puis le petit submersible glissa hors de l'abri du dôme. Norman se dit que c'était comme de conduire une voiture. Rien de plus simple.

À cinq mètres au-dessus du fond, assez pour que les hélices soient dégagées de la boue, il décrivit lentement un arc qui l'éloignait de HSM-7 en direction de HSM-8.

Il restait dix-sept minutes. À une vitesse ascensionnelle maximale de deux mètres par seconde – il calcula mentalement, vite et sans effort – il atteindrait la surface en deux minutes et demie.

Il avait tout le temps.

Il rapprocha le sous-marin de HSM-8. Les projecteurs extérieurs de l'habitat diffusaient une lumière jaune et pâle. Le courant devait baisser. Il voyait les dommages causés aux cylindres : les colonnes de bulles qui montaient des cylindres A et B, les bosselures du cylindre D, le trou béant du cylindre E, qui était noyé. L'habitat était délabré, à l'agonie.

Pourquoi était-il venu si près ? Plissant les yeux pour regarder par les hublots, il prit conscience qu'il espérait apercevoir Harry et Beth, une dernière fois. Il voulait voir Harry, inconscient et sans réactions. Il voulait voir Beth debout derrière le hublot, agitant son poing dans sa direction avec une rage démente. Il voulait se sentir assuré qu'il avait raison de les abandonner.

Mais il ne vit que la lumière jaune faiblissante à l'intérieur de l'habitat, et il en fut déçu.

– Norman.

– Oui, Beth.

Il se sentait désormais à son aise pour lui répondre. Les mains posées sur les commandes du sous-marin, il était prêt à commencer son ascension. Elle ne pouvait plus rien lui faire.

— Norman, vous êtes vraiment un fichu salaud.

— Vous avez essayé de me tuer, Beth.

— Je ne voulais pas vous tuer. Je n'avais pas le choix, Norman.

— Mouais, bon. Moi non plus, je n'ai pas le choix.

En prononçant ces paroles, il savait qu'il avait raison. Mieux valait que l'un d'eux au moins survécût. C'était mieux que rien.

— Vous allez nous laisser ?

— En effet, Beth.

Il tendit la main vers la commande de vitesse ascensionnelle, et la régla à deux mètres par seconde. Il était prêt à monter.

— Vous allez vraiment vous enfuir ?

Il sentit le mépris qui perçait dans sa voix.

— En effet, Beth.

— Vous qui n'arrêtiez pas de dire que nous devions rester unis ici au fond ?

— Désolé, Beth.

— Vous devez avoir très peur, Norman.

— Je n'ai pas peur du tout.

Il se sentait en effet plein de force et sûr de lui tout en réglant les commandes pour préparer son ascension. Il se sentait mieux qu'il ne l'avait été depuis des jours.

— Norman. Aidez-nous s'il vous plaît. *S'il vous plaît.*

Les paroles de Beth le frappèrent au plus profond de lui-même, éveillant des sentiments de compassion, de compétence professionnelle, de simple bonté humaine. Il ressentit un instant de confusion. Sa force et sa conviction faiblirent, mais il se ressaisit et secoua la tête. La force afflua de nouveau dans son corps.

— Désolé, Beth. Il est trop tard pour ça.

Il pressa le bouton « Montée ». Les purgeurs de ballasts rugirent, le *Deepstar III* oscilla, puis l'habitat s'éloigna au-dessous de lui et il commença à glisser vers la surface, trois cents mètres plus haut.

L'eau noire, aucune impression de mouvement à part l'affichage lumineux des instruments sur le tableau de bord. Il se mit à recenser mentalement les événements, comme s'il se trouvait déjà face à une commission d'enquête de la Marine. Avait-il pris la bonne décision en abandonnant les autres à leur sort ?

Indéniablement. La sphère était un objet extra-terrestre qui donnait à un individu le pouvoir de faire se manifester ses pensées. Très bien, si ce n'était le fait que les êtres humains souffraient d'une division dans leur cerveau, d'une division dans leurs processus mentaux. Tout se passait presque comme si l'homme avait deux cerveaux. Le cerveau conscient pouvait être consciemment contrôlé, et ne posait pas de problème. Mais le cerveau inconscient, sauvage et abandonné, était dangereux et destructeur quand ses impulsions pouvaient se manifester.

L'ennui, avec des gens comme Harry et Beth, c'est qu'ils étaient littéralement déséquilibrés. Leur cerveau conscient était surdéveloppé, mais ils ne s'étaient pas souciés d'explorer leur inconscient. C'était ce qui les distinguait de Norman. En tant que psychologue, Norman avait une certaine connaissance de son inconscient, qui ne lui réservait aucune surprise.

C'était la raison pour laquelle Harry et Beth avaient concrétisé des monstres, alors que Norman n'en avait rien fait. Norman connaissait son inconscient. Aucun monstre ne l'attendait.

Non. Faux.

Il fut surpris par la soudaineté de la pensée, par sa brutalité. Se trompait-il vraiment ? Il réfléchit soigneusement, et se dit une fois de plus qu'il avait raison après tout. Beth et Harry étaient menacés par les produits de leur inconscient, mais Norman ne l'était pas. Norman se connaissait lui-même ; les autres ne se connaissaient pas.

« Les peurs engendrées par un contact avec une forme de vie nouvelle ne sont pas connues. La conséquence la plus vraisemblable d'un tel contact serait une terreur absolue. »

Les déclarations de son rapport surgissaient dans son esprit. Pourquoi se mettait-il à y penser maintenant ? Il y avait des années qu'il avait écrit ce rapport.

« Lorsqu'il est en proie à une terreur absolue, un individu perd une grande partie de ses facultés de décision. »

Pourtant, Norman n'avait pas peur. Loin de là. Il était plein de force et d'assurance. Il avait un plan, il le mettait à exécution. Qu'est-ce qui pouvait bien le faire penser à ce rapport ? À l'époque où il l'avait écrit, sa rédaction avait été un vrai supplice. Il avait dû réfléchir à chaque phrase... Pourquoi lui revenait-il à l'esprit maintenant ? Cela le troublait.

– Attention, s'il vous plaît. Il reste seize minutes.

Norman parcourut du regard les indicateurs qu'il avait sous les yeux. Il était à deux cent soixante-dix mètres et montait rapidement. Plus question de faire demi-tour.

Pourquoi penserait-il même à faire demi-tour ?

Pourquoi une telle pensée lui viendrait-elle à l'esprit ?

À mesure qu'il montait silencieusement dans l'eau noire, il sentait croître en lui une sorte de scission, une division interne presque schizophrénique. Quelque chose n'allait pas, il le sentait. Il y avait quelque chose qu'il n'avait pas encore pris en considération.

Mais qu'avait-il pu laisser échapper ? *Rien*, se dit-il, *parce que, contrairement à Beth et Harry, je suis pleinement conscient ; j'ai conscience de tout ce qui se passe en moi.*

Mais Norman n'y croyait pas vraiment. La conscience totale de soi était peut-être un objectif philosophique, mais elle n'était pas vraiment réalisable. La conscience de soi était pareille à un caillou qui ridait la surface de l'inconscient. À mesure que le conscient s'étendait, il y avait encore plus d'inconscient au-delà. Il y en avait toujours plus, juste hors d'atteinte. Même pour un psychologue humaniste.

Stein, son vieux professeur, disait : « Vous avez toujours votre ombre. »

Que faisait en ce moment la partie obscure de Norman ? Que se passait-il dans les parties inconscientes, rejetées, de son cerveau ?

Rien. Continuer à monter.

Mal à l'aise, il changea de position dans le siège de pilotage. Il voulait tellement arriver à la surface, il éprouvait une telle conviction...

Je hais Beth. Je hais Harry. Je hais d'avoir à me soucier de ces gens. Je ne veux plus m'en soucier. Ce n'est pas ma responsabilité. Je veux me sauver. Je les hais. Je les hais.

Il fut choqué. Choqué par ses propres pensées, par leur véhémence.

Je dois retourner.

Si je retourne, je vais mourir.

Mais une autre partie de lui-même devenait de plus en plus forte d'instant en instant. Ce qu'avait dit Beth était vrai : c'était Norman qui avait répété qu'ils devaient rester ensemble, travailler ensemble. Comment pouvait-il les abandonner maintenant ? Il ne le pouvait pas. Cela allait contre tout ce en quoi il croyait, tout ce qui était important et humain.

Il devait retourner.

J'ai peur de retourner.

Enfin, se dit-il. *Voilà ce que c'est.* Une peur si forte qu'il avait nié son existence, une peur qui lui avait fait rationaliser l'abandon de ses compagnons.

Il pressa les touches de commande pour interrompre son ascension. Quand le sous-marin commença à redescendre, il vit que ses mains tremblaient.

01 H 30

Le sous-marin se posa doucement sur le fond à côté de l'habitat. Norman passa dans le sas, actionna les vannes. Quelques instants plus tard, il descendait le long de la coque et se dirigeait vers les cylindres. Les cônes des explosifs, avec leurs lumières rouges clignotantes, conféraient au paysage un étrange air de liesse.

– Attention, s'il vous plaît. Il reste quatorze minutes.

Il entreprit d'évaluer le temps qu'il lui faudrait. Une minute pour entrer. Cinq, peut-être six, pour revêtir Beth et Harry de leur tenue de plongée. Quatre minutes de plus pour regagner le sous-marin et les faire monter à bord. Deux ou trois minutes pour effectuer l'ascension.

Ce serait juste.

Il s'engagea sous les gros pylônes de soutien, au-dessous de l'habitat.

– Alors vous êtes revenu, Norman ? dit Beth dans l'intercom.

– Oui, Beth.

– Dieu merci.

Beth se mit à pleurer. Norman, au-dessous du cylindre A, entendit ses sanglots dans les écouteurs. Il trouva le panneau du sas, fit tourner le volant pour l'ouvrir. Il était verrouillé.

– Beth, ouvrez le panneau.

– Norman, dit Beth, qui pleurait comme un enfant, secouée de sanglots hystériques. S'il vous plaît, aidez-moi. *S'il vous plaît.*

– J'essaie de vous aider, Beth. Ouvrez le panneau.

– Je ne peux pas.

– Que voulez-vous dire, vous ne pouvez pas ?

– Ça ne servira à rien.

– Beth. Voyons...

– Je ne peux pas le faire, Norman.

– Bien sûr, que vous pouvez. Ouvrez le panneau, Beth.

– Vous n'auriez pas dû revenir, Norman.

Ce n'était pas le moment.

– Beth, ressaisissez-vous. Ouvrez le panneau.

– Non, Norman, je ne peux pas.

Et elle se remit à pleurer.

Il essaya tous les panneaux, l'un après l'autre. Celui du cylindre B était verrouillé. Ceux des cylindres C et D également.

– Attention, s'il vous plaît. Il reste treize minutes.

Norman se tenait près du cylindre E, qui avait été noyé lors d'une attaque précédente. Il vit dans la paroi la déchirure béante aux arêtes déchiquetées. Le trou était assez grand pour lui livrer passage, mais les bords en étaient coupants. S'il déchirait sa combinaison...

Non, décida-t-il. C'était trop risqué. Il se glissa sous le cylindre E. Y avait-il un panneau ?

Il le trouva, fit tourner le volant. Le panneau s'ouvrit facilement. Il repoussa le couvercle circulaire, qu'il entendit résonner contre la paroi intérieure.

– Norman, c'est vous ?

Il se hissa à l'intérieur et se retrouva à quatre pattes sur le pont du cylindre E, haletant de l'effort qu'il avait fourni. Il referma le panneau du sas et le reverrouilla, puis attendit un moment d'avoir repris son souffle.

– Attention, s'il vous plaît. Il reste douze minutes.

Bon sang. Déjà ?

Quelque chose de blanc passa en flottant devant sa

visière, le faisant sursauter. Il recula, et se rendit compte que c'était une boîte de flocons de maïs. Quand il la toucha, le carton se désintégra sous ses doigts et les flocons se dispersèrent en une neige jaunâtre.

Il était dans la coquerie. Au-delà de la cuisinière, il vit un autre panneau qui donnait sur le cylindre D. Le cylindre D n'était pas noyé, ce qui signifiait qu'il devait d'une façon ou d'une autre pressuriser le cylindre E.

Levant les yeux, il vit dans la cloison supérieure un panneau étanche qui donnait sur la salle de séjour fissurée. Il monta vivement. Il lui fallait du gaz, des réservoirs quelconques. La salle de séjour, obscure, n'avait pour tout éclairage que la lumière réfléchie des projecteurs filtrant par la déchirure de la cloison. Des coussins et du capitonnage flottaient entre deux eaux. Heurté par quelque chose de dur, il pivota sur lui-même et vit une chevelure brune flottant autour d'un visage. Quand les cheveux s'écartèrent, il s'aperçut qu'une partie du visage, manquait, horriblement déchiqueté.

Tina.

Avec un frisson, Norman repoussa le corps, qui s'éloigna vers le haut.

– Attention, s'il vous plaît. Il reste onze minutes.

Tout se passait trop vite. Il lui restait à peine assez de temps. Il aurait dû être déjà à l'intérieur de l'habitat.

Pas de réservoirs dans la salle de séjour. Il redescendit à la cuisine en refermant le panneau au-dessus de lui. Il examina la cuisinière, le four. Quand il ouvrit la porte du four, des bulles de gaz en jaillirent. De l'air emprisonné à l'intérieur.

Mais c'était autre chose, car du gaz en sortait encore. Une fine colonne de bulles continuait à monter du four ouvert.

Une colonne régulière et ininterrompue.

Qu'avait dit Barnes à propos de la cuisson sous haute pression ? Il y avait un détail inhabituel, dont il ne se souvenait pas avec précision. Utilisait-on du gaz ? Oui, mais il fallait aussi un supplément d'oxygène. Ce qui voulait dire...

Grognant sous l'effort, il tira la cuisinière à l'écart du mur et trouva ce qu'il cherchait. Une courte bouteille de propane, et deux gros cylindres bleus.

Des réservoirs d'oxygène.

Maladroitement, il fit tourner de ses mains gantées

les robinets en étoile, et le gaz s'échappa aussitôt en rugissant. Les bulles montaient rapidement vers le plafond où elles restaient prisonnières, formant une énorme poche de gaz.

Il ouvrit le second réservoir. Le niveau de l'eau, qui descendait rapidement, atteignit sa taille, puis ses genoux, et se stabilisa. Les réservoirs devaient être vides. Peu importait, le niveau était assez bas.

– Attention, s'il vous plaît. Il reste dix minutes.

Norman ouvrit le panneau étanche qui donnait sur le cylindre C, et entra dans l'habitat.

Dans la faible lumière, il vit qu'une étrange moisissure verte et visqueuse recouvrait les murs.

Harry reposait sur la couchette, inconscient, toujours sous perfusion. Dans une giclée de sang, Norman arracha l'aiguille du goutte-à-goutte puis il secoua Harry, essayant de le réveiller.

Harry battit des paupières, mais il demeura sans réaction. Norman le souleva, le mit sur son épaule et l'emporta à travers l'habitat.

Dans l'intercom, Beth continuait à pleurer.

– Norman, vous n'auriez pas dû venir.

– Où êtes-vous, Beth ?

Sur les moniteurs, il lut :

SÉQUENCE DE DÉTONATION 09:32.

Les chiffres du compte à rebours semblaient défiler trop vite.

– Prenez Harry et allez-vous-en, Norman. Allez tous les deux. Laissez-moi ici.

– Dites-moi où vous êtes, Beth.

Traversant l'habitat, il passa du cylindre D au cylindre C. Il ne la voyait nulle part. Sur son épaule, Harry était un poids mort qui lui rendait difficile le franchissement des portes étanches.

– Ça ne servira à rien, Norman.

– Allons, Beth...

– Je sais que je suis mauvaise, Norman. Je sais qu'il n'y a rien à faire pour moi.

– Beth...

Il l'entendait par l'intermédiaire de sa radio de casque, ce qui l'empêchait de situer le son de sa voix. Mais il ne pouvait pas risquer d'enlever son casque. Pas maintenant.

– Je mérite de mourir, Norman.

– Ça suffit, Beth.

– Attention, s'il vous plaît. Il reste neuf minutes.

Un nouveau signal d'alarme se fit entendre, un bip intermittent qui devint plus fort et plus intense à mesure que passaient les secondes.

Norman était dans le cylindre B, un labyrinthe de tuyaux et d'appareils. Autrefois propres et multicolores, toutes les surfaces en étaient maintenant recouvertes de moisissure visqueuse. En certains endroits pendaient des fibres moussues. Le cylindre B évoquait une jungle marécageuse.

– Beth...

Elle ne répondait plus, maintenant. Norman se dit qu'elle devait être dans cette salle. Le cylindre B avait toujours été son lieu de prédilection, l'endroit d'où l'on pouvait contrôler l'habitat. Il déposa Harry sur le pont en l'adossant à la cloison. Mais la cloison était visqueuse. Harry glissa, et se cogna la tête. Il toussa, ouvrit les yeux.

– Bon Dieu. Norman ?

Norman leva les mains, lui faisant signe de garder le silence.

– Beth ? appela-t-il.

Pas de réponse. Il s'avança parmi les tuyaux gluants.

– Beth ?

– Laissez-moi, Norman.

– Je ne peux pas faire ça, Beth. Je vous emmène aussi.

– Non. Je reste, Norman.

– Beth, nous n'avons pas le temps de discuter.

– Je reste, Norman. Je mérite de rester.

Il la vit.

Beth était blottie au fond de la pièce, coincée entre les tuyaux, pleurant comme un enfant. Elle tenait l'un des fusils équipés de harpon à tête explosive, et le regardait à travers ses larmes.

– Oh, Norman. Vous alliez nous laisser...

– Je suis désolé. J'avais tort.

Il avança dans sa direction, tendant les mains vers elle. Elle fit pivoter le fusil à harpon.

– Non, vous aviez raison. Vous aviez raison. Je veux que vous partiez.

Au-dessus de la tête de Beth, Norman vit un moniteur allumé, les chiffres qui s'égrenaient à rebours, inexorablement : 08:27... 08:26...

Je peux changer cela, songea-t-il. *Je veux que les chiffres cessent de défiler.*

Les chiffres ne s'arrêtèrent pas.

– Vous ne pouvez pas lutter contre moi, dit Beth, toujours blottie dans son coin, les yeux embrasés d'une furieuse énergie.

– Je le vois.

– Il ne reste pas beaucoup de temps, Norman. Je veux que vous partiez.

Elle tenait le fusil fermement pointé sur Norman, qui prit soudain conscience de l'absurdité de la situation – être revenu pour sauver quelqu'un qui n'avait pas envie d'être sauvé. Que pouvait-il faire maintenant ? Beth était rencognée là-bas hors d'atteinte, hors de secours. Il lui restait à peine le temps de s'éloigner, sans parler d'emmener Harry...

Harry, songea-t-il soudain. Où était Harry maintenant ?

Je veux que Harry vienne m'aider.

Mais il se demanda s'il était encore temps ; les chiffres tournaient à rebours, il restait à peine plus de huit minutes...

– Je suis revenu pour vous, Beth.

– Allez-vous-en. Allez-vous-en tout de suite, Norman.

– Mais, Beth...

– Non, Norman ! Je sais ce que je dis ! Partez ! Pourquoi ne partez-vous pas ?

Commençant à soupçonner quelque chose, elle jeta un regard circulaire. À cet instant, Harry se dressa derrière elle et lui abattit une énorme clef anglaise sur la tête. Le choc fit un bruit mat écœurant, et Beth s'écroula.

– Je ne l'ai pas tuée ? demanda Harry.

– Attention, s'il vous plaît, dit la voix mâle et grave. Il reste huit minutes.

Norman se concentra sur l'horloge qui égrenait ses secondes à l'envers. Arrêter. Arrêter le compte à rebours.

Mais quand il releva les yeux, le compte se poursuivait. Et le signal d'alarme : était-ce ce qui interférait avec sa concentration ? Il essaya de nouveau.

Arrêter maintenant. Le compte à rebours s'arrêtera maintenant. Le compte à rebours s'est arrêté.

– Laissez tomber, dit Harry. Ça ne marchera pas.

– Mais ça devrait marcher.

– Non. Elle n'est pas totalement inconsciente.

Abaissant les yeux, Norman vit Beth étendue, gémissante. Elle bougea une jambe.

– Elle arrive encore à contrôler la situation, dit-il. Elle est vraiment très forte.

– On peut lui faire une injection ?

Norman secoua la tête. Ils n'avaient pas le temps de retourner chercher la seringue. De toute façon, s'ils lui faisaient une injection sans résultat, ce serait du temps perdu.

– On peut la frapper de nouveau ? insista Harry. Plus fort ? La tuer ?

– Non.

– La tuer serait la seule manière de...

– Non, répéta Norman.

Nous ne vous avons pas tué quand nous en avions l'occasion.

– Si vous ne voulez pas la tuer, on ne peut rien changer au minuteur, dit Harry. Alors nous ferions mieux de ficher le camp.

Ils coururent vers le sas.

– Combien de temps reste-t-il ? demanda Harry.

Ils étaient dans le sas du cylindre A, essayant de revêtir Beth de sa combinaison de plongée. Du sang s'était coagulé à l'arrière de sa tête et elle se débattait un peu en gémissant, ce qui gênait leur entreprise.

– Bon sang, Beth... combien de temps, Norman ?

– Sept minutes et demie, peut-être moins.

Ils lui avaient déjà enfilé les jambes ; ils lui glissèrent vivement les bras dans les manches et remontèrent la fermeture à glissière de la poitrine. Ils branchèrent son admission d'air, puis Norman aida Harry à mettre sa combinaison.

– Attention, s'il vous plaît. Il reste sept minutes.

– Combien de temps faut-il pour gagner la surface ? demanda Harry.

– Deux minutes et demie, une fois que nous serons dans le sous-marin.

– Fantastique.

Norman verrouilla le casque de Harry.

– Allons-y.

Harry descendit dans l'eau, et Norman laissa glisser le corps inconscient de Beth, alourdi par les bouteilles et le lest.

– Allez-y, Norman !

Norman plongea à son tour.

Arrivé au sous-marin, Norman monta jusqu'à l'entrée du panneau de sas, mais le sous-marin non amarré oscillait sous son poids de manière imprévisible. Harry, debout sur le fond boueux, s'efforça de pousser Beth, qui fléchissait à hauteur de la taille. Norman, en essayant de la saisir, glissa du sous-marin et retomba au fond.

– Attention, s'il vous plaît. Il reste six minutes.

– Dépêchez-vous, Norman ! Six minutes !

– J'ai entendu, nom de Dieu.

Norman se releva, remonta sur le sous-marin, mais sa combinaison était maintenant boueuse, ses gants glissants. Harry comptait : « cinq, vingt-neuf... cinq, vingt-huit... cinq, vingt-sept... » Norman saisit le bras de Beth, qui lui échappa de nouveau.

– Bon Dieu, Norman ! Tenez-la !

– J'essaie !

– Là, la voilà.

– Attention, s'il vous plaît. Il reste cinq minutes.

Le signal d'alarme était maintenant suraigu, les bips insistants. Ils devaient crier pour s'entendre.

– Harry, donnez-la-moi...

– Là, prenez-la...

– Manqué...

– Là...

Norman parvint enfin à la saisir par son tuyau d'arrivée d'air, juste derrière le casque. Il se demanda si le tube n'allait pas céder, mais il devait courir le risque. Il la tira jusqu'à ce qu'elle fût étendue sur le dos au sommet du sous-marin, puis il la laissa glisser dans le sas.

– Quatre, vingt-neuf... quatre, vingt-huit...

Norman avait du mal à garder son équilibre. Il était parvenu à faire passer une jambe de Beth par l'ouverture, mais l'autre, pliée au genou, restait bloquée contre le rebord. Il n'arrivait pas à la faire descendre. Chaque fois qu'il se penchait en avant pour lui déplier la jambe, tout le sous-marin s'inclinait et il perdait de nouveau l'équilibre.

— Quatre, seize... quatre, quinze...

— Voulez-vous cesser de compter, et *faire quelque chose*?

Harry s'appuya contre le flanc du sous-marin pour contrer le roulis. Norman se pencha en avant et déplia le genou de Beth, qui glissa sans peine par l'ouverture, puis il descendit derrière elle. C'était un sas individuel, mais Beth, inconsciente, ne pouvait manipuler les commandes.

Il devrait le faire à sa place.

— Attention, s'il vous plaît. Il reste quatre minutes.

Norman était à l'étroit dans le sas avec Beth; ils étaient serrés poitrine contre poitrine et leurs casques s'entrechoquaient. Il parvint avec difficulté à refermer le panneau au-dessus de sa tête, puis il chassa l'eau dans un furieux rugissement d'air comprimé. Le corps de Beth, cessant de flotter, s'affaissa lourdement contre lui.

Il tendit la main derrière elle pour manœuvrer la poignée de la porte intérieure, mais elle lui bloquait le passage. Il essaya de la déplacer de côté. Dans cet espace confiné, il n'avait aucune force de levier sur son corps. Beth était un poids mort; il essaya de la faire pivoter pour atteindre le panneau.

Tout le sous-marin se mit à osciller; Harry escaladait la coque.

— Que diable se passe-t-il, là-dedans?

— Harry, *allez-vous la fermer*?

— Mais qu'est-ce qui vous prend tant de temps?

Norman referma la main sur la poignée intérieure et l'abaissa, mais la porte ne bougea pas — elle s'ouvrait vers l'intérieur. Il ne pouvait l'ouvrir tant qu'ils étaient à deux dans le sas. Ils tenaient trop de place, et le corps de Beth bloquait le mouvement du panneau.

— Harry, nous avons un problème.

— Bon Dieu... trois minutes trente.

Norman se mit à transpirer. Leur situation devenait vraiment délicate.

— Harry, il faut que je vous la repasse et que j'entre seul.

— Bon Dieu, Norman!...

Norman noya le sas, rouvrit le panneau supérieur. Harry, en équilibre précaire sur le haut du sous-marin, empoigna Beth par son tuyau d'air et la hissa à l'extérieur.

Norman tendit la main pour refermer le panneau.

— Harry, pouvez-vous lui ôter les pieds du passage ?

— J'essaie de garder mon équilibre.

— Vous ne voyez pas que ses pieds bloquent ?...

D'un geste irrité, Norman écarta les pieds de Beth. Le panneau se rabattit avec un claquement métallique, et l'air fusa. Le sas était pressurisé.

— Attention, s'il vous plaît. Il reste deux minutes.

Il était à l'intérieur du sous-marin, dans la lueur verte des instruments.

Il ouvrit le panneau intérieur.

— Norman ?

— Essayez de la descendre. Aussi vite que vous le pourrez.

Il jugeait leur situation terriblement préoccupante : au moins trente secondes pour entrer Beth dans le sas, et trente de plus pour que Harry descende. Une minute en tout...

— Elle y est. Purgez.

Norman sauta sur la commande de purge, chassant l'eau du sas.

— Comment l'avez-vous descendue si vite, Harry ?

— La méthode naturelle pour faire passer les gens par des orifices étroits, répondit Harry.

Avant que Norman pût lui demander ce que cela signifiait, il avait ouvert le panneau et vit que Harry avait poussé Beth dans le sas tête en avant. Il l'empoigna par les épaules et la fit glisser sur le pont du sous-marin, puis il referma le panneau. Quelques instants plus tard, il entendit le rugissement de l'air quand Harry vidangea le sas à son tour.

Le panneau étanche claqua. Harry entra dans le sous-marin.

— Bon Dieu, une minute quarante. Vous savez comment manœuvrer cet engin ?

— Oui.

Norman s'assit dans le siège de pilotage et plaça ses mains sur les commandes.

Ils entendirent le gémissement des hélices, sentirent la résonance de la coque. Avec une embardée, le sous-marin quitta le fond.

– Une minute trente secondes. Combien de temps avez-vous dit jusqu'à la surface ?

– Deux trente.

Norman actionna la commande de vitesse ascensionnelle, qu'il poussa au-delà de 2 m/s jusqu'à l'extrémité du curseur.

Ils entendirent le sifflement aigu de l'air chassant l'eau des ballasts. Le sous-marin se cabra et se mit à monter rapidement.

– Il ne va pas plus vite que ça ?

– Non.

– Bon Dieu.

– Du calme, Harry.

En abaissant les yeux, ils pouvaient voir l'habitat et ses lumières, ainsi que les longues rangées d'explosifs disposées autour du vaisseau spatial. Ils s'élevèrent au-delà du grand aileron et ne virent plus que l'eau noire.

– Une minute vingt.

– Deux cent soixante-dix mètres, dit Norman.

Ils n'avaient à peu près aucune sensation de mouvement. Seules les variations des indicateurs du tableau de bord leur disaient qu'ils se déplaçaient.

– Ce n'est pas assez rapide, dit Harry. Il y a une sacrée tapée d'explosifs, en bas.

C'est assez rapide, corrigea intérieurement Norman.

– L'onde de choc nous écrasera comme une boîte de sardines, insista Harry en secouant la tête.

L'onde de choc ne nous fera aucun mal.

Deux cent quarante mètres.

– Quarante secondes, dit Harry. Nous n'y arriverons jamais.

– Nous y arriverons.

Ils étaient à deux cent dix mètres et montaient rapidement. L'eau avait maintenant une couleur légèrement bleutée : la lumière solaire filtrait depuis la surface.

– Trente secondes, dit Harry. Où sommes-nous ? Vingt-neuf... huit...

– Cent quatre-vingt-dix mètres. Cent quatre-vingt-cinq.

Ils regardèrent vers le bas par le côté du sous-marin. Ils discernaient à peine l'habitat, réduit à de faibles points de lumière loin au-dessous d'eux. Beth toussa.

– Il est trop tard, maintenant, dit Harry. Je savais depuis le début que nous n'y arriverions jamais.

– *Si, nous y arriverons*, répéta Norman.

– Dix secondes. Neuf... huit... Préparez-vous !

Norman attira Beth contre sa poitrine tandis que l'explosion secouait le sous-marin, le faisant tournoyer comme un jouet, le retournant puis le redressant et les soulevant dans un remous géant.

– Maman ! cria Harry.

Mais ils continuaient à monter, ils étaient saufs.

– Nous avons réussi !

– Soixante mètres, dit Norman.

À l'extérieur, l'eau était désormais bleu pâle. Il pressa des boutons pour ralentir leur ascension. Leur montée était très rapide.

Harry hurlait en assenant des claques sur le dos de Norman.

– Nous y sommes arrivés ! Nom de Dieu, sacré salaud, nous y sommes arrivés ! Nous nous en sommes tirés ! Je n'aurais jamais cru que nous réussirions ! Nous avons survécu !

Norman avait du mal à distinguer les instruments à travers ses larmes, et il dut soudain plisser les yeux quand la lumière du soleil inonda l'habitacle. Ils avaient fait surface. Autour d'eux s'étendaient une mer calme, le ciel, des nuages duveteux.

– Vous voyez ça ? hurla Harry dans l'oreille de Norman. Vous voyez ça ? *Il fait un temps du tonnerre de Dieu !*

00 H 00

Quand Norman s'éveilla, un faisceau de lumière éclatante se déversait par l'unique hublot, éclairant le W.-C. chimique installé dans un angle du caisson de décompression. Étendu sur sa couchette, il parcourut des yeux leur logement : un cylindre horizontal long de quinze mètres, des couchettes, une table métallique et des chaises au centre, des toilettes derrière une petite cloison. Harry ronflait dans la couchette qui le surplombait. En face, Beth dormait, un bras ramené sur la tête. Au loin, faiblement, il entendit des hommes crier.

Il bâilla, et roula hors de sa couchette. Son corps était

endolori, mais tout allait bien. S'approchant du hublot lumineux, il regarda à l'extérieur, plissant les paupières sous le soleil éclatant du Pacifique.

Il vit le pont arrière du navire de recherche *John Hawes* : la plate-forme blanche pour l'atterrissage des hélicoptères, les lourds cordages lovés, le châssis tubulaire d'un robot sous-marin. Une équipe de marins descendait un second robot sur le flanc du navire, s'accompagnant de force cris, jurons et signes de main ; Norman avait entendu faiblement leurs voix à travers les épaisses parois d'acier du caisson.

Près du caisson lui-même, un marin musclé faisait rouler un gros réservoir vert marqué « Oxygène » jusqu'à une douzaine d'autres semblables alignés sur le pont. Les trois membres de l'équipe médicale qui supervisait la décompression jouaient aux cartes.

En regardant ainsi par le hublot en verre de trois centimètres d'épaisseur, Norman avait l'impression de contempler un monde en miniature avec lequel il avait peu de rapports, une sorte de terrarium peuplé d'intéressants spécimens exotiques. Ce nouveau monde lui était aussi étranger que l'univers obscur de l'océan tel qu'il lui était apparu plus tôt depuis l'intérieur de l'habitat.

Il regarda les hommes abattre leurs cartes sur une caisse en bois, les regarda ponctuer la partie de rires et de gestes. Jamais ils ne tournaient les yeux dans sa direction, jamais ils ne jetaient un regard au caisson de décompression. Norman ne comprenait pas ces jeunes hommes. Étaient-ils censés surveiller la décompression ? Ils lui paraissaient jeunes et inexpérimentés. Concentrés sur leur partie de cartes, ils semblaient indifférents à l'énorme cylindre métallique, indifférents aux trois survivants qui se trouvaient à l'intérieur – et indifférents au sens plus large de la mission, aux informations que rapportaient les survivants à la surface. Ces joyeux marins joueurs de cartes ne semblaient pas se soucier le moins du monde de la mission de Norman. Mais peut-être ne savaient-ils pas.

Il se retourna vers l'intérieur du caisson, s'assit à la table. Son genou l'élançait, et la peau était enflée autour du bandage blanc. Il avait été soigné par un médecin de la Marine pendant leur transfert du sous-marin au caisson de décompression. On les avait sortis du minisub *Deepstar III* dans une cloche de plongée pressurisée et transportés dans le gros cylindre installé sur le pont du navire : le caisson de décompression en surface. Ils devaient y passer quatre jours. Norman ne savait pas exactement depuis combien de temps ils y étaient. Ils s'étaient tous endormis aussitôt, et il n'y avait pas d'horloge dans le cylindre. Le cadran de sa montre était brisé, bien qu'il n'eût aucun souvenir de l'événement.

Sur la table, devant lui, quelqu'un avait gravé dans la surface métallique : « MERDE POUR LA MARINE ». Norman fit courir ses doigts sur les sillons, et se rappela les sillons de la sphère argentée. Mais Harry, Beth et lui étaient maintenant entre les mains de la Marine.

Qu'allons-nous leur dire ? se demanda-t-il.

— Qu'allons-nous leur dire ? demanda Beth.

Plusieurs heures avaient passé ; Beth et Harry s'étaient réveillés, et ils étaient maintenant tous assis autour de la table de métal balafrée. Aucun d'eux n'avait tenté de parler aux marins qui se trouvaient à l'extérieur. Norman avait l'impression qu'un accord tacite leur faisait prolonger leur isolement un peu plus longtemps.

— Je pense qu'il va falloir tout leur raconter, dit Harry.

— Je ne crois pas que ce soit une bonne idée, dit Norman, surpris par la force de sa conviction, par la fermeté de sa propre voix.

— Je suis d'accord, dit Beth. Je ne pense pas que le monde soit prêt pour cette sphère. Je ne l'étais certes pas.

Elle adressa à Norman un regard penaud. Il lui posa la main sur l'épaule.

— C'est très bien, dit Harry. Mais considérez la chose du point de vue de la Marine. Elle a monté une opération importante et coûteuse, six personnes sont mortes, et deux habitats ont été détruits. Ils vont vouloir des explications, et poser des questions jusqu'à ce qu'ils les aient.

— Nous pouvons refuser de parler, dit Beth.

— Ça ne changera rien, dit Harry. N'oubliez pas que la Marine dispose de toutes les bandes.

– C'est vrai, les bandes.

Norman avait oublié les bandes vidéo qu'ils avaient apportées dans le sous-marin. Des douzaines de bandes qui décrivaient tout ce qui s'était passé dans l'habitat durant leur séjour au fond de l'océan : le calmar, les morts, la sphère, tout.

– Nous aurions dû les détruire, dit Beth.

– Peut-être, dit Harry, mais maintenant il est trop tard. Nous ne pouvons pas empêcher la Marine d'obtenir les réponses qu'elle désire.

Norman exhala un soupir. Harry avait raison. Au point où ils en étaient, il n'y avait aucun moyen de dissimuler ce qui s'était passé, ni d'empêcher la Marine de tout apprendre sur la sphère et sur le pouvoir qu'elle conférait. Ce pouvoir représenterait une sorte d'arme suprême : la capacité de vaincre un ennemi en imaginant simplement que c'était arrivé. Les conséquences en étaient effrayantes, et ils ne pouvaient rien y faire. À moins que...

– Je pense que nous pouvons les empêcher de savoir, dit Norman.

– Comment ? demanda Harry.

– Nous avons toujours le pouvoir, n'est-ce pas ?

– Je le suppose.

– Et ce pouvoir, c'est la faculté de faire arriver n'importe quoi, simplement en y pensant.

– Oui...

– Alors nous pouvons empêcher la Marine de le savoir. Nous pouvons décider de tout oublier.

Harry fronça les sourcils.

– C'est une question intéressante : savoir si nous avons le pouvoir d'oublier le pouvoir.

– Je pense que nous devrions l'oublier, approuva Beth. Cette sphère est trop dangereuse.

Ils restèrent silencieux, réfléchissant aux implications que comportait l'oubli de la sphère. Cet oubli n'empêcherait pas seulement la Marine de savoir quoi que ce soit de la sphère – il en effacerait toute connaissance, y compris la leur. Il la ferait disparaître de la conscience humaine comme si elle n'avait jamais existé, la retirerait à jamais du champ d'expérience de l'espèce humaine.

– C'est un grand pas à franchir, dit Harry. Après tout ce que nous avons passé, se contenter de tout oublier...

– C'est à cause de tout ce que nous avons passé,

Harry, dit Beth. Regardons les choses en face, nous ne nous en sommes pas très bien sortis nous-mêmes.

Norman observa qu'elle parlait maintenant sans rancœur, que son ancienne agressivité avait disparu.

– Je crains que Beth n'ait raison. La sphère a été construite pour tester les formes de vie intelligente qu'elle était susceptible de rencontrer, et nous avons tout simplement échoué.

– Vous pensez que c'est la raison d'être de cette sphère ? demanda Harry. Je ne le crois pas.

– Alors quelle est-elle ?

– Eh bien, considérez les choses de cette façon : supposons que vous soyez une bactérie intelligente flottant dans l'espace, et que vous tombiez sur un de nos satellites de communications en orbite autour de la Terre. « Quel étrange objet inconnu, penseriez-vous ! Explorons-le. » Supposons que vous l'ouvriez et que vous vous glissiez à l'intérieur. Vous pourriez trouver cette visite très intéressante, découvrir un tas de choses énormes et intrigantes. Mais vous pourriez finir par entrer dans l'une des cellules à carburant, et l'hydrogène vous tuerait. Et votre dernière pensée serait : « Cette machine inconnue a manifestement été construite pour tester l'intelligence bactérienne et nous tuer si nous commettions une erreur. »

« Cette déduction serait correcte du point de vue de la bactérie mourante, mais elle ne le serait pas du tout du point de vue des êtres qui ont construit le satellite. Pour nous, le satellite de communications n'a rien à voir avec les bactéries intelligentes. Nous ne savons même pas s'il existe là-haut des bactéries intelligentes. Nous essayons seulement de communiquer, et nous avons fabriqué pour ce faire un dispositif que nous considérons comme tout à fait ordinaire.

– Vous voulez dire que la sphère n'est peut-être pas du tout un message, ni un trophée, ni un piège ?

– Parfaitement. Cette sphère n'a peut-être rien à voir avec la recherche d'autres formes de vie, ni avec leur mise à l'épreuve, comme nous pourrions l'imaginer. C'est peut-être par accident que la sphère provoque en nous des changements aussi profonds.

– Mais pourquoi quelqu'un construirait-il une chose pareille ? demanda Norman.

– C'est la même question que poserait une bactérie

intelligente à propos d'un satellite de communications : pourquoi quelqu'un construirait-il une chose pareille ?

– D'ailleurs, intervint Beth, ce n'est peut-être pas une machine. La sphère pourrait être une forme de vie. Peut-être est-elle vivante.

– C'est possible, fit Harry en hochant la tête.

– Alors, si la sphère est vivante, avons-nous l'obligation de la laisser en vie ?

– Nous ne savons pas si elle est vivante.

Norman se laissa aller contre le dossier de sa chaise.

– Toutes ces conjectures sont intéressantes, mais quand on en vient aux faits, nous ne savons en réalité rien de la sphère. En fait, nous ne devrions même pas l'appeler la sphère. Nous devrions probablement l'appeler seulement « sphère ». Parce que nous ne savons pas ce que c'est. Nous ne savons d'où elle est venue. Nous ne savons pas si elle est morte ou vivante. Nous ne savons pas comment elle s'est trouvée à l'intérieur de ce vaisseau spatial. Nous n'en savons rien à part ce que nous imaginons – et ce que nous imaginons nous en dit plus sur nous-mêmes que sur la sphère.

– Effectivement, acquiesça Harry

– Parce que pour nous, elle est littéralement une sorte de miroir.

– À ce propos, il y a une autre possibilité. Peut-être n'est-elle pas du tout extraterrestre. Elle pourrait être faite de main d'homme.

Voyant que Norman était totalement pris par surprise, Harry s'expliqua.

– Réfléchissez : un vaisseau parti de notre futur traverse un trou noir pour entrer dans un autre univers, ou dans une autre partie de notre univers. Nous ne pouvons pas imaginer ce qui en résulterait. Mais supposons qu'il se produise une importante distorsion du temps. Supposons que le vaisseau, parti avec un équipage humain en 2043, ait en fait voyagé pendant des milliers et des milliers d'années. L'équipage humain n'aurait-il pu l'inventer durant ce temps ?

– Ça ne me paraît pas très vraisemblable, dit Beth.

– Bien, réfléchissons un instant, Beth, dit Harry avec douceur.

Norman observa que Harry avait perdu son arrogance. Ils étaient tous ensemble dans cette aventure, et ils coopéraient comme jamais ils ne l'avaient fait auparavant. Tout le temps qu'ils avaient passé sous l'eau, ils avaient été en désaccord, mais à présent ils fonctionnaient ensemble en douceur, de manière coordonnée. Ils formaient une équipe.

– Il existe un réel problème à propos du futur, disait Harry, et nous refusons de l'admettre. Nous présumons que nous sommes capables de voir dans le futur mieux que nous ne le pouvons en réalité. Léonard de Vinci a essayé de réaliser un hélicoptère il y a cinq cents ans, Jules Verne a prédit le sous-marin il y a cent ans. À partir d'exemples comme ceux-là, nous tendons à croire que le futur est prévisible d'une manière qui n'existe pas réellement. Parce que ni Léonard ni Jules Verne n'auraient jamais pu imaginer un ordinateur, par exemple. Le concept même d'ordinateur suppose trop de connaissances qui étaient tout simplement inconcevables à l'époque où vivaient ces gens-là. D'une certaine façon, c'était de l'information jaillie de nulle part, par la suite.

« Et nous, à présent, ne sommes pas mieux placés. Nous n'aurions pu deviner que des hommes enverraient un vaisseau à travers un trou noir – nous ne soupçonnions même pas l'existence des trous noirs il y a encore quelques années – et nous ne pouvons certainement pas deviner ce que des hommes pourraient accomplir dans des milliers d'années.

– En présumant que la sphère a été construite par des humains.

– Oui, en le présumant.

– Et si ce n'était pas le cas ? Si c'est vraiment une sphère venue d'une civilisation extraterrestre ? Avons-nous une justification pour effacer toute connaissance humaine de cette vie étrangère ?

– Je ne sais pas, dit Harry en secouant la tête. Si nous décidons d'oublier la sphère...

– Elle aura disparu, dit Norman.

Beth gardait les yeux fixés sur la table.

– J'aimerais que nous puissions demander à quelqu'un, dit-elle enfin.

– Il n'y a personne à qui demander, observa Norman.

– Mais pouvons-nous vraiment l'oublier ? Est-ce que ça marchera ?

Il y eut un long silence.

– Oui, dit Harry au bout d'un moment. Ça ne fait

aucun doute. Et je pense que nous avons déjà la preuve que nous l'oublierons. Cela résout un problème logique qui me préoccupe depuis le début, depuis le moment où nous avons exploré le vaisseau pour la première fois. Parce qu'il manquait quelque chose de très important dans ce vaisseau.

– Oui ? Quoi ?

– Un signe quelconque indiquant que les constructeurs du vaisseau savaient déjà que le passage à travers un trou noir était possible.

– Je ne vous suis pas, dit Norman.

– Eh bien, nous sommes trois à avoir déjà vu un vaisseau spatial qui a traversé un trou noir. Nous l'avons parcouru d'un bout à l'autre, et nous savons donc qu'un tel voyage est possible.

– Oui...

– Pourtant, dans cinquante ans, des hommes vont construire ce vaisseau d'une manière tout à fait expérimentale, sans savoir apparemment qu'il a déjà été découvert cinquante ans plus tôt dans leur passé. Le vaisseau ne comporte aucun signe indiquant que ses constructeurs connaissaient déjà son existence dans le passé.

– C'est peut-être un de ces paradoxes temporels, dit Beth. Vous savez, comme il est impossible d'aller se rencontrer soi-même dans le passé...

Harry secoua la tête.

– Je ne pense pas que ce soit un paradoxe. Je pense que toute connaissance de ce vaisseau va être perdue.

– Vous voulez dire que nous allons l'oublier.

– Oui. Et, franchement, je pense que c'est une bien meilleure solution. Pendant longtemps, quand nous étions au fond, j'ai présumé qu'aucun de nous ne reviendrait jamais vivant. C'était la seule explication que je pouvais imaginer. C'est pourquoi je voulais rédiger mon testament.

– Mais si nous décidons d'oublier...

– Exactement. Si nous décidons d'oublier, le résultat sera le même.

– Cette connaissance disparaîtra à jamais, dit tranquillement Norman.

Il se trouvait hésitant. Maintenant qu'ils en étaient arrivés à cet instant, il se sentait étrangement réticent à poursuivre. Il fit courir ses doigts sur la table griffonnée, en touchant la surface comme si elle pouvait lui apporter une réponse.

Dans un sens, songea-t-il, *nous ne consistons qu'en souvenirs. Nos personnalités sont construites à partir de souvenirs, nos vies sont organisées autour de souvenirs, nos cultures sont bâties sur les fondations de souvenirs partagés que nous appelons l'histoire et la science. Mais à présent, renoncer à un souvenir, renoncer au savoir, renoncer au passé...*

– Ce n'est pas facile, dit Harry en secouant la tête.

– Non, ça ne l'est pas.

En fait, Norman trouvait cela si difficile qu'il se demanda s'il ne faisait pas l'expérience d'un trait humain aussi fondamental que le désir sexuel. Il ne pouvait tout simplement pas renoncer à ce savoir. L'information lui semblait si importante, les conséquences si fascinantes... Son être tout entier se rebellait contre l'idée de l'oubli.

– Bon, je pense que nous devons le faire de toute façon.

– Je pensais à Ted, dit Beth. Et à Barnes et aux autres. Nous sommes les seuls à savoir comment ils sont morts en réalité, ce pour quoi ils ont donné leur vie. Et si nous oublions...

– *Quand* nous oublierons, dit fermement Norman.

– Elle a raison, dit Harry. Si nous oublions, comment allons-nous tout arranger, régler tous les détails ?

– Je ne pense pas que ce soit un problème, dit Norman. L'inconscient jouit de formidables pouvoirs de création, comme nous l'avons vu. Les détails seront pris en charge inconsciemment, comme la façon dont nous nous habillons le matin. Quand nous le faisons, nous ne pensons pas nécessairement à tous les détails, ceinture, chaussettes, etc. Nous nous contentons de prendre une décision globale sur l'aspect général que nous voulons avoir, et nous nous habillons.

– Même si c'est le cas, nous ferions mieux d'établir cette décision globale. Parce que nous avons tous le pouvoir, et si nous imaginons des histoires différentes, ce sera la confusion.

– Très bien, dit Norman. Mettons-nous d'accord sur ce qui s'est passé. Pourquoi sommes-nous venus ici ?

– Je pensais qu'il s'agissait d'une catastrophe aérienne.

– Moi aussi.

– D'accord, supposons que c'était une catastrophe aérienne.

– Bien. Et que s'est-il passé ?

– La Marine a envoyé des gens au fond pour enquêter sur l'accident, et un problème est apparu...

– Attendez une seconde, quel problème ?

– Le calmar ?

– Non. Il vaudrait mieux un problème technique.

– Quelque chose en rapport avec la tempête ?

– Les biosystèmes sont tombés en panne pendant la tempête ?

– Oui, très bien. Les biosystèmes sont tombés en panne pendant la tempête.

– Et plusieurs personnes en sont mortes ?

– Attendez une seconde. N'allons pas si vite. Qu'est-ce qui a provoqué la panne des biosystèmes ?

– Une fuite s'est déclarée dans l'habitat, et l'eau de mer a altéré les épurateurs du cylindre B, ce qui a provoqué des émanations de gaz toxique.

– Est-ce que ça aurait pu arriver ? demanda Norman.

– Oui, facilement.

– Et plusieurs personnes sont mortes des suites de cet accident.

– Très bien.

– Mais nous avons survécu.

– Oui.

– Pourquoi ? demanda Norman.

– Nous étions dans l'autre habitat ?

Norman secoua la tête.

– L'autre habitat a été détruit lui aussi.

– Il a peut-être été détruit plus tard, par les explosifs ?

– Trop compliqué, dit Norman. Il faut que ça reste simple. C'est un accident qui s'est produit soudainement et de manière imprévue. Une fuite est apparue dans l'habitat, les épurateurs sont tombés en panne et la plupart des membres de l'expédition en sont morts, mais pas nous parce que...

– Nous étions dans le sous-marin ?

– Très bien. Nous étions dans le sous-marin quand les biosystèmes sont tombés en panne, de sorte que nous avons survécu et pas les autres.

– Pourquoi étions-nous dans le sous-marin ?

– Nous transférions les bandes comme prévu.

– Et les bandes ? demanda Harry. Qu'est-ce qu'elles montreront ?

– Les bandes confirmeront notre histoire. Tout sera en accord avec notre histoire, y compris les gens de la Marine qui nous ont envoyés en bas en premier lieu, y compris nous – nous ne nous rappellerons rien d'autre que cette histoire.

– Et nous n'aurons plus le pouvoir ? dit Beth en fronçant les sourcils.

– Non. Nous ne l'aurons plus.

– Très bien, dit Harry.

Beth parut réfléchir un moment encore en se mordant la lèvre, puis elle finit par hocher la tête.

– D'accord.

Norman prit une profonde inspiration, regarda Beth et Harry.

– Sommes-nous prêts à oublier la sphère, et le fait que nous avons eu le pouvoir de faire arriver des choses rien qu'en y pensant ?

Ils hochèrent la tête.

Beth, qui semblait soudain inquiète, se trémoussa sur sa chaise.

– Mais comment allons-nous faire, exactement ?

– Nous allons le faire, tout simplement, dit Norman. Fermez les yeux et dites-vous de l'oublier.

– Mais vous êtes sûr que nous devons le faire ? Vraiment sûr ? demanda Beth, qui s'agitait encore nerveusement.

– Oui, Beth. Il vous suffit de... renoncer au pouvoir.

– Alors nous devons le faire tous ensemble. En même temps.

– D'accord, dit Harry. On compte jusqu'à trois.

Ils fermèrent les yeux.

– Un...

Les gens oublient toujours qu'ils ont des pouvoirs, de toute façon, pensa Norman, les yeux fermés.

– Deux... fit Harry.

Norman se concentra intérieurement. Avec une soudaine intensité, il vit de nouveau la sphère, brillante comme une étoile, parfaite et polie, et il pensa : *Je veux oublier que j'ai jamais vu cette sphère.*

Et dans sa vision intérieure, la sphère disparut.

– Trois, dit Harry.

– Trois quoi ? demanda Norman.

Ses yeux douloureux le brûlaient. Il les frotta du pouce et de l'index, puis les ouvrit. Beth et Harry étaient assis avec lui autour de la table du caisson de décompression. Ils avaient tous l'air fatigués et déprimés. Mais il se dit que c'était normal, après tout ce qu'ils avaient vécu.

– Trois quoi ? répéta Norman.

– Oh, fit Harry, je pensais à voix haute, c'est tout. Nous ne sommes que trois survivants.

Beth poussa un soupir. Norman vit qu'elle avait les larmes aux yeux. Elle fouilla dans sa poche, en sortit un Kleenex et se moucha.

– Vous ne pouvez pas vous le reprocher. C'était un accident. Nous ne pouvions rien y faire.

– Je sais. Mais ces gens en train de suffoquer alors que nous étions dans le sous-marin... j'entends encore les hurlements... Bon Dieu, j'aimerais que ça ne soit jamais arrivé.

Il y eut un silence. Beth se moucha de nouveau.

Norman, lui aussi, aurait souhaité que ce ne fût jamais arrivé. Mais souhaiter n'y changerait rien maintenant.

– Nous ne pouvons pas changer ce qui s'est passé, dit-il. Nous pouvons seulement apprendre à l'accepter.

– Je sais, dit Beth.

– J'ai une longue expérience des traumatismes provoqués par les accidents. Il suffit de se répéter qu'on n'a aucune raison de se sentir coupable. Ce qui est arrivé est arrivé – des gens sont morts, et vous avez été épargnés. Ce n'est la faute de personne. Ce sont des choses qui arrivent. C'était un accident.

– Je le sais, dit Harry, mais ça me tracasse quand même.

– Répétez-vous que ce sont des choses qui arrivent. Ne cessez pas de vous le rappeler.

Norman se leva, songeant qu'ils devraient se sustenter.

– Je vais aller demander à manger.

– Je n'ai pas faim, dit Beth.

– Je le sais, mais nous devrions manger quand même.

Norman s'approcha du hublot. Un marin attentif le vit aussitôt et pressa la touche de l'intercom.

– Je peux faire quelque chose pour vous, docteur Johnson ?

– Oui, nous avons besoin de nourriture.

– Tout de suite, sir.

Norman lut la compassion sur le visage des marins. Ces hommes comprenaient quel choc avaient dû subir les trois survivants.

– Docteur Johnson ? Vos compagnons sont-ils en état de parler, à présent ?

– Parler ?

– Oui, sir. Les experts des renseignements ont examiné les bandes vidéo du sous-marin, et ils ont des questions à vous poser.

– À quel sujet ? demanda Norman, sans grand intérêt.

– Eh bien, quand vous avez été transférés dans le caisson de décompression, le Dr Adams a parlé d'un calmar.

– Vraiment ?

– Oui, sir. Mais les bandes n'ont apparemment enregistré aucun calmar.

– Je ne me rappelle aucun calmar, dit Norman, déconcerté.

Il se tourna vers Harry.

– Vous avez parlé d'un calmar, Harry ?

Ce dernier fronça les sourcils.

– Un calmar ? Je ne pense pas.

Norman se retourna vers le marin.

– Que montrent exactement les bandes vidéo ?

– Eh bien, les bandes vont jusqu'au moment où l'air de l'habitat... vous savez, l'accident...

– Oui, dit Norman. Je me rappelle l'accident.

– D'après les bandes, nous croyons savoir ce qui s'est passé. Il y a apparemment eu une fuite dans la paroi de l'habitat, et les cylindres des épurateurs ont pris l'eau. Ils sont devenus inopérants, de sorte que l'atmosphère ambiante a été rendue toxique.

– Je vois.

– Ça a dû se passer très subitement, sir.

– Oui. Oui, en effet.

– Alors, êtes-vous prêts à parler avec quelqu'un ?

– Je le pense, oui.

Norman s'écarta du hublot. En glissant les mains dans les poches de sa veste, il sentit un morceau de papier. Il en sortit une photographie, qu'il contempla avec curiosité.

C'était la photographie d'une Corvette rouge. Il se demanda d'où elle venait. Sans doute une voiture appartenant à quelqu'un qui avait porté la veste avant lui. Peut-être l'un des membres de l'équipe militaire morts dans la catastrophe sous-marine.

Avec un frisson, Norman froissa la photographie et la jeta dans la corbeille à papier. Il n'avait pas besoin de souvenirs. Il ne se rappelait que trop bien cette catastrophe, et savait que de sa vie il ne l'oublierait.

Il lança un regard à Beth et Harry. Ils avaient tous deux l'air fatigués. Beth regardait dans le vide, absorbée par ses pensées, mais son visage était paisible. En dépit des épreuves de leur séjour sous-marin, elle lui paraissait presque belle.

— Vous savez, Beth, dit-il, vous êtes ravissante.

Beth parut d'abord ne pas avoir entendu, mais elle se tourna lentement vers lui.

— Tiens donc, merci, Norman.

Et elle sourit.

TABLE DES MATIÈRES

COLLECTION «THRILLERS»
CHEZ POCKET

COLLECTION « NOIR »
CHEZ POCKET

Achevé d'imprimer en mai 1998
sur les presses de l'Imprimerie Bussière
à Saint-Amand (Cher)

POCKET - 12, avenue d'Italie - 75627 Paris Cedex 13
Tél. : 01-44-16-05-00

— N° d'imp. 1220. —
Dépôt légal : juin 1998.

Imprimé en France